Azar o seu!

Carol Sabar

Azar o seu!

JANGADA

Texto de acordo com as novas regras ortográficas da língua portuguesa.

1ª edição 2013.

1ª reimpressão 2013.

Editor: Adilson Silva Ramachandra

Editora de texto: Denise de C. Rocha Delela

Coordenação editorial: Roseli de S. Ferraz

Produção editorial: Indiara Faria Kayo

Assistente de produção editorial: Estela A. Minas

Editoração Eletrônica: Estúdio Sambaqui

Revisão: Maria Aparecida A. Salmeron

Dados Internacionais de Catalogação na Publicação (CIP)
(Câmara Brasileira do Livro, sp, Brasil)

Sabar, Carol
Azar o seu! / Carol Sabar. -- 1. ed. -- São Paulo : Jangada, 2013.

ISBN 978-85-64850-36-1

1. Ficção brasileira I. Título.

13-04445 CDD-869.93

Índices para catálogo sistemático:
1. Ficção : Literatura brasileira 869.93

Jangada é um selo editorial da Pensamento-Cultrix Ltda.

Rua Dr. Mário Vicente, 368 — 04270-000 — São Paulo, SP

Fone: (11) 2066-9000 — Fax: (11) 2066-9008

E-mail: atendimento@editorajangada.com.br

http://www.editorajangada.com.br

Foi feito o depósito legal.

Para minha mãe Isabel

E quando eu te encontrar, meu grande amor, me reconheça

– "Amor, meu grande amor",
Angela Ro Ro e Ana Terra

Um

Se eu escrevesse um guia de autoajuda para garotas azaradas, desempregadas, endividadas, carentes, mal-amadas e, por tudo isso, desesperadas, eis a primeira das 1001 dicas que eu daria:

"Nunca dê uns amassos no seu primo. Nunca. *Never. Jamé*".

Mesmo se for um primo de segundo grau. Um primo alto, de pele bronzeada, braços fortes e mãos ásperas. Um tipo de sujeito com óbvias tendências maníacas, a ponto de dar em cima de você (a Garota Azarada Carente Desesperada) no velório da madrasta dele. Mesmo que você venha a descobrir depois que a madrasta era uma bruxa que o castigava a golpes de cinto quando ele, ainda menino, passava os verões na casa do pai.

Vai por mim. O assunto aqui é barra pesada.

Porque é claro que, sendo ele seu primo, o fato de ter convidado você para se aventurar com ele até a região mais erma do cemitério, a região descuidada, abandonada, coberta de vegetação selvagem... "*Gosta de margaridas? Tem umas margaridas lindas lá, vem comigo que eu te mostro...*" O fato de a única margarida que ele mostrou a você não ter pétalas, apenas caule... O fato de ele ter dado uma rapidinha, levantado as calças às pressas e fugido logo após o ato, deixando você lá, sozinha, suada e insatisfeita, é uma pista quase infalível de que ele não vai telefonar no dia seguinte. Ou mandar um buquê de flores (de margaridas, que seja). Ou sei lá o quê. Ah, pode ter certeza do que estou falando!

Porque ele é seu primo, ora bolas! É da *família*!

Mesmo sendo de um lado da família do qual você mal tinha conhecimento. Até receber um telefonema fúnebre.

Ou, porque, em alguns casos verídicos, o dia seguinte é apenas a continuação do dia anterior. Explico.

Imaginemos a situação. O marido da defunta é tio do seu pai e não fala com ele há anos por conta de um desentendimento nos negócios. Por isso, jamais imaginava que o sobrinho fosse mandar a própria filha representá-lo no enterro, em Angra dos Reis, a trezentos quilômetros de distância da sua casa, em Juiz de Fora. O marido da dita cuja fica comovido com a surpresa, realmente emocionado. Assim, após a descida do caixão, quando o céu se enche de nuvens negras e trovões começam a ribombar, ele vê o pânico estampado no rosto da sobrinha-neta (você) e, mais do que depressa, oferece ajuda.

— Tenho um quartinho nos fundos da minha casa. Você pode dormir lá se quiser.

É isso aí. Um quartinho. Oferecido pelo marido da defunta. Pai do seu primo. Tio do seu pai. Um quartinho onde você pode pernoitar *na casa onde seu primo está hospedado* e viajar os trezentos quilômetros de volta só na manhã seguinte, tendo em vista o temporal que está para cair.

E você, que sempre teve horror a tempestades e está sem grana para pagar um hotel (sem mencionar a escoliose que a impede de dormir espremida em sua Kombi velha), vê-se obrigada a aceitar o convite.

Viu? É assim que o dia anterior se estende até o dia seguinte. Com cara de "peidei, mas não fui eu" (Viva Lobão!), você se senta ao lado do seu primo à mesa do café da manhã e se empanturra das rosquinhas que seu tio-avô fica insistindo em botar no seu prato. *"Só mais uma, querida. Não precisa ter vergonha de repetir."*

É claro que seu tio-avô não sabe que você está de dieta, tentando emagrecer os cinco quilos que ganhou com a depressão pós-desemprego. Ele nem sequer sabe que você tinha um emprego! Que se formou em administração de empresas há três anos! Que toca piano praticamente desde que usava fraldas!

Pode até parecer roteiro de comédia romântica com Ashton Kutcher, mas, acredite, acontece na vida real. Pelo menos aconteceu com Ana Beatriz Guimarães.

Ana Beatriz (Bia, para os amigos) é uma garota de 25 anos, estatura mediana, pele clara, cabelos castanhos com reflexos dourados e olhos muito azuis. Graduada em administração de empresas pela Universidade Federal de Juiz de Fora. Pós-graduada em logística empresarial e em métodos estatísticos e computacionais. Fluente em inglês e com mais de vinte minicursos no currículo. Isso sem mencionar o intercâmbio nos Estados Unidos, naquele programa chamado Work Experience (jovens que desejam estudar inglês no exterior, mas não têm condições financeiras para tal e, por isso, sujeitam-se a congelar seus traseiros nas estações de esqui, ou a lavar pratos, copos e afins em troca de verdinhas, com as quais estudam, comem, se divertem, compram roupas de marca, cosméticos em geral e eletrônicos de última geração).

Bia, além disso, era a especialista ferroviária recém-enxotada da FB Logística (as Ferrovias Brasil), uma empresa com sede no Rio de Janeiro, seu antigo domicílio. A garota que, sem emprego e sem grana, estava de volta à sua cidade natal, Juiz de Fora, Minas Gerais. E que andava fazendo bico na floricultura do pai enquanto não recebia um telefonema de seu *headhunter* com uma maravilhosa proposta de emprego.

Mas Bia também podia ser descrita como a zumbi que, desde os 15 anos de idade, não tinha feito muita coisa na vida senão estudar, trabalhar e choramingar. A eterna apaixonada pelo irmão da ex-melhor amiga, um garoto que cresceu com ela e de quem Bia praticamente não tinha notícias desde a maravilhosa época em que os dois tocavam juntos na banda Moscas da Sopa. Ela, no teclado. Ele, no vocal e na guitarra.

Ou, ainda, a "carente semivirgem" que jamais teve um relacionamento amoroso mais significativo do que... bem, uns amassos mal dados no primo. Uns amassos, diga-se de passagem, de que Bia se arrependia amargamente.

Ah, céus! De que adianta tapar o sol com a peneira?

A verdade é que Ana Beatriz Guimarães... ai, meu Jesus Cristinho!... sou eu.

Euzinha.

☘ ☘ ☘

E justo quando eu achava que meu sábado não podia piorar, ali estava eu, parada num engarrafamento quilométrico na Linha Vermelha, dirigindo a Kombi da floricultura do meu pai, voltando de Angra dos Reis para Juiz de Fora, depois de uma infeliz escolha por um caminho alternativo. Tentei me concentrar no número de vezes que o limpador de para-brisa ia e voltava, dispersando a chuva fraca, para não ter de pensar muito em como minha vida era mesmo um fracasso.

Mas parecia impossível ignorar os fatos e pensar positivamente!

Ah, se arrependimento matasse...

Eu só queria saber quantas garotas carentes, como eu, haviam abaixado as calças na frente de um primo, como eu abaixei, e dado uns amassos nele, como eu dei. *Num cemitério*!

Quanta baixaria, meu Deus! Literalmente! Será que era tão difícil manter um pouco de decência nessa minha vida de merda multiplicada por mil? Para início de conversa, de onde eu havia tirado tanta coragem para uma pouca-vergonha daquelas? Justo eu, a pessoa mais covarde que eu conhecia. E eu ainda me culpava não apenas pelo ato infame, mas também por ter enfiado o pé no acelerador quando o primo Jair se debruçou na janela da Kombi e perguntou naquela voz mais desavergonhada: *"E aí? Foi bom pra você?"* Ele bateu a cabeça com tudo na lataria da Kombi. Não sei se rachou. Mas sei que doeu, pois tive tempo de ouvir o grito.

Ah, sério, de verdade, eu não tive escolha! Se ele não tivesse se debruçado ali e falado asneira no meu ouvido (o ouvido de uma garota azarada, desempregada, endividada, carente, mal-amada e, consequentemente, imprevisível), eu nunca teria me enchido de raiva e acelerado daquele jeito. Nunquinha!

Ele ainda teve o desplante de correr atrás da minha Kombi e jogar pela janela seu cartãozinho com e-mail e celular: *"Me liga pra contar!"*

Só não botei o braço para fora e levantei o dedo médio porque meu tio-avô estava parado na porta de casa, acenando para mim.

Quer saber? Bem feito pra ele. Para o Jair, que fique claro.

E tem mais, eu deveria era ter mirado melhor. Isso aí. Deveria ter esmagado os pés dele. Ou causado uma contusão no meio das pernas. Sinceramente, depois de ele ter me mostrado sua margarida e, no fim das contas, não ter cumprido seu papel de homem, ele bem que merecia perder os dedos dos pés. Ou virar eunuco.

Foi bom pra você... Bom pra você...

Quando havia sido bom para mim, afinal? Nossa! Eu não conseguia me lembrar!

Ah, sim. Eu me lembrava.

Meu primeiro beijo... Muito, *muito* bom.

Não o primeiro exatamente, mas o segundo. É que o primeiro foi tão ruim que nunca cheguei a considerá-lo nos cálculos.

Aconteceu no aniversário de 15 anos de Raíssa Vitorazzi, minha então melhor amiga. Era fim de festa na Fazenda Amarela, a propriedade de campo da família Vitorazzi, em São João Nepomuceno. Eu estava sentada sozinha na beira da piscina, agitando a água com os dedos e observando as pequenas ondas se formarem na superfície. *Que fiasco*, eu não parava de pensar, decepcionada com o gosto de banana-nanica da boca do Bruninho, o primeiro garoto que me beijou; que tinha acabado de me beijar, na verdade.

E bem... eu meio que estava chorando. Boca com gosto de banana? E nanica ainda por cima? Ninguém mencionava isso nas cenas da *Malhação* ou nos romances de banca de jornal que eu costumava ler escondida. *Júlia*, *Sabrina*, *Bianca* e tantos outros com nome de mulher.

Quando descalcei as sandálias e mergulhei as pernas na água da piscina, senti que estava sendo observada e me virei para ver quem era.

Ele. O garoto por quem eu nutria uma paixão secreta, o amor da minha vida, meu amigo de infância. *Ele*, meu colega de classe no Conservatório Estadual de Música, o guitarrista e vocalista da banda Moscas da Sopa. *Ele*, de cabelos compridos abaixo dos ombros (aos 15 anos, eu tinha uma quedinha por roqueiros convictos), o irmão de Raíssa, a serenidade em forma de gente: Gustavo Vitorazzi.

Meu coração deu um pulo dentro do peito quando Guga se agachou ao meu lado e perguntou todo meiguinho:

— O que está fazendo aqui fora sozinha, Bia? — E limpando uma lágrima na minha bochecha. — O que aconteceu?

Fiquei olhando para ele, para sua figura arrebatadora ao som de *More Than Words* que vinha lá da pista de dança. Guga estava tão charmoso de calça preta e camisa social! Tão diferente das camisas do Kurt Cobain que ele costumava usar nos ensaios da Moscas da Sopa! E tinha aquela cicatriz de meia-lua no supercílio esquerdo, tão sensual! Os olhos amendoados e serenos, um mar profundo de tranquilidade; eu poderia beber daquele mar, ou nadar, de frente, de lado, de costas, mergulhar, me afogar! As luzinhas de jardim refletiam nas ondas da piscina e desenhavam formas em seu rosto cheio de espinhas...

Atordoada demais, não consegui elaborar uma mentira inteligente. Em vez disso, soltei a verdade sem nem respirar:

— O Bruninho me beijou, foi meu primeiro e eu simplesmente detestei, qual é o meu problema?

Guga sorriu. E começou a se inclinar na minha direção. Por um breve segundo pensei que fosse de brincadeira: ele gostava de brincar. Mas continuou se inclinando, cada vez mais perto, os olhos se fechando...

Encostou os lábios nos meus.

De repente nossas línguas moviam-se juntas.

Simples assim. Mágico assim.

Céu.

Céu. Céu. Céu. Era o gosto da boca de Guga. Um céu particular, como o que se vê da janela de casa; aconchegante, como o de uma noite de verão sem nuvens. Um céu explodindo em fogos de artifício, estrelas cadentes, cometas cintilantes e planetas girando sem parar.

Contra minha vontade, ele interrompeu o beijo e fez um comentário debochado, daquele jeito petulante que me fazia derreter:

— Aquele panaca é que não soube te beijar. — Problema esclarecido, me beijou outra vez.

Quinze dias depois, Guga foi aprovado numa prestigiada faculdade de música. Em Londres.

Terminou o terceiro ano no Colégio Halfeld, partiu para a terra da rainha e nunca mais nos falamos. Ele nunca telefonou, nunca mandou uma carta, um sinal de fumaça. Minha única fonte de notícias era Raíssa, que uma vez ou outra dizia vagamente: "Meu irmão está bem" ou "Comprou um violão novinho". Em nenhuma dessas vezes, porém, a notícia vinha acompanhada de um recado ou lembranças para mim. Guga não voltou ao Brasil. Pelo menos não durante os quase dois anos em que eu ainda seria convidada para um churrasco de boas-vindas. Não antes daquele fatídico dia, às vésperas do vestibular, quando Raíssa e eu brigamos feio. A partir daí foi o fim. O fim da minha história com a família Vitorazzi.

Do começo, não lembro detalhes.

O início de nossa amizade se confunde com as primeiras recordações que tenho da infância. Na mais remota delas, estávamos os três lado a lado, no balanço da pracinha São Mateus. Parecíamos à vontade na presença um do outro, uma cena frequente, visto que Guga e Raíssa existem na minha vida desde antes de eu me dar conta de minha própria existência.

Sei que conheci Raíssa no maternal do Colégio Halfeld porque meu pai me contou.

— Achei que o meu coração se partiria ali mesmo — papai me disse um dia. — Quando entreguei você à professora, no primeiro dia de aula, você chorava e continuou chorando até sumir de vista, e aí quem chorou fui eu. Não tive coragem de ir embora e fiquei lá, rodeando a escola até a hora da saída, quando você voltou, toda alegrinha, atravessando o portão de mãos dadas com a Raíssa.

Guga não demorou a entrar na roda.

Bia, Raíssa e Guga.

Guga, Raíssa e Bia. Os dois irmãos e a melhor amiga.

Formávamos um trio e tanto.

Guga se orgulhava de ser o mais velho. Raíssa e eu, de sermos tão íntimas de um aluno duas séries à frente e dos benefícios que isso nos proporcionava.

Como no dia em que uma garota chamada Berê começou a implicar com a gente.

— Você roubou minhas canetinhas Sylvapen! — O grito de Berê ecoou pelo pátio da escola, na hora do recreio. Em pé, a chata fazia sombra em mim e Raíssa, sentadas na rampa de cimento com nossas lancheiras à nossa volta.

Dei uma golada na Coca-Cola.

— Você me odeia! — Berê acusou. — Eu vou contar para a tia Toninha!

— Pode contar! — Raíssa deu de ombros, mastigando um biscoito da vaquinha. — Eu não roubei mesmo.

— Ladrona! — Berê apontou o dedão. — Ladrona, ladrona, ladrona!

— Algum problema, Raíssa? — Guga apareceu do nada, passando o braço nos ombros de Berê, que pulou assustada e, mais que rapidamente, deu um jeito de sumir dali, balançando sua aberração de traseiro. — Oba! — Guga esfregou as mãos. — A Bia trouxe pão de queijo.

O conservatório, porém, nós três começamos juntos. Na música, Guga não levava vantagem sobre nós. Pelo menos não no que dizia respeito ao calendário, porque, no talento, ele era imbatível, o garoto-prodígio. Raíssa, ao contrário, não conseguia tirar um único som da flauta doce que não parecesse um silvo cuspido.

— Não, Raíssa, minha flor — dizia a professora, corrigindo a boca de Raíssa na flauta. — Não é assim que você deve soprar. Preste atenção no seu irmão. Sopra, Gustavo. Sopra para a Raíssa ver.

E ele soprava, claro, enchendo-se de poder.

— Agora você, Beatriz — pedia a professora. — Isso, Beatriz. Muito bem, Beatriz. Não pare de treinar. Daqui a algumas semanas vai estar tão craque quanto o Gustavo. Agora você de novo, Raíssa... Não, Raíssa, minha flor...

Raíssa ficava nervosa, indignada por existir no mundo algo em que não era boa, em que não era a melhor. Certa manhã, ainda no primeiro semestre da primeira série, ela aprontou o maior berreiro na porta da sala de música e nunca mais voltou.

Guga e eu fomos em frente, apaixonados pela música. Ele matando a pau na teoria e na prática, o xodó dos professores. Eu, me destacando no piano, o único instrumento para o qual Guga não tinha tanta aptidão, por incrível que pareça. Fundamos a banda Moscas da Sopa. Anos e anos sonhando em seguir carreira.

Guga levava sonhos a sério.

Agora fazia nove anos, cinco meses e dois dias que ele tinha ido embora para Londres estudar música. Tanto tempo que a gente não se via, e eu me sentia totalmente ridícula por ainda pensar nele. Guga salvou meu primeiro beijo com o momento mais lindo que uma garota apaixonada pelo irmão da melhor amiga poderia sonhar, e depois desapareceu no mundo.

Por onde ele andava? Que bocas estaria beijando? Por que eu não conseguia esquecê-lo? Por que o seu rosto de 17 anos (com erupções epiteliais e aparelho nos dentes... Tudo bem, Guga não foi um adolescente bonito, mas tão legal, inteligente e espirituoso!) era o rosto que me vinha à cabeça quando eu idealizava o pai dos meus futuros filhos, oh, Deus, por quê?

Eu era uma garota de 25 anos, dona de um currículo impressionante e nenhum emprego. Mas quanto a essa última parte, tudo bem, porque Cabral, meu *headhunter*, não tardaria em telefonar com a boa notícia; eu precisava acreditar que sim, tanta conta para pagar! Eu era *uma mulher* e ainda sentia borboletas no estômago só de pensar em minha paixão da adolescência. Dez anos depois e Guga era um fantasma conjurado para me assombrar.

☘ ☘ ☘

Suspirei, tentando me concentrar na Linha Vermelha embaçada de chuva e neblina. Houve outro festival de buzinas e o carro da frente avançou três metros. Acelerei devagar, soltando o pé da embreagem barulhenta. Quando tive de frear (de novo!), bufei, irritada, e excomunguei a situação.

Os três anos que vivi no Rio de Janeiro mais pareciam três minutos. De volta ao interior de Minas havia dois meses, eu já tinha me desacostumado à agitação da cidade grande. Logo eu, que antes não perdia tempo nem nas escapadas para o xixi (meu recorde era correr até o banheiro, lavar as mãos e voltar para a minha mesa em menos de três minutos) e só via o azul do mar pela janela do escritório.

Até a paisagem ao meu redor — a Baía de Guanabara, o Aeroporto do Galeão, a Igreja da Penha imponente, embora parcialmente encoberta pela profusão de nuvens baixas — parecia nova para mim. Eu não pertencia mais àquele lugar.

Ah, tudo bem. Como se um engarrafamento corriqueiro na Linha Vermelha fosse meu pior problema agora...

Aproveitei o trânsito imóvel para trocar o CD. Não tinha deixado meus discos preferidos de blues e pop rock no porta-luvas, embora estivesse dirigindo a Kombi com frequência ultimamente. Tinha sido obrigada a vender meu C3 financiado (tão lindo, tão novo, tão diferente daquela lata velha!) e andava ajudando papai com as entregas da floricultura, o que não era lá uma grande ocupação, levando em conta as vendas cada dia mais fracas. Escolhi Vinícius e girei o botão do CD Player antiquado, aumentando o som infestado de ruídos. Pelo menos a cabine tinha ar-condicionado, um alívio oportuno em se tratando do Rio de Janeiro.

É melhor ser alegre que ser triste, alegria é a melhor coisa que existe, é assim como a luz no coração...

É. Vinícius vinha mesmo a calhar. Como um mantra feito especialmente para mim.

Acelerei a Kombi. Depois parei. Cruzei os braços. Esperei.

Uma mulher tem que ter qualquer coisa além da beleza, qualquer coisa de triste, qualquer coisa que chora, qualquer coisa que sente saudade.

Acelerei de novo. Freei bruscamente. Dois minutos. Acelerei. Freei. Cantei um molejo de amor machucado. Acelerei. Parei. Acelerei. Parei. Esfreguei os olhos. Acelerei. Parei. Meu Deus, que sede! Abri o vidro e gritei:

— Ei!

Botei o braço para fora da janela, na garoa, e balancei a nota de dois reais.

— Aqui! Ei, você! Uma água, por favor!

A pequena capa de chuva ambulante virou-se para mim, revelando-me um menino; 10 anos no máximo. Ele me olhou.

— Foi mal — disse ele. — Tem água mais não. Vendi a última pro maluco ali da frente, ó. — O menino, que precisava de uma visita urgente ao dentista, apontou seu dedinho para o Vectra GT prateado, na fila de carros ao lado da minha.

— Uma Coca então.

— Também acabou.

— Sprite?

— Acabou.

— Guaraná?

— Acabou.

— Mate?

— Acabou.

Franzi a testa para o enorme isopor pendurado em seu ombro raquítico e falei:

— Alguma bebida gelada?

— Acabou geral, tá entendendo?

E depois papai ainda tentava me convencer de que minhas desventuras atuais não se chamavam "maré de azar". Qual era o nome disso então?

Os olhos do menino se fixaram na lataria da Kombi, nas letras pintadas de azul.

— Caraca, mané! — disse ele, curioso. — Que é que tá escrito aqui do lado?

— Floricultura Quatro Estações.

— É o lugar que vende flor?

— Ahã.

— Tô meio atrasado na escola — explicou, espichando o pescoço na direção de uma sirene que começara a esgoelar. — Ih! A PM! Sujô geral!

E deu no pé.

Fechei a janela meio que pensando nos motivos ridículos que

eu tinha para me sentir infeliz. Não que isso me confortasse. *Por pior que seja a situação na China, os nossos calos doem muito mais*. Quintana. Ele entendia os meus motivos.

O trânsito avançou um pouco, formando um estreito corredor que se abria e se fechava à medida que passavam as viaturas barulhentas. Pisei no acelerador.

Mas, dessa vez, quando parei a Kombi, percebi que estava emparelhada com o Vectra GT prateado. Estreitei os olhos para a cortina de chuva, curiosa para ver quem era o "maluco", o sortudo, o dono da última garrafa de água: o motorista, sozinho no carro. Examinei seu perfil.

Talvez fosse ilusão de um cérebro sedento processando imagens torturantes, como as de um comercial de refrigerante em que o líquido escorre pelo pescoço suado do ator, que dá goladas imensas e finaliza com um saboroso "Aaah". Mas posso jurar que vi um pouco de água vazando pela boca do sujeito.

Fascinada, continuei observando o Sr. Desperdício. Eu me lembrei do Tipinho, meu falecido poodle, e de sua cara abestalhada olhando a vitrine de frangos giratórios da Frangolândia. Tentei relaxar minha expressão de cachorro faminto.

Mas não foi a sede ou a raiva que senti do Sr. Desperdício, nem mesmo a lembrança do Tipinho (que Deus o tenha) que me fez congelar no banco da Kombi e agarrar o volante com mais força.

O Sr. Desperdício limpou a boca no antebraço e virou o rosto na minha direção.

Mesmo ali, atrás da garoa e do vidro embaçado, era impossível não sentir o magnetismo daquele rosto. Não era bruto ou de traços másculos como o do primo Jair. Ainda assim expressivo, meio moleque, meio travesso, sei lá.

Era bonito, sem dúvida. O cabelo castanho curto, a barba por fazer na pele clara. Tinha um quê tão estranho de familiaridade que eu até me perguntei se o conhecia de algum lugar. Ele regulava em idade comigo. De onde seria? Da FB Logística? Dos cursos da pós? Quem sabe se ele tirasse os óculos escuros...

Não, não. Eu devia estar enganada.

Foi uma buzina que me tirou do transe. Depois outra.

O Sr. Desperdício buzinava e balançava o braço, sorrindo para mim.

No instante em que percebi que eu ainda estava olhando, virei o rosto bem depressinha e tentei me concentrar no trânsito engarrafado.

Ah, por favor, por favor, que ele não esteja pensando que eu estava encarando, por favor, por favor!

As buzinas continuaram. Com o coração acelerado, virei um pouco a cabeça, só um pouco, o suficiente para enxergar o Vectra GT no canto do olho. O Sr. Desperdício, com o vidro do carona aberto, dizia coisas ininteligíveis e fazia sinal para que eu abaixasse o vidro da Kombi.

Só para me irritar, mandou um beijinho.

Babaca, pensei. Eu conhecia aquele tipo. Carioca metido a besta que nunca perde um rabo de saia, uma isca fácil.

Uma isca fácil. Era o que eu devia parecer aos olhos dele.

E justo quando eu *realmente* achava que meu sábado não podia piorar, o Sr. Desperdício abriu a porta do Vectra GT e saltou para a chuva.

Mas não tive tempo de saber em que direção ele ia.

Porque foi também nesse instante que o tiroteio começou.

Dois

Naquele sábado chuvoso de maio em que eu voltava de Angra dos Reis para Juiz de Fora, os relógios mal assinalavam meio-dia e a Polícia Militar abria fogo contra as favelas próximas à Linha Vermelha. O Rio de Janeiro tão lindo do Cristo Redentor, do Morro Dois Irmãos e do Pão de Açúcar de repente transformado num cenário de selvageria, tomado por raios de balas assassinas, na guerra urbana entre policiais e bandidos.

As viaturas se distribuíam ao longo das pistas numa parede azul e branca. Os policiais, munidos de coletes à prova de balas (sorte a deles), espalhavam-se, agachados atrás das muretas de concreto. Agora era salve-se quem puder.

Ah, Rio de Janeiro, por que isso? Era tudo que eu queria saber.

As balas reverberavam numa trilha sonora de horror. Quase dava para enxergar seu rastro luminoso na névoa cinzenta de chuva e poluição. À minha frente, bem lá na frente, o engarrafamento se dispersava a uma velocidade inacreditável; era o medo da morte abrindo novas saídas na pista de repente tão larga. Quem se importava com uma lataria amassada, alguns arranhões? Pelo retrovisor, a outra extremidade da cena: os motoristas tentando a todo custo enfiar seus carros na contramão.

Analisei rapidamente as possibilidades. A contramão era a melhor alternativa. Cheguei a tirar o pé do freio, engatei a ré.

Mas, por uma razão certamente relacionada à maré de azar que me assolava, a Kombi da floricultura encontrava-se ilhada, bem no meio do fogo cruzado. Eu teria de esperar todos os carros se moverem primeiro para só depois sair dali, o que me deixaria na linha principal de ataque por um tempo que eu não podia prever. Talvez fosse tempo demais.

Eu não tinha para onde fugir.

Tomada por um instinto de sobrevivência, puxei o freio de mão, saltei da Kombi e me joguei de barriga no asfalto. A superfície era quente contra a pele fria do meu rosto. Eu sentia meu peito tremer e a chuva, de repente furiosa, acertar minhas costas, encharcar minha blusa xadrez, meu jeans, meu cabelo, entrar nas minhas narinas. Minha cabeça pesava uma tonelada e isso, eu sabia, não era coisa do aguaceiro despencando do céu.

Era coisa do pânico.

— Eu vou morrer! — ouvi minha voz esganiçada gritar a certeza tão óbvia. — Por que é que eu não segui pela Avenida Brasil?

Os estampidos trepidavam à minha volta, como se rachassem a paisagem em mil pedaços. Eu mal conseguia dominar meus pensamentos e tinha perdido a noção de quase tudo. Por isso não sei dizer se o que veio em seguida foi o estouro de uma bomba ou um trovão. Mas o chão tremeu sob o meu peito. A meu redor, gritos e mais gritos de pavor. Finquei minhas unhas nas fendas do asfalto, pronta para desabar junto com ele. Isso se meu frágil coração não enfartasse antes de eu mergulhar na Baía de Guanabara que me esperava lá embaixo...

— Eu não sei nadar! — gritei. — Eu não trouxe a minha boia de patinho! Eu vou me afogar!

Mas então me lembrei de uma coisa. Eu não *podia* me afogar! Meu Deus, não podia, não! Eu tinha um milhão de contas para pagar! Tinha o Magazine Luíza! Também a Leader, a Renner, os carnês do Baú! E a enorme tela impressionista que arrematei na festa de fim de ano da FB Logística para incentivar os múltiplos talentos da Glorinha do marketing! A mesma tela que agora mal cabia na parede lilás do meu antigo (e atual) quarto de criança, no apartamento de cinco cômodos, a sobreloja da Floricultura Quatro Estações! Papai tinha mil prateleiras cheias de flores e nem um tostão no bolso!

Certo. Isso era um exagero. A situação lá em casa não era assim *tão* ruim. Mas, como diz a música, *a gente não quer só comida; a gente quer comida, diversão e arte.*

Mas tínhamos um plano de saúde que cobria emergência e internação. Uma televisão supermoderna e totalmente quitada; sem TV a cabo, é verdade, mas a música não diz "diversão completa". Só não havia carne na mesa todo dia porque nunca fui adepta do sacrifício de animais indefesos. Até onde eu sabia, papai andava em dia com a Previdência. E conseguiu, não sem muito furar os dedos em caules espinhentos, pagar as mensalidades do colégio da elite juiz-forana, o Colégio Halfeld, o melhor da cidade. Comprou-me um piano de segunda mão no meu aniversário de 15 anos, comemorado à base de Guaraná Antártica e bolo de amendoim da Fábrica de Doces Brasil (Guga tocando *Parabéns* na gaitinha de boca e Raíssa, inconformada por ser nove meses mais nova que eu, soprando a língua de sogra na minha cara). Papai até pagou minha passagem de ida para os Estados Unidos quando fiz Work Experience. Sem mencionar nosso plano funerário no Parque da Saudade, muito útil quando a minha mãe (a mesma que nos abandonou quando eu era recém-nascida para pôr o pé na estrada com a banda falida do seu amante) faleceu, oito anos atrás! Mesmo assim. Eu tinha muitas, *muitas* dívidas para deixar de herança! Coitado do meu pai!

Também havia os e-mails ameaçadores da Glorinha do marketing exigindo o pagamento ou a tela impressionista de volta. Mas... bem, eu ainda tinha um pouco de orgulho próprio e a música diz *"diversão e arte"*. A tela impressionista era fundamental à essência da minha cultura. Era só uma questão de tempo, eu ia juntar dinheiro e pagar tudinho, cada centavo.

Isso, claro, se eu sair viva daqui!

Papai me ensinou a poupar desde criança, tenho de admitir. Certa vez me deu um porquinho de porcelana, onde eu depositava as moedinhas das comissões que ele me pagava quando eu o ajudava na floricultura, nas datas de maior movimento. Mas na prática era tão diferente! Comecei a ganhar um salário razoável na FB Logística e, como diz o ditado: "Quem nunca comeu melado, quando come, se lambuza".

Maldita hora em que decidi sair da república em Botafogo e montar um conjugado em Copacabana só para mim! Fernanda Araújo não era lá uma colega de apartamento tão insuportável, se eu pudesse desconsiderar o minúsculo fato de ela ter me queimado com o Diretor de Operações da FB Logística. Eu estava prestes a ser promovida e transferida do departamento de Planejamento e Controle para o de Engenharia de Transportes, um tremendo salto em minha carreira. E não apenas porque todo mundo sabia que, lá nos Transportes, a galera chegava às dez da manhã e saía antes das cinco. Mas porque eu teria a oportunidade de trabalhar com projetos de longo prazo. O que, em outras palavras, significava que eu deixaria de apagar incêndio para... bem, provocá-los. É sério. Sem exagero. Quando a gente começa a cutucar os problemas para tentar entendê-los (e não resolvê-los), normalmente surgem mais dois.

Sei que foi ela. Não tenho provas, mas simplesmente sei que foi.

Fernanda mentiu, aquela vaca. Inventou uma história de que eu estava envolvida com Paulo Mendonça, meu então estagiário que, aos 19 anos, era careca e barrigudo, parecia um sapo. Eu era coordenadora e o caso foi considerado "assédio sexual". Agora vê se pode? Eu, Ana Beatriz Guimarães, a garota que colecionava impressionantes *cinco* ficadas (duas com ação subsutiã) e *quatro* amassos da pesada (um com seu primo e os demais com um sujeito que acabou preferindo o seminário), sem jamais ter atingido o ápice da explosão do prazer... Eu, a semivirgem, tendo um caso perigoso no trabalho? Era quase uma piada!

Uma piada que me botou no olho da rua.

— Eu vou morrer! — Eu parecia uma maritaca repetindo a mesma frase. — Eu vou morrer!

— Não vai, não — disse uma voz perto do meu ouvido. Uma voz grossa e firme, apesar dos tiros lá no alto. De onde vinha essa voz? De *quem* era essa voz? — Vai ficar tudo bem, pode confiar.

E puxa vida, eu ainda tinha tanta coisa para experimentar antes de juntar as canelas! Abigail, a segunda esposa do meu tio-avô, tinha 63 anos quando teve um ataque fulminante. Morreu nova, é verdade. De todo modo, onde estava a justiça nesse mundo? Sessenta e três anos!

Eu tinha 25 anos e um coração cheio de amor para dar!

Um coração que, tudo bem, de vez em quando sangrava suas feridas abertas. Um coração que, naquele momento especificamente, batia frenético junto ao asfalto; uma bola gosmenta entre dois pulmões chacoalhando com a falta de ar. Mas ainda era um coração, minha Nossa Senhora!

Abigail tivera sua chance. É claro que sim! Ela se casou! Teve um enteado até. Um enteado que me concedeu o desprazer de vê-lo pelado da cintura até os joelhos.

— Da cintura até os joelhos! — pensei em voz alta. E doeu pra caramba! Eu não era virgem, mas também não tinha muita experiência.

Houve um estilhaçar de vidro. No lugar do para-brisa do Vectra GT restava agora um buraco retangular, os pequenos cacos ainda rolavam na minha direção.

— Ai, meu Deus! Eles chegaram até aqui! — gritei desesperada, para mim e para a Voz. Senti um gosto de sal e concluí que eram as lágrimas escorrendo pelo meu rosto e inundando a minha boca. — Estamos ferrados! Baleados!

Ainda tive tempo de ver os vidros laterais do Vectra GT se despedaçarem no ar antes de fechar meus olhos e apertá-los com força. Só os abri novamente no instante em que senti um braço firme em volta da minha cintura. Eu estava sendo arrastada para debaixo da Kombi, um corpo quente colando-se ao meu, puxando-me para o espaço apertado.

— Já entendi. — Meus olhos embaciados de choro faziam das imagens figuras confusas. — Chegou a minha hora! Mas não quero sofrer! De jeito nenhum! Por favor, Deus, tenha pena de mim...

Se não havia escapatória, que eu morresse logo, então.

Por isso comecei a me debater, pernas e braços, na intenção de fugir para o campo minado e acabar logo com aquela merda toda. Enquanto isso, duas mãos me seguravam, me impediam.

— Para de bobagem — disse a Voz. — Vai ficar tudo bem, *eu* estou aqui.

Então tive certeza de que tudo ficaria bem, afinal.

O choque fez arder meu crânio, latejou. A vertigem piorou e agora só havia um borrão escuro.

Eu tinha sido atingida na cabeça. Estava morrendo.

Que criatura viva neste mundo nunca se perguntou o que acontece com o corpo e a mente à beira da morte? Alguns dizem que, segundos antes da falência total dos órgãos, imagens da vida começam a se suceder diante dos olhos, como um filme em ritmo acelerado, e que a mente viaja entre os planos, perdendo a noção da realidade. Outros acreditam que parentes falecidos vêm ao encontro do corpo moribundo a fim de puxar o espírito para fora da carne, quando a doença é tão profunda que amortece os sentidos. Outros, ainda, dizem que a morte nada mais é que o desprendimento definitivo do cordão de prata, a energia que liga o espírito ao corpo material, e quem desconecta esse cordão são os Amparadores Espirituais, os espíritos evoluídos que vêm nos ajudar a concluir a passagem.

Ali, no asfalto da Linha Vermelha, eu admito que estava perdendo um pouco a noção da realidade.

Ouvia vozes. *Uma* voz, na verdade.

Então pensei que só podia ser o Amparador Espiritual. Ele tinha vindo me buscar e me aninhava em seu peito. Tudo ficaria bem. Eu podia sentir a onda de ternura me inundando por onde a gente se tocava, como se ele me conhecesse, como se tivesse se preparado só para estar ali comigo. Mas a dor era tão forte para segundos tão lentos... Talvez se eu mudasse de posição...

Minhas mãos se agarraram ao que parecia a blusa do Amparador e eu tomei um impulso, erguendo a cabeça na esperança de aliviar a dor.

— Pelo amor de Deus, Bia, abaixe essa cabeça!

Era o Amparador, *sim*. Porque sabia meu nome.

O Amparador sabia meu nome e eu estava perto do fim.

A sensação era estranha, nova. O cordão de prata, quem sabe. Era como se minha mente e suas milhões de ligações sinápticas estivessem se desamarrando em cadeia do meu corpo, a energia da vida escorrendo como água por entre os dedos. Não demorou muito e só restou o torpor, a anestesia antes do fim.

No derradeiro instante infinito que se seguiu, eu não assistia a milhares de cenas antigas. Em vez disso, tinha uma única ideia fixa, relacionada a um certo garoto que costumava esquentar as cordas do seu violão Gianini com *Trac-Trac* dos Paralamas. Um garoto que exibia sua cicatriz de meia-lua no supercílio esquerdo como um troféu da infância, fruto de um memorável (e desastrado) mergulho na borda azulejada da piscina da Fazenda Amarela; eu estava lá e fui a primeira a gritar quando vi o sangue.

— Você é onisciente, não é? — perguntei ao Amparador, minhas mãos agarradas à blusa dele.

— Como é que é?

— Sabe das coisas, de tudo que acontece, não sabe?

Não houve resposta.

— Sabe que eu sou apaixonada pelo Gustavo Vitorazzi, sempre fui.

— Você *o quê*?

Só o que me faltava era o meu Amparador ser surdo. Do jeito que eu era "pé-quente", isso era perfeitamente possível.

— Presta atenção — eu disse, tentando ser paciente. — Estou dizendo que sempre fui apaixonada pelo Gustavo Vitorazzi, meu amigo de infância. O Guga irmão da Raíssa. O Guga que não vejo há dez anos. Ai, minha cabeça! *Aaaaiii*!

— Fica quietinha. É melhor não se esforçar.

— Eu tenho um currículo muito bom, de verdade — ignorei o conselho dele. — Uma porrada de cursos. Eu me formei na federal! *Na federal*, cara! Mas e daí? Quer dizer, de que adianta tudo isso se eu ainda pareço a mesma garota de 15 anos? Boba, indecisa e apaixonada.

— Como assim?

— Tenho 25 anos e não me sinto adulta — expliquei. — Nunca me senti. E acho que nunca vou me sentir. *Aaaaiii*!

— Escuta, é sério...

— Mas tanto faz — eu disse, tremendo. — *Tanto faz*! Porque vou morrer de qualquer jeito! Então aceito o meu destino. Estou pronta para começar minha nova vida do lado de lá. Não vou dificultar o seu trabalho, pode confiar, vou me desprender desse cordão na maior moleza. Só por favor, *por favor*, eu preciso saber se o Guga está bem. Se ele está vivo.

O Amparador não respondeu.

— Por favor — insisti, fazendo todo esforço do mundo em cada palavra pronunciada. — Meu tempo está acabando...

— Sim — disse ele. — O Guga está bem.

— Jura? — Eu me emocionei e, com a voz fraquinha, até me empolguei: — Então encontre *ele*! Encontre o Guga! Entre nos pensamentos dele, na alma dele. Fala pra ele que morri pensando naquele beijo e que, no fundo do meu coração, por mais que ele tenha feito questão de me esquecer... ele nunca me ligou, nunca parei de me perguntar por que ele nunca quis saber de mim... Sempre tive um sonho secreto em que ele voltava para o Brasil e me mostrava a explosão sexual do prazer.

— Explosão sexual do prazer?

— É — eu disse. — Aquela de que falam os romances das bancas, as novelas, os filmes como o *Titanic*, quando o Jack brinca de chofer e pergunta "Para onde, senhorita?" e a Rose responde "Para as estrelas", e depois desliza a mãozinha pelo vidro suado do carro! Eu nunca deslizei a minha mãozinha pelo vidro suado de um carro, a não ser para desembaçar o para-brisa!

Senti um calorzinho das têmporas ao queixo e percebi que era a mão do Amparador no meu rosto. Ouvi um riso baixo.

— Eu preciso morrer em paz — expliquei para ele. — Não tive coragem de confessar tudo isso dez anos atrás, então agora estou implorando pela sua ajuda. Vai dizer ao Guga?

— Vou — respondeu o Amparador.

— Vai mesmo?

— Vou — disse ele. — Mas talvez ele já saiba.

Foi aí que experimentei a paz infinita.

E logo depois desmaiei.

Três

A PRIMEIRA COISA QUE SENTI quando recuperei a consciência, ainda de olhos fechados, foi um aroma gostoso, cítrico na medida certa. Não sei se vinha das nuvens, talvez do vórtice entre as duas dimensões. Mas me agradava. Minha cabeça estava acomodada num lugar macio, meio úmido, tão quentinho! Um lugar que se movia num ritmo constante, ora se aproximando da minha bochecha, ora se afastando, sem jamais se desgrudar totalmente dela, como uma caixa torácica que se enche de ar e depois se esvazia. Respirei fundo, deixando o aroma inundar meus pensamentos.

Foi quando concluí, chocada, que o aroma não vinha de nuvem nenhuma.

Aquilo... ai, meu Deus!... era perfume de homem.

Abri os olhos.

— Quem...? — Afastei o rosto bruscamente e, ao fazer isso, minha cabeça latejou, minha vista escureceu e as imagens saíram de foco. — Ah, não!

A dor era decepcionante. Eu não esperava trazê-la comigo para o plano superior. Morrer tinha de valer de alguma coisa, afinal de contas.

Mas então me lembrei do dr. Alberto Vitorazzi, pai de Guga e Raíssa, o renomado cirurgião plástico, dono de um prédio de quinze andares (além de muitos outros imóveis) na Avenida Rio Branco, em Juiz de Fora, onde funcionava a Clínica Vitorazzi. O dr. Alberto frequentava casas espíritas e costumava dizer que o corpo da gente pode demorar a se livrar daquilo que o matou, embora Lili Vitorazzi (sua esposa e socialite da cidade) não concordasse muito com a teoria kardecista. Mas, no caso de Lili, era perfeitamente compreensível. Ela devia ter medo, quem não teria? E se tivesse um piripaque na mesa de cirurgia do marido? E se chegasse ao céu toda descosturada, arreganhada, deformada e sem esperança de conserto imediato? Como se aqui na terra ela já não parecesse uma boneca de porcelana, desprovida de qualquer expressão. Uma boneca feia aliás, de botar medo no Chuck, o brinquedo assassino.

Sendo assim, talvez a dor na minha cabeça estivesse dentro do prazo de vencimento. Eu me acalmei e as imagens recuperaram a nitidez.

De repente o motorista do Vectra GT surgiu na minha frente.

Era ele, eu não me enganaria. Suas feições bonitas acionaram o balão gelado em meu estômago. Seus braços, percebi, envolviam, desajeitados, minha cintura, o que me levou a concluir que aquele lugar macio, úmido e quentinho onde meu rosto estivera acomodado minutos atrás, era o peito do Sr. Desperdício.

— Oi. — Foi o que ele disse, irreverente.

Assustada, desvencilhei-me de seu toque com um empurrão desnecessário, visto que seus braços não ofereceram resistência. Mas ele não se desculpou pelos acenos, o beijinho e o abraço. Nada. Apenas alargou o sorriso sem sair da minha frente; estava muito perto para o meu gosto. Era um sorriso sarcástico na verdade, de quem nunca se sente arrependido ou finge não se sentir. Gostei disso. De certo modo, lembrava o atraente jeito Guga de ser, presunçoso até não poder mais, como quando chamou o Bruninho de panaca depois de provar que meu primeiro beijo podia, sim, ser um acontecimento especial. Ô, se podia...

O Sr. Desperdício esperou que eu respondesse. Mas fiquei calada, só olhando, me perguntando se tínhamos mesmo morrido juntos, abraçados, nossas pernas entrelaçadas sob uma Kombi velha.

Eu não o conhecia, mas ele me parecia tão familiar... E não estou me referindo ao fato de ele ter a petulância de Guga. Petulantes, muitos eram. Mas sei lá. Talvez fosse o carisma. Só podia ser. Ele era carismático de deixar uma penca de covardes à vontade sem precisar de uma palavra.

Em mim, no entanto, seu carisma produzia o efeito contrário. Ele me deixava nervosa. Não preocupada. Mas nervosa como eu me sentia quando Guga aparecia atrás de mim no piano e começava a brincar com o meu cabelo. Por que um cara tão gostoso quanto o Sr. Desperdício me abraçaria antes de morrer? Será que minha trajetória de azar teria se invertido assim tão drasticamente só pela perspectiva de chegar ao plano superior? Isso era animador, sem dúvida. Um ponto para a morte.

E deve ter sido por tudo isso (a confusão da morte, o carisma do Sr. Desperdício, sua tremenda gostosura e meu nervosismo infantil; sem mencionar a dor de cabeça abrandando em doses homeopáticas) que, quando abri a boca de novo, minha voz saiu em tom de acusação:

— O que *você* está fazendo aqui?

— Então você se lembra? — Uma expectativa fora de contexto se espalhou pelo rosto dele. Tive a impressão de que, atrás dos óculos de sol, seus olhos cintilavam esperançosos. Não fazia sentido, fazia? Cheguei a duvidar de que estivéssemos falando a mesma língua.

Ou a respeito do mesmo assunto. Como naquela vez em que Danilo Reis, meu ex-chefe, encontrou uma falha nas estatísticas de trens em espera no pátio de carregamento.

— Guimarães! — Danilo apontou seu dedo nodoso na minha direção. — Traga um Black Belt! Já!

Antes que ele tivesse chance de recolher seu dedão, eu já estava longe da reunião. Corri até a mesa de Fernanda, que, eu sabia, estava escondida na sala de fotocópias duplicando as últimas edições da Vogue para sua irmã. Abri a gaveta cheia de extratos bancários, preservativos (preservativos?) e lixas de unha, e roubei por alguns minutos o BlackBerry que ela ganhara no dia dos namorados. Fernanda não ficaria brava comigo. Ainda não se revelara uma vaca fofoqueira e mentirosa.

Não foi fácil convencer Danilo mais tarde de que tudo não havia passado de um mal-entendido, uma confusão entre estrangeirismos semelhantes, e não burrice humana, como, de fato, era.

— Veja você, Danilo. — Soltei uma risada sem graça, esfregando as mãos de nervosismo. — *Black Belt, BlackBerry*... Que cabeça a minha!

É. Foi ridículo. Confundir um termo técnico da área de controle da qualidade com um telefone celular foi um carão... Ainda mais com o "apoio" da corja de engenheiros de produção que, debruçados na mesa de reunião, se entreolhavam de modo supostamente disfarçado e riam baixinho.

— Ah, administradores... — Um deles estalou a língua como quem sente pena.

Em minha defesa, eu era *trainee*. E o incidente motivou minha inscrição na pós-graduação em métodos estatísticos e computacionais, com a qual gastei um dinheirão, diga-se de passagem, mas pude desenvolver interessantíssimas habilidades nos cálculos de probabilidades e testes de hipóteses.

— Então? — Era o Sr. Desperdício me cutucando na maior intimidade. — Lembra ou não lembra? Sabe quem sou eu?

— É claro que sei — eu disse, com raiva, tirando o dedo dele de cima de mim, para que eu conseguisse me concentrar no tom rude sem tropeçar nas palavras. — Você é o maluco que comprou a última garrafa de água e ainda me ofendeu com tanto desperdício jogado na minha cara! — *Como se eu não merecesse respeito só porque dei uns amassos no meu primo*! Um minuto. Eu não tinha dito isso em voz alta, tinha? Ah, que se dane! Eu já estava morta mesmo. — Como se eu não merecesse respeito pela sede que sentia.

— Ah — suspirou, desanimado.

— Vi você saindo do carro.

Ele ficou muito quieto, quem sabe avaliando as possibilidades de estar lidando com uma louca. Tomara que ele considerasse a experiência da morte como a única responsável por meu comportamento agressivo. Não era. A verdade é que eu andava insultando as pessoas sem motivo ultimamente, numa cruel tentativa de aliviar a frustração da minha vida infeliz.

— E aí? — perguntei. — Qual é a conclusão?

— É só que... — disse ele. — Confundi você com outra pessoa.

— Da próxima vez preste mais atenção.

De início, não entendi a decepção em seu rosto. Quer dizer, eu não tinha falado nada de mais, tinha? Ele realmente precisava pensar duas vezes antes de sair por aí mandando beijinho para as pessoas, não precisava?

Não precisava?!

E depois pensei que talvez não fosse decepção e sim...

— Espere. — Interrompi seus pensamentos. — Você não ouviu o que eu disse lá embaixo, ouviu? Sobre meus sentimentos por...?

— Gustavo Vitorazzi? — completou. — Eu não tive escolha, infelizmente.

— Ai, não! — Cobri os olhos com os pulsos, querendo morrer. Mas acho que só quem sofre de catalepsia patológica é que morre duas vezes e, mesmo assim, não morre de verdade da primeira vez. — Por que você fez isso?

— Eu preferia não ter ouvido, é sério — disse ele. — Já que a sua memória anda tão seletiva... Para não dizer tão ruim.

Mais uma vez suas palavras não faziam o menor sentido, mas e daí? E daí? Que merda de garota de 25 anos com uma formação acadêmica exemplar age como um bebê chorão na hora da morte e confunde motoristas de Vectra GT com Amparadores Espirituais? Ah, certo. Eu também era aquela garota que saiu de um velório para ver margaridas.

— A Voz falando comigo... — Tirei os pulsos da frente do rosto e o espiei hesitante. — Era você?

— Quem mais poderia ser?

— Um Amparador Espiritual!

— Um Amparador... *Espiritual*? — Ele começou a rir, o que me deixou ainda mais envergonhada. E irritada.

— Por que está rindo?

— Porque é engraçado, ué.

— A culpa é toda sua! — acusei debilmente, tentando inverter o ônus da prova, o que, claro, fazia de mim um ser humano digno de pena. — Você me enganou.

— Mesmo? — disse ele, sem parar de rir. — Por quê? Eu disse a você que eu era um Amparador Espiritual? Tem certeza? Um anjo caído combinaria mais comigo.

— Você podia ter evitado! — ignorei seu ar de divertimento. — Podia ter me mandado calar a boca.

— E eu não mandei?

— Podia ter insistido e me poupado de dizer tanta besteira! — *Que besteiras eu disse mesmo? Não me lembro de todas elas.* — Podia ter...

Foi quando ouvi um estampido inconfundível. Era um tiro.

Então, pela primeira vez desde que havia despertado, desviei os olhos do Sr. Desperdício e observei o cenário que me cercava.

Eu girei, e minhas costas encontraram o mesmo asfalto. Minhas pernas, embaixo da mesma Kombi. Tudo exatamente igual, a não ser a chuva, estiada.

Eu não morri?

— Eu não morri! — comemorei, embora aquele lugar certamente fosse o inferno. — Estou viva! Obrigada, meu Deus!

— Por que você está agradecendo?

— Como assim por quê? — Virei o rosto para o Sr. Desperdício. — Nós estamos vivos!

— Pensei que você quisesse morrer.

— Morrer? — Arregalei os olhos. — Eu não sou suicida.

— Não foi o que pareceu.

— Como não?

— Com todas aquelas tentativas de sair de debaixo da Kombi, esperneando daquele jeito.

— Hã?

— Vem cá, me diz uma coisa. — Ele mexeu os ombros, o que era uma verdadeira proeza, considerando a largura deles, somada ao fato de estarem esmagados contra o pneu traseiro da Kombi. Depois fez um esforço para mudar de posição, deitando de costas como eu. Com a diferença de que parecia tão alheio a todo aquele cenário de horror que dava a impressão de que a qualquer instante ia colocar os braços atrás da cabeça e começar a assobiar. — O que te aflige tanto a ponto de querer desistir da vida? Fiquei preocupado.

— Preocupado? — Dá para acreditar? — Não sei se você notou, mas não estou sentada num divã.

— Só estou querendo entender.

— Já falei que não sou suicida.

— Então por quê...?

— Tá legal — bufei, irritada. Que cara chato! Gostoso, mas chato. — Achei que tinha sido atingida na cabeça e estava só, sei lá, tentando enxergar o lado bom de morrer, ponderar as vantagens, aceitar melhor meu destino, só isso.

— Essa é boa.

— Como assim?

— Se uma bala tivesse acertado a sua cabeça, não teria sobrado um miolo para ponderar o lado bom de morrer. Aliás, qual é o lado bom de morrer?

Fechei a cara. *Como ele ousa fazer piada com a tragédia da minha morte?*

— Você não ficaria feliz com a sorte que eu tenho.

— Hum. — Mordeu o lábio. — Complexa e emburrada. Irresistível.

— Obrigada pela parte que me toca — eu disse, o balão no meu estômago pedindo para subir. Mudei rapidamente de assunto: — O que aconteceu comigo?

— Você bateu a cabeça na lataria da Kombi — explicou. — Teve uma ausência rápida, mas acho que foi mais pelo medo. Está melhor?

Outro estampido.

— Deus, o que estamos pensando? — eu me desesperei, deixando a Terra do Nunca e começando a entrar em pânico outra vez. — Com esses rodeios e gracinhas? Essa conversa não faz o menor sentido! Ainda estamos embaixo de um tiroteio!

— Mas a frequência de tiros diminuiu — disse ele. — O engarrafamento dispersou um pouco. Você consegue se levantar e entrar na Kombi? Consegue aceitar numa boa uma tentativa de fuga?

Estremeci.

— É a nossa chance. — Ele me incentivou. — Vamos dar o fora daqui, certo?

Fiz que sim, na impossibilidade de dizer qualquer coisa.

— Quando eu der o sinal, você entra na Kombi, ok? — disse ele.

Apertei os olhos para não chorar e comecei a fazer exercícios de respiração.

— Ei... — Ele pegou minha mão e a apertou de um jeito, digamos, carinhoso. — Vai ficar tudo bem, confie em mim.

Não sei por que, mas eu confiava.

— Está com medo? — ele quis saber.

— Não. — Engoli em seco, tentando acreditar em minhas próprias palavras. — Só estou esperando o sinal.

Ele entendeu o recado. Com o corpo inclinado para a frente, correu até o Vectra GT e abriu o porta-malas. Eu me perguntei se a primeira pessoa do plural daquele "Vamos dar o fora daqui" tinha conotação literal.

Tinha, sim.

O Sr. Desperdício jogou uma mala de rodinhas na traseira da *minha Kombi*. Ele ia dar o fora dali comigo, *no meu carro*, o que não era uma conclusão tão brilhante, levando em conta que o Vectra GT não tinha mais para-brisa nem vidros laterais. Um gosto amargo subiu pela minha garganta quando me dei conta de que, se ele não tivesse me confundido com outra pessoa, se não tivesse descido do carro antes de o tiroteio começar...

— O que você está fazendo? — Ofeguei angustiada quando ele se esgueirou novamente pelo campo minado. Deu partida no Vectra GT e embocou o carro bem rente à mureta de concreto. Depois correu em direção ao porta-malas que deixara aberto. Dessa vez, trouxe uma mochila, que jogou em cima da mala de rodinhas, e um estojo duro de violão com que teve mais cuidado. — Deixe essa bagagem pra lá!

— É um Martin D-18! — disse ele, como se o fato de eu saber que Martin D-18 é um violão caríssimo, um dos melhores do mundo, estivesse subentendido. Eu sabia, é claro. Mas ele não sabia que eu sabia. Nem que era capaz de correr o mesmo risco por um Martin D-18! Mas era um Martin D-18! Isso me deixou quase emocionada.

O Sr. Desperdício abriu a porta do motorista da Kombi e me ofereceu sua mão:

— Vem!

Respirei fundo e agarrei a mão dele.

Quatro

Eu me joguei de qualquer maneira dentro da Kombi, mas tomei o cuidado de deixar minha cabeça latejante abaixada.

— Eu dirijo! — disse ele. Quando não me movi um milímetro, acrescentou: — Chega pra lá!

Arrastei-me para o carona sem discutir. Trêmula dos pés à cabeça, eu não tinha condições de guiar um volante ou mirar o pedal do acelerador em vez do freio. Fora o galo que se formava no meu couro cabeludo e me tirava a concentração, que poderia diminuir mais ainda caso eu me deparasse com minha imagem no espelho retrovisor. Eu não queria me ver. Devia estar pior que a Xuxa depois de capturada pelo Baixo Astral. É verdade que eu também havia sido capturada pelo Baixo Astral e não me arrumava mais como antigamente, mas me arrumar para quê? Para ir à padaria do Chico? Vaidade para quê? Para ver televisão com meu pai? Mas ainda tinha senso de ridículo.

O Sr. Desperdício teve de bater a porta enguiçada duas vezes para conseguir fechá-la antes de dar partida no motor capenga. Sei disso porque ouvi as batidas. Não tive coragem de tirar os olhos das minhas mãos, que eu esfregava e enfiava nos rasgos do assento marrom desbotado, agora encharcado de água e sujeira. Ele acelerou o dinossauro pela Linha Vermelha.

— Vai deixar seu Vectra para trás? — Precisei gritar para me fazer ouvir acima do barulho do motor, que rugia feito uma máquina de costura gigante. Pelo modo como meu corpo era lançado em todas as direções, concluí que a Kombi ziguezagueava por entre os que resistiam, deitados no asfalto. — Ninguém pode abandonar um carro na pista, pode?

— Sei lá! — gritou de volta. — É um tiroteio! Existe alguma lei numa situação dessas? A locadora não vai ficar feliz. Nem o meu bolso, porque, claro, alguém vai ter que pagar por isso. Vai precisar de um guincho. Eu é que não vou ficar aqui esperando.

E foi assim que escapei de um tiroteio na Linha Vermelha a impressionantes 60Km/h, ao lado de um desconhecido totalmente gato, que não apenas dirigia a minha lata velha como espalhava dentro dela seu perfume cítrico. Detalhe: havia um Martin D-18 na bagagem. Seria inspirador se não fosse trágico.

Fernanda teria ficado de queixo caído com minha recém-adquirida aptidão para investimentos de risco.

— Você é tão conservadora, Maria Beatriz.

Ao que eu respondia, pela milésima vez:

— É Ana Beatriz.

— Tanto faz! — treplicava.

É claro que Fernanda não se referia a investimentos financeiros, porque nunca me sobrou um real para investir. Referia-se aos homens.

E às lingeries que comprávamos juntas.

— "Calcinha boneca?" — dizia ela, arregalando os olhos para a minha cesta. — De novo, Maria Beatriz?

— O que é que tem? São confortáveis, não apertam...

— E de algodão ainda por cima... Nossa, que sexy! — ironizava.

Dá para acreditar? Nós saíamos juntas para comprar lingerie! O que deveria significar "amizade profunda", embora Fernanda mal soubesse meu nome direito. Eu só queria saber onde foi que as obviedades das relações femininas se perderam.

Mas não era por que Fernanda gritava palavrões no quarto ao lado do meu e tinha dormido com o namorado no primeiro encontro (vestindo um fio-dental de oncinha que certamente feria suas nádegas) que eu tinha de fazer o mesmo.

Não naquela época, pelo menos, quando eu tinha algum respeito pelas minhas partes baixas e não saía caçando margaridas em cemitérios por aí. Minha nossa! E se o "bom pra você" de Jair me assombrasse pelo resto da vida, como um castigo por meu impulso vergonhoso e nojento? Bem, era melhor não reclamar. Eu merecia castigos piores.

Levantei a cabeça. Espere. Eu estava sonhando ou aquilo ali na frente era a placa para a Washington Luís?

☘ ☘ ☘

A Kombi finalmente saiu da Linha Vermelha e começou a seguir tranquilamente pela Washington Luís.

— Uau! — Ele quebrou o silêncio. — Isso foi intenso.

E caiu na gargalhada.

Horrorizada, olhei para seu rosto todo sujo. A água da chuva escorria pelos cabelos escuros e pingava em seus ombros largos conforme ele gargalhava e sua cabeça sacudia. Quando dei por mim, eu já estava tagarelando em tom de acusação. De novo.

— Como você pode *rir* de uma desgraça dessas? — perguntei, notando de repente que ele tinha uma covinha no queixo. Lembrava a covinha de Guga. Só que disfarçada pela sombra da barba por fazer e não pelas acnes que cobriam boa parte do rosto do meu amigo de infância. — A gente quase morreu.

— Foi uma experiência legal — disse ele. — E "quase" não é morrer. Cara, que adrenalina louca! Saltar de *bungee jump*, pilotar helicóptero, tocar violão em pubs lotados... é fichinha perto daquilo lá.

— Por que você não se inscreve no treinamento do Bope, se é assim tão divertido? — Destilei minha amargura. — Pilotar helicóptero você já sabe. É um bom começo.

Um tiroteio não era uma experiência legal. Não para mim. Não era como tocar violão em pubs lotados.

Tudo bem. Eu não sabia como era tocar violão em pubs lotados. Eu costumava tocar teclado. E as apresentações da Moscas da Sopa em festivais de bairro não eram lá um grande sucesso. Só iam a família e alguns amigos, que basicamente se debruçavam no palco baixo, filmavam rolos de VHS, aplaudiam orgulhosos, depois voltavam para suas mesas jamais reocupadas e comiam batatas fritas frias.

Éramos cinco. Além de mim e Guga (a estrela da banda), Gilmar na "batera", João Paulo no baixo elétrico e Cíntia Pernalonga no sax.

Gilmar formou-se na Bituca, a faculdade de música de Barbacena. João Paulo advogou em Brasília por dois anos antes de se aventurar pela política. Cíntia Pernalonga mudou-se para Salvador, onde toca sax em casamentos, bodas e missas de sétimo dia. E Guga foi para Londres e nunca mais falou comigo (O quê? Eu já disse isso? Jura? Mil vezes? Para você ver como não dá para esquecer!)

— Embora um de nós... — recomeçou o Sr. Desperdício, a boca em formato de coração (linda boca, a propósito) falando em tom de deboche — ...não ache a menor graça na adrenalina e continue insistindo nessa cara de bronca.

— De onde eu venho, cara de bronca significa emburrada.

— Pois foi isso mesmo que eu quis dizer. Bronca, "bronquinha", emburrada.

Ofendida, fechei a cara com determinação e virei o rosto para o outro lado. Eu podia sentir a tensão que fazia doer os músculos do meu rosto. Não importava. Eu ia ficar calada, simples assim. O Sr. Desperdício se cansaria em algum momento e me deixaria em paz.

— Ah, qual é, Bronquinha? — Ele me sacudiu, com a mão no meu joelho. A surpresa do toque arrepiou-me os pelos da nuca. — Estamos molhados e imundos. Mas estamos vivos! É o que interessa. O que passou, *passou*.

Em silêncio, continuei olhando a paisagem através do vidro. Tudo bem. Eu tinha de admitir que ele podia ter razão, independentemente dos meios que utilizava para prová-la. E me chamar de Bronquinha não era nada legal.

Mas era verdade. Estávamos vivos depois do sufoco. Um milagre, sem dúvida, e eu estava feliz por isso. Por que, então, eu não conseguia gargalhar, extravasar como ele? Por que não achava graça da adrenalina fervilhando em minhas veias, uma emoção que eu não estava acostumada a sentir?

Talvez tivesse a ver com a longa espera pela tão sonhada maturidade da vida adulta, a suposta solução de todos os meus problemas. Um engano, claro, que só agora, tecnicamente adulta, eu conseguia perceber.

Quando Raíssa e eu éramos crianças e as brincadeiras de criança nos bastavam, se não estivéssemos pulando amarelinha, jogando chicotinho queimado ou outra atividade sudorípara, brincávamos de adivinhar o futuro.

Funcionava mais ou menos assim: cada uma de nós desenhava um quadrado numa folha de papel de carta e escrevia dentro dele a idade com que queria se casar. Em seguida, cada uma de nós escrevia em volta do seu quadrado os possíveis cenários para o casamento, divididos em categorias, começando com três diferentes nomes para o candidato a noivo. Três garotos para cada uma.

— Thiago? — perguntou Raíssa outra vez, erguendo o pescoço para espiar o meu quadrado. Estávamos as duas deitadas lado a lado no tapete da sala, na mansão cor-de-rosa dos Vitorazzi. Quatro pernas em cima do assento do sofá, dois blocos de papel de carta apoiados nas coxas. Gibis da Turma da Mônica, pacotes de Mirabel e jujubas coloridas espalhados a nossa volta. Na televisão ali perto, o zunzunzum de Priscilla, da *TV Colosso*. — Quem é Thiago?

— É um menino lá do conservatório — menti de novo. No meu vocabulário secreto, Thiago significava Gustavo, já que

Raíssa nunca soube da minha avassaladora paixão por seu irmão. Se soubesse, na certa soltaria um "Eca!" e ficaria com ciúme, de mim e de Guga. — Você não conhece.

— Ele é da sua sala de Criatividade Musical?

— É.

— O Guga conhece?

— Não sei.

— Ele é bonito?

— Ninguém acha.

— Então por que você gosta dele?

— Ele é legal. — E desconversei: — Não vale colocar Olavo Bonsanto duas vezes, Rá!

— E eu coloquei, por acaso? — Rapidamente emendou um "távio" ao "O" que já estava no papel, numa letra toda enfeitada. — Lê aqui para você ver.

— Quem é Otávio?

— É um menino lá da natação.

— Ele é bonito?

— Ele sabe nadar borboleta.

Depois dos três noivos, vinham três lugares para a lua de mel, três cores de vestido de noiva, os algarismos 1-2-3-4 (a quantidade de filhos), as letras P-R-M-MM (pobre, rica, milionária e multimilionária) e outras questões que achássemos conveniente saber sobre o futuro, como o carro que teríamos na garagem na ocasião do casamento ou, no meu caso especificamente, quantos discos eu venderia na primeira gravação. Tudo devidamente escrito, começávamos a contar os itens no sentido horário, eliminando os que correspondiam ao número indicado no quadrado, até que sobrasse um único item em cada categoria, o resultado final.

Nas raras vezes em que eu tinha sorte, meu futuro ficava assim:

"Ana Beatriz Guimarães vai se casar de vestido branco aos 24 anos, com Thiago. Passar a lua de mel no Rio de Janeiro (o Rio era o máximo, pois era a cidade da Xuxa), ter dois filhos e ser uma multimilionária com disco de diamante, dona de uma Blazer vermelha (o carro de Lili Vitorazzi na época)".

De um jeito ou de outro, à exceção das vezes em que me sobrava um P, de pobre, meu futuro era maravilhoso. Isso porque, independentemente do fator sorte, quem decidia as opções listadas em volta do quadrado era *eu*. Mesmo se a melhor opção fosse eliminada no percurso, ainda me sobrava uma boa. Se eu não me casasse com Thiago/Guga, por exemplo, era com o príncipe William ou com o Conrado, de *Os Trapalhões e a Árvore da Juventude*.

Era um tempo de sonhos, um céu de brigadeiro. Uma época em que minhas maiores preocupações se alternavam entre não conseguir a figurinha que completaria meu álbum da Família Dinossauro e não ganhar a nova Barbie no Natal. A única coisa que às vezes me tirava o sono (mesmo assim, por quinze minutos) era pensar que meu pai pudesse um dia ter outra filha e gostar mais dela que de mim.

Foi quando Guga partiu para a Inglaterra que meu céu de brigadeiro começou a azedar. Só na primeira semana, chorei mil litros. Passei dois meses pulando de susto toda vez que o telefone lá de casa tocava; eu largava o que estivesse fazendo e corria para atender. Depois, na tentativa de ampliar o intervalo entre os sustos, marquei todas as datas importantes no calendário atrás da porta do meu quarto e esperei. Mas o destino, eu começava a perceber, tinha uma irritante mania de ignorar minhas opções pré-programadas. Aniversário, Páscoa, Natal. Nada de Guga.

Meu consolo era saber que, mais cedo ou mais tarde, ele teria de voltar ao Brasil para visitar a família; seu pai, que fosse. Ele não podia passar todos os verões passeando pela França com Lili e Raíssa, podia? Da última vez que voltou de Paris, Raíssa falou sobre Guga vir para Juiz de Fora no Natal. Fiquei animada. Mas nunca soube se ele veio mesmo.

Em agosto daquele mesmo ano, morreu minha mãe. Eu era recém-nascida quando ela abandonou nossa casa para pôr o pé na estrada com seu amante, o guitarrista de uma banda fracassada. Nosso contato se limitava basicamente aos postais que ela enviava, das cidades onde a banda se apresentava; era praticamente uma cigana, sem teto, sem nada. Vez ou outra, junto do postal, enviava uma lembrancinha ("o que deu pra comprar") ou me visitava, muito raramente, se estivesse em Juiz de Fora, com uma caixa de bombons nas mãos. Fazia um comentário sobre meu novo (para ela) corte de cabelo ou algo do tipo. Tolices entre duas estranhas.

É claro que sofri quando o Amante (com letra maiúscula) bateu à nossa porta trazendo a notícia — "Aneurisma" —, pedindo ajuda financeira para o funeral. Mas nem posso imaginar o que teria restado de mim se tivesse sido o meu pai no lugar dela. Meu pai me criou sozinho, meu porto seguro, meu amigo de todas as horas, meu pai e minha mãe.

Confesso que cheguei a achar mais reconfortante ter uma mãe morta a uma mãe ausente; o vazio no lugar da decepção diária. Era um pensamento horrível, eu sei. Mas o que eu podia fazer se simplesmente era o que eu pensava? Causava-me náuseas. Duas ou três vezes, cheguei a vomitar, talvez numa tentativa inconsciente de que o pensamento se unisse à podridão indigesta e escorresse para fora de mim, descesse pelo esgoto, me deixasse em paz.

Minha mãe não tinha bens. Mas me deixou de herança um medo desesperador de ver minha vida parecida com a dela, ainda que no mais remoto grau. Eu seria diferente. Completamente diferente. Nem que para isso tivesse de abrir mão do meu maior sonho.

Eu só não sabia que teria de abrir mão de Raíssa também.

Raíssa descobriu que eu não tinha me inscrito para a Faculdade de Música no Rio de Janeiro, como prometido, e sim para administração de empresas em Juiz de Fora. Começou o blá-blá-blá daquele jeito Raíssa de ser. Era sempre ela que decidia a próxima brincadeira, a música, o filme da locadora, mesmo se a ideia tivesse partido de mim.

— Você só pode ter ficado louca, Bia! Você estuda música desde sempre, caramba! E o sonho de tocar em orquestras? De formar uma banda decente, arrumar uma gravadora? De sair em turnê pelo Brasil? Onde fica tudo isso? O que é isso, aliás? Covardia? Fraqueza? Porque, juro por Deus, Bia, seja lá o que for, não tem a ver com você! Você realmente acha que vai ser feliz no mundo corporativo ou sei lá onde pensa em trabalhar no futuro? Por que não veio falar comigo antes de marcar o xis na inscrição do vestibular?

Fiquei ouvindo aquilo de saco cheio e acabei soltando uma resposta atravessada, uma bobeira que poderia ter ficado esquecida no tempo.

Se *houvesse* tempo. Não havia.

Raíssa prestaria vestibular para medicina e passaria entre os primeiros colocados, como a melhor aluna do Colégio Halfeld que era. Faculdades diferentes até poderiam nos afastar. A briga, no entanto, determinou a separação.

Ainda me lembro das palavras e da acidez que provocaram em minha boca:

— Eu não sou uma patricinha metida e mimada. Não uso bolsa Victor Hugo. Ao contrário de você, preciso arregaçar as mangas e correr atrás do meu dinheiro para ter onde cair morta. Não posso me dar ao luxo de uma carreira falida.

Falida como a banda do amante da minha mãe, que, não fosse pela bondade do meu pai, não teria túmulo nem dinheiro para pagar o caixão.

Mas isso não saiu da minha boca. Os Vitorazzi não sabiam do Amante, da banda falida, dos detalhes da minha relação com minha mãe. Eu nunca havia contado a história completa e nunca contaria.

— Como é bom saber que você pensa tudo isso de mim.

— Pois é. Penso mesmo. Adeus, Raíssa. — Foi a primeira vez que falei por último.

Sem os Vitorazzi, minha vida ficou estranha. Não como uma parte do quadro esquecida em branco. Mas como um quadro inteiro esmaecido a um tom pastel.

De algum modo, no entanto, eu segui em frente. Na minha cabeça, era só eu passar no vestibular para que meus problemas se resolvessem num passe de mágica, para que as respostas superassem as perguntas. Já na faculdade, os problemas, embora diferentes, pareciam maiores. Algumas respostas vieram, mas, junto delas, também outras perguntas. Perguntas inúmeras. Perguntas difíceis. Decidi adiá-las. Mudar de estratégia. O negócio agora era me formar, ser aprovada no vestibular da vida adulta e arrumar um bom emprego. Livre para ser feliz.

O bom emprego veio e se foi. Eu tinha 25 anos, não me sentia adulta, muito menos madura. Não estava casada com o príncipe William, nem era multimilionária com disco de diamante e uma Blazer na garagem. Os problemas agora pareciam me engolir. E minha capacidade de sonhar, de pensar positivamente se perdera no caminho.

— Você precisa se permitir — disse o Sr. Desperdício, como se ouvisse meus pensamentos. — Sair do casulo. Ou deixar alguém entrar. Às vezes, ficar sozinha é uma barra. Se quiser conversar...

Continuei olhando a paisagem e fechei um pouco mais a cara para o caso de ele *ainda* não ter percebido que conversar não me agradava.

— Ah, por favor. Alivie essa cara, Bia.

Foi aí que virei o rosto e olhei para ele. Sem aliviar a cara, ouvi-me dizer:

— *Bia?*

Cinco

— Você disse *Bia*? — Meus olhos saltaram. — Como você sabe que eu me chamo Bia?

A mudança repentina em sua fisionomia soava como um "Ó-Óu".

— Eu... Quer dizer, você. — Ele coçou a testa. — Com que força você bateu a cabeça na Kombi? Você disse seu nome para mim. Beatriz. Lembra?

— Não. — Cruzei os braços. — Não lembro.

— Você estava confusa, então...

— Mas não disse meu nome para você.

— Infelizmente disse o nome e muito mais.

Eu me calei. A verdade é que eu não tinha certeza. Havia dito algumas palavras, mas não me lembrava com clareza de todas elas e não fazia sentido me preocupar com isso agora. O Sr. Desperdício sabia meu nome e daí? Eu gostava do meu nome. Guga também. "Bia, que rima com dia, que rima com poesia, que rima com... linda. *Lindo*, aliás. Seu nome é lindo."

Um estranho silêncio pairou sobre nós até que o Sr. Desperdício saiu da estrada e entrou num posto de gasolina, em Duque de Caxias. Desligou a Kombi longe das bombas de combustível, numa vaga camuflada entre os galhos de uma árvore, perto da lojinha de conveniência.

— Preciso tirar essa roupa molhada. — Puxou o freio de mão. — E você deveria fazer o mesmo.

— Não tenho outra roupa.

— Te empresto uma minha. — Ele saltou da Kombi e foi revirar sua mala, no bagageiro atrás de mim. — Toma. — Estendeu-me uma blusa branca de algodão e calças de moletom. — Vai ficar grande, mas é melhor que um resfriado.

— Não se preocupe — eu disse, sem me mexer. — Tomei a vacina da gripe.

— E daí?

— Costuma ser eficiente. Além do mais, está calor.

— Vai esfriar na subida da serra.

— É sério — insisti. — Estou bem assim.

— Bia... — suspirou. — Sempre teimosa. — Largou as roupas no espaço entre o painel e o para-brisa. Quando acabou de limpar seu assento, deixou a toalha, para que eu limpasse o meu depois. — E a vacina não previne resfriados. Anda. Pega logo. Ainda estão com a etiqueta.

Não sei se foi a preocupação carinhosa na voz dele ou a falta de lógica da palavra "sempre". Como assim "sempre teimosa"? Mas eu me rendi e apanhei as roupas. Não sem antes balançar a cabeça, contrariada.

Ergui a blusa pelas mangas, na altura dos olhos.

— Talvez nem fique tão grande — avaliei. — Engordei muito nos últimos meses.

— Vou comprar alguma coisa pra gente comer. Tô morto de fome. — Jogou no ombro uma camiseta azul e jeans limpos. — E você nunca esteve tão bem, pode acreditar em mim.

Tive a impressão de que, atrás dos óculos de sol, seus olhos me deram uma boa examinada antes de ele bater a porta e começar a se afastar. Fiquei imaginando a cor de suas íris e, num impulso, eu o chamei:

— Ei!

Ele voltou. Debruçou-se na janela.

— Por que os óculos se está nublado desse jeito? — perguntei, sem saber por quê. — Parou de chover, mas mesmo assim...

Ele pensou por um momento. Fiquei com medo de levar um fora. "E o que você tem a ver com isso?"

— Bem lembrado — foi o que ele disse. — Preciso comprar uma caixinha de Band-Aid. Cortei o supercílio quando me joguei no asfalto.

Ele me deu as costas e se afastou outra vez. Fiquei observando seu jeito de andar, seu corpo esguio, 1,80m de altura no mínimo. A blusa molhada moldava os seus músculos definidos, sem ser bombados. Usava jeans e All Star de cano curto, um estilo despojado que combinava com ele e o deixava ainda mais charmoso. Passou a mão no cabelo, certo de que estava sendo observado. Ele era atraente e sabia disso. Muito atraente, na verdade. Tão atraente que me fez estremecer.

Quando ele sumiu de vista e eu tive certeza de que não havia ninguém me espiando, troquei minhas roupas sem ficar pelada hora nenhuma, daquele jeito que os big brothers fazem para fugir das câmeras. Não que eu assistisse ao *Big Brother*. Preferia *O Aprendiz*, do Roberto Justus.

Tá legal. Eu não precisava mais mentir sobre isso, certo?

Sempre gostei do *Big Brother*. Todo mundo sabe que espiar a vida alheia, falar dela, é o passatempo mais antigo da sociedade. Nas palavras de Erica Jong, escritora e educadora norte-americana: "A fofoca é o ópio dos oprimidos". Quem nunca se sentiu oprimido que atire a primeira pedra!

Veja Fernanda, por exemplo. Só inventou que eu estava assediando sexualmente o meu estagiário de 19 anos (*Sei que foi ela que inventou tudo isso!*) porque, de alguma maneira, sentia-se oprimida, esmagada, aniquilada por minha futura promoção maravilhosa, e queria estar no meu lugar. E eu, em contrapartida, só me rendi às margaridas do meu primo porque me sentia oprimida, esmagada, demitida por justa causa sem causa nenhuma, depois de ter trabalhado tanto naquela empresa exploradora que mal tinha tido tempo de procurar margaridas melhores. Não que minha atitude atrás daquele arbusto tenha alguma coisa a ver com fofoca. É só um desdobramento da filosofia aqui exposta.

E tem mais, o que é a História senão uma coleção de fofocas? Quem pode realmente, *realmente,* afirmar que D. Pedro I proclamou a independência cavalgando um belo cavalo e não um burro? Que em vez de dizer "Independência ou morte!" com a voz gloriosa, disse "Independenciaoumorte!" num fôlego só, porque sofria de uma terrível dor de barriga e estava louco para descer do burro e procurar uma moita? Espere. Acho que *O Guia dos Curiosos* diz alguma coisa sobre isso...

O Sr. Desperdício voltou de roupa trocada. Ainda usava os óculos. Trazia as roupas sujas numa sacola. Sentou-se ao meu lado, entregando-me um saco de papel marrom cheirando à comida.

— É vegetariano... — descobri, depois de abrir a caixinha do sanduíche. — Mas como você sabe...? — Olhei para ele, fascinada. — Eu me esqueci de dizer...

— O quê? — disse ele. — Você é vegetariana?

— Sou.

— Eu não sabia. — Deu uma golada em sua Coca. — Pedi o lanche com menos calorias. Não que você precise emagrecer, como já falei.

Fiquei observando ele morder o hambúrguer e pensando que talvez estivesse na hora de eu baixar um pouco a guarda e "me permitir", como ele havia sugerido. A gente nem se conhecia. O que eu tinha a perder?

— Obrigada. — Sorri com timidez, desviando os olhos no mesmo segundo. — Foi muito legal da sua parte.

— Não tem de quê.

Eu estava com tanta sede que cheguei ao fundo da lata de refrigerante numa única sugada, praticamente. Mordi o sanduíche de milho com cenoura. Deus, que fome! A adrenalina mexe com o metabolismo da gente.

Depois de recolher todo o lixo e jogá-lo na lixeira mais próxima, o Sr. Desperdício ligou para a locadora de veículos e narrou o tiroteio com uma calma que invejei.

— Quer avisar alguém? — Ofereceu-me o telefone.

— Não, não, obrigada. — Ergui a mão. — Estou com o meu celular. Mas não quero apavorar meu pai nem nada disso. Ele tem uma floricultura, sabe. Trabalha até tarde aos sábados, não deve ter visto o noticiário ainda.

— E namorado? Não tem?

— Não! — exclamei. — É claro que não!

— Por quê? — disse ele, sorrindo. — Você poderia ter namorado, ué. Não usa aliança, mora com o pai...

— Para você ver — suspirei. — Nem tudo é o que parece.

— E às vezes é o que não parece.

— Como?

— Deixa pra lá. — Ele puxou o cinto de segurança emperrado. Fiz o mesmo. — O marcador da gasolina funciona bem ou é melhor garantir e encher o tanque?

— Funciona bem, acho.

— Meio tanque até Juiz de Fora? Será que dá?

— Juiz de Fora? Você também está indo para lá? — Com toda a confusão, eu nem havia me dado conta de que, até agora, ele havia seguido pelo mesmo caminho que eu planejava seguir. Não esperei a resposta: — Já sei. As malas. Está vindo do aeroporto do Rio, óbvio, como tantos juiz-foranos fazem todos os dias. E toca violão.

— Garota esperta. — Ele sorriu. — Bronca, mas esperta.

Então, finalmente, tirou os óculos de sol. E fez isso com muito cuidado. Como se o simples ato de tirar um par de óculos pudesse desencadear uma catástrofe na Terra. Virou-se para mim.

— E aí? — Seus olhos eram de um castanho líquido, amendoados, envoltos por cílios compridos e fartos; um Band-Aid cor de pele cobria o supercílio esquerdo. Ele me olhava de um jeito... como se seu único compromisso no dia fosse plagiar Cazuza e *achar a minha fonte escondida, alcançar-me em cheio o mel e a ferida*. — Vamos?

Fiz que sim, atordoada.

Mas ele girou a chave. Uma, duas, três... Dez vezes. O motor não pegou.

Largou-se no banco, por fim, desistindo. Olhou para mim.

— Deve ser a bateria.

— Não — contestei. — Deve ser a minha maré de azar. Deve, não, é! E você está comigo, portanto, azar o seu!

Por um segundo o silêncio foi absoluto. Depois, sem saber direito como aconteceu, a primeira vez em meses, eu caí na gargalhada.

Seis

Era a bateria, é claro.

Mas isso não significa que a causa maior não estivesse relacionada à minha falta de sorte. Porque estava. Sem sombra de dúvida. Ah, fala sério! O Sr. Desperdício virou a chave na ignição *meia hora* depois de eu ter escapado de um tiroteio, que aconteceu *no mesmo dia* em que acordei num colchãozinho cheirando a mofo, no quartinho dos fundos de uma casa nunca antes frequentada, a casa do meu tio-avô bigodudo. (Eu já havia falado do bigode do tio Tião? Não? Nem que o nome dele era Tião? Bem, estou falando agora.) O mesmo dia em que eu me arrependia amargamente de ter dado uns amassos no meu primo.

O Sr. Desperdício não concordou muito com isso. Com essa coisa de maré de azar. Nem depois de eu ter aberto o jogo para ele enquanto chupávamos balinhas Tic Tac de menta, recostados na lateral da Kombi, esperando a bateria recuperar o fôlego com a energia que puxava pelos cabos da chupeta. O frentista do posto de gasolina nos indicara o eletricista:

— Primeira à direita, depois segunda à esquerda. É a última loja da rua sem saída. Na frente do muro pichado: "Tua estrela solitária te conduz". O nome dele é Manuel.

Contei a ele que eu estava desempregada havia três meses. Ao Sr. Desperdício, não ao Manuel. Que havia sido dispensada injustamente por justa causa e, por isso, saído da FB Logística com uma mão na frente e a outra atrás. Ele sibilou um "i" prolongado quando confirmei que realmente — *sim, sim, é verdade!* — eu estava morando com meu pai de novo, no apartamento em cima da floricultura, depois de anos curtindo minha independência e liberdade. Se é que trabalhar doze horas por dia, sete dias por semana, almoçar biscoitos de pacote, engolir cafezinho atrás de cafezinho e assumir a brancura da pele sem medo de ser infeliz, na cidade maravilhosa, pode ser considerado sinônimo de curtir a liberdade em alguma língua intergaláctica desconhecida.

Só não contei do primo Jair. Nem das rosquinhas que eu tinha comido no café da manhã. Sabendo que eu estava de dieta, o Sr. Desperdício poderia me achar uma fraca, duvidar da minha força de vontade e tudo mais.

É. O caso é que falei, falei, falei. Depois falei um pouco mais. Minha boca até ficou seca e precisei virar dois copos d'água, do filtro de barro, nos fundos da loja do Manuel. Se ele estava mesmo disposto a ceder seus ouvidos às minhas lamentações (o Sr. Desperdício, não o Manuel), por que não aproveitar? Ele estava certo: sair do casulo era bom à beça, um alívio desabafar. Eu me sentia bem melhor.

— Coincidências. — Foi o que o Sr. Desperdício concluiu em relação às evidências gritantes da minha maré de azar, enquanto observávamos Manuel mexer nos fios e encaixar a bateria recarregada no lugar. Manuel resmungou qualquer coisa sobre ferramentas trocadas. Gritou por um tal Carlão. Desviei os olhos do cofrinho que saltava de suas calças, para não vomitar. — Mas você podia se benzer, Bronquinha. Só para garantir.

Nessa hora, arrancou-me uma risada irresistível e eu me engasguei com a água, que já havia esguichado pelo meu nariz. Ele estava virando especialista em me fazer rir. Eu nem me incomodava mais com o apelido Bronquinha. Não achava jocoso nem nada. Era fofo. E até excitante: ele tinha a voz mais linda do mundo, e eu, um corpo de 25 anos fervendo de estrogênios carentes. Só não mais excitante que o flerte que começou a rolar de repente. Ele, dirigindo a Kombi restaurada. Eu, tentando inutilmente não olhar muito para ele.

— Sou eclético — respondeu, quando perguntei que tipo de música ele gostava de ouvir. — Antigamente era viciado em rock, só ouvia rock, só *vestia* rock. Mas hoje ouço de tudo. Nem que seja só para criticar depois.

— Somos dois, então. Só não suporto música eletrônica.

— Eu não tenho nada contra — disse ele. — Mas ando ouvindo muito blues e blues-rock. Descobri umas bandas novas, tô curtindo. E toco pop rock também.

— Ouço mais os antigos — assinalei. — B. B. King, Jimi Hendrix, Eric Clapton. Mas gosto muito do John Mayer Trio também. Aliás, não só do Trio...

— Ele é bom.

— É, ele é bom. — *Sem mencionar que é supergostoso*, pensei. *Eu não me importaria de ser a tricentésima namorada do John Mayer. E ele, meu primeiro namorado.* — Já disse que estudei no conservatório? Toco piano e teclado.

— E violão ultimamente.

— Como sabe?

— Os calos nos seus dedos.

— Uau! — Minhas sobrancelhas subiram e desceram.

— O que foi? — Ele desviou os olhos da pista e me olhou rapidamente.

— Sei lá — sacudi a cabeça.

— Pode falar, Bronquinha. Já pulamos essa fase.

— Você sabe um bocado de coisa sobre mim — confessei. — Parece vidente às vezes.

— Não é culpa minha se dá para ver seus calos da lua.

Ergui as mãos e examinei meus dedos. As pontas pulsavam, vermelhinhas.

— Na verdade — comecei a dizer —, estão mais para bolhas.

— Nem preciso perguntar se as cordas do seu violão são de aço.

— São, sim.

— Viu? — disse ele. — Não é uma questão de ser vidente. Cordas de aço... — Estalou a língua. — Uma judiação para mãos delicadas.

— Mas o som vale a pena.

— O sacrifício pela música... — suspirou com tristeza. — Sei bem o que é isso. As pessoas sempre me perguntam por que me enveredei por essa carreira e sei lá... — Pensou um pouco. — Nunca consegui elaborar uma resposta impressionante. Então costumo dizer que é só um lance da música. Ou do que ela faz comigo.

— Acho essa resposta bem impressionante — eu disse, fascinada. — E o que a música faz com você? É segredo ou eu posso saber?

— Segredo não é — ele riu —, mas não sei a resposta. O que a música faz com você?

— Hum — Pensei. — É. Também não sei.

— A música não é uma opção — disse ele. — Não vem de fora para dentro. Mas de dentro para fora, sabe. Como uma extensão do meu corpo.

— Você toca profissionalmente?

— Ahã. — E mudou de assunto: — Mas seus dedos estão mesmo num estado lamentável... Há quanto tempo não tocava violão, hein, Bronquinha? A pele dos dedos desacostuma.

— Eu não tinha muito tempo livre quando trabalhava, então...

— Ah, não... Mais uma *workaholic*. — Ele meneou a cabeça e, por uma fração de segundo, enxerguei no gesto a reação de Guga, balançando seus longos cabelos, reprovando os compromissos inadiáveis do pai. Guga ainda sorria seu sorriso metálico: "Se ele me obrigar a ser médico, eu fujo de casa". — Mas fiquei curioso, Bronquinha... Você não gosta de ser observada porque...?

Mordi o lábio, confusa. Ele continuou.

— Porque te deixo nervosa, entendi.

— Não! — exclamei.

— Deixo, *sim*.

— Não é isso! É só que...

— É só o quê?

— Eu...

— E não é pouco, não. — Sorriu. — Eu te deixo *muito* nervosa! Olha só!

— Meu Deus! — eu disse, envergonhada. — Você é impossível.

— Ah, para de mentir! — Balançou a cabeça. — É feio para alguém de meia-idade.

— Meia-idade?

— Eu vi as rugas na sua testa.

— Eu não tenho rugas. — Afastei alguns fios da testa e provei para ele. — Olha aqui. Cadê? Onde estão as rugas?

— Agora desapareceram — disse ele. — Mas antes eu dava uns cinquentinha para você.

— Que horror! — Fiquei de boca aberta. — É a idade do meu pai!

— Do meu também. Só que ele parece um garotão.

☘ ☘ ☘

A chuva não voltou a cair. Na subida da serra de Petrópolis, as nuvens haviam se dispersado e dava para ver o horizonte e suas montanhas verdinhas, as rochas colossais. Ele sugeriu uma paradinha no mirante, para admirar a paisagem, mas fui contra.

— Ah, vai — insistiu. — Se você soubesse como fica sexy com as minhas roupas...

— Não, nada de paradinha! — Bati o pé, as bochechas corando.

Como se tivesse sido fácil suportar os olhares enviesados de Manuel, mesmo depois de eu ter amarrado a calça de moletom bem firme na cintura, para não ficar caindo. Coisa que Manuel deveria ter feito com suas próprias calças, em vez de expor seus clientes à visão nauseante de um cofrinho à mostra.

Quando deixamos a BR-40 e pegamos a entrada para Juiz de Fora, já passava das sete. Nessas alturas, o Sr. Desperdício sabia que, somadas, minhas dívidas giravam em torno de 21 mil reais. Eu, por outro lado, sabia que ele morava fora do país, que estava no Brasil para um compromisso de família, embora ele não tivesse se aprofundado nesse assunto.

Em frente ao Parque da Lajinha, na entrada de Juiz de Fora, o celular dele tocou. Ele estacionou e atendeu.

— Problemas na locadora onde eu deveria devolver o Vectra — disse para mim, desligando o telefone. — Posso guiar para lá?

— Claro.

Quinze minutos depois, a Kombi parava junto ao meio-fio da imensa locadora de veículos. As luzes dentro da loja e em volta dos carros em exposição eram impossivelmente claras, de arder os olhos. Não desci da Kombi. Mas, pelo espelho do carona, reparei quando ele começou a tirar a sua bagagem do carro e colocar na calçada. Enfiei a cabeça pela janela.

— O que está fazendo?

— Liberando a Kombi para você. — Explicou o óbvio que não me interessava saber. — Isso aqui vai demorar.

— Eu espero. — Ele tinha sido tão legal comigo, não custava nada retribuir com simpatia. Além do mais, eu não queria me despedir. Não ainda. — Depois te levo aonde for.

— Eu pego um táxi, fica tranquila.

— De jeito nenhum.

— É sério — insistiu, segurando o estojo do Martin D-18 com uma mão e fechando a porta da Kombi com a outra. Eu não podia acreditar que o Martin D-18 estivesse indo embora sem que eu tivesse tido a chance de deslizar meus dedinhos pela madeira polida. Eu nem tinha *visto* a madeira polida! — Você precisa descansar, olhe só para você!

Fiquei sem graça. Mas logo depois ele estava rindo, então relaxei e ri também.

Por mais que eu quisesse, eu não podia insistir demais. Passar a imagem da garota azarada carente desesperada outra vez. Assim, suspirei com pesar e aceitei a derrota:

— Você venceu.

— Sempre.

E agora? O que eu tinha de fazer? Descer da Kombi e me despedir? Como? Apertando a mão dele? Um abraço? Três beijinhos?

Mas ele tomou iniciativa. Deixou o violão encostado na Kombi. Ajeitou a mochila nas costas e se aproximou da janela. Eu me afastei e ele se debruçou ali.

— Obrigado pela carona, Bia.

— Obrigada por salvar minha *vi*... Ei! Você não me disse o seu nome.

Ele ficou muito quieto, olhou para um lado, para o outro, mordeu o lábio, coçou o queixo. E voltou-se para mim.

— Essa coisa de nome, sei lá... — disse, vagamente. — É uma regra social tão sem sentido! — Beliscou o meu ombro. — Não acha?

Fala sério! Às vezes, ele parecia maluco.

— Não. — Franzi a testa, meio confusa, meio com vontade de rir. — Era para achar?

— Por exemplo, se eu dissesse a você que meu nome é Tospericajerja... acredite, seria perfeitamente possível... toda a atração que você sente por mim desceria pelo ralo no mesmo segundo. — E deu de ombros, como se fosse a pessoa mais encantadora do universo. Gostei disso e me movi no assento para ouvir melhor. — Mas já que regras são regras... pode me chamar de Cara.

— *Cara*? — Cruzei os braços.

— Oi, Cara. Tchau, Cara. Cala a boca, Cara — disse, experimentando a ideia. — É. Fica bom assim.

— Mas... *por quê?*

— Meu nome é broxante.

Então não aguentei e comecei a rir.

— É uma revelação para o terceiro encontro — disse ele. — Ou quarto. Quando você estiver tão de quatro por mim que nada poderá atrapalhar o meu caminho.

— De quatro por você? — Balancei a cabeça, perturbada com essa conversa de loucos. — Ai, ai. Você é tão seguro de si. Como se fosse totalmente irresistível...

— Não está curiosa para descobrir, Bronquinha? — provocou, com um sorrisinho torto. — O meu nome, quero dizer.

Suspirei. Depois soltei os ombros.

— Tá certo... Você venceu de novo. — Ele era maluco, mas sabia mexer comigo. — Até algum dia então... *Cara*.

— Até amanhã às sete da noite. — Deu um tapinha na Kombi e saiu puxando a mala de rodinhas. Por sobre o ombro, ainda gritou: — E não se atrase!

Então sumiu de vista. Arrastei-me para o banco do motorista, sem parar de pensar nele e de rir comigo mesma durante todo o caminho até em casa.

Eu estava rindo. Sozinha. Incrível como o tiroteio parecia distante.

Foi só quando subi as escadas de casa para o segundo andar e girei a chave na fechadura é que tive um pensamento infeliz. Ainda que ele soubesse meu sobrenome do mesmo jeito que sabia meu nome, eu não estava na lista telefônica. Ele não sabia o nome do meu pai. Não sabia o número do meu celular. Não sabia onde eu morava. Então, de uma hora para outra, senti-me ridiculamente desanimada.

É. Até quando a sorte sorria para mim, sorria com uns dentes faltando.

Sete

Assim que abri a porta da cozinha, ouvi o barulho da televisão vindo da sala. E lembrei que precisava de uma desculpa pelo atraso.

Na noite anterior, eu havia ligado para avisar meu pai do temporal e do quartinho do tio Tião. Mas estava decidida a não contar do tiroteio. Seria cruel demais apavorá-lo se eu já estava ali, sã e salva, dentro de casa. Apesar da gravidade dos fatos recentes, eu não precisava agir como daquela vez (a única vez) em que tirei 8,5 na prova de piano. Arrasada, saí correndo do auditório, procurei um orelhão e implorei aos prantos que papai fosse me buscar no conservatório, sem explicar a ele o que estava acontecendo antes de o cartão acabar. Vinte minutos depois, quando me encontrou viva no saguão de entrada (eu, minha pastinha de partituras e Guga sentadinho ao meu lado, passando a mão no meu cabelo e dizendo que 8,5 era, sim, uma nota excelente), meu pai me abraçou apertado e começou a chorar:

— Nunca mais faça isso com o papai.

Aos 25 anos, eu podia superar *sozinha* qualquer trauma, não podia? Um tiroteio? Fichinha. Não seria *tão* difícil. Não depois do Cara, o trampolim de que eu precisava para pular bem alto e ver além. Enxergar graça no simples fato de estar viva. "O que passou, passou", ele dissera.

Eu estava disposta a viver o presente e olhar para o futuro de maneira positiva. Fazia tempo que eu não me sentia assim: livre do medo, aberta a joguinhos inteligentes de sedução, desejada pelo bom papo e não pelo que tinha no meio das pernas.

Quanto a outros traumas, como minha tendência a ferrar com todas as boas oportunidades amorosas que me apareciam (eu devia ter passado mil vezes embaixo da mesma escada, só podia ser), já não estava bem certa. Minha "maré de azar espanta gato" não era algo suscetível à banalização e ao costume. Como se eu pudesse me alegrar... "O Cara? Só mais um para encompridar minha lista de insucessos, hahaha."

Ele não era mais um. Era engraçado, espirituoso, tocava violão, tinha um sorriso de dentes perfeitos e a altura certa para que eu encaixasse minha cabeça sob seu queixo. Caramba! Ele queria me ver de novo! Mas a vontade não lhe mostraria o caminho da minha casa...

Deixei as roupas sujas na área de serviço. Minha cabeça não doía mais, embora o galo estivesse dolorido quando experimentei passar os dedos por ele. Aproveitei para lavar o rosto na pia do tanque, livrando-me das provas mais evidentes. Com alguma sorte (e eu realmente esperava poder contar com a sorte desta vez), papai não teria visto o noticiário. Ou, quem sabe, o tiroteio tivesse passado despercebido em meio às notícias da Copa do Mundo, que aconteceria dali a um mês. A guerra urbana no Rio de Janeiro não era nenhuma novidade. Ou, pelo menos, nada que tirasse o brilho da seleção canarinho concentrada em algum hotel de luxo.

Entrei na sala escura sem fazer barulho, hesitando atrás do sofá quando encontrei meu pai deitado ali. *Jornal Nacional*.

Tudo bem. Não importava. Se ele tivesse visto a notícia do tiroteio, e daí? Eu ainda conseguiria me livrar disso, certo? Pensamento aberto, positivo e operante. Eu tinha diploma em administração de empresas, duas pós-graduações e uma experiência de quase-morte. Não era uma mula, pelo amor de Deus!

Acendi a luz e atravessei a sala, largando minha bolsa e as chaves da Kombi na mesinha de centro. Sentei-me na banqueta do piano de armário e esperei.

Eu até poderia me safar do interrogatório enfadonho, mas não seria me arrastando sorrateira para o quarto. Papai iria me ver. Ele era o Válter Guimarães, afinal de contas. Aquele que aconselhava as mães das minhas amigas: "Como educar seus filhos com as rédeas curtas do amor sem que eles se revoltem contra você". É sério. Tudo que a Bia adolescente desejava era ser uma avestruz e enfiar a cabeça num buraco. Tenho certeza de que Lili repassava os conselhos a Nazaré, a babá de Guga e Raíssa, a grande responsável pela boa criação que os dois tiveram.

Conclusão: eu teria de encarar meu pai. E, como nas ocasiões em que eu fugia escondida para a mansão cor-de-rosa a fim de ajudar Raíssa em suas inesgotáveis tramoias para conquistar Olavo Bonsanto, seu único e verdadeiro amor, a resposta já estava prontinha na ponta da minha língua: "Puxa, é mesmo? Um tiroteio na Linha Vermelha? Sorte a minha que passei pela Avenida Brasil. Tio Tião mandou lembranças". Só esperava que funcionasse dessa vez.

Mas ele só virou seu rosto magro na minha direção e disse:

— Olha só quem está voltando para casa! Acabaram os créditos do seu celular ou não pagou a conta?

— Oi, pai — foi o que respondi, sentindo um jorro de alívio. Não pela piadinha com a conta do celular, que realmente estava atrasada, embora eu ainda tivesse alguns créditos para falar e mandar torpedos.

O que era ridículo. Sentir um jorro de alívio, digo. A Bia adolescente é que se sentiria assim.

Mas eu não me encontrava numa posição favorável para lhe fazer exigências, julgar seu comportamento anacrônico. Ele havia me acolhido de volta com todo amor e compreensão. Nunca acreditou que eu houvesse assediado Paulo Mendonça. Ofereceu-me seu ombro amigo quando precisei chorar. Até me ofereceu ajuda financeira antes de eu mentir, dizendo que estava tudo sob controle (e agora eu ainda tinha a bateria e o serviço do Manuel eletricista para pagar no cartão. O Cara até insistiu em contribuir; queria pagar tudo, na verdade, inclusive a bateria e o eletricista, mas não aceitei, então ele pagou a gasolina e os três pedágios, o que foi justo, acho). Eu não tinha o direito, nem queria reclamar. Se estávamos vivendo sob o mesmo teto novamente, era razoável que eu mantivesse o meu pai informado dos meus passos. Na medida do possível.

— Está tudo bem? — Pelo controle remoto, ele diminuiu o volume da tevê. Depois sentou seu corpo franzino no sofá. Papai era magro de tanto carregar vasos de flores para cima e para baixo. Eu deveria seguir seu exemplo e não ter tanta preguiça de me exercitar. — Você demorou.

— É — eu disse, economizando palavras. — Demorei.

Ele esfregou o rosto. Depois me olhou com os olhos mais azuis que os meus. Os pés de galinha roubavam-lhes um pouco do brilho de antigamente, evidenciado nos porta-retratos espalhados pela sala. Mas eram olhos infalíveis, como sempre. Olhos que não deixavam passar nada...

— O que aconteceu com as suas roupas? — quis saber. — E com o seu cabelo?

— Ah. — Levei a mão ao cabelo, dando uma rápida espiada no noticiário a que papai não estava prestando atenção. Imagens da Linha Vermelha surgiram na tela. Então gelei. E desandei a falar: — Eu me molhei na chuva e Jair me emprestou qualquer roupa que não fosse da defunta. Demorei a sair de Angra. Tio Tião me entupiu de rosquinhas, me agradeceu pela coroa de flores. E depois foi o engarrafamento na Linha... Quer dizer, na Avenida Brasil, você sabe. — Soltei uma lufada de ar, decidindo de repente pular a parte da bateria arriada. — Cansativo.

— Culpa do crescimento desordenado das cidades brasileiras — disse ele. — Eu vou te contar... O governo precisa dar um jeito nesse caos em que se tornaram as nossas ruas ou vamos assistir a um colapso geral não vai demorar. Eu só fico aqui pensando...

☘ ☘ ☘

Ele discursou sobre o assunto por mais de um minuto. As imagens na tela mudaram para a enorme cara do Dunga, num documentário especial sobre a história dos capitães da seleção brasileira.

É isso aí. Salva pelo Dunga.

E não estou falando de um dos sete anões. Mas do ex-futebolista também conhecido por ocupar a posição de treinador da seleção brasileira na Copa da África do Sul.

E o mais impressionante de tudo: não era a primeira vez que isso acontecia. Ser salva pelo Dunga, quero dizer.

Para quem duvida, vou contar a história da Copa dos Estados Unidos. Mais precisamente, a história dos bastidores da torcida no último jogo, Brasil x Itália, nos maravilhosos tempos em que Dunga entrava em campo usando chuteiras e não casacos Alexandre Herchcovitch.

Local: Juiz de Fora, bairro São Pedro, condomínio Parque do Império, mansão cor-de-rosa dos Vitorazzi.

Raíssa e eu tínhamos pintado o rosto com guache amarelo e passado o domingo perseguindo Guga pela mansão apinhada dos convidados do dr. Alberto e Lili Vitorazzi. Estávamos agora a trinta minutos do início do jogo e continuávamos enchendo o saco do garoto, para que fizesse uma aposta contra o nosso palpite de que o placar terminaria em 4 a 0 para o Brasil.

— Ah, Guguinha, por favor... — choramingou Raíssa com toda sua persistência infantil. — Apostar é o maior maneiro.

— Apostar não é o maior maneiro — disse ele, estacionado ao lado da mesa de canapés.

— Se não fosse o maior maneiro eu não estaria participando de três bolões! No colégio, na natação e também no balé. Eu e a Bia combinamos de apostar em dupla e dividir o prêmio depois, não foi, Bia?

— Foi — confirmei, mesmo tendo quase certeza de ter pedido para ela não incluir meu nome no bolão do balé.

Guga nem deu confiança. Encheu um prato de comida e se retirou para a biblioteca. Fomos atrás dele.

— Eu não entendo por que ela insiste nessas comidas sem sal — disse ele, referindo-se à sofisticação de Lili. Apertando o nariz como se obrigado a chupar limão, enfiou um canapé de damasco na boca. — Ninguém gosta disso. Só ela.

— Não muda de assunto — reclamou Raíssa. — Qual é a sua aposta? Fala logo!

— É — eu disse, fazendo a minha parte. — Fala logo, Guga.

Guga terminou de engolir o canapé e lançou-me um olhar chateado:

— Até você, Beatriz?

Mais vermelha que pimentão, dei um sorrisinho sem graça e desviei os olhos para o tapete persa, como se pedisse desculpas por ser tão fiel a Raíssa. E ele havia me chamado de Beatriz ainda por cima... Tão fofo!

— Sabe de uma coisa? — Guga saiu depressa em direção à cozinha. Raíssa foi atrás, praticamente correndo, seus tênis pisca-pisca deixando um rastro de luz vermelha pelo corredor. Corri atrás dela. — Estou com muita, *muita* fome. Vou pedir a Naná para fritar umas batatas, fazer pipoca. — E perguntou por sobre o ombro: — Vocês também querem?

— Nós queremos que você faça a sua aposta sobre o placar final do jogo! — insistiu Raíssa, meio que gritando. — Por favor, Guga, *por favor*...

— Já falei que não.

— E por que não?

— Porque você duas vão perder.

Raíssa não ficou nem um pouco satisfeita com essa afronta e, puxando Guga pela barra da blusa, sacou sua última arma. Ameaçou contar para todo mundo que o amado jabuti de Lili, desaparecido no quintal havia quase um mês, era o mesmo jabuti que Guga (distraído pela estreia da seleção na Copa e com a cara colada na tevê) deixou escapar pelo portão da garagem.

— Golpe baixo! — reclamou, injuriado. — E fique você sabendo que vou trazer o Ligeirinho de volta para casa.

— Ah, é? — provocou Raíssa, feliz com a vitória. — Posso saber qual é o seu grande plano?

— Tenho certeza de que Ligeirinho está por aí, perdido no condomínio.

— Dã! — Raíssa socou a própria testa. Depois cruzou os braços. — O condomínio é grandão, seu mané!

— Já perguntei aos três porteiros — explicou. — Rubens Cascão, Jurandir e Teodoro. Todos me garantiram que o Ligeirinho ainda não passou pela portaria. Vão interfonar aqui para casa quando isso acontecer. Daqui a algumas semanas, talvez. Ou meses. E ainda vai dar tempo de eu chegar lá embaixo e pegar o Ligeirinho com as minhas próprias mãos.

— Então qual é? — perguntou Raíssa.

— Qual é o quê?

— A sua aposta, uai.

Guga apostou no zero a zero só para nos irritar. Mas, para nossa infelicidade, o empate acabou acontecendo.

Enquanto os jogadores se posicionavam em campo, concentrados para a grande decisão nos pênaltis, eu, diante da tevê, me alternava entre roer as unhas já roídas e pescar umas pipocas da tigela sem nem olhar para ela.

Estava desesperada. Não apenas porque a profundidade na voz do Galvão Bueno triplicava a angústia de qualquer torcedor, mas principalmente porque eu não fazia a mínima ideia de como ia conseguir os 50% da grana para comprar a camisa oficial da seleção brasileira, o prêmio da aposta combinado com Guga, sugestão de Raíssa, agora emburrada ao meu lado.

Eu tinha então 9 anos, mas já sentia na pele a dureza que era ter uma melhor amiga tão rica. Já havia torrado todas as economias do meu porquinho na papelaria do Zé, com canetinhas hidrocor e cartolinas para os cartazes “Pra frente, Brasil”, que Raíssa e eu desenhamos. Ou melhor, que *Raíssa* desenhou. Nunca consegui desenhar um coração que não lembrasse uma bola murcha.

A camisa da seleção era cara pra dedéu! Dava uns quatro meses da minha humilde mesada! Isso, claro, se eu sacrificasse meus cinco picolés por semana. Como viveria sem meu Chicabon era só no que eu conseguia pensar quando Roberto Baggio, da seleção adversária, errou aquele último pênalti.

Guga deu um grito. Depois um pulo.

Mas só quando Dunga (salve! salve!) ergueu a taça da vitória foi que Guga, em êxtase absoluto, nos abraçou, uma de cada lado, e disse:

— Abro mão da camisa da seleção, turminha.

Senti uma pontada de esperança e levantei a cabeça para olhar para ele. Sem tirar o braço do meu ombro, ele piscou para mim e arrematou:

— A camisa é “massa pacas”, mas vai ficar ultrapassada mesmo. Agora... se vocês quiserem recolher todas as bandeirinhas amarelas que pendurei na varanda da sala e pintar as paredes do meu quarto de azul outra vez, eu vou achar muito bom. Mas podem esperar até o ano que vem. A mamãe não vai ligar. Olhem lá o sorrisão dela! — Apontou o queixo na direção de Lili, enfeitada de verde e amarelo dos pés à cabeça, pulando com as amigas dondocas como se não tivesse se submetido a uma lipoaspiração recentemente. — Aposto que nem se lembra do Ligeirinho.

Dias depois Guga compôs uma música em homenagem à seleção; sua primeira composição com letra e tudo. E vou dizer uma coisa: já naquela época, dava para ver que o talento dele ia além dos instrumentos. Guga era um artista completo. Tirando, claro, sua voz em início de transformação. Mas isso era em parte culpa do aparelho freio de burro. Só aos 14 anos Guga começou a usar aparelho fixo.

Raíssa comprou uma camisa da seleção (com menos da metade de sua mesada) e deu de presente a Nazaré, que ficou feliz da vida.

— Tudo bem se o Guga não quer a camisa — explicou Raíssa quando questionei a razão do gesto. — Mas não quero ficar com peso na consciência.

☘ ☘ ☘

Algumas Copas do Mundo depois, ali estava eu, ouvindo vagamente o falatório de papai.

— É tudo muito acelerado. — Ele continuava divagando sobre o trânsito brasileiro. — Você vê... no meu tempo, carro era coisa de luxo.

Papai era estreante na casa dos cinquenta, mas seu rosto cansado somava-lhe uns anos na aparência. Não que ele fosse triste. Pelo contrário. Tinha um humor invejável, a não ser quando dava para falar das peripécias político-econômicas do nosso país. Eu não o culpava. Ele passara pela ditadura militar, pelo plano Collor e por um sem-número de moedas diferentes.

Talvez seu cansaço fosse fruto das irrecuperáveis noites mal dormidas, já que, quando bebê, eu chorava sem parar graças a um pé torto congênito que levou dois anos para ficar totalmente curado.

Ou talvez fossem os cabelos que lhe faltavam na frente da cabeça. Ou a escassez dos remanescentes no arco de trás, grisalhos, mais para brancos.

— Fiz lasanha de queijo. — Ele se levantou para fechar as janelas da sala, isolando o vento frio das noites de maio. Juiz de

Fora está a menos de duzentos quilômetros do Rio de Janeiro, mas parece distante uns dois trópicos no que se refere ao clima. Mas isso tem a ver com a diferença de altitude entre as duas cidades. — Está na geladeira, é só esquentar. Mas o seu cabelo está mesmo esquisito... Ventania em Angra dos Reis?

— Não estou com fome, obrigada. — Mudei de assunto: — Deu movimento na loja hoje?

— Um minuto. — Ergueu a mão. — Você está bem? Mesmo?

— Estou, por quê?

— Acabei de dizer que o seu cabelo está esquisito e você não me devolveu uma resposta malcriada?

— Não, pai.

— Ora, ora, que coisa boa. — Ele sorriu. — Ah, os funerais... Sempre nos levam a refletir sobre o que realmente importa na vida.

Ele não sabia nem ia ficar sabendo sobre o tiroteio, se Deus quisesse. Mas o que tinha me levado a refletir sobre o que realmente importa na vida (o que realmente importa na vida?) tinha mais a ver com o meu próprio funeral, adiado por tempo indeterminado.

— Deu para se virar sozinho, pai? — perguntei. — Muitas entregas para fazer?

— O movimento foi fraco. — Soltou um suspiro desanimado e sentou-se outra vez. — Mas não fiquei sozinho na loja.

— Não? — perguntei. — Quem ficou com você?

— Uai... Eu não comentei com você que a Joana voltava hoje?

— Não.

— Pois é — confirmou. — Ela voltou. E ficou na loja enquanto fiz as entregas, só uns gatos pingados.

Joana era a funcionária pau para toda obra; anos e anos de dedicação ferrenha à floricultura do meu pai. Quando voltei para Juiz de Fora e comecei a ajudar na loja, papai lhe ofereceu uma licença remunerada, para que ela pudesse passar uns tempos cuidando da mãe adoentada, em Chácara. Mas eu deveria ter desconfiado que ela estava de volta. Papai não havia me ligado nem uma vez para reclamar do atraso da Kombi no dia de maior movimento (em tese) na semana. Joana tinha um caminhãozinho velho e, na certa, fora com ele que papai distribuíra os gatos pingados.

— Como ele está? — perguntou de repente.

— Ele quem?

— Tio Tião.

— Ah — eu disse. — Muito triste, acho. Ele vai se mudar de Angra depois de amanhã, sabia?

— Uai. Vai para onde?

— Ele se aposentou recentemente — repassei as informações. — Comprou umas terras em Dona Euzébia, perto de Cataguases, e vai se mudar para lá. Já estava cansado de ir e voltar toda hora.

— Umas terras em Dona Euzébia?

— Ahã. Está plantando e vendendo flores. Pelo que entendi, comprou o negócio pronto, montadinho, com clientes, fornecedores, empregados e tudo mais. Convidou Jair para ajudá-lo na administração.

— Então está explicado.

— O quê?

— O infarto fulminante que matou a Abigail — disse ele. — Abigail era estéril e descontava as mágoas no enteado. Batia no garoto, nos verões em que o coitadinho saía da casa da mãe em Cataguases para passar as férias com o pai.

— Minha nossa! — exclamei, horrorizada. — E o tio não via isso?

— Engenheiro na usina de Angra... Não parava muito em casa. — Balançou a cabeça. — O garoto escondia as marcas dos golpes de cinto. Tinha medo de que a mãe descobrisse e proibisse as visitas ao pai. Quando a verdade veio à tona, o tio pediu a separação. Mas a Abigail fingiu depressão e prometeu se tratar. Ele acabou perdoando... Era louco por ela. — Suspirou. — Bem, isso é o que dizem as fofocas da nossa família. Você sabe que eu não falo com ele desde a época em que estávamos para abrir uma horticultura e ele pulou fora, no último minuto, me deixando na mão com dezenas de negócios para desfazer. Largar a engenharia era o sonho dele. Mas aquela vagabunda tinha medo de ficar pobre.

— Eu não sabia que a Abigail era assim tão má. — Quer dizer, eu *também* havia feito certas escolhas com medo de ficar pobre. Só que minhas decisões não interferiam no sonho de outras pessoas. — Deve ser por isso que Jair não parecia lá muito sensível no velório da madrasta dele. — Sem mencionar que tinha um preservativo no bolso da camisa. *No bolso da camisa!* Nem na carteira era.

— Bem — disse papai —, Abigail não se sensibilizou com as marcas no corpo do garoto. Só pensava nela. Uma das pessoas mais egoístas que conheci. Lembrava a Sara. Com a diferença de que Abigail não tinha um amante. Não que a gente soubesse, pelo menos.

Estranhei a conversa. Nós quase nunca falávamos da minha mãe, muito menos da traição. Não que fosse um assunto proibido nem nada. Mas estávamos adaptados ao arranjo familiar a que a circunstância nos obrigou.

É verdade que passei boa parte da infância evitando minhas amigas quando suas mães dedicadas, zelosas e amorosas estavam por perto. Não me sentia bem vendo tantos beijinhos e carinhos. O que, curiosamente, não acontecia se a amiga em questão fosse Raíssa. Talvez porque Lili estivesse muito aquém do meu modelo de mãe ideal.

Mas sei lá... A vida é feita de perdas e ganhos. Se a minha mãe não tivesse fugido de casa tão cedo, minha relação com o meu pai poderia ter se tornado só a metade do que era. E eu o amava demais para abrir mão do "inteiro" que ele significava para mim.

E assim, de uma hora para outra, eu me solidarizei com Jair. No fim das contas, compartilhávamos mais semelhanças do que o fato (de repente pouco importante) de termos dado uns amassos num parente de segundo grau. Ambos tínhamos crescido em famílias desfeitas.

— Pobre Jair — suspirei. — Não terminou os estudos. Vive azarando todo mundo...

— Quem sabe agora, trabalhando com o pai, ele não entra nos eixos?

— Tomara. — Eu me levantei. — Bem, vou tomar um banho, refrescar as ideias. E dormir cedo. Estou exausta.

— Boa noite.

— Boa noite para você também, pai. — Joguei a bolsa no ombro.

— Ah! Bia? — Chamou-me de volta. Eu me virei.

Ele folheava as páginas da *Tribuna de Minas*, o jornal local... Ai, não. Ai, não. Ai, não. Espera. Era o jornal do dia, certo? Não teria como...

Estendeu-me a página aberta. Só entendi a ansiedade em sua fisionomia quando apanhei o papel. Meus olhos desceram pela coluna social, parando na foto de três pessoas com legenda estendida.

"Os noivos Raíssa Vitorazzi e Olavo Bonsanto com Eleanor Silva. Eleanor é diretora da Nossa Casa Nosso Lar, a instituição filantrópica que acolhe os desabrigados das enchentes, para onde os noivos doarão os presentes do casamento que acontece no último sábado do mês de maio, na propriedade de campo da família Vitorazzi em São João Nepomuceno, a Fazenda Amarela.

Raíssa, filha do cirurgião plástico Alberto Vitorazzi e da socialite Lili Vitorazzi, é médica residente em dermatologia. Olavo, filho dos advogados Isabel e Elias Bonsanto, é auditor da Receita Federal. Parabéns aos noivos solidários."

Meus olhos subiram novamente para a foto.

Os anos não surtiram efeito sobre Raíssa. Linda, magra, morena, com ondas de cabelo que lhe caíam suaves nos ombros bronzeados. As maçãs do rosto coradas. Um sorriso de dentes muito brancos. A mesma expressão esfuziante no rosto perfeito, que deixava a maioria do corpo estudantil masculino babando atrás dela. E, pelo visto, continuava solidária. Ela doaria (*doaria!*) seus presentes de casamento aos desabrigados das enchentes. Raíssa tinha o pavio curto, um gênio dominador, mas, ao mesmo tempo, um coração que não lhe cabia no peito. Finalmente Olavo Bonsanto tinha sido esperto e percebido tudo isso.

Em poucos dias, Raíssa se casaria com o garoto dos seus sonhos. Teria a festa dos sonhos na fazenda dos sonhos. A lua de mel dos sonhos. Na casa dos sonhos, faria sexo dos sonhos todas as noites, a noite inteira. E acordaria no dia seguinte com disposição para exercer a profissão dos seus sonhos. Daria à luz os filhos mais lindos do mundo (olha só a beleza na foto do casal!), que tomariam sorvete com o tio dos sonhos (o homem dos *meus* sonhos), observando a vista de Londres subir e descer pelos vidros da roda gigante. Raíssa e Olavo morreriam bem velhinhos, de velhice, as mãos enrugadas entrelaçadas, cercados pelos netos dos sonhos. Felizes com a vida dos sonhos que teriam vivido, o conto de fadas. Felizes para sempre.

— Você está bem? — A voz de papai interrompeu-me o torpor.

— Hum? — balbuciei, sem parar de olhar a foto. Depois sacudi a cabeça e desviei os olhos. — Por que não estaria?

— O convite deve chegar nos próximos dias — disse ele, com falsa animação. — Ainda dá tempo. Se é nisso que está pensando.

— O convite não vai chegar.

Fechei ruidosamente o jornal e o devolvi a ele.

— Mas estou feliz por ela — garanti. — Pode acreditar.

E era verdade.

Eu estava feliz por Raíssa. Mas a perfeição de sua vida só evidenciava o quanto *a minha vida era infeliz*. De repente a decisão de tentar olhar o futuro de maneira positiva pareceu-me uma ideia idiota. A quem eu queria enganar? Não havia salvação para mim.

Entrei no banho com a mente cheia de emoções, mas me sentindo vazia. Depois de tantos anos de amizade e cumplicidade, de confidências trocadas, eu sequer *veria* Raíssa no vestido perolado dos seus sonhos, a cauda enorme estendendo-se por três metros. Em suas mãos, um buquê de rosas colombianas. Ela flutuaria pela entrada ao som dos violinos tocando *Here, There and Everywhere* (Raíssa teve o *insight* da música perfeita muito antes da Phoebe dos *Friends*).

Eu não veria nada disso porque tinha sido corajosa ao dizer palavras tão duras, mas covarde ao me calar quando tudo o que mais queria era abrir a boca e pedir perdão.

No fim, tudo se resumia a isso. Eu era uma covarde.

E o rumo da minha vida até agora era a consequência merecida das escolhas que eu tinha feito, todas motivadas pelo medo.

Com movimentos automáticos, enfiei um pijama qualquer, deitei na cama, puxei o edredom por sobre a cabeça e ali fiquei, sem conseguir evitar o veneno que corria em minhas veias, num movimento lento de autocorrosão.

Eu era nociva e sentia-me um lixo por isso. Depois de um dia impossivelmente confuso, cheio de horror, gritos e lágrimas, um dia em que eu praticamente tinha nascido de novo, tudo o que eu mais queria era poder fechar os olhos e sumir, mergulhar sem voltar à superfície.

Oito

Acordei na manhã seguinte com o brilho dos raios do sol através das pálpebras fechadas. Tinha deixado a persiana suspensa; preferia a luz ao barulho do despertador. Mas hoje a luz também me incomodava. Então me virei para o outro lado da cama, percebendo que meu corpo formigava por inteiro. Deus, que aflição! Cada pedacinho de mim reclamava a noite mal dormida.

Eu havia passado a maior parte da madrugada de olhos abertos, observando o teto escuro. Nas raras vezes em que peguei no sono (um sono rápido e agitado), os pesadelos se sucediam: marchas nupciais se alternando com uma voz inconfundível dizendo "Vamos dar o fora daqui" e "Até amanhã às sete da noite". A voz teria sido um sonho bom, um conforto e alento, se não me fizesse lembrar que não voltaria a ouvi-la com ouvidos reais.

É. O Cara mexia comigo de um jeito que eu não conseguia entender.

Eu me sentia diferente da maioria das pessoas normais. A maioria das pessoas normais teme a solidão da noite. Porque é durante a solidão da noite que a maioria das pessoas normais não consegue fugir de pensamentos recorrentes. Não que eu conseguisse. Tampouco me agradava pensar. Se Glorinha do marketing tinha razão em alguma coisa era quando estava atolada de trabalho e um engraçadinho qualquer que estivesse de saída passava por ela provocando:

— Pare e pense, Glorinha, tanto trabalho vale a pena?

Ao que ela respondia, cheia de saber:

— Se eu parar e pensar, peço demissão no mesmo instante. Então nunca paro. Nunca penso.

Com a solidão da noite eu podia lidar. Mas agora era dia e eu tinha medo de abrir os olhos. Eu não queria encarar o que quer que estivesse me esperando do lado de fora. Sabia que era só uma questão de tempo. Horas, minutos, talvez nem isso, para um novo monstro pular em cima de mim e me atacar pelas costas.

Fernanda chamaria isso de síndrome do pânico motivada pela exposição contínua a níveis elevados de estresse. Ela costumava pesquisar sobre doenças na internet, em busca de qualquer sintoma que pudesse identificar em si mesma e, com isso, abiscoitar uma licença médica.

— Transtorno neurótico — disse-me certa vez. — Essa é a solução.

Só que ela perdia tempo, coitada, pesquisando sobre o transtorno errado. Se tivesse se informado melhor a respeito dos sintomas do transtorno de personalidade, como manipulação, reações dramáticas, obsessão em chamar atenção para si mesma e sedução inapropriada com direito a lingeries de oncinha no primeiro encontro, estaria afastada da FB Logística há muito tempo.

Minha definição para o meu problema parecia um pouco mais saudável. Preferia pensar que era simplesmente a Vida Real da Bia.

Na Vida Real da Bia, eu não me sentia bem para levantar da cama.

Acontece que, na Vida Real da Bia, não levantar da cama não era uma opção. Se fosse... Deus, eu não daria um passo para fora do quarto hoje. Tocaria violão até estourar as bolhas e tirar sangue dos dedos, pediria pizza Marguerita pelo celular e depois puxaria a embalagem da entrega pela cordinha lançada da janela. Como quando fiquei de castigo, sem poder ver ninguém, por ter me enfiado de novo na mansão dos Vitorazzi quando deveria estar estudando para a prova de português do dia seguinte. Papai não acreditou quando eu expliquei que já sabia conjugar todos os verbos justamente porque tinha ido para a casa da Raíssa estudar em dupla.

— Ah, é? E onde estão os seus cadernos? — perguntou assim que cheguei em casa. — Você está de castigo depois da prova de amanhã! Todo o fim de semana! Não pode sair nem ver ninguém!

Foi por isso que Raíssa teve de levar escondida a última edição da *Capricho* para mim, para que eu não ficasse tanto tempo isolada do mundo, nos tempos em que a internet não era tão comum assim.

— Pode soltar a revista — eu disse baixinho, debruçada no parapeito da janela.

— Espera. — Raíssa segurava a *Capricho* já amarrada à cordinha. — Só quero ver o Leo mais um pouquinho...

— Compre outra revista para você, ora bolas! Papai não pode me ver aqui na janela.

— O Guga está me esperando em frente à padaria. De bicicleta.

— E daí?

— E daí que estou de carona na garupa dele. — Explicou, olhando rapidamente para o alto. — Você acha que o Guga vai querer dar uma paradinha na banca de jornal só para eu comprar outra revista e ficar vendo o Jack e a Rose de braços abertos na proa do navio ao pôr do sol? O olho do Leo é tão verde...

— O Guga não vai ligar. Ele também gosta do *Titanic*.

— Da parte do iceberg em diante — disse ela. — Se o Guga souber que eu trouxe esta revista para você, ele vai me matar! Ele disse outro dia lá em casa "Pare de influenciar a Bia! Ela não ia gostar tanto desse merdinha do DiCaprio se não fosse por sua causa". Ele pensa que eu trouxe a *Veja* pra você, hahaha.

— Então é melhor você soltar essa revista agora mesmo.

— Por quê?

— Porque o Guga está virando a esquina. De bicicleta.

— Ai, meu Deus! Puxa a corda! Puxa logo!

Tudo bem. Talvez eu estivesse exagerando. Sobre a Vida Real da Bia, melhor dizendo. Papai não se importaria se eu resolvesse ficar na cama hoje, ainda mais tendo de volta Joana (seu braço, perna, joelho e pé direito; a cabeça criativa da loja). Para falar a verdade, ele até me incentivava a descansar, fazer outros programas, me divertir no fim de semana, embora nunca especificasse *como* eu deveria fazer todas essas coisas e *na companhia de quem*.

É claro que eu gostava de flores. Mas papai não fazia campanha para que eu seguisse seu caminho. Ele trabalhava de domingo a domingo e fazia isso com prazer. Mas sabia muito bem que, para mim, floricultura era um trabalho tedioso. Só existia uma única atividade nesta vida capaz de me prender por horas e horas sem que eu me sentisse cansada e com vontade de parar. E tinha muito mais a ver com notas musicais, cordas e teclas do que com pétalas, mudas e espinhos.

O que papai não sabia era que aquele velho ditado "Se correr o bicho pega, se ficar o bicho come" encaixava-se perfeitamente à Vida Real da Bia. Eu não queria sair do quarto, mas se ficasse presa entre quatro paredes, continuaria pensando, pensando e pensando. E pensar me enfraqueceria ainda mais. Quando o novo monstro me atacasse, acabaria comigo numa bocada só.

☘ ☘ ☘

Com uma coragem que eu não tinha, vesti uma blusa desbotada e me enfiei num par de jeans tão apertado que precisei me deitar na cama e murchar a barriga para terminar de fechar o zíper.

Arrastei-me até o banheiro e tive a infeliz ideia de me olhar no espelho sobre a pia. Deus, eu estava um bagaço! Minha pele branca tinha manchas escuras. Ao redor dos olhos inchados, olheiras levemente arroxeadas sugeriam o choro que não tinha vindo. Lavei o rosto duas vezes, escovei os dentes, ajeitei o cabelo num rabo de cabelo meio frouxo. Mas fiquei com preguiça de espalhar corretivo na pele. Na verdade, minha única bisnaga de corretivo estava bem no finalzinho e não valia a pena gastá-la agora. Encontrei papai debruçado na bancada alta da cozinha. Tomava café e lia o jornal.

Merda. O jornal de novo.

Pelo menos era a *Tribuna de Minas*. Então eu tinha chance de escapar outra vez.

Fui até a pia, enchi um copo com água e engoli um comprimido de Dorflex para aliviar as dores musculares. Puxei uma cadeira e me sentei à mesa posta. Servi uma xícara de café, exagerando nas colheradas de açúcar. Como diria a falecida Vó Geralda, mãe de papai, "De amarga, basta a vida". E a minha vida andava mais amarga que jiló. Cortei um pedaço de broa de fubá e pus no prato. Comecei a mastigar devagar.

Papai percebeu que eu não estava para papo. Mas raras eram as vezes em que ele seguia seu instinto de autopreservação e evitava conversa. Normalmente só ficava quieto assim quando precisava escolher melhor as palavras antes de entrar num campo minado. Não parecia o caso. A menos que ele tivesse lido sobre o tiroteio.

Não, não. Nem assim. Sobre o tiroteio, pensei, ele saberia muito bem o que dizer. Portanto, o silêncio me incomodou.

— Quer que eu abra a loja hoje? — sugeri, passando manteiga num biscoito de água e sal. E era manteiga, *manteiga mesmo*. Amarela e gordurosa. Nada de margarinas e afins. Eu não me sentia no clima para dietas. Não hoje. Não tendo de enfrentar um domingo atrás do balcão da floricultura.

Com Joana de volta, as entregas das encomendas ficariam por conta de papai, como costumava ser antes de ele ter medo de me deixar sozinha na loja e, por isso, ter me colocado para dirigir a Kombi em seu lugar. Eu não o culpava. Nunca tive habilidade para produzir arranjos e manusear ferramentas de corte, embora soubesse dar um troco sem errar um centavo. Agora, no entanto, eu passaria o dia inteiro tendo de sorrir falsamente para clientes e dar conselhos mais fajutos ainda sobre o tipo ideal de flor para presentear mães, amigas, namoradas, amantes e noivas.

E eu era um fiasco nos cinco quesitos necessários para ser uma boa conselheira sobre o assunto:

1. Nunca soube a flor preferida de minha mãe, nem se ela gostava de flores, aliás.

2. Tinha perdido minha única amiga havia séculos, embora soubesse de sua preferência por rosas colombianas (as verdadeiras, produzidas a 2.600 metros de altitude, em regiões de grande luminosidade e com temperatura em torno de 15 graus).

3. Não fazia a menor ideia de como era estar na pele de uma namorada.

4. Amantes... *Puft*! O próprio nome já diz: amantes "amam" demais. E considerando que eu estava bem abaixo da média da mulher brasileira de oitenta relações sexuais por ano... É melhor nem comentar.

O que está faltando mesmo?

5. Noiva? Hahaha. Conta outra.

— Acordou de mau humor? — Papai virou a folha do jornal. — A reflexão pós-velório durou menos do que imaginei.

Não respondi. Em vez disso, revirei os olhos e me concentrei em cortar uma lasca maior do tablete de manteiga.

— Na verdade — ele continuou, agora cauteloso —, eu ia sugerir o contrário. Por que não fica em casa e dorme mais um pouco? Ou sei lá... Vai dar uma caminhada no campus da universidade, depois passear no shopping. O dia está tão bonito. Joana chega cedo mesmo e...

— Não.

Nesse momento, seus olhos deixaram o jornal e se fixaram no meu rosto. Duas bolas azuis que mais pareciam dois canhões de raio laser.

— Bia — disse ele, numa voz preocupada —, você precisa descansar, filha. Não adianta ser tão dura consigo mesma. Não adianta fingir que nada está acontecendo. Você tem o direito de estar chateada. Tem sido difícil para você.

Difícil? E ele não sabia da missa um terço.

— Tempo livre não cura a chateação de ninguém. — Mordi o biscoito. — Além do mais, se eu parar, eu penso. E pensar é sempre pior.

— Quem disse uma besteira dessas para você? Pensar nunca é pior. Pensar é a solução. E você precisa parar e pensar.

Tá legal. Isso era novidade demais para as minhas teorias feministas, aperfeiçoadas por quase três décadas. Tudo bem que desabafar com o Cara tinha sido um alívio. Mas eu queria saber de onde foi que ele e papai tinham tirado essa ideia de que "Pensar é o caminho" ou "Você precisa se abrir com alguém". Quer dizer, a menos que o mundo estivesse de pernas para o ar, eu não vivia num planeta onde seres do sexo masculino gostam de pensar ou desabafar ou discutir a respeito de qualquer tipo de problema, muito menos problema dos outros, vivia?

— Fala logo, pai. Aonde quer chegar com essa conversa?

— Eu não ia tocar no assunto... — Hesitou por um instante. — Ainda mais depois da história do casamento da Raíssa...

— Eu estou feliz por ela. Vamos pular essa parte.

— Certo. — Ele fechou o jornal e veio se sentar de frente para mim, na cadeira de madeira marfim que destoava das outras três ao redor da mesa, todas de alumínio. — Na sexta à tarde, ligaram para você. Eu não sabia direito...

— Não, pai — interrompi. — Não precisa ficar preocupado se desligou o telefone sem saber quem era. Não era o Cabral. — Papai vivia especulando sobre meu *headhunter.* — Sei que você está tão ansioso quanto eu, pai. Mas o Cabral me ligaria no celular.

— Ligaram do banco.

Então meu estômago desceu até o pé. Depois subiu de volta com toda força. O que era uma coisa bastante perigosa levando em conta que eu tinha ingerido um pedaço enorme de broa de fubá, dez biscoitos de sal, cinco amanteigados da Fábrica de Doces Brasil, três polvilhos e duas xícaras de café melado. E eram 8 horas da manhã.

Ele chegara rápido demais. O monstro me abocanhara por trás.

— Ah, não... — murmurei entredentes, largando a banana descascada sobre a mesa. Espalmei as mãos ao lado da cabeça, encolhendo-me por dez segundos. Depois olhei para ele, pronta para mentir. — Pai, não se preocupe. É sério. Está tudo sob controle.

— Não foi o que pareceu. — Ele ergueu as sobrancelhas grisalhas como se acrescentasse: "Sei que você deve 21 mil reais". — Filha, escute. Eu tenho umas economias, não é muita coisa, mas se você deixar...

— Não, pai! — guinchei. — Por favor, *não.* Não piore as coisas para mim. Eu sou administradora e sei... administrar. Dívidas, inclusive.

— Então pelo menos me deixe pagar um salário a você, como funcionária da loja. É o justo, Bia. Está na lei.

— Não — neguei de novo. — Já conversamos sobre isso. Não quero. Estou fazendo bico na floricultura para não ficar à toa. Fique tranquilo. Não vou processar você mais tarde.

— Se um fiscal do trabalho aparecer...

— Fiscal do trabalho? — Eu ri nervosamente. — Na Floricultura Quatro Estações? Arrume uma desculpa melhor, pai. E convenhamos... eu sou uma péssima funcionária. Até hoje não sei diferenciar os tipos de orquídeas.

— É difícil até para os mais experientes.

— Você já fez muito me acolhendo de volta.

— Pelo amor de Deus, Bia, eu sou *seu pai*!

— Mas nos Estados Unidos os jovens saem de casa aos 18 anos para ganhar a vida.

— Mas nós não vivemos nos Estados Unidos.

— Mas eu já tenho 25 anos e você me ensinou a poupar. Deixe que eu me viro com o resto.

— Por que você não vende seus móveis e toda a parafernália que trouxe do Rio? — sugeriu, incansável. — Um anúncio nos Classificados da *Tribuna* deve ajudar. O terraço está lotado. E tudo bem, tem a laje do telhado. Mas a proteção não é assim tão boa. Quando chove...

— Pai! — exclamei, contrariada. Deus, aquilo não tinha fim! — Eu vou arrumar outro emprego, tá legal? Tenho um currículo ótimo. Na verdade, nem sei por que o Cabral ainda não apareceu com uma proposta excelente para mim. Mas não vai demorar, tenho certeza. E o bom emprego não vai ser em Juiz de Fora. Vou precisar montar outro apartamento e não faz sentido me desfazer dos móveis que já tenho. Além do mais, meus móveis são de primeira qualidade. Madeira boa, não estraga fácil.

— Mas filha...

— Ponto final, pai.

Ele começou a recolher os pratos e as xícaras em total e completo silêncio.

Então me senti horrível.

— Olhe, pai — eu disse, a voz mais mansa. — Não quis ser grosseira. Obrigada por sua preocupação. Mas é só que... você sabe, a situação está sob controle. Confie em mim.

Ele não pareceu convencido. Mesmo assim concordou.

— Tudo bem — disse ele. — Só procure dar um jeito de vender as flores encalhadas antes que elas murchem de vez e se tornem invendáveis.

Suspirei.

As flores encalhadas... O argumento imbecil que me veio à mente no primeiro dia em que comecei a ajudar na floricultura e papai deu início a essa lenga-lenga de me pagar um salário. O argumento que, Deus sabe como, foi capaz de sossegá-lo. Até essa manhã.

Em vez de receber salário, propus a ele que me deixasse embolsar todo o dinheiro que eu conseguisse arrecadar com a venda das flores descartadas, as flores de corte que ele recolhia das prateleiras tão logo começavam a morrer e as enfiava num quartinho, nos fundos da loja, com pena de jogá-las no lixo. Papai era rigoroso no controle de qualidade, de modo que o quartinho (que apelidei de UTI) vivia abarrotado de plantas moribundas que ficavam lá, murchando dia após dia, perdendo a cor e a vida até que sobrassem apenas pétalas secas, inúteis, na maioria das vezes.

Só que, claro, vender flores murchas seria tarefa difícil até para o Silvio Santos, o melhor vendedor do Brasil, em minha opinião. Se eu tinha conseguido arrecadar cinquenta reais até hoje era muito. E isso porque, certa vez, vendi o restolho como adubo para um fornecedor de Barbacena. E desconfio que Inácio só concordou em comprar tudo aquilo depois que papai buzinou em seu ouvido (se não pagou ele mesmo para que o Inácio fizesse a oferta). Desde quando flores mortas são bons adubos em cultivos profissionais? A UTI estava cada dia mais cheia e, não ia demorar muito, eu seria obrigada a telefonar para a funerária, a caçamba de entulho, para que levassem tudo embora e enterrassem no lixão.

— Vou pedir ajuda a Joana — eu disse, tentando agradar. — Ela é criativa. Quem sabe não inventa uns arranjos com pétalas mortas? — Eu me levantei. — Agora vamos descer?

— Bia, tem mais uma coisa... — disse ele. — Vou a Barbacena hoje à tarde e só volto amanhã de manhã. Faz dois meses que não passo por lá e, você sabe, o Inácio quer me mostrar as reformas que fez no sítio, tomar uma cerveja...

— Divirta-se.

— Só estou falando isso porque... — Ele parou. — Seja boazinha com a Joana, quando estiver sozinha com ela.

— Por que está dizendo isso?

— Seja educada e melhore essa cara.

— É a única que eu tenho.

— Bia...

— Tudo bem. — Bufei. — Vou fazer o meu melhor, pai. Vou sorrir para ela, abraçá-la, beijá-la e declamar um poema, se for preciso.

— E escove os dentes antes de descer.

— Ah, tá bom, pai. — Fiz careta. — Obrigada por lembrar. Você comprou Tandy de uva? — ironizei. — Só escovo os dentes se for com Tandy de uva.

— Na segunda prateleira do armário embaixo da pia.

Arregalei os olhos, assustada.

— Para mim, você sempre será a garotinha do papai.

Tandy de uva! Nem sabia que ainda existia...

Nove

Quinze minutos mais tarde, entrei na floricultura pela porta diretamente ligada à escada que descia da nossa casa. Papai, por sua vez, seguiu pelo corredor, saindo para a rua. Do lado de dentro da floricultura, no escuro, fiquei esperando e observando as duas portas de aço da entrada principal serem erguidas pelos braços magros de papai. A luz do sol de repente clareou as prateleiras, deu vida às flores, fez cintilar a inscrição Floricultura Quatro Estações em letras azuis nos vidros laterais da vitrine, que se repetia na porta interna, também de vidro.

A floricultura, decorada em tons pastel, era bem equipada: vendíamos flores, cartões, quadrinhos de parede, bichos de pelúcia, livros de jardinagem e ornamentação, e coisas do tipo.

Liguei a música ambiente e comecei a organizar o balcão. Deixei as prateleiras por último, enquanto papai passava atrás de mim, levando os vasos mais bonitos para a calçada, a fim de impressionar os transeuntes. Levou também um quadro negro de três pés onde escreveu as promoções da semana em giz branco.

Todos os dias, o procedimento era exatamente o mesmo. E todos os dias, papai fazia isso com um enorme sorriso no rosto.

— Bia! — A voz chegou primeiro. Eu me virei. — Que bom ver você, querida!

Lá estava Joana e toda a simpatia que fazia dela uma vendedora hábil, cheia de pique. Tinha 40 anos? É. Quarenta, acho. De todo modo, não aparentava. Joana mantinha a boa forma com caminhadas diárias na Avenida Itamar Franco. O cabelo, impecavelmente tingido com *henna*. Vestia jeans e blusa de manga comprida com estampas de cores sóbrias.

Eu me senti mal com a minha "cara de balde" e forcei um sorrisinho, como prometido:

— Oi. — Eu a abracei. Ou melhor, *ela* me abraçou. — Como vai a sua mãe?

— Está melhor, querida, obrigada. — Joana guardou sua bolsa de lona atrás do balcão e vestiu o avental do uniforme. — Senti saudades da floricultura. — Olhou para papai, que estava empoleirado no alto da escada de alumínio, dando batidinhas na lâmpada fluorescente para que parasse de piscar. — Bom dia, Válter.

Qualquer pessoa que observasse Joana e o modo como se movia ao redor de papai, o modo como falava com ele, perceberia ali uma paixão reprimida. Eu não sabia se ele sabia. Ou se correspondia. Ele nunca, absolutamente nunca, falava de mulheres comigo e jamais tinha assumido um relacionamento sério, embora eu soubesse, por terceiros, de duas ou três mulheres com quem ele tinha saído. Mas isso já fazia tempo.

— Andei rabiscando uns desenhos — disse Joana. — Só umas ideias para dar uma renovada na loja. Venha ver, Bia.

Joana abriu sua pasta preta e eu me debrucei no balcão para ver melhor. Ela costumava tirar fotos dos arranjos que criava e as enfiava dentro de sacos plásticos, junto com os esboços à mão, mesmo que nunca tivesse aproveitado o portfólio de maneira mais produtiva.

— Estes três foram os últimos — disse ela, apontando com o dedo.

— Lindos, Joana. Parabéns.

O dia arrastou-se monótono. Poucos clientes. Poucas entregas. Na hora do almoço, nós três nos revezamos sem que eu ficasse sozinha na loja. De tardinha, papai partiu de Kombi para Barbacena. Joana ficou comigo, mas as únicas pessoas que entraram na floricultura foram meia dúzia de garotos suados, suplicando para que enchêssemos suas garrafinhas com água gelada.

Do outro lado da rua, perto da escola municipal, havia uma imensa área gramada e plana, utilizada pela prefeitura para a realização de eventos, mas que, na maioria das vezes, servia de campo de futebol. Num domingo ensolarado, o lugar ficava abarrotado de gente, crianças na maioria. Só que ninguém ali parecia interessado nas flores de papai.

— Se precisar de alguma coisa, me ligue. — Foi o que Joana me disse, depois de me ajudar a recolher os vasos e o quadro negro da calçada, e de juntar suas coisas. Passou a bolsa no ombro. — Até amanhã.

Apagou as luzes da frente da loja, pendurou a plaquinha FECHADO na maçaneta e encostou a porta de vidro ao passar por ela.

Eu me sentia exausta. Minhas pernas e braços doíam muito; o efeito do Dorflex tinha passado havia horas. Mas resolvi não deixar serviço para o dia seguinte. Peguei a vassoura e comecei a varrer atrás do balcão. Estava agachada, juntando o lixo para cima da pá quando ouvi um barulho e me levantei num salto, arfando de susto e espalhando a sujeira.

O Cara estava parado a três metros de mim.

— Bem me quer — disse ele, arrancando a última pétala da margarida em sua mão e jogando-a para o alto.

Fiquei olhando para ele, chocada. Não pela coincidência de ele estar segurando uma margarida que não tinha pétalas, apenas caule; uma margarida *de verdade*.

Mas porque... É isso mesmo. O Cara estava ali. Na minha floricultura. Rodeado de flores coloridas.

Não tinha sido uma vertigem. Ele realmente existia e Deus... Era mais lindo do que eu conseguia me lembrar. Usava All Star preto, calça jeans, blusa cinza estampada com quatro bonequinhos atravessando a Abbey Road. Duas sacolas de mercado penduradas no braço. Nas costas, o violão.

Precisei me apoiar na vassoura para não cair e sei que minha cara não estava nada boa pelo modo como ele ergueu as sobrancelhas (uma delas com Band-Aid colado) e disse:

— Você está atrasada. E parece mais Bronquinha do que nunca.

Então abriu o sorriso e tudo que fiz foi fechar a cara um pouco mais.

Só que, claro, ele não fazia a menor ideia de que havia um balão gelado na minha barriga crescendo a uma velocidade exponencial. Mesmo que aparentasse o contrário para quem visse de fora, eu sabia perfeitamente que essa coisa que eu sentia dentro de mim, essa coisa que ardia e se irradiava para todas as células do meu corpo, essa coisa tinha nome.

Era alegria, combinada com generosas doses de desejo.

Dez

— O QUE VOCÊ ESTÁ FAZENDO AQUI? — destilei minha voz mais ácida, pendurando a vassoura no porta-vassouras.

Livrei-me rapidamente do avental do uniforme, na remota esperança de que o Cara ainda não tivesse notado o azul ridículo, uma espécie de desbotamento da bolota da bandeira do Brasil. O avental era o item mais feio da loja. Só perdia para a minha cara mal-humorada. Eu me sentia alegre e a alegria mascarava o cansaço, apesar de eu ainda estar arfando devido ao susto. Mas o hábito falava mais alto e me impedia de botar a alegria para fora. Era como uma concha dura sob a qual parecia confortável eu me esconder.

— Ah, não — disse ele, com um suspiro desanimado. — De novo, não. Já ouvi essa antes.

Ele se aproximou sem nenhum constrangimento, como se fosse de casa. O que era uma coisa muito desconcertante pelo modo como sua estatura alta vinha preenchendo os espaços da floricultura. Largou as duas sacolas em cima do balcão e jogou na lixeira o que tinha restado da margarida, desviando-se para não bater a cabeça na prateleira das camélias brancas. Então me olhou por alguns instantes, os olhos tranquilos, enquanto eu me perguntava se a luz em cima de mim era forte o bastante para evidenciar minha pele arroxeada e com olheiras imensas. Eu não devia ter poupado o restinho do corretivo da bisnaga... Burra, burra!

Arriscou a voz meiguinha:

— Como assim, "o que estou fazendo aqui", Bia? A gente combinou, não lembra? Com que força você bateu a cabeça na Kombi?

— Já ouvi essa antes — revidei.

— Não acredito que voltamos à estaca zero depois de tanto progresso...

Ele bufou, passando a mão pelo cabelo curto desalinhado. Um gesto tão natural e, ao mesmo tempo, tão sexy, que só pude me sentir uma idiota olhando para ele, minha concha dura estremecendo grotescamente. Na verdade, a concha estava prestes a rachar. E isso não seria nada bom. O Cara perceberia a mudança em meu comportamento e se gabaria de ser responsável por ela.

— Pensei que as rugas da sua testa tivessem sumido de vez — continuou. — Mas não. Olhe aí.

— Pensou errado. — Virei um pouco o rosto, tirando a testa do foco de luz. — E não voltamos à estaca zero.

— Não?

— Nem pusemos a primeira estaca ainda.

— Hum, tentador... — Deu a volta no balcão, parando bem perto de mim. E deve ter rachado mais uns dez centímetros da minha concha quando mandou mais essa: — Isso só aumenta minha vontade de subir lá na sua casa e ajeitar o programinha *light* que providenciei para nós dois.

— Programinha *light*?

— Não sei quanto a você, mas eu não consegui dormir direito. Ainda tô cansado pra caramba.

Para quem ostentava uma tranquilidade budista durante o tiroteio... Para quem afirmava ter vivido a melhor adrenalina de todos os tempos... Para quem comparava a experiência a tocar violão em pubs lotados...

Bem, não importava. Seu olhar debochado, cansado ou não, era ardente feito o diabo. E os bonequinhos dos Beatles na altura do peito... Só me fez lembrar que o Guga era louco pelo George Harrison.

— Tive uma noite agitada, sabe? — ele explicou. — Pesadelos com tiros, sangue... Embora ninguém tenha ficado ferido. Você viu o noticiário?

— Não prestei atenção.

— Então pensei numa rodada de filmes, um pouco de música... E, claro, Red Bull para aguentar tudo isso. O que me diz? Seu pai não está em casa...

— Como você pode saber que o meu pai não está em casa? — Pisquei os olhos, atordoada. — Aliás, como você chegou à minha casa? Como me descobriu aqui?

— A inscrição "Floricultura Quatro Estações" na sua Kombi não está ali à toa, está? Mas eu iria até o fim do mundo para encontrar você.

Ai. Meu Deus. A concha rachou mais um pouco, abrindo-se como a cortina de um palco. Se ali seria encenada uma comédia ou uma tragédia, eu não sabia dizer.

— E o seu pai não está em casa porque a Kombi não está na rua. Vocês não têm garagem. Ele vai demorar?

— Volta só amanhã de manhã.

— Melhor para mim.

Pronto. Rachou a concha.

Ele era irresistível, o filho da mãe. E fofo e espirituoso e pretensioso e gostoso até não poder mais. Ah, qual é? Eu era semivirgem, mas *mulher* em primeiro lugar!

Então, sorri. E ele também.

Dei um passo para trás. E ele, dois para a frente, ateando mais fogo no meu corpo de palha seca.

De repente o calor tornou-se sufocante e eu, meio sem saída, enfiei-me no quartinho da UTI, o lugar mais fresco da floricultura por mais incrível que pudesse parecer, e abri a janela. Precisava respirar, me recompor.

Mas o Cara veio atrás de mim com violão e tudo.

— Caramba! — Olhou em volta. — É aqui que vocês escondem os cadáveres?

— Mais ou menos — consegui responder. Minha voz agora era educada, ainda sem fôlego. — Não são cadáveres. Mas não há esperança.

— Deve ser difícil controlar estoques de produtos perecíveis. — Tocou uma begônia murcha. — É sempre cheio assim?

— O Dia das Mães não atingiu às expectativas. Sobrou muita coisa.

— Ah.

Ele fez cara de quem entendia. Quer dizer, quase. Então contei do acordo que tinha feito com meu pai. Disse que embolsaria sozinha todo o dinheiro arrecadado com a venda das flores descartadas.

— Mas fechei só um negócio até hoje — completei. — Cinquenta reais foi o que me pagaram pelas flores em ponto de adubo.

— E eu achando que arrancar um sorriso do seu rosto era um baita desafio... Foi fácil. Rápido demais.

— Você tem talento.

Agora eu me sentia plenamente à vontade com minha alegria entusiasmada. Se ele se gabaria pela mudança de comportamento, bem, o que eu podia fazer?

Mostrei a ele as outras plantas, as moribundas e as vigorosas, que coloriam a loja. Ele tirou o violão das costas, para não ficar esbarrando de maneira perigosa nos arranjos e vasos. Acompanhou-me interessado, desafiou-me a acertar o nome das flores enquanto ia cobrindo as plaquinhas indicativas. Só vacilei quando chegamos à fileira de orquídeas. Mesmo assim, errando as espécies. Ele não perdoou o que chamou de "absurdo vergonhoso". E se divertiu:

— Precisa estudar mais, Bronquinha. — Puxou o *Orquídeas, um Guia Prático* da prateleira de livros mais alta (aos 14 anos, Guga já alcançava aquela prateleira sem ficar na ponta dos pés) e o sacudiu perto do meu rosto. — Por que não lê isto aqui?

— É uma boa ideia.

Brincou com os bichos de pelúcia. Deu voz aos pobres coitados e vida às patas peludas. Simulou uma briga entre um cachorro e um gato enquanto eu... bem, eu ria sem parar. Era fácil rir com ele.

Perguntou-me se havia muita procura pelos bichos.

— Bichos de pelúcia acompanhando as flores? — respondi, meio que devolvendo a pergunta. — As garotas mais românticas não resistem à combinação.

Do lado de fora da loja, na calçada, ele me ajudou a descer as portas de aço e firmou-as com o pé, para que eu, agachada à mercê do vento frio, conseguisse encaixar a chave na fechadura e girá-la. Minha luta constante com as portas, que só obedeciam ao jeitinho experiente de papai...

— E você é? — perguntou de repente.

— O quê? — Eu me levantei, limpando as mãos no jeans.

— Romântica?

Pensei um pouco. Ele brincava com meu rabo de cavalo.

— Não sei.

— "Não sei" não é resposta.

— Tudo bem, já fui romântica um dia — eu disse, quando subíamos as escadas para a minha casa. — Não sou mais.

— Eu não concordo.

— Por quê? — Entramos pela porta da sala. Acendi a luz, aliviada por ter feito uma boa faxina na última quinta-feira. — Foi você quem perguntou.

Ele passou por mim, olhando em volta com estranha curiosidade. Então sorriu para a sala (não estou de brincadeira!) e largou as sacolas na mesinha de centro. O violão, deixou recostado na quina, entre a estante de mogno e a parede, que carecia de uma demão de tinta.

— Bia. — Olhou para mim. — Sabe quando você pensou que estava morrendo, quando teve a ideia de jerico de me confundir com um Amparador Espiritual...?

— Hum. — Eu me encolhi de vergonha. — Existe alguma chance de você deletar isso da mente? Ou pelo menos fingir que deletou?

— Não. — Ele ficou sério de repente. — Não existe. Mas o que eu quero dizer é que você me pediu para falar ao Guga que ainda é apaixonada por ele. E isso nem foi o mais impressionante...

— *Não?* — O sangue bombeou nos meus ouvidos.

— Não — disse ele. — Você disse que se sentia pronta para morrer, só precisava saber se o Guga estava vivo. Disse que ia morrer sonhando com o beijo do cara. E o resto... uma coisa de explosão... você sabe.

Só que eu não sabia. Ai, meu Deus! Eu não sabia, não! De jeito nenhum! Eu não me lembrava de ter revelado tantos detalhes sórdidos dos meus segredos mais patéticos! E eu tinha falado da... essa não!... explosão sexual de prazer? Eu era uma lástima sem solução, ah, era sim!

— Espere. — Levantou o indicador, como quem acaba de ter uma ideia. — Você não se lembra disso?

— Sinceramente... — respondi, numa vozinha. — Não.

— Droga.

— De algumas partes, talvez — falei, tentando me controlar. Precisava saber se aquilo era o fundo do poço ou o início da descida. — Da *primeira* parte... — Mas a cara dele não estava nada boa. — O que foi?

— Eu sou um idiota mesmo... Perdi a chance de ficar calado.

— Do que está falando?

— Esquece. — Sacudiu a cabeça. — Voltando ao assunto... O que você disse ao suposto Amparador Espiritual foi bem romântico. Eu acho.

E foi nesse exato instante que a minha boca enorme começou a se mexer sem que eu conseguisse fazê-la parar:

— Não há nada de romântico no fato de viver assombrada pela lembrança de um moleque que não vejo há dez anos! — enfureci. — Um moleque que até hoje leva o mérito do melhor beijo que a minha boca já experimentou. Um moleque que simplesmente partiu para o outro lado do mundo e jamais, *jamais!*, me mandou uma carta ou um postal do Big Ben.

— Ele deve ter tido motivos para isso.

— Deve, sim — eu disse. — É muito óbvio, até. Ele não tinha sentimento algum por mim. Senão amizade, muito menos paixão.

— Você não pode ter certeza.

— E para piorar, tem a história do casamento da irmã dele, da Raíssa. Evento para o qual não fui convidada.

— A Raíssa não convidou você para o casamento?! — Sua expressão era de puro choque.

— Não recebi convite nenhum — eu disse, cruzando os braços. — Espere aí! Eu falei da Raíssa para você?

— Falou...

— Quando?

— Quando... bateu a cabeça.

— Ah, Deus, o que mais eu falei? — perguntei, quase chorando.

— Foi só isso.

— Mesmo?

— Eu juro — garantiu. — Mas talvez a Raíssa tenha, sei lá, se enganado, enviado o convite para outro endereço. E talvez o Guga não seja assim tão ruim e...

— O que foi, hein? — guinchei. — Vai defender o Guga agora? E a Raíssa também? Assim a gente nunca vai fincar aquela primeira estaca... Quer correr o risco?

— Não. — Ergueu as mãos como quem se rende. — Deus me livre.

— Então, por favor, vamos esquecer essa conversa. E se você me der licença, vou tomar um banho antes do nosso programinha *light*. Ao contrário de certas pessoas, trabalhei o dia inteiro.

— Sinta-se em casa. — Ele experimentou um sorriso para quebrar o clima esquisito que de repente poluía o ar. — Vai lá que eu vou arrumando as coisas por aqui. Isso se você não se importar se eu vasculhar os seus armários.

Olhei para ele e sorri de volta, meio tímida, encerrando qualquer vestígio de conflito.

— Sinta-se em casa você também.

Onze

Escancarei as portas do guarda-roupa e fiquei olhando lá para dentro.

Que estranho. Fazia tempo que eu não me preocupava em escolher o que vestir. Ultimamente as roupas é que me escolhiam. Andava catando qualquer trapo que estivesse no caminho, pouco me importando se as peças combinavam ou não.

Mas agora um desespero genuinamente feminino se abateu sobre mim: eu não tinha absolutamente nada para usar! Nada de novo, pelo menos.

Tive vontade de socar a cabeça na parede quando me lembrei de Fernanda, a sempre precavida. *"Nunca se sabe, nunca se sabe"*, dizia ela, erguendo as sobrancelhas de lagarta e enfiando na cesta da loja mais uma peça de última hora.

É. Ela tinha razão. Então por que não lhe dei ouvidos, oh, Deus, por quê?

Tarde demais. As roupas não iam brotar das paredes ou se transformar em peças customizadas e bem apresentáveis. Acabei escolhendo uma blusa com listras verticais (as horizontais engordam muito), e uma calça jeans escuro com pontos de luz nos bolsos traseiros, além de lingeries rendadas, as mais bonitinhas que eu tinha e só porque Fernanda havia me obrigado a comprar, naquele mesmo dia em que comprou para ela aquele naco de dois dedos com estampa de onça que teimava em chamar de calcinha.

O visual que eu tinha escolhido para mim agora não parecia adequado. (O que era adequado?)

Mas... bem, paciência. Eu não arrumaria coisa melhor. E qual era o problema? O Cara não ia se atirar em cima de mim; ele não era o Jair. E, claro, eu não me atiraria em cima dele como Fernanda provavelmente pensaria em fazer numa situação como esta, dois adultos sozinhos em casa, em seu primeiro encontro... Se bem que esse não era bem o nosso primeiro encontro, era?

Pendurei as roupas atrás da porta (muito bem trancada) do banheiro e liguei o chuveiro no modo inverno. A água quente no cabelo e nas costas era relaxante e eu aproveitei o vapor para depilar melhor as pernas e a virilha. "Nunca se sabe, nunca se sabe." Eu ri com a impossibilidade de ele ver a minha virilha naquela noite. Tudo bem. A sorte tinha dado algum sinal a meu favor. Mas eu ainda era a mesma azarada. Como já ouvi por aí, se eu comprasse um circo, o anão cresceria.

Passei um bom tempo na frente do espelho. Primeiro, desembaraçando o cabelo molhado. E depois, aplicando uma maquiagem básica, *com corretivo.* Borrifei um perfume adocicado nos pulsos e na nuca e saí em direção à área de serviço. Pendurei a toalha no varal suspenso. Enfiei as roupas sujas na máquina de lavar já lotada, tendo de empurrar tudo para baixo para conseguir fechar a tampa.

O Cara não estava na cozinha. Tampouco na sala que, pasmem, já estava arrumadinha para nosso programinha *light* de um jeito tão romântico que me gelou a espinha. Ele tinha empurrado o encosto do sofá para trás, transformando-o numa cama. Coberto a mesa de centro com uma toalha vermelha que papai raramente usava e distribuído sobre ela as guloseimas (porcarias gordurosas), dois copos americanos... e velas. Muitas velas. E não estou falando de velas brancas de cemitério. Mas de velas decorativas com aroma de tentação.

Será que havia sido premeditado? Será que ele trouxera as velas ou as encontrara no fundo de um armário qualquer? Eu não me lembrava de ter comprado aquilo e podia apostar que papai não compraria; ele nunca recebia ninguém na nossa casa, não com segundas intenções. Mas... Ei! Quem se importava? Eram velas! *Velas*!

Voltei pelo corredor sentindo meu coração saltar pela boca.

Onde ele estava? Ele não se meteria no quarto de papai então...

Na soleira da porta do meu quarto, eu parei.

O Cara estava sentado na minha cama, como se fizesse isso todo dia. E não estava sozinho. O Martin D-18 estava com ele, a caixa de ressonância encaixada no meio das pernas.

Quando me viu ali parada, começou a dedilhar. Não precisei de dois segundos para reconhecer a música. *Trac-Trac*, dos Paralamas.

A imagem de Guga esquentando as cordas de seu Gianini me tirou da realidade, numa maré de nostalgia que ia e voltava e me deixava atordoada. Obriguei minhas pernas a se movimentarem para a frente antes que eu perdesse o equilíbrio e me estatelasse ali mesmo. Sentei-me na beirinha da cama sem dizer uma palavra.

Mas ele disse. Na verdade, *cantou*.

O que era sua voz doce e cheia de nuances se espalhando pelo meu quarto numa noite fria de um domingo de maio? Eu não sabia explicar. Fiquei ouvindo aquilo, embasbacada. E não era só a voz. Era o modo como a sua boca de coração se mexia, a covinha no queixo. O jeito como ele esticava o pescoço para alcançar os agudos mais difíceis, como olhava para mim entre um verso e outro, o bíceps esquerdo se contraindo e relaxando conforme mudava as cifras, os tendões do antebraço...

O que ele dissera — *"É só um lance da música. Ou o que ela faz comigo"* — nunca fizera tanto sentido para mim.

Quando terminou *Trac-Trac*, emendou *Crossroads* num solo perfeito do blues de Eric Clapton. Por fim, sorriu levemente, acabando de acabar comigo.

— O que foi? — sussurrou, depois dos minutos em que o silêncio reverberou pelo quarto num *gran finale*. Ergueu o braço para ajeitar uma mecha de cabelo atrás da minha orelha. —

Hein, Bia? Que rima com dia, que rima com poesia?

Pisquei os olhos, tentando pensar em alguma coisa, *qualquer* coisa que não fosse a verdade.

— O Guga... — murmurei.

— O que é que tem?

— Sempre tocava *Trac-Trac*. E fazia trocadilhos com o meu nome.

Ele suspirou. Deixou o violão de lado, em cima da colcha de crochê. Aproximou-se mais, joelho com joelho.

— Então *você* pode falar do Guga. Eu, não.

— Não é isso... — *Anda, Bia! Uma explicação!* — Você pode falar do Guga. Só não pode *defendê-lo*.

— Ah, entendi.

Ele não ficou satisfeito. Mas não fez questão de ficar. Pegou o violão e o estendeu na minha direção.

— É a sua vez.

— De tocar? — Olhei para ele. Mais precisamente para o Martin D-18. Cheguei a deslizar os dedos pela madeira. Mas era um Martin D-18 e isso me assustou. Então afastei o braço e recusei: — Não, não. Obrigada.

— Por que não? — insistiu. — Vamos! Eu acompanho você. — Olhou ao redor, procurando. — Onde você guarda a sua máquina de cordas assassinas?

— Violão não é o meu *melhor* instrumento. — Eu me levantei. — Vem comigo.

Ele me seguiu até a sala, onde puxei a banqueta do piano de armário e me sentei. Em pé ao meu lado, ele apoiou o cotovelo perto dos porta-retratos (um deles exibia uma foto minha tocando violão num dos saraus promovidos pelo Colégio Halfeld. Guga não participou daquela vez; ficou em casa de repouso, com dengue, coitadinho, eu me lembro muito bem). Abri o teclado.

Toquei *Georgia on My Mind*. Quando terminei, ele aplaudiu.

— E ainda tem coragem de dizer que ficou sem tocar piano durante os anos que morou no Rio... — Beliscou-me o ombro. — Você é tão mentirosa, Bronquinha. Por que você é tão mentirosa?

— Eu não sou mentirosa.

— Por que não se formou no conservatório? Por que não continuou estudando música? Por que não seguiu carreira?

— Ei, devagar! — reclamei. — Assim não consigo raciocinar.

— Inventar outra mentira você quer dizer, né? — Sorriu. — Bia, é sério. Você está privando o mundo da sua óbvia vocação.

— Não sei se você está feliz com a sua carreira... — eu disse. — Financeiramente. Mas para mim, não rolava. Tranquei a matrícula no conservatório para estudar para o vestibular.

— Nunca é tarde para recomeçar.

— Meu tempo passou. — Balancei a cabeça. — Tenho 25 anos.

— Você insiste nessa idade como se se tratasse de um número exato.

— E não é?

— Não. Até os números podem ser relativos.

— Uau! — eu disse, impressionada. — Uma explicação estatística? Essa eu quero ouvir.

Ele pigarreou solenemente. E começou:

— Num intervalo de 367 dias, qualquer pessoa do mundo tem duas idades diferentes. E o que são 367 dias? — Com o indicador, tocou a ponta do meu nariz. — Um ano e dois dias.

— Intrigante. — Franzi a testa. — Daria uma tese de doutorado.

— Pode apostar... — Bocejou. Depois arregalou os olhos, com dificuldade em mantê-los abertos. — Agora vamos partir para coisas mais urgentes? Como tomar Red Bull? Eu não aluguei quatro filmes à toa.

— *Quatro*? — Gargalhei, fechando o teclado do piano. — Eu não vou aguentar!

— Isso é o que nós vamos ver.

Ele acendeu as velas, apagou as luzes da sala. Tirou os tênis.

Nós nos esparramamos no sofá-cama, separados pelas guloseimas, que achamos melhor colocar ali no meio, ao alcance das mãos.

— Qual é o primeiro? — Enfiei uma rodela de provolone na boca. Ele apertou os botões do controle remoto da televisão supermoderna e totalmente quitada.

— *Um Amor para Recordar.*

— A ideia é que eu me afogue em lágrimas?

— Eu fico enxugando, se precisar.

— Está bem. — Eu me ajeitei no sofá. — Que venha o sofrimento.

Eu não chorei. Mas também não prestei atenção no filme. Ah, entenda! Como eu poderia prestar atenção em alguma coisa se até meus fios de cabelo tinham consciência daquele corpo imenso de homem a centímetros do meu? Isso sem mencionar as luzes coloridas da tevê desenhando figuras em seu rosto. E o cheiro dele. E quando ele mexia a perna, aproximando-se ou afastando-se da minha, meu coração dava um mortal e o balão gelado me fazia flutuar até o teto e depois, estourando lá no alto, eu descia em queda livre, como naqueles sonhos em que a gente vai caindo, caindo, e o estômago se transformando numa montanha-russa de calafrios.

— Gostei do filme — foi o que ele disse durante os créditos finais. — Meio de mulherzinha. Mas gostei. É. Acho que sim. — Virou-se para mim: — Gostou?

— Hum. — Eu não podia dizer a verdade, podia? Não podia dizer que mal tinha ouvido as falas dos atores. A teoria da relatividade dos números até podia estar correta. Mas a verdade é que ter 24, 25, 26 anos... estava longe de ter 15. — Bom. Achei bom.

— Bia. — Ele pronunciou meu nome com cuidado enquanto seus olhos, mais quentes que o fogo das velas à nossa volta, afundavam-se nos meus. — Você mente mal à beça! Mas eu te adoro.

— Hã?

— E é difícil não beijar você.

É difícil não beijar você.

É difícil não beijar... *você?*

Como assim? Por que ele não me beijava?

— Por que não me beija? — Ops! Pensei em voz alta. — Agora?

— Porque se eu beijar não vou conseguir parar...

— E qual é o problema? — Ai, meu Deus! Eu tinha dado uns amassos no meu primo, mas não tinha me atirado em cima dele. E tudo bem. Esse não era *mesmo* o nosso primeiro encontro! Quer dizer, ninguém come porcarias no primeiro encontro. Come um jantar delicioso num restaurante muito chique bebericando um *cabernet sauvignon* e não, Red Bull. Não é? *Não é*? E mesmo que fosse o terceiro, o quarto, o quinto encontro... Tanto *faz*! Eu não era esse tipo de garota! O que eu estava pensando?

— O problema é que você não sabe o meu nome.

— Qual é o seu nome? — Minha estupidez não tinha fim!

— É cedo, ainda — foi o que ele disse. — Vamos fazer isso devagar. Como dois adolescentes. O que acha?

— Dois adolescentes? — balbuciei, sentindo uma quentura se espalhar por baixo das minhas roupas.

— É pegar ou largar.

— Dois adolescentes — repeti, confirmando a parte do "pegar". — É isso aí. Dois adolescentes.

— Mas dois adolescentes se abraçam, certo? — Ele mordeu o lábio à meia-luz. — Como dois amigos?

— Eu abraçava meus amigos.

Ele pegou as tigelas que nos separavam e as deixou no chão, ao lado do sofá-cama. Então me puxou para mais perto. Encostei a cabeça em seu peito, a porta do paraíso. Ficamos assim, outro filme rolando na tela e, de novo, boiei em todas as cenas. Para falar a verdade, nem sabia o título dessa vez. Depois não me lembro de muita coisa, a não ser do cansaço pesando-me as pálpebras e de dois braços erguendo-me do sofá, levando-me para a cama, um edredom cobrindo o meu corpo.

Pela manhã, eu me sentia muito bem e não demorei a perceber o papel em cima do criado mudo, um bilhete em letras de forma.

TE PEGO NA QUINTA.
VC DECIDE O PROGRAMA.
SURPREENDA-ME,
O CARA

Doze

Guardei o bilhete e saltei da cama, constatando, aliviada, que ainda vestia a blusa listrada e as calças com pontos de luz nos bolsos de trás. Acho que eu enfartaria se o Cara tivesse trocado minhas roupas. Eu, toda mole, babando em cima dele. Ele, se contorcendo para se esquivar da baba e enfiar minhas pernas dentro do pijama de flanela surrado...

Eu precisava dar um jeito de apagar os vestígios da noite anterior antes que papai chegasse de Barbacena e me enchesse de perguntas.

O que eu diria a papai? Que depois de tanto tempo (depois do Guga, para ser mais exata), eu finalmente tinha conhecido um cara capaz de inflar o balão gelado em meu estômago? Capaz de me deixar maluca com uma história mais maluca ainda de que era cedo demais para me dizer *o nome* dele e que, por isso, não poderíamos ceder aos nossos desejos mais profundos? (E o que eu tinha visto naqueles olhos amendoados, em sua boca de coração molhada e trêmula... Deus, era desejo, *sim*. E não só profundo. Era febril, ardente...) Ia dizer: "Sabe, pai, como dois adolescentes caminhando lentamente por um labirinto em chamas?" Dizer que seria impossível parar de pensar *nele* e na possibilidade de descobrir seu nome dali a quatro dias? Que tinha medo de entrar em combustão antes disso e morrer carbonizada? Ainda bem que a gente tinha um plano funerário!

E eu ainda precisava pensar num programa que o surpreendesse. O Cara, não papai.

Mas quando cheguei à sala, encontrei a cena do crime perfeitamente arrumadinha. Cada objeto em seu devido lugar. E na cozinha...

Papai me esperava sentado à mesa.

Então gelei. *Ai, meu Deus! Papai voltou a cama para a posição de sofá, recolheu os copos americanos e os guardanapos.* Será? O que teria pensado ao ver a toalha de mesa destinada a ocasiões especiais? E as velas decorativas com aroma de tentação?

Amedrontada, esperei pelo bombardeio de perguntas. Só que, mais uma vez, as perguntas não vieram.

— Senta aí. — Indicou-me a cadeira a seu lado. — Comprei umas coisinhas gostosas para o café.

Não sei se fiquei mais agradecida ou surpresa. Eu tinha me safado outra vez.

Surpresa, definitivamente. E emocionada também. Não tinha sido papai... O Cara tivera o cuidado de arrumar toda a bagunça, de livrar a minha barra, depois de me colocar na cama e me cobrir com o edredom. Teria ele beijado minha testa e sussurrado "bons sonhos"? Eu não duvidava. Ele era tão incrível que chegava a doer. Ou, no mínimo, a dar choque. Uma onda eletrizante atravessou o meu corpo. Quando percebi, era tarde para conter o sorriso.

— Você parece melhor. — Papai me examinou. — Que bom.

— É — respondi, sem conseguir parar de sorrir. — Estou melhor.

— E dormiu com a janela da sala aberta.

— Dormi? — Arregalei os olhos. — Ah, é... dormi...

— O que a chave da nossa casa estava fazendo no meio do tapete da sala?

— No meio do tapete da sala?

— Bem na direção da janela.

— Bem na direção da janela? — Minha garganta se apertou.
— Sei lá, pai. Deve ter, hum... escorregado da minha mão...

Meu Deus! O Cara deveria entrar para a NBA!

— O elefante de louça espatifado no chão... — disse ele.

— Com certeza foi o vento. — Engoli o riso.

— Até que veio a calhar. — Deu de ombros. — Aquele elefante era mesmo horroroso. Varri tudo e joguei no lixo.

— Sabe de uma coisa? — Peguei um único pão de queijo da cestinha e o enfiei na boca. Nem me sentei. — Vou dar uma caminhada, gastar energia. Tudo bem pra você?

Ele me encarou por um momento, a expressão indo de espanto a alívio.

— É claro que tudo bem! — respondeu, por fim. — Leve o tempo que quiser.

E ficou ainda mais estupefato quando eu me inclinei, segurei sua cabeça com as duas mãos e beijei seu rosto.

— Vocês, jovens... — disse ele, sem graça. — Da água para o vinho com tanta facilidade... Bons tempos esses...

Bons tempos esses. Não, não. Era melhor não comemorar. Eu ainda tinha os mesmos problemas, a mesma falta de solução. Mas parecia estranhamente assustador como tudo de repente tinha sido arrastado para um canto qualquer do meu cérebro, um canto a que eu só tinha acesso se quisesse.

Eu não queria. Tinha passado meses sem um mísero acontecimento significativo na minha vida. E daí, de uma hora para outra, com a rapidez de um seriado americano: um funeral, um "bom pra você", um tiroteio, um "Cara", um programinha *light*, um roteiro de amor adolescente. E um elefante de louça espatifado.

Se não eram bons tempos, pelo menos eram auspiciosos.

De uma coisa eu estava certa. Nos dias que se seguiram, eu me sentia superanimada. Comecei a pensar no que vestir e a me maquiar com rímel, blush e batom antes de descer para a floricultura, com direito a um retoque depois do almoço.

Papai notou a diferença. Especialmente pela paciência de Jó com que passei a atender aos clientes. Era cuidadosa em minhas indicações, tirando aquela vez em que escolhi a rosa mais espinhenta para a amante de um homem casado. Nas incontáveis horas vagas, eu lia *Orquídeas, um Guia Prático* (o Cara ia ver só uma coisa).

Na terça-feira, ajudei Joana a redecorar a loja depois de uma manhã inteira analisando minuciosamente seu portfólio de desenhos e fotos de arranjos. Suas mãos trabalhavam com habilidade e eficiência, algo impressionante de se ver. Eu a chamei de Joana Mãos de Tesoura. Papai lançou-me um olhar de advertência. Mas, após o silêncio que se seguiu, nós três caímos na risada.

E quando juntei coragem e telefonei para Cabral (porque papai tinha razão: eu não podia ter medo de pressionar o Cabral, de lutar pelo que eu queria; era a minha carreira que estava em jogo, afinal de contas), nem fiquei chateada quando ele explicou a situação.

— Não está fácil, Ana Beatriz. Você foi demitida por justa causa. Mesmo não constando nos seus documentos, você sabe como as notícias se espalham.

Pelo contrário. O desafio só aumentou a minha determinação.

— Confio em você, Cabral. E confio no meu currículo.

— Se você for mais flexível em relação à cidade... Consegui essa empresa em Belo Horizonte, não é uma grande companhia nem nada, mas...

— BH está ótimo — eu o interrompi. Não me interessavam os detalhes. Eu queria uma entrevista, um emprego. Só naquele minuto de conversa, minha dívida devia ter crescido horrores, com as taxas de juros astronômicas do nosso país. — Vê o que consegue aí e me fale.

Deu certo. Ele me telefonou na manhã seguinte. O departamento de recursos humanos da empresa, uma confecção de roupas infantis com lojas próprias, sediada em Belo Horizonte, tinha agendado a entrevista para a próxima segunda-feira. Ao que parecia, o gerente de logística tinha ficado bastante interessado em minhas qualificações. Papai também ficou feliz com a notícia.

— Pode ir de Kombi se quiser — ofereceu, secando as mãos no pano de prato. — Nas segundas-feiras o movimento é fraco mesmo...

— Melhor não, pai — respondi, recostada na pia, pensando na última vez em que tinha viajado naquele trambolho velho. — Não posso correr o risco de me atrasar. Vou de ônibus.

Enquanto caminhava pela pista de corrida da universidade, eu pensava nas calorias que gostaria de perder. Eu testemunharia um milagre se conseguisse perder cinco quilos em quatro dias, mesmo depois de reduzir os carboidratos a farelos e eliminar as gorduras do cardápio. Mas montei uma rotina de exercícios, pois era bom suar o corpo, ter a sensação de dever cumprido. Eu estava observando a paisagem verde chamuscada ao sol, os fones de ouvido tocando blues... Estava enchendo meus pulmões com um ar bem puro, quando algo me ocorreu.

O Cara sabia um bocado de coisa a meu respeito. E não estou falando de suas tentativas bem-sucedidas de bancar o vidente. Nem das minhas infelizes confidências durante o tiroteio. Mas das coisas que eu mesma contei, por livre e espontânea vontade. Além de não saber o nome dele, eu não sabia em que país ele morava, o que estava fazendo em Juiz de Fora, que tipo de compromisso familiar ele dizia ter. E aquela coisa de saltar de *bungee jump*, tocar em pubs lotados, pilotar helicóptero?

Um abismo de desvantagem! Nem um pouco justo! Por isso decidi confrontá-lo, enchê-lo de perguntas assim que o encontrasse na quinta-feira para fazer... sabe-se lá o quê.

Ah, Deus! "Surpreenda-me." Era a véspera do encontro e minha mente ainda não tinha feito clique com uma ideia original. Minha falta de criatividade levou-me a apelar para a agenda cultural da cidade.

Ao chegar em casa, abri o laptop, busquei o site e cliquei na data. Não fiquei surpresa com as poucas opções verdadeiramente culturais. Já tinha começado a resmungar quando o anúncio de um evento chamou a minha atenção. Imediatamente peguei a bolsa e fui até o centro da cidade a fim de comprar os ingressos, bem baratinhos, como eu previa. Era pouquíssimo provável que os ingressos se esgotassem. Mas eu não queria correr o risco.

O torpedo chegou na quinta-feira de manhã:

E aí? Fora ou dentro de casa?

Quer dizer que ele tinha o meu número. Ah, claro. Sozinho na minha casa, teve tempo de sobra para vasculhar as minhas coisas. Até quebrar um elefante ele quebrou!

Digitei com os dedos trêmulos:

Fora de casa.

Em dez segundos, mais uma mensagem:

A que horas te pego?

Respondi que às seis e meia estava ótimo, torcendo para que ele não ficasse decepcionado por ser tão cedo, visto que quinta-feira é o dia mais promissor para baladas na cidade, todas depois da meia-noite. Temi uma piadinha. Mas, se ele ameaçasse cancelar nosso encontro, se achasse a minha ideia muito careta e quisesse fazer um programa da moda, eu enfrentaria uma boate madrugada afora, cinco horas de música eletrônica se fosse preciso.

Ele respondeu imediatamente e respirei aliviada. A tortura auricular não seria necessária. Ele me esperaria às seis e meia em ponto, perto do campo de futebol, para que papai não desconfiasse de nada. Explicou o motivo:

Como dois adolescentes. Esteja linda. Vai estar.

O modo como ele colocava as palavras, como uma constatação, não uma sugestão, causou em mim, pela milésima vez em quatro dias, um espasmo de excitação.

"Esteja linda. Vai estar." Podia ser o prenúncio de algo maior. Se ele revelasse seu nome então, talvez...

Ah, Deus! Eu mal aguentava imaginar!

Entrei num ônibus rumo ao shopping. "Esteja linda. Vai estar."

Eu precisava me prevenir desta vez. O que não significava uma calcinha fio dental com estampa de onça. De jeito nenhum. Eu tinha mais senso de ridículo do que Fernanda. Só queria, sabe, estar preparada, ser mais ousada. Se ele me atacasse, bem, eu ia deixar!

Para minha felicidade, eu ainda tinha algum crédito no Visa, além da perspectiva de um emprego na próxima semana. Eu ia conseguir. O gerente não tinha ficado interessado em minhas qualificações? Pois, então. Adeus, pensamentos ruins! Olá, vibrações positivas!

Eu estava indecisa, andando por entre as araras de lingeries de uma loja de departamentos, quando *a vi*. Automaticamente me abaixei, escondendo-me atrás de uma fileira de calcinhas vermelhas. Através do emaranhado de cabides, rendas e babados, fiquei espiando, quase sem respirar.

Tudo aconteceu muito rápido. Foi quase um borrão. Num segundo, Raíssa estava lá, atravessando a loja em disparada com um par de saltos barulhentos. No outro, sua cabeça morena descia pelo vão das escadas rolantes, até sumir de vista.

Fazia tempo que eu não via Raíssa assim, casualmente; eu sempre tinha o cuidado de manter uma distância segura. Ela estava mais linda ao vivo do que na foto da coluna social, com todo aquele corpo esguio moldando-se em curvas perfeitas. Ao contrário da maioria das garotas, o tecido adiposo de Raíssa distribuía-se pelos lugares certos, na medida certa, sem escassez ou exagero.

Mas eu estava delirando ou o que tinha visto escorrer pelo rosto dela era uma discreta lágrima? Que motivo ela teria para chorar? Se faltava pouco mais de uma semana para que trocasse votos de amor eterno com o homem dos seus sonhos...?

Além do mais, ela não era de chorar à toa, embora vivesse choramingando até conseguir o que quisesse. Eu podia contar nos dedos as vezes em que tinha visto Raíssa chorar de verdade. E uma delas foi na quinta série. Era o primeiro dia de aula e precisei subir escondida até o andar da sétima série e pedir socorro ao Guga, que desceu comigo até a porta do banheiro feminino e me ajudou a consolá-la. Ela havia acabado de saber que tínhamos sido separadas e iríamos ter aulas em salas diferentes, graças àquele programa horroroso de rodízio de classes, a tentativa do Colégio Halfeld para que todos fossem amigos de todos; a promoção da boa convivência. O que, na minha humilde opinião, não passava de balela pedagógica. Pensei que, de tanto chorar, Raíssa fosse ficar desidratada a ponto de caber no shortinho que Lili havia trazido de Miami para ela, sem se dar conta de que a filha estaria maior depois de *oito* meses de viagem.

Então, não havia outro jeito senão assumir para mim mesma que eu agora também via coisas: eu estava delirando. Raíssa não devia estar chorando coisa nenhuma.

Mas não tive tempo de refletir sobre as consequências desse meu novo estado anormal de interpretações equivocadas de dados evidentes. Porque senti um cutucão no ombro esquerdo. Pulei de susto.

— Bia? — chamou a voz.

Girei nos calcanhares, aprumando o corpo. Levei três segundos para reconhecer a loira de corpo vara-pau sorrindo para mim.

— Luciana? — perguntei, embora eu soubesse muito bem quem era. Ela não havia mudado um fio de cabelo. Igualzinha, igualzinha...

— Bia! — Jogou-se em cima de mim e me envolveu num abraço supostamente saudoso, como se tivesse encontrado uma amiga querida libertada da forca. — Ah, Bia!

Fiquei ali, presa numa estufa de Chanel Nº 5 sem saber o que pensar, porque, claro, não havia razão que justificasse o entusiasmo de Luciana em me ver. Ela nunca gostou de mim, nunca escondeu isso, e a recíproca era mais do que verdadeira.

A história do surgimento de Luciana na minha vida não tinha nada de comovente e começava numa bela manhã de sol.

Numa bela manhã de sol, Luciana se aproximou da Green, a figueira frondosa que se erguia no pátio do colégio, e que Raíssa e eu tínhamos adotado como o novo "point" do recreio. Era sob a Green que basicamente comíamos biscoito de polvilho, pois, naquele tempo, os pães de queijo, biscoitos da vaquinha e coca-colas estavam terminantemente proibidos na nossa dieta, e fofocávamos sobre o corpo estudantil e sobre as pernas musculosas do professor de Educação Física. Luciana apontou para o espaço vazio ao nosso lado e, largando a mochila no chão do pátio, perguntou:

— Posso me sentar com vocês hoje?

Eu tinha certeza de que a intenção de Luciana era apenas descolar um convite para a festa de 15 anos de Raíssa, o evento mais esperado do ano. Corria pelo colégio a notícia de que os Vitorazzi disponibilizariam vans para levar os convidados até a Fazenda Amarela, em São João Nepomuceno, e ofereceriam hospedagem aos que quisessem dormir por lá. O que era verdade.

Só que Raíssa foi com a cara da Luciana. Principalmente com a cara da sua mais nova campanha de doação de livros para crianças carentes, embora eu achasse que Luciana estivesse mentindo, que não havia campanha coisa nenhuma e que ela ia acabar queimando os trinta livros que Raíssa se dispôs a doar.

E foi assim que Luciana conquistou uma sombra cativa sob a Green.

Fim.

Ou seja, nosso único elo em comum era Raíssa. Quando o elo se quebrou, Luciana desapareceu da minha vida, graças a Deus.

Mas agora lá estava ela, renascendo das cinzas. Histérica, pegajosa (em todos os sentidos da palavra) e mais falsa que uma nota de três reais.

— Faz tanto tempo, Bia! — Finalmente ela largou meu braço. Ficou piscando seus longos cílios modelados com curvex a cinco palmos do meu rosto, me examinando, na certa se deliciando com as rugas que o Cara afirmava ver na minha testa. Então, para minha total infelicidade, voltou a me segurar pelos ombros e desandou a tagarelar: — Como você está? O que anda fazendo? Morando em JF? Ah, como tenho saudade da época do colégio? Ainda toca violino?

Fiquei olhando para ela, para seu rosto cadavérico camuflado sob mil camadas de base e pó compacto. Confesso que fiquei apreensiva. Quer dizer, desde quando Luciana se importava com o que eu fazia ou deixava de fazer?

Mas de repente saquei qual era a dela. Pensei em rebater logo as perguntas. Dar espaço para que ela defecasse em cima de mim a história que devia estar se coçando para contar, sobre o emprego maravilhoso que explicaria a bolsa Louis Vuitton pendurada em seu braço, e me deixasse em paz. Mas tudo o que consegui dizer foi:

— Eu não toco violino.

Uma perda de tempo, claro, já que tenho certeza de que ela nem ouviu.

— E a Raíssa, hein? Vai doar os presentes de casamento para uma instituição filantrópica, aquela maluca!

— Um gesto muito bonito, acho — eu disse com timidez, dando um passo para trás na esperança de me livrar das unhas de Luciana no meu ombro. Funcionou. Maravilha.

Mas espere! Era impressão minha ou Luciana tinha dito aquilo de propósito, só para o caso de eu confirmar que não tinha sido convidada para o casamento e ela me devolver um "Ah, coitadinha, é mesmo? Sinto muito"? Ela sabia que Raíssa e eu tínhamos brigado. Óbvio que sim.

— Acabei de esbarrar nos dois ali fora — disse ela, ajeitando os óculos D&G que escorregavam da cabeleira lisa. — Nos irmãos Vitorazzi, digo. Fazia tempo que eu não via o Gustavo e vou dizer uma coisa, se ele não estivesse do lado da Raíssa, eu não teria reconhecido. Juro por Deus! Puxa vida! Quem poderia imaginar que aquele garoto cheio de espinhas e aparelho nos dentes fosse se transformar no maior gato e fazer tanto...

Mas não escutei o fim da frase. Fiquei tonta e quase perdi os sentidos. Só conseguia me achar uma completa imbecil por precisar de Luciana, *justo quem!*, para atirar o óbvio ululante na minha cara. Em que mundo de míopes sem lentes eu vivia?

Guga tinha vindo para o casamento de Raíssa! Isso era certo como dois e dois são quatro. E o Cara que me perdoasse, mas, nesse caso, não havia teoria da relatividade dos números que me convencesse de que o resultado era "três". Guga estava em Juiz de Fora. E naquele momento... *Ai, minha Nossa Senhora!...* dentro do shopping onde eu me encontrava.

Conclusão: eu precisava dar o fora dali. Já!

— Está se sentindo bem? — Luciana quis saber, encostando a mão na minha testa. Mas que merda de pegajosa idiota! — Você está meio branca...

— Eu... — Afastei o rosto num movimento brusco. — Preciso ir embora, Luciana.

— Mas ainda nem comecei a contar do meu novo namorado milionário...

— Fica para outra hora — eu disse, ajeitando a bolsa no ombro. — A gente se vê.

— Ei! Olha o Guga ali! Na escada rolante!

Mas não me virei. Em vez disso, abaixei a cabeça com determinação e disparei em direção às portas automáticas da saída do shopping e em seguida para o ponto de ônibus, lutando com meu coração descompassado até subir as escadas de casa e me jogar de cara na cama.

Honestamente, eu precisava me tratar.

Crise adolescente em fase aguda.

Treze

Faltando precisamente 45 minutos para o horário combinado, enfiei o brinco na orelha e terminei de me arrumar.

Eu estava pronta. Cabelo penteado, dente escovado, anti-séptico bucal bochechado. Com 45 minutos de antecedência.

Ah, caramba! O nome disso era ansiedade mesmo e me fez lembrar a época em que Raíssa e eu nos trancávamos no quarto dela, no segundo andar da mansão cor-de-rosa, para nos arrumar para as festinhas do colégio. As famosas festas *hi-fi* nada mais eram do que meninas para um lado, meninos para o outro, e quanto mais longe uns dos outros melhor. Salgadinhos, cerveja sem álcool e hits do Vinny e Maurício Manieri, com a inesquecível *Minha Menina*.

— Se o Olavo ficar encarando o traseiro da Berê de novo, juro por Deus: viro uma bandeja de salgadinhos na cabeça dela — disse Raíssa certa vez, a voz abafada pela espuma do colchão. É que ela estava deitada com o rosto na cama, paradinha, enquanto eu, de joelhos no chão, passava seu cabelo com o ferro de passar. Um lençol separava as madeixas castanhas da chapa quente a vapor, nos tempos em que formol era coisa de funerária. — Isso se o Olavo for à festa hoje. *Aiiinnn*, será que ele vai?

— Você devia virar uma bandeja de salgadinhos na cabeça *dele*.

— Enlouqueceu? O Olavo não tem culpa de ser tão fofo.

Eu não fazia a menor ideia de onde estava a lógica daquela resposta. Mas fiquei muito quieta, com medo de irritar Raíssa e fazê-la se queimar ao menor movimento. Quando trocamos de posição, ela continuou:

— Coxinha de galinha. Pingando gordura.

— Coxinha de galinha? — perguntei. Mas, com meu rosto enfiado no colchão, o que se ouviu foi *"Coinhamigainha"*.

— É o que vou virar na cabeça da Berê.

É claro que ficamos prontas com uma antecedência enervante. Depois da longa espera, Raíssa e eu descemos as escadas aos pulos. Lembro-me de Guga, deitado no sofá da sala, desviando os olhos preguiçosos da tevê ligada nos *Simpsons*, e provocando:

— Já passei desse ridículo.

Depois finalizou com uma piadinha a respeito do modelo-padrão de nossos cabelos e roupas. E, como sempre, zombou da expectativa fervilhante que Raíssa tinha de encontrar *aquele* menino na festa.

— Enquanto você não parar de correr atrás do Olavo, ele não vai correr atrás de você — disse ele. E bateu no peito: — Escute o seu irmão.

— Ooooh! — Raíssa soltou uma exclamação tremida. — Falou a voz da experiência! Não sou eu que prefiro ficar olhando a cara amarela do Homer Simpson num sábado à noite.

— Ah, cai fora.

Em momentos assim, se o dr. Alberto Vitorazzi estivesse na sala (o que raramente acontecia), mandaria Guga ficar quieto e parar de encher o saco da Raíssa, a caçulinha xodó. Mas, irritações e briguinhas à parte, a verdade é que os dois irmãos eram como unha e carne, principalmente quando terceiros (incluindo os pais) entravam na história e a coisa realmente esquentava. Guga, com sua tranquilidade e bom senso, defendia Raíssa com mais bravura do que defendia a si mesmo.

— Bia? — Ele apoiou o cotovelo no sofá, virando o corpo para me olhar. — Deixa eu ver você direito.

Eu corei.

— Sabe — disse ele. — Você podia ficar em casa. *Aqui* em casa.

— Por quê?

— Ele não vai estar lá.

— Ele quem?

— *Ele*. — E exibiu os dentes metálicos. — Simplesmente.

Eu não sabia de quem ele estava falando. De todo modo, tinha razão. No meu caso, o menino para quem eu me arrumava era ele próprio e minha empolgação evaporaria tão logo eu saísse pela porta da sala e a sessão de embelezamento perdesse o sentido. É isso aí. Eu passava horas fazendo cabelo e maquiagem, vestindo e desvestindo roupas, calçando e descalçando sapatos (os meus e os que Raíssa me emprestava), para descer as escadas, desfilar na frente de Guga e... só.

Raíssa nunca soube disso, evidentemente. Para ela, sempre fui apaixonada pelo Thiago, meu Amigo Realmente Oculto do conservatório, como ela costumava se referir a ele.

Suspirei. Como nos velhos tempos, ali estava eu. Arrumadinha e adiantada.

A partir daí, o relógio parou. No meu quarto, espiei pela persiana de cinco em cinco minutos. Nos intervalos, dedilhei o violão, digitei meu nome e sobrenome no laptop desligado repetidas vezes e cada vez mais rápido. Ensaiei respostas manjadas para a entrevista de emprego. Tentei desvendar os mistérios atrás das pinceladas impressionistas da Glorinha do marketing, chegando à conclusão de que não havia nada de realmente impressionante naquilo; péssima compra. Reli alguns trechos de *A Vida Sexual da Mulher Feia*. Não que eu me achasse feia. Mas qualquer explanação sobre vida sexual me interessava.

Até que, finalmente, às seis e meia em ponto, um Land Rover marfim estacionou perto do campo de futebol, no espaço iluminado sob o poste. Meu coração se agitou.

Era ele. Eu não tinha dúvida. Mesmo assim, fez questão de abaixar o vidro e acenar. Ai, que bonitinho!

Acenei de volta, agradecida por aquele sorriso lindo, minha certeza de passar algumas horas sem pensar em Guga, solto numa cidade que conspirava contra mim em se tratando de encontros casuais indesejados.

Dei uma última olhada no espelho, feliz por ter descoberto um vestido com aparência de novo no fundo do armário. E uma nota de vinte reais no bolso embutido. A nota estava velha, porosa e fedorenta. Mas, ei! Eram vinte reais! Para uma desempregada, é dinheiro à beça!

A parte chata era que, graças aos contratempos no shopping mais cedo, tive de me contentar com as mesmas lingeries do domingo. Tiradas do varal, sequinhas e limpinhas, obviamente.

Enfiei os ingressos na bolsinha preta, peguei uma jaqueta quentinha e desci as escadas, com pressa, cruzando com papai pelo caminho.

— Vou sair — avisei.

— Sozinha? — perguntou.

"Como dois adolescentes." E menti:

— Com uma amiga.

— Vá com Deus. — Ele sorriu, satisfeito por eu deixar a toca. — Divirta-se.

☘ ☘ ☘

Fechei o portão e dei uma rápida olhada em direção ao Land Rover. Com o cotovelo apoiado na janela aberta e um sorrisinho faceiro nos lábios, o Cara me olhava fixamente, como se admirasse um Portinari. Ou, pelo menos, era assim que *eu* admirava um Portinari, tirando o detalhe do sorrisinho faceiro, já que é impossível sorrir diante da tristeza de *Os retirantes*, por exemplo.

Senti um calafrio desconfortável. Vesti a jaqueta e me concentrei em olhar para o chão, no curto trajeto até o campo de futebol, meio que guiada pelos apitos e vozes dos garotos jogando bola no imenso gramado em plena quinta. Mas senti um par de olhos me acompanhando e isso me deixou nervosa.

Quando me aproximei e ergui a cabeça, o balão em meu estômago já estava quase tão inflado e redondo quanto a lua lá no céu. Ele saiu do carro para me receber e... minha nossa! Como ficava bem de suéter preto! Ali, naquele início de noite enluarada, a imagem era praticamente um atentado violento ao pudor! Uma bofetada libidinosa! Eu poderia ter caído mortinha no asfalto e nem sei como não caí.

— Uau! — disse ele, me medindo. Totalmente.

"Uau" era exatamente o que meu rosto inteiro expressava ao olhar para ele.

— Linda. Como eu disse que estaria. — Tombou a cabeça e me olhou de novo, como que pensando melhor. Ainda usava Band-Aid no supercílio, o que era no mínimo esquisito, levando em conta que o galo no meu couro cabeludo tinha desaparecido havia dois dias. Discordou de si mesmo: — Não, não. Você está mais linda do que imaginei.

— Obrigada. — Eu sorri, as bochechas esquentando.

— E muito menos bronca.

— Nem um pouco bronca.

— E de olhos mais azuis que uma piscina.

— Pois é, nasci com eles.

— Graças a Deus.

Ele me abraçou, lançando a fragrância cítrica diretamente nas minhas narinas. Beijou minha bochecha devagar, os lábios meio úmidos, arrepiando-me os cabelos da nuca. Quando me soltou e eu consegui firmar as pernas, dei a volta pela dianteira robusta do Land Rover Defender. Ele entrou no carro e bateu a porta. Mesmo não sendo tão baixinha, precisei de um leve impulso para alcançar o banco do carona.

— Da próxima vez, venho de Fusca — brincou.

— Ah, tudo bem. Eu me adapto.

— E então? — Esperou dois segundos, tempo suficiente para que eu reconhecesse o som que saía dos alto-falantes. *Your Body Is A Wonderland*, uma balada de John Mayer e basicamente a minha concepção de tema de abertura se um dia eu atravessasse os portões do País das Maravilhas. — Qual é o programa?

— Hum — murmurei, ganhando tempo. A voz de John Mayer atrapalhava as minhas ideias.

Certo. Eu conseguia fazer isso. Eu *precisava* fazer isso. Precisava confrontá-lo. Havia centenas de perguntas esperando, inclusive uma nova que se referia à razão de ele ter alugado (será que era alugado?) um Land Rover Defender. Ele obviamente não esperava que o meu programa fosse fazer trilha nem nada parecido, esperava? Mas decidi que a primeira pergunta seria sobre sua família.

Só que antes que eu tivesse chance de abrir a boca, o celular dele bipou. Ele mexeu nos botões, leu o torpedo com as sobrancelhas arqueadas, soltou os ombros. Então, de uma hora para outra, sua fisionomia murchou. Ele estava chateado.

— Algum problema? — perguntei.

— É a minha irmã — suspirou, com tristeza. — Foi um dia complicado para ela.

— Se quiser conversar.

— Não é uma boa ideia.

Cruzei os braços.

— Foi você quem disse que a gente precisa sair do casulo, porque ficar sozinho é uma barra.

— É verdade, mas...

— Mas você não quer se abrir comigo? — perguntei. Mas não foi em tom de acusação. Pelo contrário. Perguntei numa voz acolhedora, de quem realmente queria ajudar, mesmo que ajudar significasse cancelar o programa.

Ele me olhou por um instante.

— Bia. — Fez uma pausa. — Você é a única pessoa no mundo para quem eu contaria esse problema. A única com quem me sinto inteiramente à vontade para desabafar. E talvez a única capaz de me entender.

Fiquei confusa. Eu não esperava por uma resposta tão intensa e arrepiante. Especialmente com a voz do John Mayer ao fundo, agora cantando *Wheel* ("*I believe that my life's gonna see the love I give return to me*").

Tudo bem que a sintonia entre a gente era quase tangível. Entre mim e John Mayer. Quer dizer, entre mim e o Cara. O sufoco que compartilhamos na Linha Vermelha era só o que podia explicar aquela conexão. Sem mencionar o desejo carnal que fluía dos nossos corpos a centímetros de distância. Mas a verdade é que ele só me conhecia há poucos dias.

— Então desabafe. — Eu o incentivei de todo modo. Eu também sentia confiança nele. E isso tinha acontecido desde o começo...

— Aí é que está o problema. Eu não posso. Não ainda.

Foi a minha vez de ficar calada.

"Não ainda." Era uma resposta, não era? Evasiva, mas uma resposta. A resposta que se encaixaria perfeitamente a qualquer pergunta que saísse da minha boca. Ele não cederia de boa vontade. Não hoje. "Não ainda." Valia a pena tentar arrancar à força qualquer informação a respeito de sua família, de seu passado, de pubs lotados? E de que maneira eu faria isso sem precisar recorrer a algum método torpe de persuasão, como chantagem ou algo do tipo? Danilo, meu ex-chefe, costumava ameaçar meu fim de semana livre, embora eu sempre trabalhasse nos fins de semana, de qualquer maneira.

— Quer deixar para outro dia? — Foi tudo que eu consegui perguntar. — Nosso programa de hoje?

— Não, não — rebateu depressa. — Não *mesmo*. Só de estar aqui com você... — Seu corpo começou a se inclinar na minha direção. — Eu já me sinto melhor...

"Eu também", quis gritar de volta. "Só de ter *conhecido* você eu me sinto uma pessoa melhor."

— ...fiquei pensando em você o dia todo...

"Eu também! Eu também!"

— ...Você me faz bem.

"Você também! Você também!"

— Aonde vamos? — ele perguntou de repente, afastando-se rapidamente no instante em que John Mayer tocou a última nota e o silêncio nos engoliu por três segundos. Retiro o que eu disse. John Mayer e eu não temos absolutamente *nenhuma sintonia*. Na verdade, eu odeio o John Mayer!

Pelo amor de Deus! Se ele não pensava em concluir, se não ia *me beijar*, por que ficava me provocando daquele jeito?

— Hã? — balbuciei, atordoada.

— Aonde vamos? Qual é o programa?

— Ah. — Limpei a garganta. — Comprei ingressos para a apresentação da Orquestra Sinfônica Pró-Música. É, hum... no Teatro Central. Às sete e meia.

— Caramba! — Ele se animou. — Eu nunca perdia uma apresentação da sinfônica.

— Jura? — perguntei, fascinada com as coincidências. — Nem eu! O Guga também adorava. Íamos juntos aos festivais, sabe. A *todos* os festivais. Eu preferia o de Música Colonial Brasileira e Música Antiga. Mas ele gostava mais do Pró-Jazz e do de Bandas Novas.

Ele ficou me olhando. E disse:

— Você acha que está na hora de eu começar a ter ciúmes desse Guga?

— Desculpe — falei depressa. E prometi, principalmente para mim mesma: — Não toco mais no nome dele.

— É brincadeira. — Ele sorriu. — Eu não me importo. Eu até gosto.

— Gosta? — Arregalei os olhos.

— Gosto de como você fica quando fala dele.

— Eu não gosto! — eu disse. — É um caso patológico até.

— Não se preocupe. Ninguém morre de paixão.

— É, pode ser.

— Então vamos? — Ele estava rindo quando ligou o carro. — É bom chegar cedo. Se eu bem me lembro, os assentos não são marcados e os mais estratégicos ficam...

— ...NA TERCEIRA FILA DO MEIO — falamos juntos.

Então nos encaramos.

Naquele instante de silêncio me ocorreu um pensamento agradável. Era bem provável que eu tivesse cruzado com ele em algum momento, num passado distante. Em algum teatro, festival, concerto ou coisa assim. Por que não? Tínhamos vínculos na mesma cidade e tantas semelhanças, o gosto pela música... E se um dia ele tinha de fato passado na minha frente, como foi que não notei?

— Será que finalmente está caindo a sua ficha? — Ele quis saber.

— Acho que sim — eu disse. — Estou pensando em como é que não conheci você antes...

Ele suspirou, enquanto acelerava o carro.

Pensei ter ouvido um "Como é que pode?". Mas não tive certeza. Tampouco me importei. Sobretudo porque, um minuto depois, ele começou a cantarolar "Me and all my friends, we're all misunderstood", acompanhando John Mayer. Então cantei também.

Retiro o que eu disse. Eu amo o John Mayer!

Catorze

No estacionamento do morro Catedral, no centro da cidade, ele puxou o freio de mão. Nessa altura, tínhamos cantado quatro músicas inteiras, fazendo graça. Ora movimentando a boca sem emitir nenhum som, forçando ao máximo as articulações da mandíbula. Ora desafiando a garganta com agudos de perfurar os tímpanos e rindo de soluçar de como o som produzido lembrava a voz da Tetê Espíndola. Como dois adolescentes sem lei, à vontade na companhia um do outro. Como Guga e eu costumávamos fazer. Às vezes, na Língua do P.

— P-não p-se p-me p-xa! — disse o Cara.

Pulei de susto. Ele sorriu:

— Vou abrir a porta para você.

Seguimos pela ladeira, nossos braços se esbarrando vez ou outra. A decida fazia nossos passos apressados soarem como os de dois soldados marchando em cadência. A brisa fria não me incomodou, tinha o aroma do perfume dele.

Na Avenida Rio Branco, onde freios e buzinas abafavam os pequenos ruídos, viramos à esquerda em direção ao Parque Halfeld a fim de comprar pipoca na carrocinha em frente ao antigo prédio da prefeitura. Ao contrário de muitos outros parques urbanos, o Parque Halfeld não é cercado por grades de ferro. Por nenhum tipo de grade, aliás. Quando eu era pequena e andava pelas ruas sentindo a mão de papai apertar e afrouxar a minha sem jamais soltá-la, eu não entendia por que tínhamos de atravessar o parque pela periferia em vez de pelo centro, mais arborizado e divertido. Também não entendia por que havia gente jogando damas nas mesas de concreto se papai vivia dizendo que, de segunda a sexta, os adultos trabalham e as crianças vão à escola.

A correria foi desnecessária. O Teatro Central, de arquitetura *art déco* cor-de-rosa e amarela, patrimônio cultural de Juiz de Fora, ainda estava fechado quando chegamos, esbaforidos. Quer dizer, *eu* estava esbaforida, porque ele ainda tinha fôlego para correr uma maratona. O segurança nos informou que as portas seriam abertas em quinze minutos. O Cara olhou em volta, inspecionando. Inclinou-se para o meu lado e sussurrou:

— Alguém com pinta de terceira fila do meio? — perguntou, referindo-se às doze pessoas enfileiradas em frente ao teatro. — Câmbio.

— Negativo — sussurrei de volta, cobrindo a boca. — Câmbio, desligo.

Então relaxamos e resolvemos comprar duas garrafinhas de água na lanchonete da frente, passear um pouco pelos arredores do teatro e pelas barraquinhas de artesanato, que se estendem ao longo do calçadão da Rua Halfeld, no fim das tardes sem chuva.

Eis o coração de Juiz de Fora. Pedestres, apressados ou não, cruzando o tapete de pedras portuguesas ladeado por construções históricas. De dia, o centro fervilhante do comércio. De noite, galerias frias e postes solitários projetando sua luz de um amarelo melancólico.

— É sério, Bronquinha. — Ele atirou uma pipoca na minha cabeça enquanto andávamos sem rumo pelos corredores da pequena feira livre. — Eu não entendo você. Por que não seguiu carreira de pianista?

— Eu tinha contas para pagar.

— Aos 17 anos de idade? — encrespou.

— Era uma *previsão*.

— Uma previsão que não deu muito certo, afinal de contas, você tem uma pilha de contas para pagar...

— Obrigada por me lembrar. Mas já estou resolvendo esse problema. Consegui uma entrevista de emprego em Belo Horizonte.

— Ah, é? — Ele jogou nossos saquinhos de pipoca numa lixeira cor de abóbora. Despejou o resto da água em nossas mãos, para lavar o sal e o óleo da pipoca. — Quando?

— Na segunda. — Sacudi as mãos até secá-las. — Tomara que eu consiga a vaga.

Retomamos a caminhada, prolongando aquele instante em que a gente espera tudo ao mesmo tempo: um trocar de olhares nada casual, um silêncio nervoso, duas mãos se esbarrando, hesitando...

— Você é feliz com a sua profissão? — Ele finalmente entrelaçou a mão na minha.

— Eu estou desempregada. — Fugi da pergunta, sentindo a energia irradiar de nossas mãos e subir pelo meu braço, num formigamento gostoso.

— Não se faça de desentendida.

— Só falei a verdade.

— Você era feliz com o que fazia o dia inteiro todos os dias? — insistiu. — Na época em que fazia parte da classe assalariada...

Suspirei, refletindo por um momento. Desviei os olhos para a galeria mais próxima, onde as pessoas se aglomeravam, atraídas pelos artistas de rua como mariposas pela luz. Fiquei imaginando quantos ali tinham desistido da fazer parte da classe assalariada por vontade própria.

— Prefiro não responder — eu disse, por fim. — Acho que tenho esse direito. Você foge das questões complicadas.

— Eu não fujo, mas tudo bem — disse ele. — Desde que *você* saiba a resposta, não precisa me dizer.

Ele não me olhou. Em vez disso, soltou a minha mão e se afastou, deixando-me sozinha com o braço estendido e a evasiva perturbadora reverberando em minha mente.

"Desde que *você* saiba a resposta." Eu sabia, não sabia? Era da minha felicidade que estávamos falando. Eu tinha certeza de que a resposta estava ali, na minha cabeça. Só não sabia exatamente onde.

Ele parou em frente a uma barraquinha hippie. Seus cílios compridos lançavam sombras nas maçãs do rosto, o nariz em linha reta, o pomo de adão pouco projetado...

Pela primeira vez desde que tínhamos nos conhecido, sua imagem de repente me pareceu ainda mais familiar, e isso não me trouxe sossego. Mas, sim, um medo desesperador de que, em algum momento, ele fosse simplesmente desaparecer no meio das pessoas sem se despedir, e desistir de mim, como todos os outros antes dele. Como Guga.

— Por que você ficou tão distante? — A voz dele era urgente e bastou para que as borboletas em meu estômago ganhassem asas e me levassem de volta para ele, flutuando.

— Porque sua mão se soltou da minha... — reclamei.

Ele sorriu. Mas manteve as mãos enfiadas nos bolsos da calça enquanto observava vagamente os artigos à venda. Pulseirinhas trançadas, tornozeleiras coloridas, porta-níqueis de retalhos de couro.

— Vocês, mulheres... — sibilou por entre os dentes. — Juro que não consigo entender. — Balançou a cabeça enquanto olhava um par de brincos de estrela, que na certa eram capazes de rasgar qualquer orelha.

— Não generalize — eu me defendi.

Ele franziu o cenho para os dizeres da plaquinha de madeira pendurada em cima de uma fileira de anéis em exposição. Estreitou os olhos com curiosidade.

— Anel do humor? — perguntou à vendedora, uma criatura raquítica, de cabelo seco enrolado em cachos até a cintura. Ela não parava de sorrir. Eu não duvidava de que tivesse acabado de "dar um tapa". — Como assim *do humor*?

A criatura alargou o sorriso de dentes amarelos e gengiva aparente. Sem dizer uma palavra, ofereceu-lhe um papelzinho dobrado entre os dedos, como um daqueles bilhetes secretos que Raíssa me passava durante a aula. Um manual, pensei comigo mesma.

Ressabiado, o Cara pegou o papelzinho e o desdobrou. Limpou a garganta antes de ler em voz alta:

— "*Com base na temperatura da pele, a pedra deste anel muda de cor de acordo com as emoções da pessoa. Azul-escuro: feliz, romântica ou apaixonada. Azul-claro: calma ou relaxada. Verde: normal. Cinza: muito nervosa ou ansiosa. Preto: estressada ou atormentada.*"

Ele puxou um anel do mostrador e avaliou a pedra de vários ângulos. Depois parou, olhou-me de esguelha. E lançou o desafio:

— Tem coragem?

— De quê? De enfiar um anel do humor no dedo? — Soltei uma gargalhada. Eu já havia feito aquilo milhares de vezes. Houve um tempo em que era febre no colégio. — Me dá isso aqui.

Ele não colaborou. Pude ler a pergunta se formando em seu rosto. "Qual é a graça de facilitar, se a gente pode complicar?" Ergueu o braço ainda mais alto quando pulei para alcançar o anel. Depois de quatro tentativas, eu cansei. Soltei os ombros, esperando que ele também desistisse. Esperando que o objetivo final do desafio fosse apenas me fazer de boba. Vindo dele, por mim, tudo bem.

Mas eu não esperava que ele fosse fazer o que fez em seguida.

Pegou meu pulso. Ergueu a minha mão...

— Bia, você aceita... — Enfiou o anel no meu dedo anelar, bem devagarzinho — ... revelar os seus sentimentos?

Ainda segurando a minha mão, ficou observando a pedra do humor, o que não foi nem um pouco justo, visto que a minha pele se encostava à dele, soltando faíscas; meu corpo inteirinho estremecendo dentro do vestido.

Não demorou vinte segundos. A pedra do anel, para meu completo horror, de verde ficou mais verde ainda, escurecendo até atingir o preto total.

— Estressada ou atormentada — concluiu.

— Nenhuma das duas coisas. — Com um puxão, soltei minha mão da dele.

— Pele fria. Dedos trêmulos... Atormentada, obviamente.

— Não enche. — Devolvi o anel fajuto ao mostrador da barraquinha e olhei para a vendedora. — Está com defeito, moça.

O Cara ainda ria:

— Resta saber se são as minhas perguntas que atormentam você ou se sou eu mesmo.

— Ah, por favor... — Revirei os olhos.

— Eu particularmente prefiro a segunda opção.

— Se você me acha assim tão mal-humorada por que quis sair comigo?

— Em primeiro lugar, não estou dizendo que você é mal-humorada. Não agora. Não na maior parte do tempo. E depois... — Inclinou levemente a cabeça. — Eu já falei que gosto de desafios?

Fiz uma careta, que se esvaneceu logo em seguida, porque o vento soprou fios de cabelo na minha boca dos quais precisei me livrar.

— De todo modo, o mau humor não me parece um estado de espírito — filosofou, apertando os olhos ao vento.

— Ah, é? Vamos lá. Quero ouvir sua teoria.

— Talvez até seja — suspirou. — Um estado de espírito, digo. Mas ainda prefiro pensar que é uma reação automática a chateações do momento presente.

— Uma reação automática a chateações do momento presente?

— É. Ou uma reação a perguntas com respostas que, embora óbvias, parecem inaceitáveis — disse ele, claramente se referindo à pergunta sobre minha carreira.

— Rá-rá-rá. — Eu o ignorei.

Ele riu consigo mesmo, como se tivesse acabado de fazer um comentário muito inteligente. Puxou de volta o anel do mostrador, virou-se para a criatura "paz e amor" e falou:

— Vou levar este aqui. — Sacou uma nota de vinte reais. — Pode ficar com o troco.

Pode ficar com o troco... Pode ficar com o troco...

Que idiota! Ele tinha acabado de desperdiçar vinte reais (*vinte reais!;* basicamente tudo o que eu tinha na carteira) com um pedaço de metal ridículo que ficaria preto com a primeira gota d'água.

E o pior nem foi isso...

O pior foi vê-lo enfiar o anel em seu dedo mindinho e a pedra se colorir de azul-escuro, a mais promissora das cores.

Fala sério! Não, de verdade, o que eu tinha feito para merecer aquilo? Quer dizer, era *ele* que estava chateado para início de conversa. Não eu.

— Você é mesmo muito feliz — eu disse, azeda.

— Feliz... — Estalou a língua. — A primeira das três alternativas para a cor azul-escuro... — disse ele, consultando o papelzinho. — Quer dizer que você não me acha romântico? Nem apaixonado? — E me lançou um olhar que me despiu.

Instintivamente, cruzei os braços sobre o peito.

— O que foi? — perguntei.

— Nada. — Outro sorriso. — Fique com o anel, Bronquinha. E vamos lá. — Puxou-me pelo pescoço com uma chave de braço, conduzindo-me na direção do teatro. — Vamos ver até que "cor" a sinfônica consegue te acalmar.

☘ ☘ ☘

Não deu outra. A orquestra me acalmou. Na terceira fila do meio, ficamos de pé para aplaudir o encerramento. Discretamente, examinei a pedra do humor em meu dedo. Azul-claro, o que não era perfeito, mas certamente melhor.

— O Mary Milk... faz sandubas vegetarianos... — disse ele, como quem não quer nada, enquanto subíamos a ladeira, de volta para o estacionamento.

— É um convite, por acaso?

— Não. É fome mesmo.

Ao dar de cara com um suposto conhecido na entrada da lanchonete, ele ficou branco. De início, não entendi por que arrastou o sujeito para longe de mim. Subi as escadas e procurei uma mesa de onde pudesse ver a rua. Fiquei observando os dois na calçada. Conversavam, riam, com aqueles gestos e socos de garotos. Velhos amigos, assuntos secretos: explicado.

Já passava da meia-noite quando estacionamos em frente à floricultura. Ele desligou o motor, apagou os faróis. A rua estava deserta.

Num movimento quase sincronizado, nós dois nos inclinamos para a frente e espiamos pelo para-brisa. No segundo andar, as luzes estavam acesas. Tive uma súbita visão do meu pai me esperando no sofá da sala, às vezes cochilando ao som da tevê, outras vezes babando e acordando com um sobressalto. O constrangimento me inundou.

— Xiii... — lamentou o Cara, sem tirar os olhos da minha casa. Depois franziu o nariz como se a situação estivesse fedendo. — Marcação cerrada, hein?

Pensei em abrir a porta e correr para casa. Mas, em vez disso, larguei as costas de volta no banco e fiquei esperando, mortificada. Ele se ajeitou no assento, meio de lado, de frente para mim.

— Por favor, me diz que seu pai *não* tem uma arma... Ele tem?

— Facão e tesoura de jardim.

— Ah, não.

— Você trucidou o elefante lá de casa — lembrei. — Ele amava aquele elefante.

— Tô frito?

— Lascado e picotado.

— Pelo menos enterrado?

— Sinto muito, cremado.

Fez-se silêncio, a não ser por um vira-lata revirando o lixo perto da padaria da esquina.

— Não leve a mal... — Ensaiei um sorriso pela metade. — Ele acha que nada mudou desde os meus 15 anos.

— Ele está certo. Você não mudou quase nada.

— O que te faz pensar assim?

— Sei lá — suspirou.

— Pode falar...

— É só aquela vontade de novo. De beijar você.

Meu coração acelerou.

— E quando esse momento vai chegar? — perguntei, sem fôlego. — Quando vai dizer seu nome?

— Bia. — Ele acendeu a luz do teto do carro. Suas mãos imensas envolveram minha cabeça, os polegares ao pé da orelha. Aproximou mais o rosto. — Olhe para mim.

Mas eu já estava olhando! E tudo que conseguia ver era sua boca de coração! A boca que eu queria beijar, invadir!

— Tospericajerja — eu disse de repente.

— Como?

— O seu nome. É Tospericajerja, não é? O nome que você acha broxante? Eu não me importo.

Então ele caiu na gargalhada, as mãos escorregando da minha cabeça. Logo em seguida eu estava rindo também porque, claro, o nome dele não era Tospericajerja coisa nenhuma. Eu é que era uma quebra-clima sem noção. Depois de um tempo, quando minha barriga já estava doendo de tanto rir e eu já estava sem forças para continuar rindo da minha própria desgraça, ele soltou a pergunta:

— Vamos fugir?

— Fugir? — Pisquei para ele, subitamente confusa.

— É. Fugir. Desaparecer por uns dias.

— Como assim desaparecer por uns dias?

— Eu e você. Você e eu.

— ...!

— É sério, Bia, eu tô precisando. O que acha do fim de semana?

Fiquei olhando para ele, completamente chocada.

— Sábado de manhã — continuou. — Arrume uma mochila, umas roupas de frio...

Espere. Espere. Eu estava surtando ou o quê? Ele estava me convidando para *viajar com ele*? Só nós dois? E talvez fosse finalmente acabar com toda essa angústia do nome e consequentemente...?

Fiz um rápido cálculo mental. A entrevista de emprego estava marcada para segunda-feira, na parte da tarde. Ou seja, eu estaria de volta antes disso e pegaria o ônibus para Belo Horizonte na segunda mesmo, bem cedinho. Joana ficaria na loja. E papai não faria questão da minha ajuda, de todo modo.

Ouvi minha voz dizendo:

— Fechado.

Nós nos despedimos com um abraço demorado que, por muitos motivos genuínos, significou mais que um beijo. Ele suspirou quando nos afastamos, memorizou o contorno do meu queixo com a ponta dos dedos. Esperou que eu estivesse segura do outro lado da grade do portão da escada para arrancar, acenando uma última vez.

— Oi, pai — eu disse, alegremente, ao entrar na sala.

— E aí? — Ele desligou a tevê e esfregou os olhos. — Se divertiu?

— Muito. Me diverti demais.

— Você parecia empolgada. Tão apressada descendo as escadas que nem tive tempo de entregar... — Estendeu-me um envelope retangular. — Deixaram na loja mais cedo.

Passei os dedos pelas nervuras do envelope fino e elegante. Eu reparei na caligrafia cheia de arabescos, eu conhecia aquela letra, e de repente soube exatamente o que ia encontrar ali dentro. Quando puxei a fita de seda, meus olhos encheram-se de lágrimas.

O convite do casamento de Raíssa.

Olhei o anel no meu dedo. A pedra agora era de um azul muito escuro.

Feliz, romântica e apaixonada. Parecia demais para a Vida Real da Bia. Como se alguma coisa estivesse fora de lugar. Como se, na verdade, aquilo fosse o olho do furacão e eu estivesse sendo conduzida para o caos, lentamente e sem perceber. Um prévio consolo de ventos calmos quando o ciclone ainda estava por vir.

Quinze

Na sexta-feira, eu me sentia feliz demais para me irritar com as baboseiras da vida cotidiana. Sabe, essas baboseiras bobas que até uns dias atrás me fariam berrar um palavrão enorme ou soltar os cachorros em cima de uma vítima inocente. *Deus, perdoe--me por aqueles que maltratei!*

Eu continuava azarada, claro. O que havia mudado era a maneira de eu encarar tal fato.

De modo que, quando a fatia de pão integral pulou do meu prato e se jogou no chão da cozinha com a "geleia *light*" para baixo, suspirei indiferente e comecei a rir. Quebrei a unha do mindinho limpando a sujeira e concluí que minhas unhas é que estavam compridas demais. Acabei aparando as outras nove.

E no momento em que, cantando John Mayer no chuveiro, ouvi o telefone tocando, enrolei-me na toalha e disparei pela casa, escorregando no corredor. Quando pus a mão no aparelho para tirá-lo do gancho, ele parou de tocar e convenci a mim mesma de que, se fosse importante, ligariam de novo e eu atenderia quando pudesse.

E teve aquele sujeito de cabelos brancos procurando flores para presentear o seu "broto", nas bodas de cristal. Eu poderia ter dito a ele o quanto soava desagradável aos meus ouvidos essa necessidade que as pessoas têm de usar gírias de antigamente quando claramente é melhor não usar nenhuma (nunca apreciei a demonstração de intimidade alheia, essa coisa de "bem, benzinho, benhê"). Poderia ter dito que o único broto que eu conhecia era o broto de feijão. Mas, em vez disso, sorri gentilmente, desejei felicidades e pedi que transmitisse meus votos a seu "pitelzinho".

Para finalizar a ilustração de minha feliz desgraça, no ponto de ônibus da saída do shopping pisei num cocô mole, o que levou um grupinho de adolescentes a dobrar seus corpos púberes de tanto rir. Em vez de erguer as três sacolas que eu carregava e socar com elas cada uma daquelas cabeças alisadas com chapinha, eu simplesmente limpei o pé num montinho de grama e pensei com meus botões: *"Alguém aí vai dar uns amassos amanhã? Não? Ainda brincam com o chuveirinho? Então riam de mim antes que eu ria de vocês"*.

É. Eu estava animada.

Até beijei o português da padaria.

Ops! Brincadeirinha, hahaha. Isso é na música do Zeca Baleiro.

E deve ter sido por isso que, no sábado de manhãzinha, depois de enfiar minhas roupas novas e demais essencialidades femininas na mochila... Depois de descer para a loja a fim de me despedir de Joana (papai não tinha voltado de Barbacena) e esperar pelo Cara lá perto do campo de futebol, nem fiquei chateada ao atravessar a porta interna da floricultura e me deparar com Luciana. Não fiquei *muito* chateada, melhor dizendo. E não imediatamente.

Ela estava sentada de pernas cruzadas no segundo dos quatro degraus da escada dobrável de alumínio, balançando seu *scarpin* de bico fino.

Para ser sincera, no primeiro instante, eu fiquei foi encafifada. Uai, gente... Desde quando bolsas Louis Vuitton saem de seus armários perfumados antes das oito da manhã de sábados nevoentos? Isso sem mencionar que, levando em conta as inúmeras e bem aplicadas camadas de maquiagem na cútis de Luciana (que agora se abria num sorriso vermelho-hemoglobina para mim), a preparação tinha começado antes do cantar do galo. E o mais intrigante de tudo: o que *aquela* bolsa Louis Vuitton estava fazendo em cima do balcão da *minha* floricultura, afinal de contas?

— Bia, minha fofa! — Luciana levantou seu esqueleto anoréxico para me abraçar e, claro, manteve a mão no meu ombro depois disso. A mão ficou lá. Mesmo quando sua dona precisou se inclinar, meio de lado, para recolher o lencinho xadrez, que estava protegendo seu traseiro do degrau da escada, supostamente emporcalhado com detritos de sola de sapato. — Como vai você?

Ah, que maravilha... Eu tinha passado alegremente por um pão caído com a geleia para baixo, uma unha quebrada, outras nove aparadas, uma chamada perdida, um "broto" e um cocô mole. Mas aquela pegajosa irritante...

Respirei fundo, tentando me acalmar. Não era justo que Luciana e suas unhas carnívoras tivessem qualquer efeito sobre a pedra do humor no meu dedo, colorida de azul-escuro desde quinta-feira.

— Melhor impossível — Esquivei-me de suas unhas com elegância e postura. Ou, pelo menos, com tanta elegância e postura quanto a mochila pesadona nas minhas costas permitia. Eu deveria ter deixado na gaveta, onde esteve por quase três meses, a pomada para espinhas, pensei. E também o pacote com doze absorventes de emergência, tendo em vista que não havia a menor possibilidade de eu ficar menstruada nos próximos dias, graças a Deus. Eu até podia abandonar o excesso de bagagem agora. Mas é que... Bem, quem teria frieza suficiente para isso com uma Luciana cheirando a problema e a Chanel Nº 5 diante de si? — E você, como vai?

— Levando a vida.

Ela guardou o lencinho xadrez no bolso da calça de veludo cotelê. Olhou ao redor da loja, erguendo as sobrancelhas micropigmentadas com pigmentos (dã!) inorgânicos castanhos.

— Nossa! — disse ela, fingindo encantamento. — Sua floricultura é mesmo linda! Tão equipada, cheia de... flores. — Passou os dedos pelos narcisos amarelos. Nada mais apropriado, pensei comigo mesma. — Se você quiser, posso falar com a minha tia... Lembra dela? A dona daquela empresa de decoração de eventos...

— Não precisa se incomodar — recusei a oferta e, logo em seguida, me arrependi do tom rude. — Quer dizer, eu conheço a empresa da sua tia. Mas a Floricultura Quatro Estações não tem condições de fornecer para eventos de grande porte.

O que não era propriamente uma verdade. Quer dizer, eu não sabia. Até me pareceu bastante conveniente pensar no assunto depois, nas reais limitações da floricultura.

Naquele momento, porém, a recusa tinha mais a ver com o meu súbito pavor em aceitar qualquer ajuda de Luciana. Acredite, pessoas como ela não ajudam seus semelhantes de graça. Muito pelo contrário. Pessoas como ela vão cobrar pelo favor mais cedo ou mais tarde, no dia em que o semelhante menos tiver condições de retribuir. E tudo de que eu menos precisava agora era fazer outra dívida, dessa vez moral, com Luciana. Não que nós duas fôssemos "semelhantes" no sentido literal da coisa.

— Acordou cedo, hein? — eu disse, mais para mudar o rumo da conversa. Que rumo e que conversa, não sei dizer.

— É — disse ela, mentindo em seguida: — Eu estava passando pelas redondezas e pensei em você. Nosso último encontro foi tão vapt-vupt...

Vapt-vupt? O mesmo vapt-vupt da Escolhinha do Professor Raimundo? O mesmo vapt-vupt que Juca Cebolinha costumava gritar na hora da xepa? "É isso aí, minha gente! Alface, agrião e cebolinha! Tá acabando! É vapt-vupt! Bom dia, dona Bia, minha freguesa mais fiel..."

— Mal nos falamos aquele dia no shopping... — disse Luciana, macambúzia (quer dizer, carrancuda, tristonha, uma palavra bastante adequada para combinar com o vocabulário da moçoila). — Fiquei com saudade de um bom papo com uma velha amiga violinista. Tenho tanta coisa para contar! Tanta coisa aconteceu comigo desde os tempos do colégio... É claro que quero saber de você também, sua bobinha. — Deu dois tapinhas na minha bochecha. — Não precisa fazer essa carinha de cachorrinho abandonado... Tá pegando algum "broto"?

— Uma velha amiga violinista? — Pisquei. — Algum "broto"?

Minha Nossa Senhora! Com que gagá das cavernas Luciana andava convivendo?

— Eu queria... sei lá, tomar um café. Trocar alegrias, amarguras... Mas a sua madrasta me disse que você está de saída. Vai viajar, hein?

— Joana não é... — Eu me virei e olhei para Joana de avental azul-bandeira, atrás do balcão. Ela não olhava para mim. Sacudia a cabeça em silêncio, como se pedisse desculpas por não ter expulsado aquela Cínica Pegajosa das Cavernas antes que eu tivesse tido o desprazer de encontrá-la ali. Por não ter inventado uma mentira, *qualquer mentira* (e nem precisava fazer sentido, já que os neurônios Tico e Teco de Luciana nunca falaram a mesma língua), que justificasse minha ausência. — Joana não é a minha madrasta. Infelizmente.

No instante em que eu disse isso, Joana parou o que estava fazendo e me olhou muito depressa, um sorrisinho tímido nos lábios. Depois voltou a sacudir o espanador nas mercadorias. Se Joana não sabia que eu sabia que ela gostava do meu pai e ele provavelmente não sabia, agora estava sabendo. E sabendo também que me agradava a ideia.

— Então? Vai viajar com o "broto"? — Senti a cotovelada brincalhona de Luciana nas minhas costas. Não vou dizer que doeu, mas deu para notar a pressão de seus ossos pontudos. Bom sinal. Meus pneus estavam diminuindo, oba! — Posso voltar outra hora...

Eu me virei para ela na intenção de dizer que *sim*, eu tinha compromisso e *não*, não gostaria que ela voltasse outra hora, amanhã ou depois de amanhã. Que não tínhamos absolutamente nada para conversar, nenhuma alegria ou amargura a confidenciar; nunca tivemos, esteja aqui documentado.

Mas não consegui dizer nada. Fiquei totalmente sem ação quando, apesar de todas as coisas que ela mesma tinha acabado de dizer (sobre eu estar de saída e tudo mais), sacou o lencinho xadrez do bolso da calça e abriu-o no degrau da escada. Sentou-se ali novamente, relaxando os ombros como se estivesse infeliz.

Infeliz, mas com tempo de sobra para monologar e desenvolver hemorróidas se tivesse tendências anais para isso. E dores na coluna também. Eu mesma adquiri escoliose depois de horas mal acomodada na frente dos computadores antiergonômicos da FB Logística, despachando trens para cima e para baixo. Subir pela Linha do Centro, descer pela Ferrovia do Aço, subir pela Linha do Centro, descer pela Ferrovia do Aço.

Talvez Luciana estivesse mesmo infeliz.

Infeliz e com tempo de sobra.

Mas eu não estava. Nem infeliz, nem com tempo de sobra. Especialmente depois que ergui os olhos para a entrada da floricultura, às costas de Luciana, e avistei o Cara ali parado. Seu rosto era muito nítido para mim, ocupando toda a minha atenção e emoção.

Percebi que ele já estava sorrindo. Um sorriso que desfaleceu frouxamente no segundo em que seus olhos deixaram os meus e se arregalaram na direção de Luciana, como se tivessem acabado de ver o capeta. Foi um movimento tão abrupto que enrugou o Band-Aid em seu supercílio esquerdo. Ele deu meia-volta e sumiu de vista.

— Ah, Bia... Estou passando por um momento tão difícil — lamentou-se Luciana enquanto eu olhava para a rua vazia, tentando entender o que tinha acabado de acontecer ali. — Minha amizade com a Raíssa está ameaçada por uma coisinha tão idiota, tão insignificante... Ameaçada é modo de dizer. Na verdade, está terminada mesmo, "zé finí". Como se eu mandasse no meu coração, poxa! Então pensei que você pudesse me ajudar, sabe, me aconselhar ou, em último caso, apenas me ouvir. Afinal de contas, Bia, você passou por situação parecida, não foi convidada para o casamento, quer dizer, acho que não, né? O que, convenhamos, é ainda pior do que ser desconvidada, como... bem, como eu fui.

Só que eu não queria ouvir. Muito menos ajudar. E estava até bastante impressionada com o fato de que a Raíssa tivesse finalmente descoberto a verdadeira Luciana e rompido o elo da amizade, desconvidando-a (ouça bem!). É isso aí, Raíssa! Que orgulho, garota!

Agora... se eu teria coragem de ir ao casamento sabendo que o Guga estaria lá... Mas isso não vinha ao caso.

E foi aí que falei, secamente:

— Eu fui convidada para o casamento.

— Foi? — A boca de Luciana ficou aberta. — Para o casamento da Raíssa?

— Ahã.

— Eu... Eu não sabia.

— Pois é. — Fechei o zíper do meu casaco de plush azul-marinho, que combinava com as calças também de plush, tudo muito quentinho e confortável. Ajeitei a mochila nas costas e me preparei para correr atrás do Cara. — Estou atrasada.

— Claro, claro — disse Luciana, em choque ainda. Não se levantou ou mostrou intenção de fazer isso.

Abracei Joana, sussurrando em seu ouvido:

— Não vou dormir em casa, avise meu pai.

— Pode deixar, querida — sussurrou de volta.

— E sem querer abusar, dê um jeito nessa garota para mim. Livre-se dela.

— Fique tranquila. Uma vassoura atrás da porta deve resolver.

— Tchauzinho, Luciana — eu disse por sobre o ombro, andando rapidamente em direção à saída. Tinha medo de que ela ficasse de pé e me seguisse ou sei lá o quê. — A gente se vê! — *De preferência no dia de São Nunca à tarde.*

☘ ☘ ☘

Assim que pus os pés na calçada, avistei o Land Rover lá perto do campo de futebol. Praticamente corri, segurando meu coração flutuante pelo caminho. Se eu bobeasse, meu coração se soltaria como um balão de gás hélio. De repente, a visitinha de Luciana virou fumaça em minha cabeça. Não fosse pela pergunta do Cara, a primeira coisa que saiu de sua boquinha gostosinha quando eu abri a porta e me sentei, abraçando a mochila, eu nem teria me lembrado dela:

— Posso saber o que aquela garota estava fazendo na sua floricultura?

— Oi, primeiramente.

— Oi. — Ele cruzou os braços. — E você fica linda embrulhada para viagem.

— Obrigada — eu corei. — Então foi por isso que você correu de lá?

— Foi.

— De onde conhece a Luciana?

— Nunca ouviu falar que Juiz de Fora é um ovo de codorna?

— Ah — eu disse. — Bem, e é mesmo.

— O que ela queria com você? — ele quis saber.

— Eu não entendi direito. — Dei de ombros. — Nunca simpatizei com ela.

— Nem eu.

— Nós estudamos juntas e nos encontramos sem querer um dia desses. E agora ela apareceu aqui na minha loja. Sem ser chamada, evidentemente. Querendo ajuda, conselho, sei lá.

— Hum.

— Lembra da minha amiga de infância, aquela que não tinha me convidado para o casamento?

— Aquela que não pode ser nomeada?

— Aquela que você não pode *defender* — corrigi.

— A Raíssa.

— Isso — eu disse. — A Raíssa acabou me convidando para o casamento.

— É mesmo? Que bom.

— Ela é amiga da Luciana. Ou era, não sei.

— Tome cuidado com a Luciana — alertou. — Fique longe dela.

— E o que foi que acabei de fazer? Dei um jeito de sair de lá antes de... — Mordi o lábio.

— Não faz isso, Bia...

— Isso o quê?

— Não fica mordendo o lábio assim... Me dá um vontade de te beijar...

— Ah. — Cobri a boca. — Dei um jeito de sair de lá antes de me aborrecer. Ando tão feliz ultimamente.

Ele abriu um sorriso e olhou o anel do humor no meu dedo. Então pegou minha mão.

— Isso é bom — disse ele, espalhando uma quentura por um lugar do meu corpo devidamente envolvido em seda e renda. — Se você está feliz, eu também estou.

Com medo de voar em cima dele, arrancar suas roupas ali mesmo, eu me obriguei a olhar para o outro lado.

— A Luciana — avisei — está saindo da loja.

Ele caiu como uma árvore sobre mim, escondendo o rosto no meu pescoço.

Ai. Meu Deus.

— Não quero que ela me veja aqui — explicou, o hálito quente na minha pele estremecida.

— Já virou a esquina, não se preocupe.

— Não quero que ela me veja aqui.

— Eu já disse que ela virou a esquina.

— Não quero...

Entendi a brincadeira e o empurrei. Ele se afastou meio a contragosto. Ajeitou-se no banco.

— O seu pescoço é tão cheiroso...

— Então? — perguntei, com pressa de mudar de assunto: — Para onde a gente vai?

— Ibitipoca.

— Parece perfeito — eu disse, embora ele não tivesse pedido a minha opinião.

— Mas antes de nos instalarmos na pousada que reservei para nós dois — disse ele —, quero que você conheça um deserto, no meio da mata.

— Um deserto na mata?

— Distante do parque e do resto da humanidade.

— Mas para que tanto isolamento? — perguntei, gostando da proposta e das sensações que me provocava.

— Para que você não tenha chance de sair correndo — explicou. — Ou tenha ao seu alcance objetos que possa lançar na minha cabeça quando... Quando tiver vontade de me matar.

— E por que eu teria?

Dezesseis

Era a primeira vez que eu viajava para Conceição do Ibitipoca. Nunca tinha ido para lá. Nem nos tempos da faculdade, ainda que eu não fosse adepta às ervas proibidas que meus colegas diziam fumar naquela região de relevo acidentado e trilhas embrenhadas na mata. Não conhecer Ibitipoca é uma falta gravíssima para uma juiz-forana como eu. Imperdoável. Motivo de piada numa mesa de bar.

Distrito de Lima Duarte, Ibiti, como o apelidaram os mineiros da Zona da Mata, é um povoado com ruelas de pedra e chão batido, situado a 93 quilômetros de Juiz de Fora. Para ter acesso a tudo o que eu conhecia por fotografia e de ouvir falar (os restaurantes intimistas no centrinho, com meia dúzia de ruas, as rodas de música e, especialmente, o Parque Estadual de Ibitipoca, com suas grutas, montanhas e a Janela do Céu, uma corredeira cor de coca-cola que despenca em queda livre), tivemos de percorrer mais de vinte quilômetros de uma precária estrada quase totalmente de terra, iniciada em Lima Duarte. Subir, subir e subir. Era morro que não acabava mais!

Ainda bem que podíamos contar com o Land Rover Defender, toda sua tração e potência; a garantia de um final feliz em roteiros imprevistos. Uma chuva brava, por exemplo, poderia até complicar, mas dificilmente *impedir* nossa chegada ao centrinho de Ibiti. Um alívio, pensei comigo mesma; sempre morri de medo de trovões, relâmpagos e raios (ah, sim, já falei isso). Mesmo que, no interior do carro, a sensação fosse a de que eu tinha sido jogada dentro de uma coqueteleira, de tanto que o carro chacoalhava.

Em parte por culpa do Cara.

Cruz credo! Vou te contar! Para que tanta pressa? Era para me impressionar, por acaso? E de que maneira isso podia ser impressionante se eu tinha que me agarrar a qualquer coisa sólida que encontrasse pela frente quando a carcaça parecia se soltar das molas e pular cinco metros acima dos buracos?

Ah, certo, tudo bem. Na hora em que agarrei o joelho dele (tudo muito despretensioso e ingênuo) até que foi emocionante.

— Ei! — reclamou, olhando-me de esguelha. — Meu joelho está tão firme quanto o seu!

— Desculpa — tirei a mão imediatamente. — É que... é que...

— Sem problema. — Ele sorriu e afundou o pé no acelerador como se estivesse perdendo a liderança de um *rally*. — Se a situação piorar pode me agarrar. Eu não ligo.

Fiquei calada, mal podendo acreditar. Não *dava* para acreditar. Nem nele, nem na circunstância.

Em Lima Duarte, em asfalto firme, cheguei a me esgueirar pelo teto solar. O Cara me incentivou, diminuindo a velocidade (pelo menos nessa hora, ele diminuiu). Abri os braços e deixei o vento beijar meu corpo, meu rosto, levantar meu cabelo. "U-hu", até gritei.

Ele se divertiu com aquilo. Mais do que eu, aliás. Depois, quando meu traseiro voltou a ocupar o banco do carona, ele disse: "Adoro você, Bia", fazendo meu estômago dar cambalhotas ainda mais perigosas do que as curvas da estrada. Agora, no entanto, se eu enfiasse minha cabeça pelo teto solar, correria o risco de tê-la arrancada do resto do corpo. E comeria poeira.

Conforme avançávamos na estrada esburacada, sempre subindo, sempre sacudindo, o frio aumentava, embora o nevoeiro tivesse dado lugar a um céu muito limpo. Um céu azul de outono.

Quando finalmente estacionamos na primeira ruela de pedregulhos, no centrinho de Ibiti, aproveitei para me agasalhar com mais um suéter de lã sob o casaco. Fechei o zíper, ajeitei o cabelo e fiquei esperando, observando o Cara vestir uma blusa de moletom cinza-chumbo (estampada com a palavra "London") por cima da Hering preta. Eu o acompanhei até a mercearia, desviando de três pangarés no caminho.

A mercearia parecia esquecida no tempo e no espaço, como quase tudo naquele lugar, diga-se de passagem. Na verdade, a mercearia mais parecia a casa da mulher que estava empalhada numa cadeira de balanço atrás do balcão.

O Cara hesitou por um momento antes de tocar a sineta pendurada na soleira da porta. A badalada causou um sobressalto na mulher, que aprumou o corpo imenso, como uma mãe de santo incorporando um espírito. Livrou-se rapidamente da manta em seus ombros e ficou de pé para nos atender. Nós nos aproximamos do balcão, uma tábua com mil ranhuras horizontais, a poucos passos da entrada daquele lugar que supus servir como sala de visitas depois que a noite caía e o acesso à freguesia se fechava. Sustentada por uma mesinha de três pés, uma velha televisão mostrava imagens dos preparativos para a Copa do Mundo; um chumaço de palha de aço em cada antena. Ufa! A mulher pelo menos seguia nosso calendário. Não era alguém saindo do túnel do tempo ou algo do tipo.

— Não é possível, Bia! — O Cara se exaltou. — Que espécie de mineira você é? Como assim nunca comeu pão de canela?

— Eu gosto de pão de queijo, ué.

— Uma coisa não exclui a outra — disse ele, revoltado. — Pelo menos sabe o que é feijão-tropeiro, frango com quiabo e angu?

— É claro que eu sei.

— Também sabe o que é um lobo-guará, não sabe? Vira e mexe aparece um por aqui. Especialmente ao entardecer, mais para a noite.

— Lo... — Minha voz falhou. — *Lobo-guará*?

— Lobo é só no nome. Porque ele parece mais uma raposa. Ou um cachorro.

E dizendo isso, deu de ombros, como se achasse normal comparar um lobo assassino a um... poodle, por exemplo, a raça do Tipinho, meu falecido animalzinho de estimação.

— Não como um poodle — assinalou —, se é nisso que está pensando.

Oh! Como ele sabia?

Continuou:

— Os lobos-guarás têm pernas finas e longas. São grandinhos até. — A mão dele, parada no ar, indicou a altura até o chão. Oitenta centímetros, calculei. — Eu estava nesse mesmo Land Rover quando cruzei com um deles no meio da estrada, lá pros lados da fazenda do meu pai. Mas, até onde sei, eles preferem esses lados de cá.

O espelho redondo atrás da mulher mais redonda ainda confirmou o que eu já sabia: eu estava da cor da parede. Branca. Supondo, claro, que aquela parede tivesse sido branca algum dia, nos tempos da Inconfidência Mineira, talvez.

— Mas não se preocupe, Bronquinha — disse ele, dando uma piscadela para a mulher gorda, convidando-a a participar da divertida brincadeira de me apavorar. — O lobo-guará não se aproxima de meninas indefesas, não se mete com os humanos. — E sussurrou, como quem conta um segredo: — É um bicho meio cagão.

A mulher soltou uma gargalhada espalhafatosa. Fiquei imaginando se, nos tempos de Tiradentes, a quem ela, antiga do jeito que era, poderia ter dado à luz, era comum zombar de estranhos.

— Ah, que isso... — discordou o Cara quinze minutos depois, quando reclamei do comportamento da mulher. — Até que ela era simpática.

Simpática? Ah, tá.

Mas, aos olhos do Cara, de fato ela foi simpática a ponto de nos fazer sair de sua mercearia carregando um exagero de sacolas abarrotadas de iguarias locais. A mulher podia ser antiga. Muito antiga. Podia ter corrido dos tiranossauros, lançado a pedra fundamental de Machu Picchu, apertado a mão de Galileu Galilei, enlouquecido a Rainha Louca.

Mas aceitava MasterCard.

"Existem coisas que o dinheiro não compra."

O Cara precisou de três viagens da mercearia até o Land Rover (que, pelo visto, não era alugado como supus a princípio). Numa delas, transportou um engradado com doze (*doze*!) tipos diferentes de cachaça. Na carroceria fechada, soltou o engradado sem delicadeza alguma, provocando aquele barulho de vidros se entrechocando. Depois limpou as mãos.

— Presente para o meu pai — esclareceu, quando arregalei os olhos. — Não que ele esteja merecendo.

☘ ☘ ☘

É claro que a mulher gargalhou, pensei, depois que guardamos todas as compras e retomamos nossos lugares no Land Rover. Evidente que sim. Não era ela que, nesse momento, era levada para fazer um piquenique no meio de um deserto na mata nativa. Que ficaria isolada de tudo e de todos, e muito perto do lobo-guará, o lobo-cachorro, praticamente um pitbull.

A trilha para fora do centrinho de Ibiti agora era impossivelmente mais estreita e esburacada. Por isso não deu para eu prestar muita atenção no caminho que fazíamos. Nos raros momentos em que eu entreabria os olhos, meio desorientada, tudo o que conseguia ver era poeira e mato, curva após curva. Então eu me sentia enjoada e fechava os olhos outra vez. Desejei ter enfiado na mochila uma cartela de comprimidos para enjoo junto com os anticoncepcionais.

Mas eu não tinha imaginado que todos os enjoos, todo o desgaste ósseo, as possíveis vértebras quebradas, as futuras hérnias de disco e as espinhelas caídas, tudo isso valeria a pena.

Tínhamos chegado a uma altitude inimaginável.

E apesar de o Cara ter dito que o lobo-guará tinha quase um metro, no instante em que saltei do carro, essa informação deixou de me apavorar. Cruzei as mãos atrás da cabeça e olhei em volta. De repente me dei conta de que, se resolvesse aparecer, o lobo-guará ia de fato parecer um poodle na imensidão do paraíso. E com um poodle eu não precisava me preocupar.

Lá longe, a paisagem se abria em ondas infindáveis de montanhas. Ondas e mais ondas de tamanhos desiguais. Ondas verdes, ondas marrons. Dava para ver o horizonte, o mar de morros encontrando o céu azul infinito. À nossa volta, as árvores espaçavam-se mais. A maior parte da vegetação se estendia rasteira, brilhante à luz do sol do meio-dia, até ficar mais rala e se misturar à areia branca, onde o verde desaparecia por completo, transformando-se numa duna. Um deserto no meio da mata.

— Bem-vinda ao que um dia foi o fundo do mar — ele explicou. — É o que dizem. O trabalho ininterrupto da natureza. Milhões e milhões de anos. Campos rupestres entre afloramentos de quartzito.

— Lindo — murmurei em voz baixa, mas certa de que ele seria capaz de ouvir.

O silêncio fazia doer os ouvidos. Mesmo com as árvores farfalhando ao vento frio. Mesmo com o canto dos pássaros. Havia grilos também? Mesmo com um sopro mais forte do vento produzindo redemoinhos na areia em torno dos meus calcanhares. Sons que eram uma parte inseparável da paisagem, pensei. Um sistema autossustentável que fazia eu me sentir uma intrusa.

Fiquei ali, incapaz de absorver tanta beleza, incapaz de me mover, mesmo quando ele se afastou e começou a preparar o piquenique com jeito de quem dispensava qualquer ajuda. De dentro do Land Rover empoeirado, foi tirando a parafernália até então irrevelada para mim. A imensa toalha xadrez, ele abriu na grama, à sombra de uma árvore retorcida e troncuda. Acendeu num pequeno aquecedor a gás, jogou três cobertores ao lado de uma cesta de palha, que abasteceu com as nossas compras. Por fim, deixou o violão ao alcance e fez um sinalzinho para que eu me aproximasse.

Eu me aproximei. O que mais poderia fazer?

As pequenas chamas tremulavam com estalos. Senti o calor se expandindo. Então arregacei as mangas até os cotovelos, tirei os tênis e me sentei na toalha, de frente para ele. Abracei os joelhos e esperei.

— Longe demais. — Ele me puxou pela cintura, arrastando-me pela toalha. Flexionou as pernas e me prendeu no meio delas. Ficamos ali sentados como aqueles namorados na grama do campus da universidade, os mesmos que costumavam me irritar com tanta paixão e paparicos jogados na minha cara. — Quer que eu enrole a erva ou prefere enrolar sozinha?

Fez-se silêncio por cinco segundos.

Então ele soltou uma gargalhada estrondosa.

— É brincadeira, Bia! — Sacudiu-me pelos joelhos.

— Seu bobo insensível... — murmurei, gelada.

— Você tinha que ver a sua cara.

— É sério — reclamei. — Por que você gosta tanto de me provocar?

— Sabe que eu não sei. — Ficou me cutucando. — O que você acha? Sou muito irritante?

— E ainda tem a cara de pau de perguntar.

— Quem é mais irritante, eu ou o vendedor de biju?

— Que vendedor de biju?

— Aquele que grita *"Biiiijuuuuu"* no meio da rua, chacoalhando umas latas e fazendo um barulho estridente?

— Ah, tá — eu disse. — Eu particularmente nunca me irritei com o *"Biiiijuuuuu"* do vendedor de biju. Agora, o Guga... Ah, esquece.

— Mas agora fiquei curioso. O que você faria se eu... — Apertou os dedos junto aos lábios, insinuando uma tragada profunda. — ...puxasse um baseado, aqui, agora?

— Eu também puxaria um.

Mais gargalhadas. Dessa vez, com a cabeça para trás.

— Qual é a graça? — perguntei.

— Que mentirosa! — Ele ainda ria. — Você é puritana, essa é que é a verdade. Parece até uma velha amiga minha.

— Está me chamando de careta, é isso? Pois fique sabendo que não me importo de ser careta. Mas, se eu estivesse a fim de fumar um baseado aqui, agora, eu fumaria sem problema algum.

— Mentirosa! — repetiu, me sacudindo pelos joelhos outra vez. — Você não tem vergonha, não?

— É só que... — Dei de ombros. — Nunca estive *realmente* a fim. Só isso.

— Você é incrível, Bia. Incrível!

— Obrigada.

— Sabe, essa minha amiga dizia a mesma coisa, que era careta e não se importava. Até que vocês formariam uma bela dupla.

— Ah, já sei. — De repente, entendi. — Claro, claro. Você quer puxar um baseado e está experimentando o terreno antes, não é? Tudo bem. Manda brasa.

— Não preciso. — E aprofundou o olhar: — Já estou tonto o suficiente.

Estremeci, engolindo em seco. Será que ele já tinha fumado antes de ir me buscar? Ou estava tonto era com a minha presença? Será?

— Tô brincando, Bia — disse ele. — Também sou careta. Não tanto quanto você, claro. Mas sou.

— Tá. Beleza. Somos dois caretas.

— Com orgulho. — Ele bateu no peito.

— Mas qual é o plano para hoje?

— Além de ficarmos sozinhos?

— Nós estamos sozinhos?

— Bem... — Seus olhos percorreram a extensão inabitada. — Nunca acreditei em fantasmas.

Belisquei o braço dele.

— Ai!

— Dá para falar sério pelo menos uma vez na vida? — resmunguei. — Não foi isso que eu quis dizer.

— Ué? Não?

— É claro que estamos sozinhos — eu disse. — Mas sei lá. Pode aparecer alguém de repente. Andarilhos. Guias ambientais com um grupo de turistas.

— Sem chance — disse ele.

— Como pode ter certeza?

— Você, hein? Não repara em nada mesmo. É muito distraída, Bronquinha! Eu só fico aqui pensando como é que você sobreviveu até hoje? Se fosse homem, seria bem capaz de confundir pasta de dente com creme de barbear.

Fiquei em silêncio.

Ele arregalou os olhos:

— *Você já escovou os dentes com creme de barbear?*

Então estava rindo.

— Só três vezes! — eu me defendi.

— *Três* vezes? — Ele cobriu o rosto com as mãos.

— E só porque meu pai tem mania de deixar o creme de barbear do lado da pasta!

— Deus do céu, Bia... — disse ele depois de um tempo, a expressão preocupada. — Dá para prestar mais atenção nas coisas? Pode ser perigoso... E para seu governo, nós estamos sozinhos porque estamos dentro de uma propriedade particular.

Eu estava de olhos fechados durante a subida, minha gente! Como é que eu ia saber?

— Este lugar faz parte das terras de um amigo do meu pai — explicou. — Ele me deu autorização para entrar.

— Certo. Então o que os caretas fazem quando estão totalmente sozinhos? Eles chupam uvas, tocam violão a tarde inteira, jogam baralho...? Ei! Aposto que você trouxe um baralho!

— Bia. — Ele agora estava muito, *muito* perto. Ergueu o braço para ajeitar uma mecha de cabelo atrás da minha orelha. Um movimento inútil com a brisa constante. Mas foi tão lento, tão natural, que era como se fizesse parte da paisagem. Ah... O que eu podia fazer? Estava perturbada demais para evitar pensamentos clichês. — Vou pedir de novo.

— O quê?

— Olhe para mim.

— Mas eu... já estou olhando.

— Ótimo. — disse ele, chegando mais perto ainda. — Então seja boazinha e faça um esforço. Olhe *além*. Vamos lá. O que você vê?

Eu me concentrei em não parar de respirar enquanto procurava em seus traços a resposta que ele queria ouvir, sem fazer a menor ideia de onde ele queria chegar. Onde queria que *eu* chegasse. Arrisquei:

— Uma pessoa cheia de mistérios?

— Continue. — Ele fez um gesto em círculo com a mão.

Pensei outra vez, apertando os lábios.

— Alguém em quem não tenho muitos motivos para confiar. Com quem eu não deveria me sentir à vontade num deserto no meio do nada?

— É uma boa observação — assinalou. — Insuficiente, no entanto.

— Um desconhecido sem nome. Aliás, a falta de nome é só o começo. Tenho um milhão de perguntas...

Ele sacudiu a cabeça, insatisfeito.

— Não, não — falou. — Assim não vamos evoluir. Vou tentar de um jeito diferente.

— De um jeito diferente?

— No dia do tiroteio...

— Ah, não. — Virei o rosto para as areias. — *Isso* de novo, não.

Mas ele segurou meu queixo e me forçou a olhar para ele, mantendo a mão ali.

— Naquele dia — continuou, sem se intimidar com a careta que eu fiz. — Você falou do beijo do Guga. O beijo em que seria capaz de morrer pensando. E depois, no domingo, disse que foi o melhor beijo que a sua boca já experimentou.

— O plano é me deixar constrangida?

— Não, Bia. — Suspirou, cansado. — Não é isso. O plano é consertar uma situação que chegou a um nível de complexidade que, juro por Deus, não consigo nem calcular.

— Do que você está falando?

— Me fale *você* — disse ele. — Do beijo do Guga.

Piorei a careta, sentindo o sangue se espalhar pelas minhas bochechas.

— Você não pode estar falando sério — reclamei.

— Por favor...

— Não faça isso comigo.

— Mas é o único jeito.

— De *quê*?

— De eu contar meu nome a você.

Parei.

Então era isso?

De todas as exigências que ele podia fazer... De todos os eventos desinteressantes da minha vida sem emoção pelos quais ele podia se interessar, eu precisaria me expor sobre o *melhor* deles? Precisaria descrever o beijo do Guga se quisesse saber o nome do Cara? Era informação demais (ou de menos) para que o meu cérebro pudesse fazer as sinapses necessárias, amarrar tantas linhas soltas.

E ao mesmo tempo, tão simples! Uma palavra. Só *uma* palavra me separava daquilo que eu vinha tentando descobrir havia dias. Bastava confessá-la e pronto.

De repente, no entanto, me ocorreu que não tinha importância. Que diferença faria saber o nome dele? Se eu já me encontrava num caminho sem volta... Ele era o Cara. O cara por quem nitidamente eu havia me apaixonado depois de tanto tempo. Depois de Guga, a pessoa de quem, por ironia, ele fazia questão de se lembrar.

Acontece que não saber o nome dele não resolvia muita coisa. Não poderíamos avançar. Ele preferia assim e, apesar de tudo, apesar dessa vontade tirana de me jogar em cima dele, de me misturar ao cenário a que ele pertencia, eu tinha de admitir que sua postura respeitosa só fazia aumentar a minha admiração por ele, o meu desejo. Ele era bom demais para ser verdade; essa era uma das poucas certezas que eu ainda tinha.

— Céu — bufei, odiando-me por finalmente dizer. — O beijo do Guga tinha gosto de céu. Pode rir de mim agora.

Mas ele não riu.

Em vez disso, ficou ainda mais sério. Desconcertantemente sério. Ele, que já estava me olhando, agora examinava meu rosto como se garimpasse ouro. Enquanto isso, o tempo se arrastava, lento e indecoroso, meu coração adolescente se agitando dentro do peito. O vento bagunçava o cabelo dele, e os poucos feixes de sol que atravessavam o emaranhado de folhas acima de nós pareciam faiscar em sua pele... Sua pele na minha, meu queixo em sua mão...

Ele puxou meu rosto. Afagou minha bochecha com a ponta do nariz.

Fechei os olhos, entregando-me ao prazer dolente de esperar aquele desconhecido previsível, de senti-lo chegar mais perto e ainda longe demais... Senti seu lábio inferior tocando o meu superior, pressionando-o de levinho... E uma corrente de gelo me inundando, uma súbita friagem na base das costas, frio e calor ao mesmo tempo... então senti seu hálito quente na minha bochecha quando, sem se afastar, ele sussurrou quase em agonia:

— Sinto muito. Mas não aguento mais esperar.

Depois disso, ele estava me beijando. Um beijo profundo, conhecido...

Conhecido. Era isso.

Ele podia estar mais velho, mais encorpado. Podia ter cortado o cabelo, ter a pele lisinha e os dentes alinhados.

Podia estar impossivelmente lindo.

Tudo, uma mera questão de aparência. E a aparência, ilusória e superficial, tinha conseguido me confundir, me cegar.

Mas aquele beijo... Deus... aquele beijo eu conhecia muito bem.

Aquele beijo tinha gosto de céu!

Foi justamente aí que eu o empurrei. Arranquei o Band-Aid de seu supercílio e olhei a cicatriz de meia-lua. Mas olhei de verdade, sem pudor, seu rosto inteiro e do jeito certo.

Do jeito que se espera olhar alguém pela primeira vez em dez anos.

Dezessete

Eu não sei dizer por quantos minutos fiquei examinando o rosto dele, tentando desesperadamente processar a verdade.

Eu sentia algo crescendo interiormente, mas não conseguia dar nome àquela coisa recém-parida dentro de mim. Algo violento e contraditório. Algo que se avolumava à medida que eu ia me embriagando das lembranças que de repente se sucediam na minha mente, fora da ordem cronológica.

Durante dez anos, eu havia saboreado as mesmas recordações, a conta-gotas. No escuro do quarto, na fila do mercado, no trânsito engarrafado, no café do escritório.

Durante dez anos, tudo o que fiz foi me sentir uma idiota por simplesmente não conseguir esquecer. E agora era obrigada a reviver as mesmas lembranças de maneira avassaladora, diante do personagem principal de todas elas, sem ter tido chance de me preparar para isso.

Eu não estava preparada.

Mas ele estava ali. O *meu* Guga estava bem ali, atrás daquele rosto novo, daqueles olhos tão íntimos que me fitavam num silêncio apreensivo.

Era o mesmo Guga que havia me telefonado de seu Nokia 6160, na madrugada do show dos Paralamas em que não pude ir porque os organizadores achavam que eu não tinha idade ainda. Ele disse "Escuta essa" e deixou o celular ligado para que eu, chorando baixinho, embolada nos cobertores, pudesse ouvir Herbert Vianna cantando *Você é algo assim, é tudo pra mim, é como eu sonhava, baby...*

O mesmo Guga que, na noite do pijama em que perdi o sono, encontrei deitado no sofá da sala lendo *O Meu Pé de Laranja Lima* sob a luz do abajur. Lembro que fiquei muito quieta e me arrastei para o sofá da frente quando, sem qualquer explicação, ele passou a ler o livro em voz alta...

O mesmo Guga que um dia se sentou no vão entre o tanque e a máquina de lavar, onde eu me escondi numa tarde de tempestade, e dividiu comigo um dos fones de seu Discman tocando *I Will* em modo repetição. Ele só relaxou quando voltei a respirar normalmente. Então se esparramou no espaço apertado, provocando-me arrepios ao encostar um lado inteiro do corpo no meu...

O mesmo Guga que, em São João Nepomuceno, a cidade da Fazenda Amarela, desembestou a correr ao lado do ônibus que me levava de volta a Juiz de Fora, acenando e gritando sob a minha janela, até perder o fôlego e sumir de vista, cansado e apoiando as mãos no joelho...

O mesmo Guga que ia lá para casa estudar para as provas de percepção musical e fazia a alegria do Tipinho, chamando-o de "meu garoto" com um cafuné na cabeça do bichinho, que pulava feliz ao redor de suas pernas. Foi Guga quem me deu o primeiro abraço quando Tipinho morreu atropelado em frente à floricultura. Quem me disse "deve haver uma razão". Quem me contou dos mistérios da Stonehenge. Quem me ensinou a pescar; a assobiar usando os dedos; a andar de bicicleta, no campus da universidade, e depois me levou até o topo de uma elevação gramada e me surpreendeu com os braços na minha cintura, fazendo-me cair e rolar junto com ele ladeira abaixo. E no momento em que o sol derramava raios oblíquos, nós dois nos agachamos contra a luz e erguemos os braços, lançando sombras na grama verdinha. Seus dedos se emaranharam numa tentativa frustrada de reproduzir a mosca-varejeira, marca da nossa banda Moscas da Sopa, e eu comecei a rir. Porque era simples rir com ele.

O mesmo Guga que me mostrou o céu ao beijar a minha boca e o inferno ao partir para a Inglaterra. Eu chorei noites inteiras. Porque também era simples chorar por ele.

Ele era o Guga que jamais me ligou de Londres ou mandou uma carta. Ele era o Guga que um dia se esqueceu de mim.

Agora eu não conseguia chorar. Não conseguia abrir a boca. Lutava para continuar respirando, longe de compreender a magnitude daquele acaso, daquela coisa estranha no meu peito, de distinguir o que era raiva, o que era vergonha e o que era contentamento. Avaliar qual emoção era mais forte.

Eu devia estar parecendo uma morta de olhos abertos. Talvez estivesse morrendo por dentro também.

Só que antes que eu pudesse fechar os olhos e desmaiar, ele pegou meu rosto entre as mãos... Quer dizer, *Guga* pegou meu rosto entre as mãos. E começou a falar...

— Ah, Bia... Eu sinto tanto, *tanto*... — Soltou um suspiro pesado. — Sinto por não ter sido totalmente franco. Por ter escapado pelas beiradas, consciente do que estava fazendo. Sinto pelo que você está sentindo agora. Mas infelizmente os acontecimentos não colaboraram. Começaram mal e só foram piorando.

Ele fez uma pausa para me observar, provavelmente para verificar se ainda havia alma naquele corpo entorpecido. Olhos, nariz e ouvidos, na cabeça presa entre suas mãos enormes. Deve ter chegado à conclusão de que havia, porque engoliu em seco e continuou:

— Você começou a dizer aquelas coisas na hora do tiroteio... Sobre mim, sobre o meu beijo, sobre... a explosão sexual do prazer.

Ai, não. Ai, não. Ai, não...

— Eu juro, nem me passou pela cabeça que você pudesse estar tão fora de si a ponto de depois esquecer o que tinha acabado de confessar. — A brisa sacudia seu cabelo. Os grilos cantavam num lugar muito distante. — Antes eu tivesse dado mais crédito ao desespero do ser humano à beira da morte... Mas não. Eu fui burro. Já naquele instante concluí que seria difícil dizer a verdade sem que você ficasse muito constrangida. Eu não queria que ficasse. Pensei em não procurar mais você, mesmo sabendo que havia chance de nos encontrarmos no casamento da minha irmã. Pensei em me esconder no meio dos violinos, atrás do juiz de paz. Pensei em deixar pra lá. Eu tinha conseguido por dez anos, afinal... Mas agora era diferente. Agora eu tinha visto o seu rosto, sentido o seu cheiro, escutado a sua voz. E deixar pra lá ficou mais impossível do que dizer a verdade. Me desculpe. Eu sou um fraco.

Mais uma vez ele esperou que eu reagisse. Soltou meu rosto com cuidado e se afastou, dando-me um pouco de espaço. Um espaço que não ocupei.

— Por favor... — implorou por fim. — Diz alguma coisa.

Fechei os olhos, tentando controlar as lágrimas que pinicavam minhas pálpebras. Fiquei um tempo assim. E então, abrindo os olhos devagar, murmurei, de modo quase inaudível:

— Como... Como você teve coragem?

Ele ergueu os ombros levemente, como quem lamenta o imprevisível.

— Por que você fez isso? — continuei. — *Tudo* isso?

Eu não me referia apenas à traição recente. Porque, sem dúvida, ele tinha me traído. Eu me referia a todo um passado, a nossa história de vida. A tudo que ele tinha jogado fora durante os dez anos em que fez questão de ignorar minha existência e deixar essa decisão bem clara.

Ele desviou os olhos para as areias. Ficou em silêncio. De início, não acreditei que ele tivesse entendido o extenso intervalo de tempo que minha pergunta abarcava. Mas em seguida tive certeza de que ele entendia e me senti tola por duvidar de sua inteligência.

— Eu simplesmente não... — Ele ainda olhava as areias. — Eu não quis escrever para você.

Aquilo foi um chute no estômago.

— Pelo menos *agora* está sendo sincero — eu disse, surpresa com a segurança em minha voz. — Deve valer alguma coisa.

— Espero que sim.

— Nós dois crescemos juntos. Só isso. Não foi importante para você.

Então me olhou, desesperado.

— Não, Bia... Não é nada disso. Você entendeu errado.

— Ah, é? Entendi? Mesmo? Eu entendo tudo errado, não é? Afinal de contas, eu sou a distraída, aquela que escova os dentes com creme de barbear!

— Eu não quis escrever para você porque sabia que eu ficaria longe por muitos anos. Assim como sabia que a nossa amizade tinha ganhado um novo sentido depois daquele beijo na festa de 15 anos da Raíssa.

— E de que maneira isso justifica alguma coisa, posso saber? Aliás, na verdade, está ficando pior!

— Eu não achava justo interromper a sua vida com as minhas escolhas. Você precisava se sentir livre para continuar.

— Ah, tá — eu disse, com ironia. — Entendi. Eu precisava continuar sofrendo.

Os músculos de sua face se contraíram como se as palavras lhe causassem dor.

— Bia — continuou ele. — Você não faz ideia do que eu passei... Eu tinha 17 anos, estava longe dos meus amigos, da minha irmã, da minha cidade, e não tinha o apoio dos meus pais. Mas até aí eu podia suportar. Só que eu estava longe *de você*. Então não me diz que eu não me importei. Porque eu me importei tanto que, se você me escrevesse de volta e eu percebesse qualquer mínima menção de sofrimento nas entrelinhas das suas cartas, eu desistiria e entraria no primeiro avião. E eu não queria desistir.

— Eu chorei! — confessei, amargamente, devolvendo para ele a tristeza entalada na garganta, a tristeza que lhe pertencia, a tristeza que *ele* tinha gerado dentro de mim. Comecei a me exaltar, a movimentar os braços enquanto falava. — Chorei por você!

— Eu também chorei por você.

— Por que não me procurou depois? — Fiquei de pé. — Você teve dez anos!

— Bia. — Agora ele estava ajoelhado, os braços soltos ao lado do corpo, indefeso como quem se entrega. Ergueu a cabeça e me olhou, ali de pé. — Eu *ainda* moro em Londres. Quando venho ao Brasil, é sempre muito rápido. Nos primeiros dois anos, eu nem vim. E depois... você não frequentava mais a minha casa. São os desencontros da vida. O tempo passou. Passou pra mim. Passou pra você também.

— Como você se atreve a falar simplesmente que o tempo passou? — Em meio aos sentimentos controversos que borbulhavam no meu peito, a humilhação começou a falar mais alto. A raiva veio junto. Eu me sentia humilhada. Porque o tempo não tinha passado, não para mim. E ele soube disso no exato instante em que abri a boca naquele tiroteio e declarei que ainda era apaixonada por ele. — Como você consegue ser tão insensível?

— Só estou dizendo que nós sobrevivemos. Estamos aqui. Saudáveis. O tempo passou *sim*. Mas "a vida é a arte do encontro, embora haja tanto desencontro pela vida". Você parou a Kombi do meu lado, na Linha Vermelha...

Silêncio.

— E tem mais uma coisa... — recomeçou. — Foi *você* que não me reconheceu em primeiro lugar.

— Ah, é? — eu disse. — Como eu podia esperar uma coincidência dessas...?

— Coincidências acontecem.

— Tá bom.

— Você já pesquisou sobre as maiores coincidências que aconteceram ao redor do planeta? Porque eu pesquisei e acredite em mim, nosso reencontro é apenas uma de uma lista infinita! Essa não foi a primeira nem a última coincidência da sua vida. Nem da minha. Talvez a mais impressionante. Mas não a única.

— Mas é que você está tão diferente! — Eu me defendi, como se ele tivesse culpa de estar tão lindo. Ele *tinha* culpa. — Na minha imaginação o Guga de 27 anos era mais parecido com o de 17. Por que você mudou, aliás? Eu gostava de você quando você era...

Parei ali.

— Quando eu era feio e desengonçado? — ele completou a frase, os lábios se repuxando num meio sorriso. Ficou de pé na minha frente, cruzou os braços. — Era isso que você ia dizer, não era?

— Não, eu...

— Não precisa ter vergonha de dizer a verdade. Eu *era* feio e desengonçado. Mas você sempre foi linda e eu gostei de você assim mesmo.

Perdi a fala. Dei um passo atrás, minhas pernas oscilando.

— Eu fiquei arrasado quando você não se lembrou de mim — disse ele. — Se quer saber, isso foi o mais difícil de aguentar. Eu não queria ser obrigado a dizer o meu nome. Queria que *você* me reconhecesse. Foi por isso que resisti até o fim. Porque eu precisava acreditar que você ainda me conhecia de alguma maneira. Graças a Deus você me conhece... pelo meu beijo.

Sorriu, presunçoso.

— Pois você não me conhece. — Eu me sentei de novo, nervosa. — Eu mudei. Não tanto quanto você, mas mudei. Continuo azarada, apesar disso.

Comecei a calçar o tênis. Puxei os cadarços com força.

— O que você está fazendo? — ele quis saber.

— Anda. Vamos embora daqui.

— Nós não vamos embora daqui.

Eu me levantei, decidida.

— Guga — eu disse e me esforcei para não vacilar ao perceber que ele tinha ficado muito feliz ao finalmente ouvir seu nome saindo da minha boca. — Me leva embora.

— Você é teimosa.

— É assim que pretende me convencer a ficar?

— Você tem medo de chuva.

— Hã?

— E não sabe nadar. — Estendeu o braço na direção do meu cotovelo. Eu me esquivei. — Eu conheço você.

— Você não me conhece. Não mais.

— Você desenha corações que parecem bolas murchas. E adora picolé de Chicabon. Quando toca piano, seu dedo mindinho se levanta e você fica brava. Enrubesce quando está envergonhada. Vira um pimentão quando abusa do sol. Tem uma pinta bem redonda no joelho direito. Sonha em se casar usando um vestido com cauda comprida, apesar de dizer que esse é o sonho da Raíssa. Sofre pela sua mãe, seja lá por qual história, você nunca me contou, mas sei que existe uma história assim como sei que você luta para esquecê-la. Mas guarda lembranças numa caixa de sapato. Gosta de pizza Marguerita. Canta no chuveiro. É vegetariana em defesa dos animais, mas morre de medo do lobo-guará. Daria a vida pelo seu pai. Nunca quis outro animal de estimação por não conseguir substituir o Tipinho. Você se culpa pela briga com a Raíssa, mesmo sabendo que ela é tão cabeça-dura quanto você. E não sabe diferenciar uma orquídea da outra. — Ele sorriu. De emoção, dessa vez. — Eu sei tudo sobre você, Bia, porque você é a garota que tantas vezes me fez perder o sono e com quem sonhei muitas noites. A garota por quem chorei de saudade. Minha melhor amiga. Você não é azarada, não é triste, nunca foi, nunca será. Você é feliz. Só precisa se lembrar disso...

— Para... — implorei. — Por favor, não diz mais nada. Não há mais nada a dizer.

— Sim, há — falou. — Você precisa saber que é a garota por quem me apaixonei duas vezes. A primeira e a última. A única. Eu me apaixonei por você, Bia. Eu *estou* apaixonado.

E foi aí que eu dei as costas para ele e saí andando, desnorteada. A areia pesava sob meus pés e resistia à minha necessidade de me afastar.

— Onde você pensa que vai? — ele gritou, atrás de mim.

Não respondi. O riso em sua voz... o riso e a zombaria só faziam aumentar minha vontade de desaparecer dali, de ficar invisível. Continuei andando, ignorando as lágrimas que agora jorravam livremente pelo meu rosto e pescoço. Embora eu não conseguisse definir o que estava sentindo, eu sabia que era *demais*. Raiva demais, humilhação demais, vergonha demais, e, mesmo que eu teimasse em negar, *alegria* demais... Demais para que eu pudesse suportar.

Eu tinha começado a correr quando ele veio atrás de mim e segurou meu braço. E me girou.

Quando dei por mim, ele estava me beijando. E dessa vez, longe de parar. Tentei empurrá-lo, ciente de que aquilo era um erro. Eu ainda chorava, mortificada; o orgulho e a sensatez, ambos violentados. Só que a raiva inibia a minha força e fazia com que o desejo ficasse ainda mais forte. Ele me beijava e ofegava na minha boca, na minha orelha, no meu cabelo. Ele me beijava e descia as mãos pelo meu corpo. Eu sugava a sua boca e o balão em meu estômago me elevava a um céu particular, onde tudo era belo e a vida parecia ter retrocedido dez anos.

Então ele desceu mais a mão. Já estava dentro do meu casaco, da minha blusa, da minha outra blusa, da minha calça, da minha...

— Eu disse que quando te beijasse não ia conseguir parar.

Foi aí que tremi, gemendo baixinho.

Ele entendeu o gemido como uma rendição. E entendeu certo.

Guga me ergueu do chão com a mesma facilidade com que minhas pernas se fecharam ao redor de sua cintura. Sustentou-me pelas coxas e me levou para debaixo da árvore. No instante seguinte, eu estava deitada de costas na toalha xadrez, seminua. Ele puxou a minha calça e daí eu estava nua. E, quando dei por mim, ele também estava nu. Os feixes de sol atravessavam a árvore e queimavam a minha pele. Mas não era só o sol. Era o sol e o fogo do aquecedor. O fogo e a pele dele contra a minha. A pele e a boca explorando o meu corpo. Eu fechava e abria os olhos. E ouvia nossa respiração e as folhas se agitando lá no alto, e as folhas mortas quebrando embaixo das minhas costas conforme ele se movia sobre mim. Havia o cheiro de mato, de areia. E o cheiro de suor. Ele se movia sobre mim e eu acompanhava o movimento. Ele entrelaçou os dedos nos meus e arrastou minhas mãos para cima da minha cabeça. Apertou meus dedos com muita força para em seguida afrouxá-los...

Então *ela* chegou. A explosão aconteceu. E era muito, *muito* mais do que prazer. Aquilo era explosão de saudade.

Era explosão de amor.

Dezoito

Não uma única explosão de amor. Muitas explosões. Espaçadas por quartos de hora, horas inteiras, nem sei... Quando vinham, me roubavam a noção do tempo, entre espasmos de delírio; eu poderia ser engolida pela areia ao redor e sequer perceber. No instante seguinte, eu chegava a odiá-lo por ter me privado de tanta beleza durante dez anos. Eu não sentia fome, não sentia sede. Não conseguia erguer meu corpo da toalha, empurrar o corpo dele muito menos.

Isto é um erro, eu lembrava a mim mesma nos breves instantes de lucidez. *O que estou fazendo? Comprando uma passagem de volta ao inferno?*, pensava, mas não era capaz de tomar uma atitude, de lutar pelo que achava certo. O que era certo, afinal?

Ele morava em Londres. Eu, em Juiz de Fora, talvez em Belo Horizonte muito em breve. Se ele estava ali de passagem, eu também estava. Eu tinha sido moralmente traída pela segunda vez em dez anos e finalmente compreendia o significado do peso que sentia em meu peito.

Chamava-se mágoa.

Ele precisava saber que mágoas não se curam com beijos e carícias. Eu precisava dizer isso a ele. Mas ele me beijava e não me deixava falar... Ele me beijava e fazíamos amor outra vez.

Depois da explosão, me envolvia em seus braços e encostava a pele na minha o máximo possível. Ficávamos ali deitados, como se fôssemos as duas únicas pessoas do planeta. Eu podia senti-lo desde os meus seios nus até os dedinhos dos pés. Sentia seu coração acelerado junto ao meu já desacelerando... Ele espalhava beijos pelo meu rosto, sem pressa, o polegar afastando meus cabelos melados de suor, o peito se expandindo ao inspirar o meu cheiro. Às vezes, fazia isso e sussurrava:

— Sempre fui louco por você. Sempre, sempre...

Eu não respondia. Era preciso responder? Além do mais, para *palavras*, eu não tinha fôlego.

Quando meu corpo esfriava por dentro e por fora... quando a razão começava a recobrar seu espaço nos meus pensamentos, ele parecia perceber o perigo iminente e me envolvia com tanto carinho que me deixava amortecida. Me cobria com seu corpo e recomeçávamos com mais delicadeza do que da última vez.

— Você é tão macia... — Roçou os lábios na minha orelha e prometeu: — Vamos fazer uma vez para cada ano em que estivemos separados.

Eu duvidava de que fôssemos aguentar. *Dez* vezes? A raça humana não era capaz, era? Ele na certa esperava incluir nessa contagem (que eu enviaria ao Livro dos Recordes) as explosões que, na cabeça dele, continuariam acontecendo noite afora, na tal pousada no centrinho de Ibiti. Isso me daria chance, portanto, de em algum momento interromper aquela insanidade.

Mas não agora... Agora ele não tirava os olhos do meu rosto. Ficava me observando com uma espécie de orgulho contemplativo pelo tempo que meu corpo levava para serenar. E então recomeçávamos outra vez.

Acho que aconteceu depois da quarta vez.

Ele rolou para o lado e esticou o braço para alcançar a cesta de palha. De dentro dela, tirou um cacho de uvas roxas, dois pedaços de pão de canela, duas maçãs, uma garrafa de água...

Foi o bastante.

Eu me sentei, meio grogue ainda, apoiando as mãos no chão atrás de mim. A areia branca refletia os raios de sol. Feria meus olhos desacostumados.

— Você não está com fome? — Ele me ofereceu um pacote de biscoitos Negresco. — É bom repor as energias.

Minha cabeça ainda rodava. Talvez por culpa do vazio em meu estômago. Mas fiz que não, recusando os biscoitos, e apertei os olhos com força, num esforço para clarear a visão e os pensamentos.

Não interessa se ele é louco por você!, a voz da razão era furiosa do lado esquerdo do meu cérebro. *Ele disse que estava apaixonado dez anos atrás e nem por isso deixou de agir como um traidor! Ele mora em outro país, tem uma vida lá! E vai embora de novo.*

— No que está pensando? — perguntou.

— Chega — murmurei, a voz agora ganhando vigor. — Eu não quero mais!

Forçando meu já fustigado esqueleto (que parecia ter passado por uma máquina de moer carne), pus-me a catar minhas roupas espalhadas pela paisagem. Encontrei meu sutiã rendado e parcelado em três vezes sem juros enrolado nas tarraxas do violão. Guga era bom com sutiãs, eu não podia negar.

Em pé, eu ia me cobrindo de qualquer jeito, mas não tão rápido quanto a mágoa que crescia em meu peito. Eu ia explodir. E dessa vez não seria de prazer. Meu casaco estava lá onde a areia era livre de vegetação. Precisei sacudi-lo algumas vezes para dispersar os grãos muito finos.

— Vamos embora daqui — ordenei, enfiando o braço na manga comprida de plush. — Levanta.

É claro que ele me ignorou. Deu uma longa golada na garrafa de água sem arredar um milímetro de onde estava sentado, de pernas cruzadas, o cobertor escondendo as partes protuberantes que jurei para mim mesma nunca mais olhar. Limpou a boca no antebraço de veias aparentes, que pulsavam com mais energia. Por fim, ergueu o rosto, o suficiente para exibir um semblante sereno, os olhos franzidos ao sol:

— Volta pra baixo do cobertor, Bia! Tá ficando frio aqui.

— Pode tirar o cavalinho da chuva.

— Não vai chover.

— Então faça companhia ao cavalinho.

— Por que isso agora?

Sua tranquilidade só me dava nos nervos. Sem mencionar a visão irritante de seus músculos cobertos de suor. E o retalho cinza-metálico da embalagem de *Jontex* grudado no bíceps dele de maneira displicente. E os cabelos desgrenhados. E a felicidade estampada na cara de quem tinha acabado de se extasiar com horas e horas de sexo maravilhoso. Engoli em seco, perdendo o resto das estribeiras, e comecei a gritar:

— Porque o que aconteceu não muda o que eu sinto! Porque você pode dizer mil vezes que está apaixonado, mas nunca será suficiente para limpar essa merda toda! Porque estou magoada! Porque você teve a frieza de me trair duas vezes e a cara de pau de enfiar a mão dentro da minha calcinha! Porque não vou conseguir perdoá-lo nem em um milhão de anos! E porque... — Empinei o queixo. — Ao contrário do que diz aquela música dos Raimundos, eu sou complicada e nem um pouco perfeitinha.

Houve silêncio durante os minutos em que mantive a expressão altiva, os braços cruzados, o corpo apoiado numa perna só. Ao redor dos meus tornozelos, a areia exalava calor, mas o vento frio contrastava com a fúria que ardia no meu rosto. Eu estava pronta para o ataque, armada para responder a qualquer insulto, por mais cabeludos que fossem. Se fosse preciso, eu finalizaria com um tapa na cara, como nas cenas dramáticas da novela das nove. Já ensaiava o gesto mentalmente e podia ouvir até o estalo. *Pá!*

Só não estava preparada para o que ele fez em seguida.

De início, cheguei a ficar esperançosa. Pensei que ele fosse ceder. Começou a se arrastar pela toalha e fui obrigada a virar o rosto quando o cobertor escorregou para o lado.

— Ah, Bia... — Soltou uma risada. *Aquela* risada. — Deixa de frescura! Sou tão terrível assim pelado?

Não. E era exatamente esse o problema. Apesar de tudo, ele era gostoso demais. Sustentei os olhos no horizonte azul, tentando expulsar a lembrança dos meus dedos ousados descendo por certos lugares...

— Tá legal, eu já me cobri — garantiu. — Agora para de bobagem e olha para cá.

Receosa, eu me virei. Lentamente.

Ele usava cueca, o que não era o ideal, mas menos indecente. Estava revirando o jeans amontoado e largado no mato.

De repente parou. Olhou para mim.

E estendeu a chave do Land Rover na palma da mão.

— Toma — disse ele, num tom desafiador. — Pode pegar.

Pisquei os olhos, confusa.

— Não estou entendendo.

— Você não comprou sua carteira de motorista, comprou?

Ele não estava insinuando...

Ao ver que eu estava surpresa demais para responder ou avançar alguns passos, ele lançou a chave no ar, que caiu junto aos meus pés.

— Eu não arredo o pé daqui. — Abocanhou a maçã. — Mas se você não é capaz de se controlar e conversar civilizadamente, fique à vontade. Só não se esqueça de recolher essa bagunça toda. Estou cansado demais para carregar tanto peso. Isso, claro, se eu resolver voltar para o centrinho de Ibitipoca.

Fiquei ali, de boca aberta, olhando para ele quando, para piorar o descaso, eu o vi pegar o violão e começar a dedilhar *Trac-Trac*, como se debochasse da minha cara, como se nada de mais tivesse acontecido naquele deserto embrenhado na floresta. A voz dele soava como uma cuíca em meus ouvidos feridos pela sua indiferença. Mas uma cuíca muito afinada, diga-se de passagem.

Ah, Deus! Ele era bom nesse negócio de arte da guerra. Era bem provável que tivesse decorado a obra completa do chinês Sun Tzu. E estudado a biografia do Napoleão Bonaparte.

Certo. Era isso. Ele estava blefando. Evidente que sim. Mas, se a batalha ia começar assim, num nível tão baixo, eu só queria ver até quando esse soldado descabelado ia começar a pedir arrego!

Com movimentos exagerados para que ele visse o que eu estava fazendo e se assegurasse de que eu não ia ser a primeira a dar o braço a torcer, eu me abaixei e peguei a chave do carro. Segui em direção ao Land Rover, marchando, praticamente, e olhando por sobre o ombro de vez em quando. Ele, por sua vez, não olhava para mim, continuava concentrado nas cordas do Martin D-18 e na letra da música.

Não me importei. Abri o porta-malas e levei um bom tempo desfazendo o piquenique. Só para apagar o fogo do aquecedor demorei vinte minutos e, mesmo assim, só consegui quando joguei um pouco de areia. Acho que o aquecedor estragou... mas, bem, quem se importa? Por último dobrei a toalha xadrez, já que agora, completamente vestido, mas não menos gostoso, ele estava sentado sobre as raízes grossas que despontavam do solo, na base da árvore, com o violão caído a seus pés.

Quase tive um treco quando percebi que ele gravava nossas iniciais no tronco da árvore, com a faquinha do canivete.

G e B

Ah. Meu Deus.

Isto é uma guerra, repeti a mim mesma quando ele envolveu as letras num coração. *As iniciais fazem parte do blefe.* Eu podia apostar que Napoleão Bonaparte também tinha se sentado diante de uma árvore francesa e gravado as iniciais N, J e M; já que teve duas mulheres. Se bem que Napoleão não guerreou contra suas mulheres. Quer dizer, acho que não. Ele guerreou contra tanta gente!

Fechei o porta-malas do Land Rover com uma batida estrondosa. E me obriguei a olhar para ele, que não tinha me dirigido a palavra nos últimos trinta minutos.

— Então... — Soltei os braços. — Tchau.

Esperei que ele fosse desistir, correr na minha direção, me tomar a chave, me imprensar contra o carro e tirar as minhas *rou*... Quer dizer, nada disso. *Nada disso*!

Pensei que ele fosse desistir e entrar no carro. Mas só ajeitou o violão no meio das pernas e disse:

— Tchau.

Levemente trêmula, dei as costas para ele e assumi o banco do motorista, perturbada com meus pensamentos. Não dava para acreditar. Eu não *podia* acreditar que ele realmente tivesse dito "tchau" assim, tão secamente. Será que havia alguma possibilidade de, na França do Napoleão Bonaparte, "tchau" significar "já estou indo, meu amor"?

Por via das dúvidas, demorei uns dez minutos ajeitando o banco na posição ideal, olhando pelo espelho retrovisor a todo instante, o que era totalmente desnecessário, uma vez que eu podia *ouvir*. Ele tocava violão.

Girei a chave na ignição. Soltei a embreagem devagar, pisando pela primeira vez no acelerador desconhecido. O carro deu um solavanco e morreu.

— Merda de Land Rover imbecil! — praguejei, odiando-me pelo ridículo que ele estaria pensando de mim ao ver seu carro empoeirado dando solavancos na paisagem. — Droga!

Mas quando olhei pelo retrovisor (de novo), ele não estava rindo. Continuava tocando e cantando sem parar.

Não que isso me deixasse aliviada. Na verdade, tinha o efeito contrário.

Com as duas mãos agarradas ao volante, fechei os olhos, tomada pelo pânico por um momento. Ai, meu Deus. Ai, meu Deus. E agora? *O que eu vou fazer?*

Respirando fundo, abri os olhos lentamente, desejando apenas o milagre de estar na paz eterna do meu quarto da infância. E pensar que cheguei a reclamar das paredes lilases, da velha colcha de crochê com babados... Deus, que coisinhas tão pequenas!

O sol incidia obliquamente na lataria do Land Rover, de modo que não precisei consultar o relógio do painel para saber que a noite se aproximava. Fala sério! Eu não conseguia entender como é que ele podia insistir numa estratégia fadada ao fracasso se claramente quem estava numa posição confortável para fazer blefes ali era *eu*. Quer dizer, era *ele* que teria de caminhar sabe-se lá quantos quilômetros de volta ao centrinho de Ibiti! No escuro! Ele tinha um canivete, mas não tinha uma lanterna, acho que não.

Mas então o que ele esperava que eu fizesse? Que saísse do carro, corresse pela areia e me atirasse em cima dele suplicando *"Venha comigo, pelo amor de Deus"*?

Bem, ele que não morresse de frio. Foi assim que Napoleão perdeu a guerra.

Acelerei o carro e, dessa vez, quando olhei pelo retrovisor, Guga tinha sumido do meu campo de visão.

☘ ☘ ☘

Tudo bem. Nada de mais. Só um carro desconhecido descendo por uma trilha mais desconhecida ainda. Alguns buracos, um milhão de galhos no caminho. Mesmo assim. Não havia motivo para pânico, certo? Eu estava descendo. E descer é sempre mais fácil. Não ia chover de jeito nenhum. Eu podia manter a *minha* velocidade durante todo o trajeto até o centrinho, depois até Lima Duarte. E daí, no asfalto firme, só alegria. Eu seguiria direto para Juiz de Fora. Onde largaria o Land Rover quando chegasse lá? *Bem, tanto faz.* Largaria em qualquer lugar, depois mandaria um torpedo (Será que ele tinha ficado com o celular?) avisando simplesmente: rua tal, número tal, portas abertas, boa sorte. Naquele ritmo eu entraria em Juiz de Fora lá pelas tantas da madrugada, é verdade...

Espere.

Ah, não. Não, não e não.

Não podia ser...

Não podia ser...

Mas era.

Uma bifurcação. Eu tinha chegado a um ponto em que a trilha bifurcava.

Direita ou esquerda?

E o tanque não tinha combustível para tentativas erradas.

Oh, Deus, por quê? Por que justamente *eu* a passar mil vezes pela barraquinha celeste da distribuição do azar, por quê? O que eu tinha feito para nascer uma anomalia?

Parei o carro e comecei a procurar no porta-luvas, no vão entre os bancos, nos mil compartimentos. Devia haver um mapa, uma bússola que me indicasse... a direção norte. Mas não encontrei nada útil. E meu celular estava fora de área de cobertura. E o dele também (Ele não tinha ficado com o celular!).

Encostei a cabeça no banco, lutando para manter a respiração controlada.

E foi aí que eu tive o clique.

Guga sabia. Ele sabia que eu encontraria a bifurcação depois de dois quilômetros. Sabia que eu não tinha prestado atenção na trilha durante a subida, que tinha ficado de olhos fechados, chacoalhando e controlando meu estômago para não vomitar.

O ódio me inundou. Desejei ter vomitado em cima dele.

Saí do carro e andei até onde a trilha se desdobrava em duas, desesperada com a certeza de que me restava pouquíssimo tempo até que ele aparecesse. Eu seria capaz de cuspir em seu sorriso de vitória. Não ia suportar tanta humilhação...

De repente fiquei tonta e me agachei, espalmando as mãos ao lado da cabeça. Fechei os olhos. Não sei por quanto tempo permaneci na mesma posição. Estava forçando meus neurônios na busca de uma solução inexistente, quando ouvi um barulho de folhas atrás de mim.

Levantei-me num salto, girando o corpo.

Mas não era Guga que saía lentamente do meio do mato, os olhos fixos na minha direção.

A criatura andava sobre quatro pernas finas e longas, tinha a pelagem avermelhada, as orelhas imensas. Ostentava uma falsa cara de raposa e nem de longe lembrava um cachorrinho indefeso.

A criatura, concluí apavorada, era um lobo-guará.

Dezenove

Redondos e brilhantes como bolas de gude, os olhos do lobo-guará se fixaram no meu rosto. Seu focinho pontudo se abriu devagar, revelando-me os dentes afiados: duas fileiras amarelas de instrumentos de perfuração, a língua cor-de-rosa pulsando molhada. Arreganhou os lábios. Talvez fosse de sua natureza sorrir cordialmente antes de trucidar garotas azaradas.

Então parou. Inacreditavelmente o lobo tinha parado de avançar, as quatro patas fincadas na terra seca a cinco metros de onde eu me encontrava.

Uai, gente...

Permanecemos imóveis. O lobo olhando para mim. Eu, morrendo de medo de tirar os olhos dele. Temia que, ao menor sinal de movimento, ele partisse para o ataque.

Enquanto isso, meu cérebro trabalhava freneticamente. Pelo que eu me lembrava, o Land Hover atrás de mim não estava longe. Eu podia fugir. Sob meus pés, o terreno era esburacado e eu não poderia olhar para o chão se não quisesse desgrudar os olhos do lobo. O que não parecia promissor, mas a melhor opção entre a incerteza da queda e a morte garantida. Eu tinha um currículo profissional impressionante, linhas e linhas preenchidas com verdades e algumas mentiras, cinco páginas em fonte Arial, corpo 11. Mas não tinha diploma de gladiadora.

Odeio o Guga, que me jogou nessa arena romana! Ele não acredita em fantasmas, não é? Mas, se eu morrer, juro que volto todas as noites só para puxar a perna gostosa dele! Vou assombrá-lo até que ele enlouqueça! Eu o odeio! Odeio! Um minuto. Eu pensei "perna gostosa"? Eu me odeio! Eu me odeio!

Muito bem. Hora de recuar.

Com as pernas bambas, experimentei dar um passo cauteloso para trás. O lobo não se moveu, a não ser pela cabeça triangular girando no eixo. Então experimentei mais dois passos. A barriga peluda do bicho se inflou. Ele era bonito, eu não podia negar.

Não sei exatamente o que me levou a abusar da sorte. Talvez o desespero. Ou burrice mesmo. Só sei que, em vez de manter o ritmo lento, acelerei e tropecei num buraco, me desequilibrando. Minhas costas se chocaram contra a dianteira robusta do Land Rover.

— Ai! — gemi, levando as mãos à bacia.

O lobo empinou as orelhas, os olhos se estreitando em duas fendas japonesas.

— Chhh, lobinho. — Abracei a lataria atrás de mim.

Por que eu tentava amansar um lobo? Bem, já estava mais do que provado que eu tinha tendências estúpidas diante da morte.

— Chhh, lobinho bonitinho. Quieto. Amigo, amigo...

Mas, para minha infelicidade, o lobo não entendeu minha linguagem carinhosa. Devolveu-me um rosnado. E voltou a avançar, as longas pernas trotando com elegância. E um bocado depressa.

Quando dei por mim, ele já estava correndo.

Graças a Deus fui mais rápida. Entrei no carro e bati a porta. Com o corpo ereto e totalmente rígida, fiquei respirando aos golinhos, como aquela garota do *Parque dos Dinossauros* ao se deparar com o olho do T-Rex do outro lado do vidro. Raíssa sempre cobria o rosto nessa cena e dizia: "Me cutuque quando acabar".

Depois de um tempo, estiquei o pescoço e espiei pelo retrovisor.

O lobo subia pela trilha.

Soltei os ombros, me sentindo aliviada por quase um minuto. *E só.*

Porque de repente me lembrei de Guga. Ele estaria descendo a trilha naquele exato instante.

E foi assim que, de uma hora para outra, o ódio despencou para um plano secundário e sua queda de cometa provocou uma urgência, seguida de uma vertigem. Toda minha emoção subitamente concentrada numa única certeza: Guga não podia ser atacado por um lobo que tinha armas no lugar de dentes. Guga não podia morrer. Eu não podia permitir. E não era por gratidão ao fato de ele ter me salvado do tiroteio na Linha Vermelha. Deus, não era, não!

Nem que ele ficasse longe de mim por mais dez anos, depois mais dez; e muito provavelmente era isso mesmo que ia acontecer. Eu precisava saber que, em algum lugar deste planeta, ele continuava *existindo,* para que eu também pudesse continuar respirando.

Por isso liguei o Land Rover. Meu corpo tremia. Para falar a verdade, eu me sentia ainda mais desesperada agora do que na hora em que estava cara a cara com o lobo.

A trilha era estreita. Precisei de dez manobras para virar o carro 180 graus. Enfiei o pé no acelerador, desperdiçando a gasolina já escassa. Avancei alguns metros. Mas a pista era ruim demais. Os pneus dianteiros patinaram no aclive, esguichando terra como um chafariz. De repente eu me vi totalmente presa no meio daqueles buracos e galhos, a caixa de marcha implorando por clemência.

Eu poderia vencer o desafio na maior facilidade... se soubesse como usar o sistema de tração.

Eu não sabia. *Merda! Merda!*

Não havia tempo a perder. Sem pensar duas vezes, larguei o motor em ponto morto e saltei do carro. Catei um galho do chão e, empunhando-o na altura do peito, comecei a subir a trilha correndo, chacoalhando minhas vértebras judiadas.

Não cheguei a avançar dez passos, porém. Guga apareceu na virada da curva, lá no alto. Vivo e totalmente tranquilo.

Ele descia a trilha sem pressa, as mãos enfiadas nos bolsos do jeans, os olhos fixos na ponta do All Star. Pendurado pela correia de couro, o violão movia-se atrás dele conforme andava; o braço do instrumento, inclinado a quatro palmos do chão.

Imediatamente girei o corpo, soltei o galho na terra e voltei ao Land Rover, rezando para que ele não tivesse notado minha presença arquejante, meu andar apressado e manco. Eu me encolhi no banco do carona, aflita com o bate-boca que estava para acontecer.

O medo havia secado as palavras de ataque na minha língua. Eu estava condenada a escutar na defensiva as acusações e desaforos que Guga tivera dois quilômetros inteiros para elaborar. E ele agora também tinha motivo para estar furioso. Eu não fazia ideia de como ele havia escapado do lobo. Mas não teria passado por isso se, afinal de contas, *eu* não tivesse tomado a decisão de abandoná-lo sozinho na selva, com predadores vorazes. Não fosse aquela bifurcação para interromper minha fuga, eu não teria desistido e voltado para buscá-lo (ou será que teria?). Eu era uma pessoa perversa e digna de pena.

Mas, ao chegar ao carro, Guga simplesmente guardou o violão no estojo duro e veio ocupar o assento do motorista. Soltou um suspiro longo e profundo, sem demonstrar nenhuma raiva. De cabeça baixa, eu o fitei através das mechas de meu cabelo. Livre de maiores preocupações, ele ligou o motor e ficou fitando com um olhar vazio a poeira agarrada ao para-brisa. Minha nossa... Como ele conseguia ficar tão calmo? Ele era o próprio senhor da guerra.

Então Guga se virou para mim e apoiou o braço atrás do encosto do meu banco, com um olhar que fez com que eu me sentisse pequenininha em meu lugar, esmagada pela minha consciência pesada.

— Desculpe, Bia. Mas eu precisava fazer isso.

O quê? Eu estava arrependida, mas não ia me desculpar.

— Eu sei que discussões só põem mais lenha na fogueira. — continuou. — Então resolvi esgotar a sua raiva até a última gota, sem que a gente precisasse discutir. Quando a gente encosta o traseiro na parede, só resta andar para a frente.

O quê? Eu estava enfraquecida, mas não derrotada.

— Filosófico isso, hein? — ironizei, franzindo os lábios num beicinho jocoso. — Você devia escrever um livro.

— É. Pode ser.

— A capa seria uma bunda grudada na parede. Facilita o entendimento da metáfora.

— Boa ideia — disse ele. — Olhe, eu sei que você está chateada, que está magoada e tem o direito de se sentir assim. Infelizmente não posso mudar o passado. Mas posso dizer que sinto muito e que estou apaixonado, quantas vezes você precisar para aliviar a raiva e acreditar em mim. Para me perdoar.

— Vai ficar sem saliva.

— Por mim, tudo bem — disse ele. — Desde que você não se importe em beijar uma boca seca.

— Engraçadinho.

— É sério, Bia. Pensei que você precisasse desse tempo sozinha na trilha para pensar melhor.

— *O seu problema* é pensar que as pessoas gostam de pensar. Eu não gosto.

— É claro que eu não esperava contar com a ajuda de um lobo-guará.

— Pelo menos não foi um assassinato premeditado.

— Viu? — disse ele. — Se você tivesse acreditado em mim, saberia que o lobo é inofensivo na maioria das vezes. E agora eu descobri que ele é chegado a um biscoito Negresco. Garoto esperto.

— Rá-rá-rá. — Fiz careta.

— Que lindinha, Bia.

— Hã? — Olhei para ele.

— Essa sua careta aí.

— O que é que tem?

— É lindinha. — Ele sorriu. — Me faz lembrar a sua expressão de falso desgosto quando precisei arrastá-la para longe da pista de dança, na festa de 15 anos da Raíssa.

— Não era falso desgosto... Era desgosto *legítimo*.

— Ah, conta outra! Eu bem que merecia um agradecimento por ter salvado a donzela das garras do Bruninho Lobo Mau. O que não adiantou muita coisa. Foi eu me distrair um segundo e o panaca tentou outra vez.

— É que você estava ocupado demais azarando as minhas colegas de sala.

— A Renata até que era bem interessante.

— Tinha peitos interessantes, você quer dizer, né?

— Eu não tinha a menor chance com aqueles peitos — suspirou. — Não naquela época. Aliás, por onde anda a Renata? Ah, Renata...

— Sem mencionar que ela encostaria o traseiro na parede antes de qualquer outra garota. Antes até da Berê.

— É verdade — pensou. — Tinha me esquecido desse último atributo.

— Era uma lordose forçada.

— Era? Infelizmente nunca tive olhos de raio X.

— E quando requebrava no axé? O sonho dela era ser dançarina de trio elétrico.

— Essa parte ela não me contou — disse ele. — Ou talvez tenha contado, não sei. Ficou lá tagarelando coisas de mulherzinha enquanto eu estava bem mais preocupado em vigiar o Bruninho Lobo Mau por sobre os ombros dela.

— Que mentira.

— A profusão de luzes do globo giratório não ajudava muito.

— Vai por a culpa na fumaça também?

— Eu vi quando você empurrou o Bruninho.

— Só porque a boca dele tinha gosto de banana-nanica.

— Não havia nenhuma banana naquela festa, Bia.

— E daí? Talvez ele tivesse comido banana antes de sair de casa.

— Tanto faz. Você não teria sentido o gosto.

— Como não? O Bruninho me beijou...

— Foi só um selinho.

— *Quê?*

— Um selinho — repetiu. — Estalado. Graças a Deus. Se tivesse tido ação lingual, eu não teria ido atrás de você na piscina. Eu era louco para beijar a sua boca e a ameaça de perdê-la me deixou ainda mais enlouquecido. Mas de jeito nenhum eu beijaria o Bruninho Lobo Mau por tabela.

— Então você sabia que eu tinha sido beijada?

— Que tinha ganhado um selinho e empurrado o panaca? É claro que eu sabia.

— E mesmo assim ficou insistindo para eu confessar?

— Valeu a pena, não valeu? Meu beijo tem gosto de céu.

— Não acredito! — guinchei, socando o ombro dele.

— A nossa história é "mais bonita que a de Robinson Crusoé".

— Seu traidor! — Dei outro soco. — Como você tem coragem... — Outro soco. — ...de usar... — Mais um. — ...o verso do Drummond em vão?

Ele me deteve pelo pulso.

— De todo jeito, que bom que *o seu problema* é não acreditar no que eu digo. — Ele falava enquanto eu lutava para me libertar. — Porque você não acreditou quando eu disse que o lobo-guará não atacava à toa e voltou para me buscar. Agora nós dois sabemos que o seu amor por mim é maior do que a mágoa.

— Ah, pelo amor de Deus.

— O Land Rover está virado ao contrário na trilha, certo? — Ele me largou e me encarou: — Você estava voltando para me salvar.

Fechei a cara e me virei para o outro lado. Fiquei muito quieta, concentrada em beliscar a palma da mão. Talvez fosse um pesadelo e eu pudesse despertar.

— Diz para mim, vai? — ele pediu de repente.

Eu o fitei tão de lado que enxerguei seu rosto atrás do vulto do meu nariz.

— Diz para mim que me ama.

Então o encarei. E soltei uma gargalhada irônica.

— Ah, tá — eu disse. — Meu coração é inteirinho cravejado: Guga, Guga, Guga.

— Então diz... "Guga, eu amo você".

— Mas nem que fossem minhas últimas palavras diante do meteoro que dizimaria a nossa espécie!

— Criativa.

— Corrigindo. Eu poderia dizer: "Eu odeio você".

— Caramba! — Ele pôs a mão do lado direito do peito. — Agora fiquei emocionado, juro por Deus! Dizer que odeia a pessoa com quem acabou de fazer sexo explosivo é a mesma coisa que dizer "eu amo você desesperadamente".

— Não é, não.

— Ah, é sim. — disse, balançando a cabeça para a frente e para trás. — E o que foi aquela enganchada de perna? A última?

— Cala a boca, Gustavo!

— Tudo bem — disse ele. — Só repete a parte do Gustavo.

— *Gustavo*!

— Ótimo. Acho que agora consigo ficar calado até a pousada.

Eu o fulminei com o olhar, só podendo pensar que nem Geppetto daria conta de espalhar tanto óleo de peroba naquela cara linda de pau.

— O filósofo ainda não entendeu? — Soltei o ar pelas ventas. — Eu só quero ir para a *minha casa*.

Pelo menos meu estômago estava vazio porque, com Guga ao volante, descer era bem pior do que subir. Ele usou a tração para desatolar o carro. Depois chacoalhei. Chacoalhei, chacoalhei, chacoalhei. Eu não tinha bebido líquido algum, mas minha bexiga reclamava. Fizemos uma parada no centrinho e fiquei aliviada ao encontrar um sanitário disponível numa padaria perto do Ibitilua, um barzinho com mesas ao ar livre e movimento de início de noite de sábado.

— Vai rolar um blues daqui a pouco — disse ele, surgindo do meio das pessoas, com o panfleto do bar na mão.

Ignorei sua presença. Desci o degrau da padaria, que também vendia remédio para enjoo, e virei o comprimido com água.

— Tem certeza de que não quer ficar? Passar a noite na pousada? — insistiu. — A gente nem precisa dormir de conchinha...

Revirei os olhos, arranquei o papel da mão dele e dei-lhe uma "panfletada" na cara.

— *Ei!* — Ele se esquivou e ficou lá, rindo feito um idiota enquanto eu puxava o capuz do casaco para esconder o rosto e seguia direto para o Land Rover.

Em Lima Duarte, paramos num posto de gasolina. O silêncio reinava, nem o aparelho de som ele ligou. Melhor assim. Quando o vazio no meu estômago deixou de ser uma garantia contra refluxo e passou a incomodar, devorei um saco de biscoitos e o pão de canela (*Humm, como nunca comi isso antes?*). Fiquei observando a BR-040 borrada de faróis.

Assim que estacionamos perto da floricultura, eu me apressei em juntar as minhas coisas e, para ganhar tempo, joguei a alça da mochila num ombro só. Tudo o que eu mais queria era subir para casa e nunca mais olhar na cara dele. Havia refletido durante a viagem e tomado uma decisão: eu não iria ao casamento de Raíssa. Mandaria um telegrama, um liquidificador para a instituição de caridade que receberia a doação dos presentes e só. Naquele momento, minha sanidade era mais importante do que a vontade de ver Raíssa caminhar gloriosamente até Olavo Bonsanto. Eu não precisava de uma segunda "última recordação" tão vívida de Guga. Podia até imaginá-lo de terno, sendo padrinho da noiva.

Não, não. Eu não suportaria. Bastava-me a imagem de um Guga dez anos mais jovem, vestindo a velha camiseta do Kurt Cobain, saindo pela porta da floricultura depois de me abraçar apertado e mentir descaradamente: "Mando um postal do Big Ben". Se estávamos condenados a nos separar, então o casamento, antes mesmo de acontecer, já pareceria uma lembrança. E as lembranças que eu tinha, as antigas e especialmente as novas, já eram suficientemente excruciantes.

Mas ele saltou do carro e se interpôs no meu caminho. Segurou meu cotovelo quando tentei escapar sem encontrar seus olhos.

— Obrigado pelo melhor dia da minha vida.

Não resisti e olhei para ele, seu olhar intenso sobre mim. Meu coração batia acelerado com a proximidade daquele rosto, livre do tom zombeteiro de sempre.

— Me solta, Guga! — pedi, estremecendo. — E não me procure mais.

— Vou tentar de tudo, menos desistir.

— Esteja pronto para perder.

Puxei o braço com força e corri até o portão de casa sem dizer adeus.

Eu me sentia exausta, louca por uma ducha relaxante, uma caneca de Nescau quente acompanhada de um sanduíche de queijo derretido, um Dorflex e um tarja preta para dormir. Queria meu colchão macio, meu edredom seguro, sob o qual eu poderia me esconder e sumir do mapa por pelo menos doze horas.

Só que não esperava entrar na sala e me deparar com Joana e papai sentados em almofadas, ao redor da mesinha de centro. Jantavam na penumbra bruxuleante das velas. Eu conhecia aquelas velas. As velas do programinha *light*.

Dois braços sobre a mesa. Dez dedos se encostando levemente. Duas cabeças se virando na minha direção no instante em que acendi a luz.

Fez-se silêncio por três segundos.

Então papai falou:

— Uai, pensei que você fosse voltar amanhã.

— Ah, Bia! — lamentou-se Joana, largando a taça de vinho sobre a mesa. — Me perdoe, eu disse ao Válter que era arriscado e que... — Fez menção de se levantar.

— Não! — ergui as mãos na minha frente. — Não se mexam!

— Bia — disse meu pai naquele tom "não me envergonhe, garota, você tem 25 anos e eu te dei educação".

— É a primeira vez? — perguntei. Os dois trocaram um olhar cúmplice. Então mudei a pergunta, ouvindo minha voz falhar:
— Há... quanto tempo?

— Seis meses — admitiu papai. — Bia...

— Eu só queria saber... — comecei, engasgada — ...por que é que as pessoas que eu amo são as mesmas que me enganam e mentem para mim.

E dizendo isso, eu me retirei. Tranquei-me no banheiro, soltei a mochila no chão, arranquei o anel do humor do dedo e o larguei sobre a pia. Nunca mais voltaria a usar aquilo. Sentei-me na tampa da privada e deixei a cabeça cair para a frente. Não precisei de duas respirações para me sentir arrependida e terrivelmente infantil. Eu me xinguei em voz alta, desejando que os maus pensamentos pudessem acionar a descarga e a sucção me engolisse.

Vinte

Fechei o registro do chuveiro e comecei a me enxugar. Quando terminei, espremi na palma da mão uma porção generosa de creme hidratante. Espalhei pelo corpo devagar.

Minha pele ardia. Parecia que eu tinha acabado de sair do banho, após um dia de sol e diversão na piscina da Fazenda Amarela. Daqueles em que eu ficava plantada com meu maiô de babados lá onde a água chegava à cintura, assistindo a Guga e Raíssa brincarem de quem nadava mais rápido de uma borda a outra da piscina. Nem preciso dizer qual dos dois sempre vencia e depois provocava:

— Era por isso que eu não queria competir. Vem, Bia! Monta aqui nas minhas costas. Vou te levar pro fundo.

Apalpei meu braço, observando uma mancha branca se formar na pele e se avermelhar gradualmente depois que afastei os dedos. Culpa dos quarenta minutos que eu tinha passado debaixo do chuveiro escaldante. Ora prendendo a respiração e apertando os olhos contra o jato de água quente, numa espécie de penitência pelo espetáculo da filha ingrata. Ora esfregando minha pele com o lado áspero da bucha, na impossibilidade de esfregar meu coração.

Eu teria esfregado. Feito meu coração em pedaços. Teria reduzido-o a migalhas para não ter de carregar no peito um coração que batia por Guga e apenas por ele.

E, no entanto, sentada na posição de índio na cabeceira da cama, penteando os cabelos úmidos, eu me peguei sorrindo, devaneando sobre a tarde nas areias. Estremeci quando uma parte do meu cérebro, a parte mais estúpida, agradeceu pela água não ser capaz de levar as lembranças das suas mãos no meu corpo. Seu perfume em minhas narinas. Sua voz sussurrando "Sempre fui louco por você"...

— Bia?

Sobressaltei-me com a batida na porta, como se flagrada tendo pensamentos proibidos.

— Bia? Posso entrar?

Endireitei o corpo.

— Hum, claro! Pode entrar!

Papai abriu a porta e entrou, meio de lado, equilibrando uma bandeja, que deixou sobre a escrivaninha. Espichei o pescoço. Sanduíche de queijo derretido e uma caneca fumegante cheirando a Nescau.

Sentou-se na cama, apoiou os cotovelos nos joelhos e ficou lá, de mãos entrelaçadas, fazendo aquele movimento circular com os polegares enquanto olhava vagamente para eles.

Seguiu-se um instante horrível de silêncio em que eu me senti como a Alice, de Lewis Carroll, depois de tomar o xarope do encolhimento.

— Filha, eu sinto muito — começou. — Pensei que você gostasse da Joana. Ela me disse que você falou qualquer coisa sobre...

— Pai — eu o interrompi. Deixei o pente de lado e segurei com firmeza as mãos dele, que pareciam frias na minha pele cozida em banho-maria. — Eu é que preciso me desculpar. Nada justifica o showzinho infantil, mas é só que... Estou meio aborrecida. *Muito* aborrecida. Mas não é com você, não. Nem com a Joana. Eu gosto muito dela, muito mesmo, e não tinha o direito de descontar as minhas mágoas nela, de tratá-la daquela maneira. Onde ela está?

— Foi para casa. Disse que amanhã conversa com você.

— Ai, que vergonha, pai! O que ela vai pensar de mim? Será que me odeia por ter estragado o jantar?

Ele riu.

— A Joana é incapaz de odiar alguém. — Riu de novo. — E você, não é capaz de provocar ódio em ninguém. Amanhã você se explica. Vai ficar tudo bem.

— Acha mesmo? — Mordi o lábio.

— Tenho certeza — disse ele. — Mas e você? Vai me dizer por que está *muito* aborrecida?

— Hum. Acho que não — bufei, infeliz. — É uma longa história.

— Quando quiser... sabe que estou aqui, não sabe? Sempre estarei.

— Obrigada. — Hesitei por um momento. — E, pai... Sobre o que eu disse antes... sobre as pessoas que eu amo mentirem para mim... Não é verdade, sabe. Eu não penso assim. Não no que diz respeito a você.

— Obrigado.

— Você está feliz?

— *Você* está feliz?

— Nem vem! — Balancei as mãos dele antes de soltá-las. — Perguntei primeiro.

— Estou, Bia. Estou muito feliz. Ela é delicada, carinhosa, honesta. É minha amiga. A companheira que sempre desejei. — Suspirou. — Ela é maravilhosa.

— Minha nossa! Válter Guimarães está apaixonado! — Cutuquei-o com o joelho. — Conta aí! Como esse namoro começou? É namoro mesmo?

— Eu demorei a convidá-la para sair. Ela é funcionária da loja, afinal de contas. Podia me processar por assédio sexual. — Deu uma risadinha que disfarçou em pigarro desajeitado. Depois tossiu. — Não, Bia, eu não quis dizer... Joana não faria isso... Não quis ofender você, zombar da sua situação.

— Eu sei — eu disse. — Continue, por favor.

— De início, jantares espaçados, um cinema aqui, outro ali.

— Cinema? — Meus olhos se arregalaram. — Desde quando você gosta de cinema?

— Desde quando começamos a agir daquele jeito que vocês jovens dizem... Como é mesmo?

— Ficando? Vocês estavam ficando?

— É. Isso aí. Depois com mais frequência, até que resolvemos...

Ele parou.

Ergui as sobrancelhas, esperando.

— Joana tinha acabado de se mudar para cá — disse ele. — Íamos contar para você na primeira oportunidade. Mas aí... Bem, você foi demitida e precisou voltar para casa.

— Ela... — Minha testa se franziu. — Ela estava morando aqui? Aqui *em casa*? Vocês dois juntos? Mas...

— Mas você estava voltando e precisava se sentir segura no espaço que sempre foi seu, sem ter de dividi-lo com mais ninguém.

— E como ela reagiu?

— Foi compreensiva, claro. Sempre é. Entendeu as minhas razões. Achou muito correto. Não viu problema em juntar suas coisas e passar uns tempos com a mãe, em Chácara. Ela está morando lá, aliás, porque o seu contrato de aluguel venceu naquele mesmo mês. Mas antes que você tire conclusões precipitadas, a mãe dela estava mesmo adoentada.

Fiquei olhando para ele, emocionada com sua abdicação silenciosa. De repente meus olhos começaram a pinicar. A ponta do meu nariz, a arder. Quando dei por mim, estava chorando. Pela segunda vez em menos de doze horas.

Ele me puxou para um abraço.

— Obrigada por você existir, pai.

— Obrigado por me fazer existir. — Ele me apertou. — Uai, sô! Você está com febre?

— Foi o banho quente, acho. — Soltei uma risada misturada ao choro. — Daqui a pouco passa.

Fiquei ali, fungando no seu ombro amigo, até que...

— Bia — disse ele, se afastando. — Tem outra coisa que eu preciso te contar.

Limpei as lágrimas na gola do pijama e olhei para ele.

Mas ele ficou calado. Quieto demais para o meu gosto.

Então entendi.

E fiquei desesperada.

De repente tive certeza de que estava prestes a ouvir que ia ganhar um irmãozinho naquela altura do campeonato. Ai, meu Deus. Joana ainda tinha idade para isso, não tinha? E o que eu ia sentir? Como ia reagir? Ia pular de alegria, chorar de ciúme? Menino ou menina? *Já escolheram o nome*?

— Fala logo, pai! — disse, sacudindo as mãos.

— É que... — Ele me olhou. — Se as coisas continuarem do jeito que estão... Eu vou ter que fechar as portas, Bia. Vou ter que fechar a floricultura.

E foi assim que descobri que preferia mil vezes a notícia de um irmão. Cheguei a sentir uma pontada de decepção. Em seguida, não consegui acreditar. Tudo bem que o movimento na loja andava fraco, qualquer um podia ver. Mas é só que...

— Mas, pai... — eu disse. — Eu não entendo. Você queria me pagar salário, pai! Queria me emprestar as suas economias!

— Você é minha filha — respondeu. — E os problemas dos filhos são sempre mais importantes que os problemas dos pais.

— Olha, eu prometo. Eu juro que vou te ajudar. Vou conseguir esse emprego em BH depois de amanhã e...

— Não, Bia. — Sacudiu a cabeça. — O problema não é dinheiro ou a falta dele. Eu não tenho dívidas e não quero ter. É justamente por isso que, se as vendas continuarem ruins, prefiro parar antes que a situação fique insustentável e eu seja obrigado a pedir um empréstimo. Ou a falência.

É sério. Às vezes papai me surpreendia com tanta maturidade e discernimento.

Ficamos em silêncio por um tempo. Lá fora, crianças gritavam, carros passavam, cães latiam. Mas a noite era surda, a noite era muda. A noite era indiferente ao que acontecia no meu quarto e no meu coração. Assim também tinha sido a noite do atropelamento do Tipinho, da morte da minha mãe e as outras tantas que chorei por Guga quando ele partiu. Eu me sentia pequena na imensidão do mundo.

"Mundo mundo vasto mundo, se eu me chamasse Raimundo seria uma rima, não seria uma solução".

Viu, Guga? É assim que se usa um verso do Drummond.

— A gente vai sair dessa, pai — garanti. — Vou pensar em alguma coisa. Você não vai perder a floricultura e precisa considerar a ideia que eu ainda terei... seja ela qual for.

— Tudo bem. — Ele se levantou. — Vou considerar a sua ideia. Mas, por enquanto, filha, pense apenas na sua vida. — Beijou-me no alto da cabeça. — Tenha bons sonhos.

Eu não tinha a menor esperança de ter bons sonhos, nem mesmo de pegar no sono, embora estivesse esgotada a ponto de não sentir mais os músculos. Desisti do tarja preta. A lógica era simples. Era inútil dormir uma noite e passar todas as próximas em claro, assim como era inútil dormir todas as noites e me viciar em remédios para dormir. Eu teria que me virar sem remédios para dormir.

Assim, depois de me alimentar e escovar os dentes, eu me embolei nas cobertas e fiquei olhando o teto escuro, que de vez em quando parecia se movimentar com as luzes dos carros passando lá fora.

Não sei como aconteceu. Em que momento da noite meus pensamentos divagaram e ficaram à deriva e, quando encontraram o caminho de volta, trouxeram uma frase perturbadora que grudou na minha mente como as músicas do Top 10 da Rádio Cidade.

Acendi o abajur e fiquei coçando a cabeça enquanto meus olhos se adaptavam.

"Saltar de *bungee jump*, pilotar helicóptero, tocar violão em pubs lotados"...

"Tocar violão em pubs lotados"...

Eu não tinha dúvida do que queria fazer. Do que *precisava* fazer se quisesse um pouco de sossego.

Levantei-me e peguei o laptop. Sustentei-o no alto para me ajeitar outra vez debaixo dos lençóis, agora sentada, puxando o edredom até o peito e prendendo-o embaixo dos braços. Apoiei o laptop nas pernas cruzadas. Abri a tela.

Eu não participava das redes sociais. Que sentido teria exibir uns poucos amigos e as fotos das festinhas do escritório, de aniversário e de fim de ano? Pior, as de amigo oculto? Glorinha do marketing enlaçando Cabral com um boá azul-turquesa...? Ah, sim. Os dois não trabalhavam juntos, mas, por serem amigos de faculdade, Cabral participava das festas como convidado de Glorinha.

— O melhor *headhunter* que conheço. O cliente só paga quando consegue o emprego — disse Glorinha com um sorriso no rosto, sem saber que, enquanto me entregava o cartão de Cabral, eu me esforçava para não chorar ao pensar na tela impressionista e no emprego que teria de conseguir se quisesse pagá-la.

E tem mais... Se eu não podia lutar contra minhas lembranças, contra outras fontes fortuitas de sofrimento, eu podia. Durante anos, tinha lutado contra a vontade de pesquisar sobre *ele*.

Agora, no entanto, parecia impossível resistir à tentação. Além do mais, a gente tinha se amado como dois esfomeados brigando pelo último farelo de pão. O que era uma simples pesquisa comparada a *isso*?

Nem perdi mais tempo decidindo.

Abri a janela do Google e digitei na caixinha de pesquisa:

"Gustavo Guga Vitorazzi pubs lotados"

Respirei fundo antes de apertar a tecla ENTER.

Vinte e um

Gustavo Vitorazzi era famoso na Inglaterra.

Não famoso, *famoso*, de arrepiar os cabelos da rainha.

Mas o suficiente para ter um site com biografia, agenda, loja virtual, galeria de imagens. Na foto mais arrebatadora, capaz de esquentar meu peito inteiro, estava em pé no estúdio, pernas levemente afastadas. Segurava o Martin D-18 na diagonal, como uma bandeira do desfile de Sete de Setembro. Não olhava para a câmera. Mas eu olhava para a foto e me perguntava em que momento da vida ele tinha ficado assim tão lindo. "Em que espelho ficou perdida a *sua* face?"

E ele dissera que estava apaixonado por mim. *Por mim!*

Ou seja, além da face, Guga também perdera o bom gosto.

Famoso o suficiente para ter sua própria banda, *Gustavo Vitorazzi and Band*. Para ter sido apontado pela crítica como um dos nomes mais promissores da nova geração de guitarristas, cantores e compositores de blues, blues-rock e pop rock. Para gerar um milhão de resultados no Google quando refiz a pesquisa em inglês, milhares de vídeos no YouTube e seguidores no Twitter.

Seu último *tweet*? Postado às 9 horas daquela mesma noite. Adaptando Herbert Vianna, ele publicou: "Teu cheiro, teu rosto, teu gosto, tudo... Tudo que não me deixa em paz". Em seguida, postou a mesma frase em inglês.

E não parava por aí.

Gustavo Vitorazzi tinha fã-clubes espalhados pelo Reino Unido e, em menor escala, pelo restante da Europa Ocidental. Lotava as casas de show por onde se apresentava. Tinha um CD gravado e outro saindo da gravadora e cuja turnê começaria dali a dois meses. Havia dividido o palco com ninguém menos do que Eric Clapton, durante um festival beneficente em Liverpool. Estampava os tabloides com relativa frequência. Só naquela pesquisa, pude contar oito garotas com quem ele possivelmente tinha se relacionado nos últimos dois anos.

Oito garotas.

Em dois anos.

E não estou falando de quaisquer garotas. Mas garotas lindas, saradas, bem vestidas e com decotes fartos, botas de bico fino e óculos de sol estilo abelha. Morenas, loiras e ruivas. Vinha daí, claro, sua incrível habilidade para lidar com sutiãs.

Tudo bem. Talvez ele não tivesse perdido *todo* o bom gosto. Veja bem os tipos de sutiã que ele abria!

Ou talvez o bom gosto ainda estivesse lá, intacto, apenas um pouco esmagado pela avalanche de nostalgia que passou por cima dele.

Eu estava tão profundamente concentrada em minha própria perplexidade, tentando me convencer de que aquilo não era um sonho, tentando não rir e, principalmente, tentando não chorar (Guga não merecia uma gota da minha emoção), que, quando meu celular vibrou no criado-mudo, um barulhinho acanhado atravessando a noite silenciosa, saltei no lugar e quase caí da cama. Agarrei o laptop a dois palmos do chão.

Atrapalhada, estiquei o braço e peguei o celular. O torpedo cintilava à meia-luz do abajur.

E aí? Gostou do meu site?

Fechei o laptop no mesmo segundo, arfando de susto.

Como assim? Como assim? Como assim?!

O celular vibrou outra vez.

Estou analisando as estatísticas de acesso do meu site... Hum. Visita de Juiz de Fora, tráfego de origem: Google, *"Gustavo Guga Vitorazzi pubs lotados"*? Ah, Bia, francamente... Só pode ser você.

Idiota. Idiota. Idiota.

Guga, um perfeito idiota.

Soquei minha testa com força. Respirei fundo e fiquei olhando o teto, sentindo a cabeça arder de tanto ódio. E do soco que acabara de levar.

Idiota você, Bia, por amar um traidor, pensei. *Por ficar feliz com o sucesso dele, por estar louca para ouvir suas músicas, ver seus vídeos, beijar sua boca, arrancar suas roupas de novo e de novo e de novo.*

Outra mensagem. Olhei a telinha.

Me responde, vai... Não consigo parar de pensar em você.

Então não aguentei e digitei de volta:

Eu não tenho absolutamente nada para falar com você, Cara-Famoso-com-Oito-Namoradas-Em-Dois-Anos.

Ele respondeu imediatamente:

Ah, isso... Bem, nem só de música vive o homem.

Parabéns, aliás. Vivendo de música. Conseguiu o que mais queria na vida. Agora vê se me esquece.

Quem disse que consegui o que eu mais QUERO na vida? Eu não consegui. Não ainda... porque não vou desistir de você.

Vai se ferrar!

Mas já estou tão ferrado... Completamente apaixonado. Teu cheiro, teu rosto, teu gosto, tudo... tudo que não me deixa em paz. É só você falar que sim, Bia. Fala que sim? Eu visto as calças e vou aí agora mesmo. Você pula pela janela. Eu agarro você.

Espere aí. Ele estava pensando em mim... *sem as calças*?

Fala sério, Gustavo.

Melhor: levo uma escada e subo ao seu quarto, que é para não correr o risco de você se machucar. A gente fica bem quietinho na sua cama... seu pai não vai ouvir. É sério. Tô ficando louco aqui. Diz que sim.

Então enlouqueça. Exploda. Suma da minha vida!

Sonhe comigo, Bronquinha, que eu vou ficar aqui, sonhando com você. Acordado. Que é como eu sonho melhor. Pronto. Olha aí. Já sonhei. Nós dois enrodilhados sob a árvore... Uau, Bia! UAAAAUUU!!!!

Tive vontade de atirar o celular na cabeça dele. Mas, como os cientistas ainda não inventaram uma tecnologia que possibilitasse tal ataque de fúria a distância, fiz a única coisa que podia fazer naquele momento. Desliguei o celular.

Não sem antes reler a parte em que ele afirmava estar sem as calças.

Meus dedos tremiam muito. Quando vi, o celular tinha escorregado da minha mão e estava rolando pelo colchão, rolando, rolando... *rolaaaaando...*

Até parar nos pés da cama. Ufa. Por pouco.

Incapaz de reprimir minha ânsia curiosa, religuei o laptop e assisti ao vídeo de Guga tocando guitarra com Eric Clapton.

Ele. Tinha. Tocado. Com. Eric. Patrick. Clapton.

Já que tortura pouca é bobagem, terminei de transferir as músicas recém-baixadas para o iPod. Sabe, as músicas *dele.*

Viu? Nada como ser a personagem principal na comédia privada da Vida Real da Bia.

Um pouco menos trêmula e impossivelmente mais masoquista, guardei o laptop e o celular, e enfiei os fones nos ouvidos. Apaguei o abajur, fechei os olhos e fiquei ali, abraçada ao travesseiro, ouvindo Guga cantar para mim.

☘ ☘ ☘

— Bia? — A voz me chamou do além. — Filha?

Acordei assustada, sem fôlego, como se resgatada das profundezas do Lago Ness.

— Pai? — murmurei com a boca no travesseiro. — Aconteceu alguma coisa?

Fiz todo o esforço do mundo para erguer o pescoço e abrir os olhos grudentos. Já era dia e o sol iluminava o piso de madeira escura, as paredes lilases. Papai estava sentado na beirinha da cama, ao meu lado. Girava os fones do iPod pelos cabos.

— Isto não pode fazer bem para os ouvidos...

— Que horas são?

— Onze.

— *Onze?* — Então pulei da cama, desnorteada, procurando meus chinelos. Onde estavam os meus chinelos? — O que está fazendo aqui em cima, pai? — Calcei os chinelos. — Quem abriu a floricultura, Joana está lá? — Fui em direção ao guarda-roupa. — Hoje é domingo! Ai, meu Deus, como é que não acordei? Olha só quanta luz!

— Eu não queria acordar você. Mas é que... Bem, acho que você vai gostar da surpresa.

— Surpresa? — Parei, segurando a porta do guarda-roupa. — Como assim surpresa?

— Surpresa, uai. Surpresa, *surpresa*. — Alargou o sorriso com expectativa, como fazia antes de me entregar meus presentes de Natal. — Tem visita. Lá na sala.

— Visita? Quem?

— Humm... — pensou consigo mesmo, como pensava antes de me dar as dicas para que eu adivinhasse os presentes antes de desembrulhá-los. — Um amigo, *muito* amigo... que você não vê há anos. Que foi da sua sala no conservatório e estudou no Colégio Halfeld. Que está tão diferente que eu quase...

— Ai, não. — Fechei os olhos por um momento, massageando as têmporas com a ponta dos dedos. — O que eu fiz para merecer tudo isso?

— Merecer o quê?

— Eu tinha esquecido como um Vitorazzi é irritante quando cisma com alguma coisa. E *esse* Vitorazzi é ainda pior. Porque é irritante sem se irritar.

Sua fisionomia murchou.

— Espere aí — disse ele. — Você já tinha visto o Gustavo?

Movimentei a cabeça para a frente e para trás, como um robô.

— Foi com ele que você saiu todos esses dias?

Movimentei a cabeça para a frente e para trás.

— É por causa dele que está *muito* aborrecida?

Movimentei a cabeça para a frente e para trás.

— Não me diga que... — Ele parou. Quase pude ver o balão de luz se acendendo em cima de sua carequinha. — Bia, você *reconheceu* o Gustavo?

Movimentei a cabeça para um lado e para o outro.

— Não — confirmei. — Quer dizer, sim. Mas só depois de uma semana.

— Então ele enganou você? — Sua voz foi engrossando. E as paredes lá de casa não eram de isopor. — Você saiu com ele todos esses dias sem saber que ele era ele?

Movimentei a cabeça para a frente e para trás.

— Está me dizendo que o Gustavo teve a coragem de fazer a minha filha de palhaça?

Bem, eu ainda não tinha pensado na coisa por esse lado. No fato de eu ser uma palhaça.

Mas movimentei a cabeça para a frente e para trás.

— Vou quebrar a cara desse moleque! — Papai ficou de pé, furioso como há muito eu não via.

— Calma, pai. — Ergui as mãos. — Sem violência.

— Quem ele pensa que é para brincar com você desse jeito? Isso não é brincadeira.

— Só tire o Guga daqui de casa, pai — pedi, baixinho. — Diga que não é bem-vindo e pronto.

Mas papai saiu voando pela porta, de modo que fiquei sem saber se ele tinha ouvido minhas últimas palavras.

Ai, merda. Merda!

Larguei-me de costas na cama, soltando os braços ao lado do corpo. Depois puxei o cobertor sobre a cabeça, fazendo uma cabana muito escura.

Então esperei.

Esperei, esperei, esperei.

Até que fiquei sufocada de calor e desfiz a cabana, respirando com falta de ar.

Trinta minutos. Não estou de brincadeira. Trinta minutos foi o tempo que papai levou para retornar ao quarto e trazer a notícia.

— Ele foi embora? — perguntei, içando-me da cama num único impulso, o cobertor embolado nas mãos.

Papai se sentou. Estava mais calmo. Calmo demais, se quer a minha opinião.

— Ele foi embora, pai?

— Foi.

— Você o expulsou? Disse que não era bem-vindo na nossa casa?

E foi bem aí que vi meu pai encolher os ombros:

— Ah, Bia... Ele é tão legal!

Hã?

— Você devia dar uma chance a ele! — continuou. — O Gustavo está muito arrependido. Disse que vai descobrir quais são as coisas e as cores para te prender. Isso é Herbert Vianna, não é?

— Isso é um pesadelo!

— Ele disse que vai esperar você lá perto do campo de futebol. Tome seu café, Bia, pense com carinho. Não é fácil encontrar rapazes como ele nos dias de hoje.

E dizendo isso, meu pai se levantou e saiu do meu quarto, pouco se importando em deixar para trás a minha cara de tacho olhando o vazio. Eu, que já me sentia magoada e humilhada, agora também estava decepcionada, mutilada, desamparada, fracassada. Eu, Ana Beatriz Guimarães, sozinha contra todos.

Meu próprio pai! Meu exemplo de sabedoria e juízo. O homem que jamais contraía dívidas! Esse mesmo homem tinha caído na lábia de Guga, nas garras do urubu. Em apenas trinta minutos.

Tá legal. Tudo bem. Se levarmos em conta que eu tinha confundido Guga com um Amparador Espiritual... É. Eu devia ter puxado a maluca da minha mãe.

Espiei pela janela.

Guga tinha vindo com a sua velha bicicleta e estava encostado no poste ainda sentado sobre o selim. Parecia concentrado na partida de futebol do campinho. Vestia bermuda de sarja e camisa xadrez.

Então me lembrei daquela vez em que Guga, Raíssa e eu estávamos tomando sorvete na pracinha São Mateus e Guga perguntou de repente:

— Se vocês pudessem convidar alguém famoso para quinze minutos de conversa, quem seria?

— Tem um floco do sorvete na sua bochecha, Guga — Raíssa apontou. — No único lugar sem espinhas.

— Quem seria? — insistiu ele, limpando o floco de chocolate que há muito eu olhava e devaneava lamber. Eu tinha então 14 anos e começava a ter desejos mais pecaminosos. — Quem vocês escolheriam para quinze minutos de bate-papo? Vale qualquer famoso, vivo ou morto, real ou fictício... George Harrison! — Levantou o braço para garantir que aquela resposta era dele e ninguém mais podia usá-la. Mas, até onde eu sabia, não repetir respostas não estava nas regras. — Tá. Duas pessoas, então. Bart Simpson!

— Deixe eu pensar — disse Raíssa. — Hermione Granger e Alexander Fleming.

— Quem é esse? — Guga quis saber.

— É o descobridor da penicilina. — E virou-se para mim. — Decide logo, Bia.

— Tom Jobim? — eu disse, em dúvida. — Não, não. Carlos Drummond de Andrade. Não, espere aí. — pedi. Guga e Raíssa se entreolharam, revirando os olhos para a minha indecisão. — Chopin. Isso. Chopin e Xuxa.

Que ironia, pensei, observando o Guga de 27 anos. Hoje, "Gustavo Vitorazzi" era a *resposta* que muitos fãs anônimos dariam àquela mesma pergunta.

E, no entanto, lá estava ele, encostado num poste, fazendo um movimento brusco com o braço, reclamando de um lance da partida.

Sacudi a cabeça e fui para a cozinha. Tentei me concentrar no café. Tentei me concentrar em qualquer outra coisa. Uma formiga no bolo. Uma migalha na mesa, uma sujeirinha embaixo da unha.

É claro que eu não ia descer até o campo de futebol. Isso era óbvio. Ficaria bem quietinha na segurança do meu lar. Mas o negócio é que eu teria de sair de casa mais cedo ou mais tarde. Teria de ir a Belo Horizonte amanhã de manhã e ele sabia disso.

Ai, meu Deus, Guga sabia. E se ele me seguisse até Belo Horizonte? E se ficasse à espreita, escondido atrás da moita, esperando por mim do outro lado da rua, na rodoviária? O que eu ia fazer? Como ia fugir dessa obsessão e continuar vivendo a minha vida até que ele voltasse para a Inglaterra e para sua turnê que começaria dali a dois meses? Será que ele ficaria dois meses inteiros no Brasil? Não, não... Ele tinha de continuar ensaiando para a turnê, não tinha? Lá em Londres? Com a sua banda, Gustavo Vitorazzi and Band? Foi o que fiquei me perguntando enquanto devorava um pãozinho recheado com quatro fatias de queijo branco. *Humm, que delícia!*

Eu precisava de um plano contra Guga.

Ou melhor, de um *bom* plano, concluí, ao espiar pela janela outra vez e constatar que ele ainda resistia bravamente, agora sentado na calçada, pernas flexionadas, braços ao redor dos joelhos, mão direita no pulso esquerdo. O sol do meio-dia se derramava em sua pele clara e no cabelo desalinhado. Dava para ver seus olhos se estreitando sob a luz forte. Ele tinha dobrado as mangas compridas da camisa xadrez até os cotovelos.

De repente ficou de pé e pôs as mãos na cabeça, transtornado com o time que acabava de perder um gol praticamente feito. O atacante tinha trombado com o goleiro e agora, machucado, pulava numa perna só para fora do campo. O goleiro, que não devia ter mais de 1,50 metro, ergueu o braço, chamando Guga.

E foi aí que Guga tirou a camisa. Amarrou a bicicleta no poste, fez uns aquecimentos, soltando os músculos das pernas e dando uns pulos. Entrou em campo esbanjando saúde, completamente maravilhoso, correndo para lá e para cá como se tivesse 12 anos.

Desci a persiana.

Pensando bem, eu precisava era de um bom plano para me defender de mim mesma.

Vinte e dois

Dizem que todo ser humano recebe uma missão diferente ao desembarcar aqui na Terra. Uma missão para ser cumprida, espera-se. Caso contrário, que sentido teria?

Era exatamente nisso que eu pensava quando afastei duas lâminas da persiana recém-fechada e, através do buraquinho, voltei a espiar a rua, jogando para o alto a missão a mim confiada, em ocasião do meu nascimento: deixar de ser uma garota covarde, medrosa e indecisa. Embora eu jamais tivesse aceitado a real sacanagem de soltarem uma garota covarde, medrosa e indecisa nesta arena de leões que é este mundo, onde aparentemente só quem é forte, valente e bem resolvido é capaz de sobreviver.

Fiquei observando Guga jogar no ataque, enquanto prometia a mim mesma "só mais um minuto". E no minuto seguinte, "só mais um minuto".

E assim se foram horas.

O sol se preparava para dar adeus ao domingo. Na grama, as sombras dos jogadores corriam disformes. Uma, em especial, destoava-se do conjunto, imensa e veloz, e assim como as demais, interrompia seu movimento a intervalos regulares para um descanso.

Num desses intervalos, tive o desprazer de ver meu pai atravessar a rua e se aproximar do grupo com pacotes de biscoitos salgados, broa de fubá e garrafas de café e água. Enquanto as crianças comiam e bebiam, papai conversava com Guga, um papo entusiasmado, os dois gesticulando e rindo como grandes amigos. Fiquei me perguntando se falavam de mim.

Os jogadores voltaram a se espalhar pelo campo, sem poupar a energia revigorada. Guga, claro, no meio deles, depois de ter abaixado a cabeça e jogado um pouco de água na nuca. Papai lançou a bola e ficou lá, assistindo à partida de uma posição privilegiada, sentado no tamborete que Joana levara para ele. (Quem tinha ficado na loja naquele meio minuto de irresponsabilidade?) Quanto a mim, estava com dores nas costas e com os dedos dormentes de tanto manter abertas as lâminas da persiana.

As nuvens esparsas, de brancas, ficaram rosadas, depois alaranjadas. Acinzentadas, por fim. As luzes da rua de repente se acenderam e o clima começou a mudar. A noite caiu. Do outro lado do vidro trepidante da janela, o vento fustigava as árvores, varria em redemoinhos as folhas caídas. Era um vento frio, desses de surpreender as pessoas, que agora andavam a passos largos na calçada, encolhidas com a falta de casacos, que tinham deixado em casa na esperança de que hoje, só hoje, Juiz de Fora desobedecesse ao padrão de atravessar as quatro estações em um único dia de outono. Tolos otimistas...

Molhado de suor, Guga desamarrou a bicicleta do poste. Começou a enrolar a camisa no pulso. Então parou, com ares de indecisão.

Veste a camisa, seu idiota, ou vai pegar um resfriado! Veste a camisa! Veste a camisa!

Resolveu finalmente. Vestiu a camisa manchada da ferrugem da bicicleta, secou o suor dos olhos e partiu. Guga desapareceu pedalando pela esquina, depois de resistir por sete horas, depois de ter buscado o meu olhar na janela nas inúmeras vezes em que marcou um gol. Uma busca inútil, visto que, mesmo supostamente invisível atrás da persiana fechada, eu me agachava depressa, escondendo-me sob o parapeito, só para garantir. Em algumas vezes, porém, tive tempo para um rápido vislumbre da bola sacudindo a rede enquanto Guga, de braço esticado, apontava o indicador na minha direção, dedicando-me o gol; os jogadores aliados pulando felizes ao seu redor, alcançando, no máximo, a altura de seu queixo.

— O jantar está na mesa. — Da porta do quarto, papai me chamou.

— Já estou indo.

Encontrei Joana sentada à mesa, constrangida, como se papai tivesse exigido sua presença ali.

— Oi, Bia. — Lançou-me um olhar acanhado e abaixou a cabeça.

Então me sentei de frente para ela e comecei o discurso de retratação. Papai serviu nossos pratos com macarrão ao alho e óleo enquanto eu tagarelava sem parar.

— Eu entendo, querida — disse Joana, os olhos sinceros. — Não se preocupe. Nós também temos culpa. Está tudo bem.

Ela afagou minha mão por cima da mesa. Depois papai se sentou e, juntos, nós três colocamos os pingos nos is. Apesar das constantes interrupções de papai, que parecia reprovar cada palavra saída da minha boca, duvidando das minhas boas intenções, eu disse e repeti que não me importava com a presença de Joana naquela casa. Que ela podia, inclusive, buscar sua mudança naquele mesmo dia e morar ali conosco.

— Ela pode dormir no seu quarto, pai. Por mim, está tranquilo.

Desde que não façam barulho.

Nessa hora, Joana enrubesceu. Confesso que foi um bocado estranho ver papai lhe fazer um carinho na bochecha. Estranho, mas fofinho. Ele estava feliz.

Finalmente esclarecidos e ainda mais esfomeados, comemos em silêncio ao som dos talheres e copos.

Guga tinha ido embora. Mas meu coração martelava descompassado sempre que eu pensava nele e na certeza de que voltaria a me procurar. Ele que insistisse à vontade. Eu não ia falar com ele.

Sentada no sofá da sala, assistindo ao *Fantástico* na companhia da minha família de repente maior, eu, na verdade, me lembrava do seu sorriso, dedicando-me o gol, como se fosse óbvio que eu estivesse assistindo ao jogo ali escondida. Com isso, as expectativas de elaborar um plano foram por água abaixo. Que dirá um plano *bom*.

Concentrei-me em elaborar um plano contra ele. Ou melhor, um plano que me possibilitasse chegar ao local da entrevista sem *passar por ele*.

Guga estava curtido do sol de uma tarde inteira de futebol. Eu tinha visto com estes dois olhos que a terra há de... adiar a comilança. Se de longe já tinha sido difícil suportar a tortura, agora eu não podia nem sonhar em chegar perto dele, mais glorioso ainda em toda sua divindade londrina e sua pele bronzeada emanando luz e calor.

A pele bronzeada de um traidor. Que eu não me esquecesse jamais!

Repassei na mente nossas conversas dos últimos dias. Cheguei à conclusão de que, embora ele soubesse da entrevista agendada para uma hora da tarde de segunda-feira, não sabia o nome nem o endereço da empresa que, interessada em minhas qualificações, na certa me daria o emprego. Ou seja, ele até poderia acampar na porta da floricultura ou na rodoviária de Juiz de Fora. Mas, uma vez em Belo Horizonte, jamais me encontraria.

O plano, então, parecia simples. Eu só precisava pegar o ônibus no horário mais improvável.

De repente, fiquei de pé.

— Estou indo para BH — comuniquei, resoluta.

— Não ouvi. — Papai diminuiu o volume da tevê.

— Estou indo para Belo Horizonte — repeti. — Agora.

— Agora? — Arregalou os olhos. — Mas a entrevista não é só amanhã à tarde?

— É — eu disse. — Mas vou pegar o ônibus da madrugada.

Papai e Joana se entreolharam. Foi ela que desviou o olhar, deixando claro que, entre pai e filha, não meteria o bedelho. Papai voltou-se para mim:

— Para que isso, Bia?

— Não quero chegar atrasada — menti, saindo da sala.

☘ ☘ ☘

Pouco me importava a ideia de dormir num assento com inclinação máxima de vinte graus. De desembarcar no meu destino às cinco da manhã. Pesquisei rapidamente no Google Maps e descobri um shopping nas redondezas do escritório, onde eu poderia fazer hora e almoçar. Tudo bem que o shopping só abriria às dez. Até lá eu ficaria escondida, sentada num canto qualquer, camuflada em meio aos viajantes tristes que pernoitam com seus sacolões de nylon desfiado nos bancos de plástico das rodoviárias das capitais. O importante era chegar sã e salva à capital.

Eu disse a papai que não precisava de carona, que pegaria um táxi. Que ele ficasse em casa curtindo a noite fria com Joana, a noite em que eles poderiam fazer quanto barulho a idade lhes permitisse. Desbravar os cômodos da casa; da cozinha apertada ao banheiro cheirando a óleo de pinho.

Menos o meu quarto.

E a banqueta do piano.

Mas Válter Guimarães desceu à Terra com a missão de ser um pai zeloso. Lançou mão de argumentos exagerados. Apresentou-me os verdadeiros perigos de entrar sozinha no táxi de um desconhecido àquela hora. (Eu tinha morado no Rio de Janeiro, pelo amor de Deus! Tinha sobrevivido a um tiroteio em plena luz do dia!)

Era uma discussão inútil. E eu estava atrasada.

De modo que, à meia-noite e um, eu me vi sentada no banco do passageiro da Kombi, rumo à gélida rodoviária de Juiz de

Fora. Usava um terninho azul-marinho, que vesti por cima de camadas de roupas quentinhas.

— Até agora não entendi. — Em frente ao ônibus estacionado na plataforma de embarque, papai me entregou a mochila. — Quer dizer, o gorro na cabeça, tudo bem. De madrugada, o frio tende a piorar. Mas óculos escuros, Bia?

Olhei para ele por cima dos óculos.

— A claridade me atrapalha para dormir.

Nós nos despedimos com um abraço rápido.

Louca para me recolher à segurança do meu assento, onde eu poderia me livrar do gorro que apertava minhas orelhas e das lentes escuras que me fizeram tropeçar duas vezes, fui a primeira a subir no ônibus. Guga jamais me encontraria ali.

Afundei-me no meu lugar, ao lado da janela. Descalcei os sapatos, tirei o travesseirinho inflável da mochila, que enfiei no espaço sob as minhas pernas. Esqueci o iPod, então tirei a mochila novamente do espaço sob as minhas pernas e abri o zíper. Depois voltei a guardá-la.

Eu sabia que essa coisa de dormir com a voz do Guga nos meus ouvidos, apesar de me acalmar mais do que qualquer tarja preta, tinha efeitos colaterais terríveis. Mas não consegui pensar no assunto a partir do instante em que minhas pálpebras começaram a parecer duas plumas de chumbo pairando no infinito. Tombei a cabeça no travesseirinho encaixado no pescoço.

Embriagada do sono profundo do qual tinha sido arrancada pelo movimento dos passageiros no ônibus, já parado na plataforma de desembarque, peguei minha mochila e desci para a manhã fria da capital.

Às oito e quarenta e cinco, sentada no banco vermelho de uma lanchonete da rodoviária, eu olhava vagamente as frutas que apodreciam nas prateleiras azulejadas da parede atrás do balcão. Uma visão bastante apropriada, levando em conta que, assim como todos aqueles abacaxis, kiwis, melancias, laranjas e goiabas, eu me sentia há séculos esquecida no mesmo lugar. Por isso, quando Cabral retornou minha ligação, eu até sorri, num jorro de alívio.

— Consegui — disse ele. — Adiantei a entrevista. Já estão esperando por você.

Paguei pelo Guaraviton. Corri até o banheiro, escovei os dentes, dei uma melhorada na aparência. Em seguida, disparei para a fila do táxi.

Que sorte, pensei, sentindo um friozinho na barriga.

Mas eu já deveria estar careca de saber que, na vida de uma azarada, a sorte nunca deve ser louvada. Porque na vida de uma azarada, mesmo quando parece impossível, as coisas ainda podem piorar.

Vinte e três

O TÁXI ME DEIXOU EM FRENTE A UM PRÉDIO de quatro andares, o escritório da confecção de roupas infantis cuja produção devia funcionar no galpão ao lado.

O prédio era moderno, com colunas de aço e escadaria frontal de mármore. O galpão, nem tanto. Fazia alusão ao tipo de construção do século XIX que a gente encontra nas ilustrações dos livros de história, com uma legenda da Revolução Industrial. As paredes, de tijolinhos aparentes. As janelas com arcos amplos e altos. O telhado triangular cor de terra. Rolos e rolos de tecido eram descarregados de um caminhão estacionado em frente.

"Dodileite Modas", dizia o letreiro de metal galvanizado, cada letra de uma cor diferente, vibrante à luz do sol.

Sentindo um espasmo de nervoso, toquei o interfone.

Ouvi um clique e entrei.

— Ana Beatriz Guimarães? — A recepcionista se levantou tão logo me aproximei do balcão de granito. Embora tentasse parecer mais velha, devia ter uns 18 anos. Sombra perolada nas pálpebras, cabelo ruivo impecavelmente puxado num rabo de cavalo. — Me acompanhe, por favor.

— Posso deixar minha mochila em algum lugar? — Sorri educadamente. — Eu vim de Juiz de Fora...

— Ah, sim, claro. — Sua voz infantil não combinava nem um pouco com seu jeito, sexy demais para o trabalho. — Aqui. Atrás do balcão, por favor. Nesta prateleira. — Ela apontou para um espaço em meio aos catálogos de moda, coleções e mostruários. — Ninguém vai mexer, não se preocupe.

De costas para ela, tirei da mochila uma pasta de couro com alças, para impressionar. Enfiei minha carteira ali dentro, junto dos documentos já separados, fechei o zíper e me virei, entalhando no rosto minha melhor expressão profissional.

— Pronta? — perguntou.

— Vamos lá.

Seguindo os passos da recepcionista adolescente pude relaxar um pouco e observá-la melhor. Vestia um *tailleur* cinza bem marcado na cintura e nos quadris avantajados, com uma saia bem acima dos joelhos onde se via a marca da calcinha minúscula, sob a meia-calça chumbo. Não que ela parecesse se importar com isso. Pelo contrário. Rebolava, desinibida, no alto dos seus saltos enormes.

Quando chegamos ao hall dos elevadores, fiquei agradecida por não ser preciso subir pelas escadas. A saia da moça era curta demais para os degraus e não existe situação mais constrangedora para uma mulher do que saber que existe alguém subindo atrás dela, com uma perfeita visão de seu traseiro. *Especialmente se essa mulher for eu, futura funcionária da Dodileite Modas, e o tailleur apertado, um tipo de uniforme que serei obrigada a usar desde o primeiro dia de trabalho.*

Havia um homem dentro do elevador quando entramos. Metade de um homem, aliás, visto que parte dele estava escondida atrás da pilha de papéis que carregava com braços firmes. Vinha da garagem, sem dúvida.

— Bom-dia, Abrantes.

— Bom-dia, Nanda.

Nanda?

Ah, não! Outra Fernanda na minha vida, por favor, meu Deus, não!

No quarto andar, Nanda e eu cruzamos corredores acarpetados, que serpenteavam por entre portas fechadas que ostentavam plaquinhas: "Contas a pagar", "Contas a receber", "Estilista 1", "Estilista 2", "Controle de qualidade", "Sistemas de informação"...

Na FB Logística, somente os diretores tinham o privilégio de ter salas próprias. Pobres mortais como eu estavam condenados a raciocinar sob pressão na confusão barulhenta de imensos salões com divisórias baixas no lugar de paredes, onde os funcionários tinham direito apenas a mesas com computador e telefone, agrupadas de acordo com a função.

Paramos diante da última porta do corredor. "Gerente de Logística".

Nanda sacou um *gloss* do bolso e espalhou a gosma pelos lábios carnudos. Abriu os dois primeiros botões do casaco e puxou a bainha para baixo.

Na FB Logística, recepcionistas não deixavam seus decotes à mostra antes de entrar na mira de um gerente. Pelo menos não assim, com alguém para testemunhar. Na FB Logística, mesmo as recepcionistas mal-intencionadas se davam por satisfeitas com dois botões abertos, em vez de dobrar e redobrar as golas dos casacos de modo a também expor as alças do sutiã de oncinha.

Sutiã de oncinha...

A oncinha Nanda faria um belo par com Fernanda, a onça-mãe.

— Boa sorte. — Nanda abriu a porta e fez sinal para que eu entrasse.

— Ana Beatriz! — A voz rouca surgiu de dentro da sala antes que eu pudesse ver quem estava chamando.

Agradeci Nanda e passei pela porta.

Do outro lado da mesa de vidro, um homem de cabelo grisalho alisado para trás, com tanto esmero que dava para ver o caminho percorrido pelos dentes do pente, sorria abertamente para mim. Sua barriga volumosa estufava os botões da Lacoste listrada. Na parede acima de sua cabeça, os quadros mostravam fotos dele próprio, com o mesmo sorriso para a câmera, apertando a mão de pessoas supostamente importantes.

Na FB Logística, mesmo os diretores com salas próprias não tinham autorização para personalizá-las.

Bem, tanto faz.

— Sente-se. — Indicou a cadeira à sua frente. — Pode ir, Nanda.

Nanda, que tinha entrado comigo na sala, não se moveu. Continuava lá parada, exibindo as alças do sutiã.

— Vá, vá, vá! — O homem não se abalou com o sutiã de oncinha e movimentou a mão impaciente, a aliança dourada brilhando no dedo anelar. — Por enquanto, cuido *eu* da candidata.

A porta se fechou atrás de mim.

O homem alargou o sorriso nos lábios encovados na barba. Devolvi a gentileza, sorrindo também, e me sentei aprumada na ponta da cadeira. Deixei a pasta sobre a mesa.

Diz alguma coisa. Olá, como vai, senhor... gerente de logística?

Ótimo. Eu não sabia o nome dele. E ele não usava crachá.

— Bom-dia. — Foi tudo que pude dizer.

Ele ficou me olhando enquanto eu observava disfarçadamente seu pescoço gordo como uma jaca e pensava em como era parecido com o pescoço do Brutus, inimigo do Popeye. O homem afrouxou a gravata e relaxou os braços atrás da cabeça por um momento, o encosto da cadeira pendendo para trás com tanto peso imposto a ele.

— Ana Beatriz, Ana Beatriz. Bonito nome.

— Obrigada.

— Foi sua mãe que escolheu?

— Meu pai.

Sem mais nem menos, o homem se inclinou para a frente e tive de engolir o susto. Apoiou os cotovelos na mesa, ajeitou os óculos na ponta do nariz. Então, como se tivesse acabado de lembrar que precisava conduzir uma entrevista, remexeu os papéis.

— Vejamos, Ana Beatriz... Aqui! — Separou um papel. Seus olhos percorreram as informações. — Fiquei bastante impressionado. Muito interessado em suas qualificações. Muito mesmo. Sua foto é apresentável também.

— Obrigada — respondi, reparando de repente que aquele era o segundo "obrigada" que eu falava em menos de dois minutos e que ele tinha mandado imprimir a foto do meu currículo em tamanho A4.

— Não tem de quê. — Começou a tamborilar os dedos na mesa de vidro enquanto examinava a fotografia em sua mão. — Foi a primeira coisa que reparei.

Meu Deus, meu Deus, meu Deus.

— Me fale de você. — Ele me olhou por cima dos óculos.

Vamos lá, Bia. Você treinou, você consegue.

Respirei fundo e comecei:

— Eu sou formada em Administração de Empre...

— Não, não, não. — Sua voz foi enfraquecendo. — Não.

— Como? — Pisquei os olhos.

— Me fale de *você*. Da sua *vida pessoal*. Das coisas que gosta de fazer.

Soltei os ombros e já era tarde para esconder a frustração. Nunca simpatizei com esses métodos informais de seleção. Essa descontração toda me dava nos nervos.

Tudo bem. É só ficar calma e responder o que ele quer ouvir.

Falei de mim. Das músicas que gostava de ouvir, das que eu costumava tocar, das horas que passava na floricultura do meu pai. Até que o tempo ficou extenso demais para minha vida pessoal insignificante e precisei elaborar um pouquinho:

— Sou grande conhecedora de orquídeas também. Sempre estudei sobre o assunto.

O homem largou a foto sobre a mesa. Tirou os óculos e levou a ponta da haste ao lábio inferior. Estreitou os olhos na minha direção, as sobrancelhas se mexendo, como se pudessem saltar da testa a qualquer momento, como as sobrancelhas do Brutus.

— Muito interessante — disse ele. — Muito mesmo.

Então ficou de pé. Deu a volta devagar, os sapatos marcando o tempo no chão. Parou ao meu lado, recostando seu traseiro gordo na mesa de vidro e ficou lá, de braços cruzados.

— E você tem namorado?

— Não, senhor.

— Não me chame de senhor.

— Certo, senhor. Ah, desculpa!

— Ou melhor, me chame de senhor.

— Sim, senhor.

— Hum. — Alisou o queixo, me examinando. — É claro que me informei a seu respeito... Ana Beatriz Guimarães foi demitida por justa causa e, ao que me parece, o motivo real, embora não oficial, é que você assediou o seu estagiário. Estou certo? Essa informação procede?

— Sim, senhor — eu disse. — Quer dizer, não. Quer dizer, eu fui demitida por isso. Mas não assediei ninguém. Sou vítima de uma armação. Nunca consegui provar nada. Ou melhor, nem tentei, mas...

— Não, não, não — repetiu. — Não.

— Não?

— Não precisa inventar nada.

— Mas eu não estou inventando, eu...

— Estamos entre amigos. Bons amigos. Mais do que isso, eu diria. — Ele atravessou a sala e trancou a porta. — Amigos com benefícios.

— Desculpe, não estou entendendo.

— Na verdade... — Começou a desabotoar a camisa. — Foi justamente *essa* a qualificação que mais me interessou no seu currículo.

Então entendi.

— Mas o que significa...?

— Uma mulher como você... assediando um estagiário... Decidida, hein? Ideal para a minha equipe. — Inclinou-se na minha direção. — Só precisa passar pelo teste.

— Pois acabo de mudar de ideia. — Peguei minha pasta e me levantei. — Passe bem.

Mas o homem me prendeu pela cintura, o braço gordo esmagando-me os ossos.

— Calma, docinho. — Segurou meu queixo com força, aproximando mais o rosto, despejando o hálito de cigarro na minha pele trêmula. — Eu sei que você quer...

— Me larga ou começo a gritar.

— Grita. Quero ouvir. — Úmida de suor, a mão dele tapou minha boca. Sem tirar os olhos de mim, o homem apertou o botão viva-voz do telefone e começou a falar enquanto eu tentava gritar: — Nanda, querida. Venha se juntar a nossa reuniãozinha. Você vai gostar da garota.

E foi aí que eu fiz o que qualquer garota naquela situação faria. Dei-lhe uma joelhada no meio das pernas.

— Ai! — Ele me soltou. — Filha da...!

Enquanto ele pulava em círculos, rugindo de dor e apalpando suas partes baixas, eu tentei alcançar a porta da sala. Cambaleei atrapalhada, tropeçando na cadeira, que caiu no chão com um estrondo que veio bem a calhar. Minhas mãos tremiam tanto que eu mal conseguia segurar a pasta e virar a chave da porta. Escorregava! Não girava! Ah, meu Deus! Ah, meu Deus!

Quando finalmente a porta se abriu, o homem me deteve pelo braço. Olhei para ele, tentando não pensar de onde tinha acabado de tirar a mão que agora me segurava.

— Já entendi — disse ele, um sorrisinho de escárnio nos lábios. — As coisas só funcionam quando é *você* que parte para o ataque. Sabe, Ana Beatriz, você está muito exigente para quem foi demitida por justa causa.

— Me solta!

— Espero que não morra de fome.

Ficamos os dois imóveis, nos encarando por cinco segundos. Até que puxei o braço e corri desesperadamente pelos corredores. Desci pelas escadas para não correr o risco de cruzar com Nanda, peguei a mochila na estante, saí do prédio, atravessei a rua, o viaduto, entrei no shopping, tudo isso sem parar de correr. E continuei correndo por entre as lojas sofisticadas, desviando das pessoas, que me lançavam olhares curiosos. No banheiro, larguei a pasta e a mochila no chão e fiquei encarando minha imagem ofegante no espelho.

"Espero que não morra de fome."

Lavei o rosto três vezes, esfregando os locais onde ele me tocara. Sequei-me na toalha de papel. No reservado, não me aguentei. Escorreguei pela parede até ficar agachada, encolhida, embolada. Deixei a cabeça tombar para a frente e comecei a chorar.

Chorei, chorei, chorei.

Chorei tanto que o mundo pareceu derreter. Tudo ficou nebuloso e distante, a ponto de eu levar um susto com uma batida na porta. Virei um pouco o rosto e me deparei com um par de botas invadindo o meu espaço. Uma figura sem corpo.

— Precisando de ajuda?

— Não, obrigada — respondi, fungando nas mangas do terninho.

Quando, enfim, parei de chorar, tirei o celular da mochila.

Atende, atende, atende.

— E aí, mocinha? Feliz com o novo emprego?

— Preciso de você, Cabral.

— Vamos celebrar?

— Celebrar? — Quase gritei. — Celebrar o quê?

— Ei, ei, o que aconteceu?

— O que aconteceu é que preciso provar que não tive culpa e você vai me ajudar.

— Calma, calma...

— Eu vou morrer de fome! — eu disse, sem calma nenhuma. — Ninguém em sã consciência vai empregar uma pessoa que foi demitida por justa causa. As notícias correm rápido, como você mesmo falou!

— Sim, mas ele ficou interessado nas suas qualificações...

— Mas ele não é *normal*! Ele é *doente*! E me acusou de assediar meu estagiário.

— Espera aí — disse ele. — Ele sabia o *motivo* da justa causa? Como?

— Não interessa. O caso é que eu não assediei ninguém e preciso pensar num jeito de desmascará-la. Eu sei que foi ela, Cabral. A Fernanda. Aquela vaca. Foi ela que armou contra mim. Você precisa encontrar as provas lá na FB Logística. As provas que ela usou. Eu quero ver as provas!

Graças a Deus Cabral conhecia Fernanda, conhecia a turma toda. Graças a Deus Glorinha havia me dado o cartão dele. Graças a Deus Cabral era o único *headhunter* que não cobrava adiantamento e, por isso mesmo, eu o contratei. Graças a Deus.

— Certo — disse ele. — Vou entrar em contato com a Maria da Glória e ver o que ela consegue para mim. Mas temos um problema...

— Outro? — gargalhei. — Não me diga!

— Você sabe, a Maria da Glória...

— O que é que tem?

— Anda muito chateada com você — disse ele. — Sobre uma tela impressionista que você arrematou num leilão e até hoje não pagou. Você sabe como ela é ligada à arte e como essas coisas custam caro. Pincéis, tintas, a sensibilidade do artista em sua forma mais pura...

— Tudo bem — falei. — Resolvo isso amanhã.

Peguei o primeiro ônibus de volta, a viagem mais longa que fiz na vida.

"Espero que não morra de fome."

"Espero que não morra de fome."

"Espero que não morra de fome."

Às 6 horas da tarde, na impossibilidade de ficar invisível ou passar despercebida, entrei na floricultura pela porta da frente. Papai largou a tesoura na prateleira das camélias e veio ao meu encontro.

— Uai, voltou cedo?

— Não consegui, pai — adiantei o anúncio, para me livrar logo. — Não consegui o emprego. E decidi seguir seu conselho. Vou vender os meus móveis.

— Faz bem.

— Toda a parafernália que trouxe do Rio e que está lá em cima no terraço. Você me ajuda?

— Claro, filha. — Morna e reconfortante, a mão de papai pousou no meu ombro. — Claro que ajudo. Um anúncio na *Tribuna*, uns cartazes na porta da loja, na padaria, quem sabe. — Fez uma pausa. — Mas antes... acho bom você subir até o seu quarto.

— É tudo que mais quero fazer.

Arrastei-me escada acima, levando comigo toda a tristeza de repente alojada nos meus pés de chumbo. Larguei a mochila na cozinha. Puxei a toalha do varal e segui direto para o chuveiro. Mais um minuto daquele fedor de cigarro e eu iria vomitar. Impregnava minhas roupas, meu cabelo, minha pele, meus pensamentos.

"Espero que não morra de fome."

"Espero que não morra de fome."

Um tempo depois, enrolada na toalha, entrei no meu quarto e ergui a cabeça, sobressaltando em seguida. O que meus olhos viam...

Flores murchas. Flores descoloridas. Centenas delas. No chão, na escrivaninha, no parapeito da janela. Meu quarto, lotado com todas as flores da UTI da floricultura.

Em cima da cama, um ursinho de pelúcia e uma única rosa vermelha prendendo um bilhete.

VOU TENTAR DE TUDO, MENOS DESISTIR
COM AMOR,
GUGA

— Ele comprou a UTI inteira. — A voz de papai surgiu atrás de mim. — Por acaso você disse a ele que ficaria com todo o dinheiro da venda? E que não tinha preço estipulado? O interessado é que fazia a oferta?

Eu me virei lentamente.

Papai me entregou um cheque no valor de 21 mil reais.

Ergui os olhos do papel e o encarei.

— Você está... muito encrencado.

— Sou inocente. — Ergueu as mãos. — Juro que sou.

— Me dá licença, pai.

Ele girou nos calcanhares e se retirou em silêncio.

Sozinha no quarto, vesti uma roupa qualquer. Picotei o bilhete em mil pedaços. O cheque, ainda inteiro, enfiei dentro da bolsa. Nem sequei o cabelo. Catei as chaves da Kombi e acelerei furiosa em direção à mansão dos Vitorazzi.

Se Guga achava que podia me humilhar outra vez, eu ia mostrar a ele o que uma Bia no limite era capaz de fazer!

Pelo espelho retrovisor, ainda tive tempo de ver a imagem de papai. Na porta da Floricultura Quatro Estações, Válter Guimarães balançava a cabeça, reprovando meu comportamento.

Vinte e quatro

Já era noite quando, a dois metros da cancela fechada, saltei da Kombi em ponto morto e marchei até a cabine da portaria do Parque do Império.

Uma marcha de três passos. Mas uma marcha muito irritada.

Quem era o incompetente que tinha deixado a entrada de um condomínio luxuoso como aquele a Deus dará? Quem era o imbecil que tinha atrapalhado meu plano de acelerar aos sete ventos e invadir a casa de Guga brandindo o cheque assinado por ele e o mandando à merda? Já que nada, *absolutamente nada* do que ele dissesse podia justificar *aquilo*.

Eu não queria parar! Eu não *podia* parar! Parar intimida os covardes!

E, perto da minha pessoa, o Salsicha do Scooby-Doo seria um valentão.

Enfiei a cabeça pela janelinha da cabine.

— Ei! — chamei. — Tem alguém aí?

— Já vai! Só um instantinho! — A voz abafada veio acompanhada do barulho da descarga. Em seguida, foi a água jorrando da torneira. O porteiro corpulento saiu do cubículo do banheiro trombando nos objetos da cabine, secando as mãos na calça do uniforme. Continuava lambão. — Desculpe, foi rapidinho. — E continuava exagerando nos diminutivos.

— Oi, Rubens.

No rosto que pouco mudara, dois olhos se iluminaram.

— Mas... É você? É você *mesmo*, Bia?

Confirmei com a cabeça.

— Poxinha! — disse ele. — Você sumiu!

Ai, gente! Eu estava com saudade daqueles olhos acinzentados, não podia negar. Tinha um carinho especial por Rubens Cascão (como Guga secretamente se referia a ele). Foi Rubens Cascão que achou o Ligeirinho namorando um jabuti fêmea, atrás de um bloco de concreto de um palacete em construção, dois meses após o sumiço do bicho.

— Jabota — dissera Raíssa.

— Hã? — Guga franziu a testa, o Ligeirinho no colo. — Tá me xingando?

— A fêmea do Jabuti. Ja-bo-ta.

Pare! Pare com isso! Chega de lembranças! Foco no plano! Foco na raiva!

— É — dei um sorrisinho para Rubens Cascão. — Sumi um pouco.

— Como vai essa forcinha?

— Bastante pesada.

— Que peninha — disse ele tristemente. — A Raíssa não está em casa.

Melhor assim.

— E o Gustavo? — perguntei. — Sabe dele?

— Chegou faz uns quarenta minutos. Ofereci cinquenta contos por aquela bicicleta descascada que ele tem, mas ele não vende a bichinha de jeito nenhum. “Panela velha é que faz comida boa, Rubão!”, ele me explicou.

— Ótimo. Perfeito. — Engoli em seco na garganta apertada. — É com ele mesmo que eu quero falar.

— Vou avisar lá em cima. — Tirou o interfone do gancho.

— Não! — Eu o impedi. — É que... quero fazer surpresa.

— Belezinha. — Esticou o pescoço, reparando na Kombi atrás de mim. — Ué, você dirigia antes?

— Eu tinha 17 anos na última vez que você me viu.

— "Craro", "craro". — Rubens Cascão gostava de imitar o Didi Mocó. — Vou abrir a cancela para você.

— Obrigada. — Dei-lhe as costas e comecei a andar.

— Bia?

Eu me virei.

— Você sabe o caminho? Está escuro...

Suspirei, soltando os ombros.

— Saberia de olhos vendados.

☘ ☘ ☘

A corrente gelada que atravessava meu corpo brotava de algum lugar e se irradiava pelas minhas pernas e braços à medida que eu avançava pelas alamedas íngremes a uma velocidade ridícula. Apertei com mais força o volante, enjoada de ansiedade. Fiquei até com medo de perder a direção. Distraída em minha fúria, eu não tinha me dado conta de como seria difícil voltar ali.

Por que era tão difícil voltar? Aceitar que as coisas boas chegam ao fim? Quantas mil vezes eu havia refletido sobre isso?

As coisas boas chegam ao fim.

Ou talvez as coisas boas não existam. Porque chegam ao fim. E o fim nunca é bom.

A gente nasce, cresce, se ilude, se reproduz, se ilude de novo, quebra a cara. Depois a gente morre.

Muitos de nós, inclusive, morrem sem se reproduzir.

Sem se iludir ou quebrar a cara? Jamais.

Foco na pista. Não olhe para a calçada. Foco na raiva.

Olhei para a calçada. E a lembrança já era inevitável.

Eu me vi criança, correndo por aqueles passeios de residências sofisticadas, por aquelas ruas com nome de flor, que subiam e desciam como imensos tobogãs. Eu gritava por um Guga desaparecido em seu carrinho de rolimã. Doente de preocupação (e se ele tivesse caído, se esfolado, estivesse sangrando, agonizando no asfalto como o Tipinho?), eu repreendia a mim mesma por precisar interromper a busca e me sentar à sombra por um minuto. Guga era meu amigo. Eu não tinha o direito de descansar.

— Bú! — As mãos quentes sacudiram meus ombros. Arfei de susto. Ele deu um salto e sentou-se no carrinho de rolimã, de frente para mim. — Te assustei, lindinha? — Amoleci ainda mais.

Na boca de Guga, diminutivos fluíam perfeitos.

Quando a Kombi virou na Alameda das Bromélias, a fúria tinha dado lugar ao medo. Foi por instinto que estacionei longe do portão, longe das luzes dos postes, camuflada entre um arbusto e outro. Por um momento, eu me arrependi de estar ali e pensei em voltar para casa.

O que eu estava fazendo? Qual era o sentido daquela expedição? Se há algumas horas eu arquitetava meios de *fugir* dele... Agora me entregaria por livre e espontânea vontade, certa de que não escaparia sem me machucar? Era isso que papai tentara me dizer com aquele balançar de cabeça? Que o orgulho não valia o sofrimento? Por que eu não rasgava o cheque como tinha feito com o bilhete e pronto, acabou?

Puxei o pedaço de papel da bolsa e fiquei olhando os números. Um zero ao lado do outro.

Vinte e um mil reais. O valor que pagaria minhas dívidas... E faria com que eu me sentisse um lixo.

O Guga que pilotava carrinhos de rolimã não era dado a demonstrações de superioridade. Não esfregava na minha cara sua fortuna e vida fácil. Como alguém podia mudar tanto? Ficar tão lindo por fora e tão feio por dentro? Será que era para ter sido um gesto caridoso, um modo de pagar pelos seus pecados?

Ele que ardesse no inferno!

A gente nasce, cresce, se ilude, confia nas pessoas, quebra a cara e se decepciona de novo e de novo e de novo.

Desviei os olhos para a mansão cor-de-rosa iluminada, silenciosa, projetando-se imponente no céu estrelado. Os telhados de alturas desiguais. Dava para ver o segundo andar, lá onde terminava a parede da sala de estar (a parede inteiramente de vidro) e começava a varanda do quarto dele. Meu coração se acelerou. Fiquei olhando as cortinas esvoaçantes, que dançavam no ritmo dos coqueiros mais altos.

Não. Ele não merecia meu silêncio. Era por isso que eu estava ali.

Além do mais, papai se esquecera de um detalhe. O orgulho faz sofrer os perdedores. Quanto a mim, sentia-me insuportavelmente vazia. Não tinha nada a perder.

Dobrei o cheque e o guardei no bolso da calça, para então engolir o medo e me lançar rumo ao território inimigo.

O portão estava destrancado, como sempre. Comecei a atravessar o jardim grandioso, pisando de mansinho nas pedras que desenhavam o caminho até a entrada principal da casa. O modo sorrateiro não fazia jus à ideia inicial de invadir a sala gritando "Enfie este cheque no..."

Tropecei num corpo sólido.

Ai, meu Deus, o Ligeirinho!

Eu me ajoelhei.

— Eu machuquei você? — Acariciei o casco do jabuti, onde ele escondia a cabeça. O bichinho não se moveu. — Desculpa, desculpa. Lembra de mim? Sou eu. A Bia. Mais crescida. Oi.

Pensei ter ouvido uma risada vinda de cima. Mas quando olhei para o segundo andar da casa, não vi ninguém.

— Tchau, Ligeirinho. — Eu me levantei, limpando os joelhos. — A gente se vê. — Voltei a andar. — Ou não.

Do outro lado da quadra de basquete, avistei um quadrado de cimento no chão. Um quadrado *verde*. Eu parei, intrigada.

Que estranho... Aquilo ali era novo para mim. Um triângulo tracejado de amarelo, um P no meio dele... Um *heliporto*?

Deus do céu! A prosperidade dos Vitorazzi não tinha limite. Os seis carros na garagem eram fichinha perto disso. Inclusive o Land Rover, coberto de terra.

— Ai! Ui! *Aaaaiii*! — Esse foi o berro que me recepcionou quando entrei na casa. — Tira! Tira! Tira!

O cheiro forte de incenso inundou as minhas narinas.

Lili Vitorazzi estava deitada de bruços numa mesa de massagem, no meio da sala, a cabeça loira oxigenada enfiada num buraco. Tinha a metade inferior do corpo nu coberta por uma toalha branca. Pedras pretas e polidas acompanhavam a linha de sua coluna brilhante de óleo. Mas não foi a coisa mais bizarra que presenciei naquela noite. Duvida?

— Que foi? — A massagista baixinha tinha a voz aguda. Pele amarela. Olhos puxados. Português estranho.

— As pedras! Tira! Quente demais! Ai! Ui!

A massagista se movimentou como um ninja.

— Melhorou?

— Quantas vezes... ai!... vou ter de repetir que não sou uma herege e não mereço ser queimada viva? Eu estou estressadíssima!

— Com o casamento da dona Raíssa? — A massagista abriu o sorriso, tentando agradar, apesar de saber que Lili, com a cara enfiada na mesa, não era capaz de vê-la.

— Não é *só* o casamento da Raíssa, queridinha. É o evento mais esperado do ano! A elite desta cidade anda dizendo...

Foi quando a massagista me viu ali parada.

— Dona Lili? — disse ela.

— O que foi agora?

Como se irritada com a falta de resposta, a cabeça loira ergueu-se do buraco. Lili estreitou os olhos na minha direção.

Fez-se um instante de silêncio em que só se ouvia a música ambiente. Sons relaxantes da floresta. Água pingando, passarinhos piando, sapos coaxando crec-crecs. Muito apropriado se levarmos em consideração as "profundas reflexões" que giravam na minha mente. A mais instigante versava sobre quantas cirurgias plásticas teriam esticado, repuxado, retalhado, modificado, deformado aquele rosto durante os anos que nos separaram. Lili estava uma verdadeira E.T. nascida na Terra.

— Bia? É você, meu amor?

— Desculpa ir entrando assim, eu...

— Vem cá! — disse ela. — Vem ganhar um beijo doce da tia Lili!

E fez biquinho.

Tá aí. O biquinho de Lili. A coisa mais bizarra que presenciei naquela noite. Quiçá em toda a vida.

Eu me aproximei, meio sem jeito. Inclinei-me a fim de, humildemente, oferecer-lhe minha bochecha. Mas ela apoiou os cotovelos na mesa e puxou meu rosto sem delicadeza.

O beijo fez um estalo.

— E aí? — eu disse, ainda abaixada, com a cabeça presa entre as mãos de Lili. — Beleza?

E aí... beleza? E aí, beleza?

Fala sério! Eu tinha o quê? Treze anos?

— Linda! — Lili continuou me prendendo. A massagista, pressionando suas costas com os dedos bailarinos. — Não vejo você há meses!

— Anos, na verdade.

— O Guga vai ficar maluco! *Gugaaa*! — chamou, sem soltar meu rosto. Deus, ela era forte! E gelada! — Guguinha, meu amor! Filhinho!

Esperou mais um pouco. Então falou baixinho:

— Ele deve estar ouvindo música lá em cima, no quarto dele. Ou dormindo.

Dormindo? A essa hora?

— Ele anda saindo muito, sabe — explicou, como se eu tivesse perguntado em voz alta. — Deve estar cansado... Depois ele vai embora para aquela cidade nublada e a gente é que se vire com as garotas ligando sem parar. Uma atrás da outra. Ele é danadinho.

— Puxa... — Sorri amarelo. — Danadinho, hein?

— Sobe lá, meu amor. — Ela me largou. — Você sabe o caminho, não sabe?

Saberia de olhos vendados.

☘ ☘ ☘

Na escada para o segundo andar, o cheiro de incenso se dissipara. O cheiro agora era meu velho conhecido. O cheiro das paredes, dos degraus, do carpete... O cheiro da minha infância e adolescência. O cheiro da felicidade.

Meu estômago despencou. Fiquei tonta, mas não me permiti parar.

Vamos lá! Subindo, subindo! Um, dois, três! Quatro, cinco, seis!

Encontrei a porta do quarto dele entreaberta. Cogitei enfiar o cheque pela fresta, como um carteiro, e sumir dali. Antes que perdesse a coragem (ou desmaiasse de nervoso), respirei fundo e bati.

Como se estivesse me esperando ali atrás, Guga abriu a porta no mesmo segundo.

Sem camisa.

Pelo amor de Deus, a noite estava fria!

Cheiro de banho tomado, cabelo meio molhado, o peito bronzeado da partida de futebol emanando calor... Ai, não. Tinha me esquecido desse detalhe. O detalhe do calor.

O calor na noite fria...

— Também senti saudade. — Foi o que ele disse.

— O que significa isto? — Sacudi o cheque na cara dele. *Não, Bia! Você não vai chorar! Não olhe o peito dele! Ignore o calor!* — Eu não quero, eu não *preciso* do seu dinheiro!

— Dá para parar de gritar?

— Seu riquinho de merda!

— Ei, ei. — Puxou o cheque da minha mão. — Sem ofensas.

— Sem ofensas? — Gargalhei ironicamente. — Um acordo unilateral, é isso? *Você* pode me ofender?

— Ser rico não é pecado.

— Depende do caso.

— No meu caso, é a recompensa pelo trabalho bem feito. O trabalho exercido com paixão.

— O trabalho do seu pai, você quer dizer, né?

— Não, Bia — bufou. — É o *meu* trabalho. Meu pai não me banca há anos. Desde que fui para Londres praticamente... Passei meus apertos.

— Pelo menos alguém fez justiça por mim.

— Tudo bem que a Raíssa me mandava dinheiro escondido, já que teve a mesada triplicada depois que anunciou aqui em casa que ia fazer medicina. E a mesada vinha dele, claro. Mas foi por pouco tempo. Comecei a me virar.

Quando Guga foi embora e Raíssa estranhamente passou a gastar menos, ela se justificava dizendo "É meu pai cortando os gastos". Danadinha! Agora eu entendia.

— Que diferença faz? — perguntei, com despeito. — E daí se o dinheiro é seu? Isso não dá a você o direito de me comprar! Eu não estou à venda!

— Ah, Bia... — Ele riu da suposta piada.

E picotou o cheque.

É isso aí. Vou repetir: Guga dividiu o cheque de 21 mil reais em pequenos fragmentos. Bem debaixo do meu nariz.

— Realmente acreditou nisso? — perguntou, fazendo uma chuva de papéis no ar. — Sério?

Fiquei olhando para ele, paralisada de choque ao entender o sentido de tudo e mais ainda quando me lembrei... Maratona de *Friends* terceira temporada: Guga, Raíssa e eu esparramados no chão da sala da mansão cor-de-rosa em meio a tigelas de pipoca e sucos de groselha, morrendo de rir de uma cena parecida com a que agora se desdobrava na minha frente.

Guga percebeu que eu percebi. E se explicou:

— Ninguém consegue ser original a toda hora. Nem eu.

— Eu odeio você.

— Me conte uma novidade.

— Detesto. Abomino.

— Só queria trazer você para mim. — Ele me segurou pelo pulso. — Vem cá. — E me puxou para o quarto, fechando a porta atrás de si.

Desvencilhei-me de sua mão.

— Eu não vou ficar aqui — eu disse e, sem resistir, olhei em volta.

O quarto de Guga! O quarto azul de Guga com o pôster do George Harrison na mesma parede! O vinil do Nirvana! A colcha com estampas dos Simpsons cobrindo a cama imensa... O próprio Guga ali parado...

— Não vou ficar aqui *sozinha* com você. — Lutei, tentando passar por ele, gigante e sem camisa no caminho da porta. — Sai da minha frente, Gustavo!

— Não.

— Eu já vim até aqui. Pronto, você já me viu. Já riu. Já deu seu show.

— Eu quero mais.

— Para! — choraminguei, enquanto nos movimentávamos pelo quarto. Eu, querendo fugir. Ele, conseguindo me impedir. — Me deixa ir embora.

— Não! — disse ele. — Não sem antes você me dizer o que preciso fazer para merecer o seu perdão.

— Nunca!

— É sério. Você está exagerando.

— Ah, é? Mesmo? *Mesmo*?

— Não foi tão grave assim.

Eu parei e o encarei, soltando os braços frouxamente.

— Inacreditável — eu disse. Então me afastei para o fundo do quarto. De costas para ele, cruzei os braços. — Simplesmente inacreditável. — Fiquei olhando o George Harrison por um instante. Então me virei: — Qual é o significado de grave no seu dicionário? Você me abandonou! Nunca me ligou! Sumiu por dez anos! Depois apareceu e me enganou! Se passou por outra pessoa! — eu ri nervosamente. — Ah, Guga... Você vive me decepcionando... Que razão eu tenho para perdoar, para acreditar que você está arrependido...?

— Qual é a razão da razão?

— Hã?

— Nem toda beleza vem com rótulo explicativo. Essa é a graça e seus mistérios.

— Essa é a *graça e seus mistérios*? — Franzi a testa. — Tenha santa paciência.

— É simples assim: eu estou apaixonado e quero ficar com você. E a recíproca é verdadeira.

— Que parte em que eu digo que *"não quero"* você não entendeu? Preciso desenhar?

— Quem não entendeu aqui é você. Mas vai entender.

E dizendo isso, veio andando na minha direção, descarregando toda a força dos seus olhos sobre mim. Estremeci ao ler o pensamento se desenhando em seu rosto.

— Não faz isso, Guga...

— Por que não?

— Porque eu não quero! *Não quero!*

— Bia... Eu vou embora... semana que vem...

Como?

— Como?

— Volto para Londres na semana que vem.

— Mas a sua turnê começa daqui a dois meses! — Pronto, estava dito.

Ele parou. E provocou:

— Já imprimiu a minha agenda?

Toma, Bia! Toma! Você merece!

— Quer dizer... — Dei um pigarro. E transformei a afirmação em pergunta: — Sua turnê começa daqui a dois meses?

Ele sorriu, sacudindo a cabeça.

— Decorou as minhas músicas também? — Quis saber.

— Que... músicas?

— Ai, ai... Tão bonitinha — disse ele. — É sério. Por que você é tão bonitinha? Eu vou explodir de tanta vontade, de tanto te...

— Não! — Eu me desesperei. Recuei um passo, encontrando a parede atrás de mim. — Não diga essa palavra!

— Me dá uma chance? Por favor?

— Vai sonhando.

— Você quer uma razão? — disse ele. — Tá legal. Nós somos perfeitos juntos.

— Ai, ai... Tão banal. É sério. Quando foi que ficou tão banal?

— Mas é a verdade! — disse ele. — Sempre foi assim! Somos perfeitos juntos e você sabe disso! Se quiser conversar, a gente conversa. Se quiser rir, a gente se diverte. Se quiser lembrar o passado, a gente se emociona. Se quiser pensar, chorar, ficar triste, é normal ficar triste, a gente se entende, a gente supera. — Deu um passo à frente e já não havia distância entre nós.

Fiquei totalmente imóvel quando ele se inclinou e espalmou as mãos na parede em que eu me encostava, prendendo-me ali no meio. Eu me encolhi, quis deslizar para baixo, afundar. Mas não deu tempo. Ele enterrou o rosto no meu pescoço, procurou a minha orelha...

— Se quiser amor, a gente faz.

— Anda ouvindo John Mayer? — Fechei os olhos.

— Me faz lembrar você.

Sua boca encontrou a minha e o mundo desmoronou ao meu redor.

Guga, Guga, Guga! Tudo que eu podia querer era ele. Tão errado e tão certo.

A urgência de nossos corpos era doentia, chegava a machucar.

Ele me abraçava, me apertava, me sacudia, me beijava, me lambia. Com os braços à sua volta, eu correspondia, entregando-me ao amor desesperado que sentia por ele, desejando ardentemente que ele me tocasse mais. Enquanto me beijava, ele me guiou para a cama. Meu corpo tombou junto ao dele. Senti seus dedos nos botões da minha blusa. Até que...

— *Guga?*

— Hã? — Sua voz era rouca contra a minha boca.

— Eu não chamei... — respondi, rouca também.

— *Guuugaaa*!

— É a Raíssa! — Ele se afastou de supetão.

Nós nos encaramos por três segundos.

Depois começou a correria. Ele saltou da cama. Eu me sentei.

— Tranque a porta! — lembrei, fechando os botões rapidamente.

Foi a conta. De repente Raíssa estava batendo na porta e ao mesmo tempo girando a maçaneta do lado de fora.

— *Abre essa porta, Guga! Por favor! É muito urgente!*

— E agora? — Ele olhou para mim. Depois para suas "partes baixas". De novo para mim.

Ah, meu Deus! Ah, meu Deus!

— A culpa é sua! — acusei aos sussurros. *Se vire com ele. Quem mandou ser tão grandão?*

Guga ficou pulando no lugar, esperando que seu corpo se acalmasse dentro da calça de nylon. Nada aconteceu. Respirou fundo. Fechou as mãos atrás da nuca. Olhou para o teto. Novamente para baixo.

— Vamos, amigão! — disse ele. — Me ajuda aí.

Enquanto isso, Raíssa esmurrava a porta.

— *Cancelei a decoração da festa!* — gritou. — *Não aguentei!*

Raíssa estava chorando. E Raíssa nunca chorava.

— Vou abrir a porta, dane-se — disse Guga, agoniado com o choro da irmã. — Ela precisa de mim.

— Precisa de você? Por quê? Porque cancelou a decoração da festa? — Arregalei os olhos sem acreditar. — Você conhece a Raíssa...

— Dessa vez o buraco é mais embaixo, Bia. Pode acreditar.

— Por que se trancou aí dentro, Guga? Está falando com alguém?

— E o que *eu* vou fazer? — sussurrei, apavorada. — Ela vai me ver aqui...

— Por mim, não precisa se esconder.

Mas eu o ignorei. Andei desnorteada pelo quarto, procurando...

— A varanda! — Corri.

Só ouvi quando Raíssa entrou no quarto.

— O que aconteceu? — perguntou Guga.

— Eu pedi que ele escolhesse — disse Raíssa. — Pedi que escolhesse entre mim e ela.

— Meu Deus, Raíssa, por que você fez isso?

— A pergunta é por que *ele* fez isso comigo?

— Ele sempre foi assim. A gente sempre soube...

— Mas com *ela*? Ela era minha amiga, caramba! Além disso... — Parou, diminuindo o tom de voz: — Seu rosto está vermelho, Guga...

— É que... Eu estava fazendo uns exercícios. Levantando uns pesos.

— E onde estão os pesos?

— Guardei — disse ele. — Guardei os pesos.

Fez-se silêncio por meio minuto. Raíssa recomeçou.

— Acabei perdendo o controle e falei para ele que...

— Falou o quê? O que você falou?

— Que ele não era bem-vindo no meu casamento.

— Ah, não...

— Só que não foi assim, com essas palavras. Foi mais... agressivo.

— Posso imaginar... — suspirou. — Quantas vezes nós dois conversamos? Pensei que tivesse valido alguma coisa.

— E valeu. Na hora. Eu sou forte quando você está comigo.

— E o Olavo?

— Ficou me esperando no carro. Depois me trouxe até aqui e foi pra casa. Ainda não contei...

— É melhor voltar atrás. É o seu casamento, Rá.

— De jeito nenhum! — disse ela. — Já decidi. Vou entrar com você, Guga. *Você* vai me levar ao altar.

— Calma aí... Você disse isso a ele? Que vai entrar comigo?

— Disse.

— E ele aceitou numa boa?

— Aceitou.

— Raíssa... O papai disse que preferia ficar com *ela*?

— Ahã.

— Onde ele está? — A voz furiosa era incomum. — Onde o papai está?

— Na clínica, onde mais estaria?

— Tô indo até lá.

Os dois se calaram.

Espiei pelo vidro da porta, por entre as cortinas.

Guga movia-se rapidamente. Calçou os tênis, vestiu uma blusa, um casaco. Então apontou na direção da varanda onde eu estava:

— Me espere aqui! — disse ele. — Não terminei com você!

— Está falando com quem?

— Com a Bia. — Beijou a testa da irmã. — Ela está na varanda.

E sumiu do quarto.

Vinte e cinco

— Bia?

Eu me escondi, tirando o rosto de trás do vidro. Com um ofegar silencioso, encostei-me na parede externa da varanda, agarrando-me a ela como uma trepadeira a um muro. Fechei os olhos por um momento, sentindo a textura de chapisco me espetar as costas.

Eu não tinha a menor esperança de escapar dali, mas rezei mesmo assim, bem baixinho. Mas não cheguei nem ao "graça" do "Ave Maria, cheia de graça".

— Bia... Eu já vi você.

Ai, meu Deus. Ai, meu Deus.

Meu coração batia descompassado. *Ai, meu Deus.*

Esperei mais cinco segundos. E depois, convencida de que não havia outra saída (a menos que Guga fosse o Flash e aparecesse lá embaixo naquele exato instante, para que eu pudesse me atirar em cima dele e esmagá-lo na grama, com toda a força dos meus quilos extras acelerados pela queda. Ele bem que merecia!), deslizei para o lado, na direção da porta da varanda, e me virei lentamente.

Por entre as pálpebras empapuçadas do choro recente, Raíssa me olhou como se visse um fantasma.

Preguei no rosto um sorrisinho idiota.

— Oi. — Ergui o braço num movimento mecânico, como nas vezes em que respondia "Presente!" na chamada de aula da tia Toninha, mas, na verdade, querendo responder "Presunto!" ou "Presidente!", mas sem coragem. — Tudo... bem?

Não. É claro que não estava tudo bem.

Seu rosto magro estava abatido, com olheiras profundas intensificadas pelas manchas de rímel derretido. Fios do cabelo sedoso e brilhante grudavam-se à pele umedecida, na altura do queixo e do pescoço. A ponta vermelha do nariz arrebitado, os lábios inchados... Inacreditável a rapidez com que Raíssa havia definhado desde o dia em que eu a vira de longe, na escada rolante do shopping.

Raíssa estava mal. Muito mal. Tão mal que meu peito latejou e precisei desviar os olhos por um momento para não desabar ali mesmo.

Não era como eu tinha imaginado nosso reencontro, cheio de nostalgia. Imaginava reencontrar Raíssa esfuziante às vésperas do casamento, com o mesmo sorriso da foto da coluna social. Ou já casada com o marido dos sonhos, cercada pelos filhos dos sonhos... Eu teria me inclinado e feito um cafuné nas crianças, perguntado o nome de cada uma delas. Elas ficariam sem graça, encolhidas, vermelhinhas, um espelho das duas adultas ao lado delas.

Isso era o certo. *Isso* era o justo.

Tive vontade de atirar uma pedra na cabeça de quem havia roubado a felicidade do rosto dela. E, pelo visto, eu conhecia as cabeças criminosas.

— O que você está fazendo aqui? — ela perguntou, em tom de surpresa, não de acusação. — Quer dizer... aí? Na varanda? Na varanda do quarto do meu irmão?

Enquanto Raíssa falava, voltei a observar suas feições. Senti um peso no peito. Mas, desta vez, continuei olhando, como quem insiste em cutucar um machucado dolorido.

Mesmo abatido, seu rosto era lindo. E não era só isso...

Incrível, pensei. *Como não tinha reparado antes?*

O rosto novo de Guga... sua fisionomia transformada... se assemelhava ao rosto antigo de Raíssa, o rosto *de sempre*. E a semelhança era muita. Tirando a cor da pele; a de Guga, bem mais clara.

— Bia?

Pigarreei para recuperar a voz:

— Eu... Ele... Eu e ele. A gente estava conversando.

— Enquanto ele levantava pesos?

— Pois é. — Eu ri, nervosa. — Fiquei sabendo que ele estava na cidade. Vim fazer uma visita. Subi sem avisar.

Ela continuava me olhando, a expressão indecifrável, uma ruga na testa. Espanto? Desconfiança? Raiva? Decepção?

— Ele ficou famoso, né? — prossegui com a explicação. — Quer dizer, lá na Inglaterra e tal... Vim dar os parabéns.

— Ah... — Raíssa piscou várias vezes. — Legal. — Com as costas da mão, limpou as lágrimas que escorreram. — Legal da sua parte.

— É — eu disse. — Fiquei feliz com a notícia. Mesmo. O Guga merece.

Merece um belo de um soco naquela cara debochada que ele tem!

— E você... — disse ela. — Como está?

— Levando.

— Faz tanto tempo que a gente... — Apontou para mim. Depois para si mesma. — Que a gente... você sabe... Tem o quê? Oito anos?

Sete anos e nove meses, eu poderia dizer. Poderia dizer, inclusive, quantos dias. Só precisava de um tempinho para calcular.

Mas, em vez disso, respondi:

— É. Oito anos, acho.

Lá fora, um carro acelerou. Em seguida, o som de pneus cantando no asfalto.

— Ah, caramba! — Raíssa exclamou, espichando o pescoço para olhar através do vidro da varanda, atrás de mim. — Não era para correr desse jeito!

— Ele corre. Mas dirige bem.

— Como você sabe? — A surpresa se espalhou por seu rosto. — Já andou de carro com ele?

Oi, muito prazer. Meu nome é Bia. Bia, a Burra.

Bia Guimarães, a Burra Mil Vezes Burra.

Burra. Burra. Burra.

— Eu... — comecei. E arrisquei mudar de assunto: — Desculpa. Eu estava na varanda... Não pude deixar de ouvir vocês dois conversando...

Então Raíssa relaxou os ombros e desabou na cama, soltando um suspiro longo e profundo. Eu me aproximei indecisa, parando a certa distância, como se não quisesse correr o risco de ultrapassar um limite seguro.

— Você sempre esteve certa — disse ela, abraçando a almofada do Homer Simpson. — Sobre a Luciana, digo. Ela não presta. Se envolveu com o meu pai, acredita? Ou meu pai se envolveu com ela, sei lá. Os dois estão juntos. "Apaixonados", como ela mesma me disse outro dia lá no shopping, quando descobri.

Fiquei quieta, sem saber o que dizer, enquanto Raíssa, de cabeça baixa, cutucava a costura da almofada.

A estranheza daquilo ia além da saudade, do tempo passado, do tempo perdido, das palavras não ditas, das emoções não partilhadas, dos risos não dados, das confidências não trocadas, dos elos despedaçados. Ali, olhando para ela, a sensação que me engoliu como um tsunami sem alerta era a de nunca ter tido a chance de me despedir de uma amiga que agora voltava de uma longa viagem. De Guga, pelo menos, eu tinha me despedido.

Eu me senti mal por não poder consolá-la, por não poder abraçá-la.

Por que não podia abraçá-la? Por que não podia me sentar ao lado dela e deixar que deitasse sua cabeça nas minhas pernas, se encolhesse como uma bola e ficasse ali, em completo silêncio? Como quando sua avó morreu e viramos a noite acordadas, caladas no escuro, e as noites seguintes do mesmo jeito, esperando a tristeza enfim diminuir até o limite do suportável.

Ou talvez eu só precisasse ouvir seu desabafo sem interromper. Ou distraí-la, falando de amenidades. Ou falando de mim.

Eu tinha tanto, *tanto* para contar! Do que virou a minha vida, a minha vida *sem ela*. A minha vida sem Guga, agora com Guga e, em breve, sem Guga outra vez (talvez nem usasse Thiago, o antigo pseudônimo)... Da traição, da decepção, da humilhação, do exagero. Da irritante certeza de saber que, apesar de tudo, Guga era bom. Mais que isso, ele era bom e me fazia bem. Ele era único... Queria contar dos entraves da mágoa, do orgulho e do medo. Principalmente do medo, do medo de ser feliz (por que eu tinha medo?), que me impedia de arriscar, de esquecer o passado e me atirar nos braços dele. Do meu aborto profissional. Do que sobrou de mim. Do avesso que eu nem mesmo conhecia ou fingia desconhecer. Do vazio que eu não aguentava carregar.

Eu também estava sensível. Também queria um colo que não fosse o do meu pai. Também queria chorar. E minha cabeça doía pelo esforço que eu fazia para não chorar na frente dela.

Por que fui dizer aquelas coisas oito anos atrás? Será que Raíssa tinha ficado tão magoada comigo naquela época a ponto de ficar acabada como agora? Que espécie de exterminadora de afetos eu tinha me tornado? Por que fui dizer que ela era uma patricinha metida e mimada? Eu não achava que era! Ela não era! Por que não corrigia o erro agora? Por que não pedia desculpas, implorava por seu perdão? Se meu coração se apertava mais e mais com a falta insuportável que ela me fazia...

Mas eu estava insegura. Tinha desaprendido a ser amiga.

— Meu pai nunca foi santo — disse ela, de repente. — E nunca escondeu isso da gente. Mas dessa vez... foi longe demais.

— E a sua mãe?

— Ela não está nem aí. — Revirou os olhos. — Desde que ele não peça a separação... Desde que não vire um escândalo... Desde que não saia na coluna social... Por ela, tudo bem.

— Nossa.

— Quer dizer, não sei se vai ficar tudo bem depois que ela descobrir que eu cancelei a decoração da festa do meu casamento faltando cinco dias para "a grande festa jamais vista pela elite desta cidade" — imitou a voz de Lili. — Nem sei por que ela insiste nisso, aliás. Se vou me casar na fazenda, em São João Nepomuceno.

— Era a empresa de decoração da tia da Luciana?

Sem tirar os olhos das estampas da almofada, Raíssa fez que sim com a cabeça.

— Parece bobagem — disse ela. — Mas não quero me lembrar *dela* no dia do meu casamento. Caminhando pelas flores, carregando o buquê, vendo as fotos depois...

— Sabe — comecei a dizer. — Eu conheço muitas vacas. Mas nenhuma como a Luciana.

— Só falta mugir.

— Se eu fosse você, faria questão de tê-la na festa.

— Hã? — Raíssa me olhou hesitante.

— Só para virar uma bandeja de salgadinhos na cabeça dela.

— Coxinha de galinha? — Ergueu uma sobrancelha.

— Pingando gordura.

— Ou canapés de damasco.

— Os preferidos da sua mãe.

Ela mordeu o lábio. E riu timidamente.

Eu a acompanhei, rindo também. Em seguida, desviei os olhos.

O silêncio nos engoliu por um momento.

— Bia, a sua blusa...

Dei um pulo, subitamente desesperada, e estiquei a blusa, procurando o botão esquecido fora da casa.

— É bonita. — Sua voz me fez parar. — A sua blusa é muito bonita.

— Ah. — Ergui os olhos. — Obrigada.

— De nada.

O silêncio outra vez.

— Bem... — Soltei os braços ao lado do corpo, preparando-me para partir. — Foi bom ver você.

— Foi bom ver você também.

Então ela se levantou. E me deu um abraço.

Foi um abraço curto. Com um braço só. Talvez porque sua outra mão estivesse ocupada com a almofada do Homer. Talvez pelo fato de eu ter ficado completamente sem ação com a sua atitude. Ela tinha atitude.

Mas foi um abraço. Um abraço muito bom.

— Eu acompanho você até... — O toque do celular interrompeu o fim da frase. Raíssa puxou o aparelho do bolso, verificou a telinha e disse com orgulho: — É o Olavo. Lembra dele? O mesmo Olavo. *Aquele* garoto... agora é meu noivo.

— Eu sei. Você conseguiu.

— Ele é o queridinho da Nazaré. Superou o Guga, acredita?

— Não brinca! E onde ela está? A Nazaré?

— Na fazenda, segurando a barra para mim.

— Ela sempre segurou.

O celular ainda tocava.

— Vou ter que atender — desculpou-se.

— Tudo bem. Eu sei o caminho.

Saberia de olhos vendados.

Eu estava no corredor quando tive uma ideia. Então voltei.

— Raíssa?

— Um segundo, Olavo. — Deitada na cama de Guga, ela ergueu a cabeça da almofada e esperou.

— Sobre a decoração da sua festa... Passe lá na floricultura. Não tenho rosas colombianas, as verdadeiras... Mas quem sabe? Talvez eu possa ajudar...

Ela pensou por um momento.

— Tudo bem — disse por fim. — Eu sei onde é.

Foi a segunda vez naquela noite que trocamos sorrisos.

Minha intenção era atravessar a sala pé ante pé, sem ser notada.

Mas Lili tinha uma audição de morcego. Sem tirar o rosto do buraco da mesa de massagem, sem saber com quem estava falando, começou a dizer:

— Não vai me arrumar confusão com seu pai logo agora, hein, minha criança?

Então parei e fulminei sua cabeça loira com o olhar.

No fim das contas, éramos todos iguais.

Eu com a minha mãe. Guga e Raíssa com o pai e a mãe deles. Cada um a sua maneira. Cada um com suas feridas. Uns, escancarando conflitos. Outros, fingindo a indiferença que suportavam fingir.

O que havia acontecido com as nossas famílias? Estaríamos também condenados a repetir os mesmos erros? Eram erros, afinal? Se não eram erros, o que eram? Até que ponto nossas vidas tinham sido influenciadas por nossos pais? Até que ponto era só deles a glória do que dava certo ou a culpa do fiasco? Até que ponto eram *eles* os responsáveis pelas pessoas que tínhamos nos tornado, pelo modo como agíamos hoje, pelas sombras que nos perseguiam, por nossas fraquezas, nossas escolhas, nossos fracassos?

— Ouviu, Raíssa? Ah, deixa pra lá!

Senti pena de Lili. Talvez fosse mais infeliz do que todos nós juntos.

É claro que não respondi. Só fugi dali o mais rápido possível. E apesar de tudo (apesar de mim mesma), saí pelo portão da mansão cor-de-rosa um pouco mais leve, um pouco menos triste do que tinha entrado.

Papai ia gostar de saber disso.

Vinte e seis

— Bia do céu! — Papai arregalou os olhos quando me viu entrar na floricultura na manhã seguinte. Por um segundo, ficou sem ação. Depois largou a fita adesiva em cima da pilha de anúncios dos móveis e correu na minha direção. — Não se mexa! Eu ajudo você!

É que eu estava lutando para equilibrar nos braços um imenso embrulho (1,5m de largura por 80cm de altura), sem ferir os cantos. Lutando muito, na verdade. Desde o meu quarto, passando pela cozinha apertada, descendo as escadas.

Quando meu pai tirou o embrulho das minhas mãos e o colocou sobre o balcão, limpei o suor da testa e fiquei olhando enquanto ele investigava a encomenda de vários ângulos. Eu estava cansada demais para dar a resposta antes que a pergunta viesse de fato.

— O que é isso?

É. Nem demorou.

— A tela impressionista da Glorinha do marketing.

— Dá pra ver que é uma tela... — Coçou a careca, agora olhando para mim. — Mas não foi bem isso que perguntei.

— Estou devolvendo — expliquei. — Junto com uma longa carta de desculpas e um cheque no valor de 100 reais. Tá bom, né?

— Bom para que exatamente?

— Para compensar o tempo em que a tela ficou comigo, "iluminando o meu quarto e me trazendo paz interior".

Ele me olhou de esguelha, os cantos da boca levantados.

— Você escreveu isso na carta?

— Eu sou horrível, não sou? — choraminguei, franzindo o rosto em careta. — Mentindo desse jeito?

— Pare de se lamentar.

— Horrível. Ruim demais.

— Eu não conheço a Glorinha pessoalmente, mas acho que ela vai ficar feliz, tenho certeza.

— Feliz? Feliz é pouco! Ela devia dar saltos de alegria! — *E vasculhar a FB Logística até encontrar as provas de que eu preciso para desmascarar a Fernanda Vaca Calcinha de Onça!* — Dez por cento do valor arrematado naquele leilão mais a tela de volta? Melhor negócio impossível! Só espero que ela não deposite o cheque antes da data indicada.

— Você arrematou esse troço *num leilão*?

— É, por quê?

Ele engoliu a risada.

— Não tem a menor graça, pai. Só estava querendo ser boa, querendo ajudar.

— Tudo bem. Eu empresto o dinheiro desse gesto de bondade, se você precisar até lá.

— Obrigada — eu disse. — É provável que eu aceite desta vez.

— Puxa vida! — Jogou as mãos para o alto, dando graças. — Até que enfim!

— Mas só desta vez. — Ergui o indicador. — Um caso emergencial. Torrei todas as minhas últimas moedas na viagem a BH. Ou quase todas.

— Agora vamos. — Ele apertou a minha bochecha. — Quero ouvir sua opinião. Vou colar os anúncios dos seus móveis aqui na floricultura, nas paredes e no vidro da porta, e lá na padaria da esquina, perto da máquina registradora, o que acha? Já conversei com o Chico.

— Boa ideia.

— E também na papelaria do Zé. Se ele deixar.

— Ótimo. Perfeito.

— Quer que eu negocie para você, quando os interessados começarem a aparecer?

— Se você puder, pai, por favor. Venda pelo preço que acha que vale.

Ficamos em silêncio por um momento.

— Hum... Pai? — Mordi o lábio. — Será que... Será que dá para você levar ao correio para mim? A tela da Glorinha, quer dizer. E postar como Sedex?

— Eu? Por que eu?

— Não posso dar mole por aí.

Tenho medo de Guga, quis acrescentar. Até aquela hora eu tinha ignorado dez chamadas e treze torpedos. Na noite anterior, depois de estacionar a Kombi na frente da floricultura e subir para a minha casa, eu tinha me colocado na frente da tevê, durante a novela das nove, para comunicar a papai e Joana que a entrada de Guga tanto em nossa casa quanto na floricultura estava proibida. O mesmo valia para qualquer tipo de mimo (entenda-se biscoitinhos e cafezinhos), caso ele voltasse a bater bola com os garotos da rua. Coisa que muito provavelmente *não* voltaria a acontecer, visto que ele não teria outro fim de semana livre em Juiz de Fora. Depois que fosse embora para Londres, na semana seguinte, tudo voltaria ao normal, assim eu esperava, se Deus quisesse e Ele havia de querer.

Sem a voz de Guga, o calor de Guga, a boca de Guga, a calça de nylon volumosa de Guga... Humm.

Enfim. Sem tanta tentação no caminho, seria tudo como dantes no quartel de Abrantes. Eu estava acostumada a sofrer a falta dele.

Mas até lá, não custava prevenir. Antes de Belo Horizonte e da UTI de flores depenada (uma jogada de mestre, reconheço, napoleônica, de tirar o chapéu!), eu estava firme na decisão de ignorá-lo, já que não conseguia perdoá-lo, e assim continuaria sendo, muito bem, obrigada.

— Pro-i-bi-do.

Papai fechou a cara ao comunicado, tentou ponderar, fazendo com que eu lançasse mão de um argumento irrefutável: era Guga ou eu. Simples assim. Como Raíssa havia feito, colocando seu pai contra a parede.

Então, mostrando todo o seu respeito e consideração por minha pessoa (sua única filha; fiz questão de lembrar duas vezes), ele acabou concordando e me ajudou a limpar meu quarto, recolheu as flores moribundas e jogou-as no lixo (só não tive coragem de me desfazer do ursinho, tão bonitinho!). Papai não se parecia em nada com dr. Alberto Vitorazzi. Graças a Deus.

— Tá certo. Tá certo — ele bufou, revirando os olhos. E completou com a voz arrastada: — Eu levo o embrulho ao correio para você.

Quando vi, eu tinha pulado em cima dele, passado os braços à sua volta.

— Opa, opa! — ficou sem graça. — Estou velhinho. Sinto dores na coluna.

— Já disse que amo você? — Afundei a cabeça em seu peito. Sua mão afagou meu cabelo.

— Já. Hoje duas vezes. Com as cinco de ontem, são sete. O que está acontecendo?

— Eu amo você, só isso.

— Agora oito.

— Eu amo você.

— Nove.

Eu poderia repetir mil vezes. Cada revelação gratuita de amor equivalia a uma esfregada de borracha nos últimos acontecimentos. Fazia o dia de ontem esmaecer um pouquinho. Espaçava os intervalos do desespero que, quando batia, me sufocava numa angústia profunda. Eu não via saída e me entregava a uma seção copiosa de choro.

Eu não tinha um emprego, não tinha perspectiva alguma de ter. Não tinha dinheiro, apesar de muitas dívidas. Não tinha um namorado. Não tinha uma amiga.

Mas tinha um pai de verdade. E era bom reconhecer isso, o melhor antidepressivo do mundo.

Levantei a cabeça para olhá-lo.

— Você pensou? — perguntei.

— Sobre?

— Sobre o que conversamos ontem, pai? Sobre a decoração de eventos? Sobre... o casamento da Raíssa?

— Ah, filha... — Seu rosto se contraiu, como se me recusar qualquer coisa depois de tanto afeto declarado fosse uma tortura a ferro quente. — Nós não temos condições, sinto muito.

E dizendo isso, afastou-se do abraço. Foi para trás do balcão e ficou lá, andando de um lado para o outro, mexendo nos objetos e recolocando-os no mesmo lugar, fazendo gestos sem sentido.

— Mas a Joana acha que dá — lembrei a ele. — Ela falou que faz os arranjos, o buquê. Ela tem muitas ideias, pai, muitos modelos... Dá até para a Raíssa escolher.

— A Raíssa é sofisticada. — Ele nem olhou para mim.

— A Raíssa não é sofisticada quando *não pode ser.* Ela tem bom senso.

— O casamento é daqui a quatro dias.

— É claro que teríamos de trabalhar duro, virar as noites talvez.

— É uma festa enorme. Em outra cidade.

— Eu ajudo, pai. E não é porque devo isso a ela, a você ou a mim mesma. É simplesmente porque eu quero.

— Não tenho como conseguir tanta flor.

— E se eu trouxer um reforço?

— Como assim um reforço? Você não conhece ninguém.

— É claro que eu conheço! — Bati o pé. — O tio Tião, lembra? Que se mudou para Dona Euzébia? *O seu tio Tião* que virou floricultor?

Sua expressão, que não era boa, fez questão de piorar. Papai estava bravo.

— Vamos, pai... — incentivei. — Vocês dois eram tão amigos. Você não pode estar chateado até hoje só porque um dia, lá no passado, num passado muito distante aliás, ele desistiu de uma sociedade com você.

— Olha só quem fala.

— É diferente — eu disse. — A minha chateação com passados distantes, quer dizer. E tem mais... A bruxa maligna responsável pela decisão do tio já subiu para o purgatório em sua vassoura mágica.

Vislumbrei o esboço de um sorriso no rosto dele... que se apagou logo em seguida.

— Tá — disse ele. — Não vou dizer que o tio Tião foi desonesto. Mas legal comigo também não foi. Pulou fora do negócio na hora errada. Mas não é só isso...

— O que é, então?

— Eu não tenho o telefone dele. O novo.

E foi exatamente aí que eu disse... bem, o que tinha obrigação de dizer naquele momento.

— Mas eu tenho o cartão do Jair.

Pronto. Não é que uns amassos mal dados no primo se tornaram bastante proveitosos? Tirando o detalhe das calças baixadas. E do local onde tudo aconteceu. Disso, jamais me orgulharei, que fique aqui bem entendido.

— Guardei o cartão no porta-luvas da Kombi — completei. — Felizmente.

Ele ficou muito quieto.

— É a nossa chance, pai — insisti. — A floricultura não está em condições de recusar trabalho.

— Mas decoração de eventos não é a nossa especialidade.

— Mas pode vir a ser. Podemos fazer disso uma atividade paralela.

— Não são só as flores, sabe? — disse ele, dando sinais de impaciência. — Você já foi a um casamento e sabe. Tem toda uma estrutura. A iluminação, por exemplo. E outras coisas que eu nem conheço.

— A gente dá um jeito. A gente aluga, terceiriza. O importante é ser criativo.

— Ah, não sei, Bia... — Sacudiu a cabeça.

— Então é isso? — Cruzei os braços. — Essa é a sua resposta final? Você não quer nem tentar? Nem considerar?

Ele deu de ombros.

— Tudo bem, pai. — Ergui as mãos. — Talvez a Raíssa nem apareça aqui, de qualquer maneira.

— Vamos torcer para que ela não apareça.

— Fale por você.

☘ ☘ ☘

Subi para o meu quarto, contrariada, e bati a porta. Por que papai tinha de ser tão cabeça-dura? Se ele próprio havia dito uns dias atrás que ia considerar minha ideia para salvar a floricultura, fosse ela qual fosse? Qual era o problema dele? Medo, por acaso? Eu podia jurar que ele fosse bem mais adiantado nesse quesito do que eu!

E o que eu ia dizer a Raíssa? "Sinto muito, querida ex-melhor amiga, mas o meu pai não quer?" Ela pensaria que se tratava de uma brincadeira de mau gosto, vingança ou coisa assim. E quem ia poder culpá-la?

Argh! Vamos torcer para que ela não apareça! Agora eu também torcia por isso.

Chutei os chinelos para longe e me empoleirei na cama desarrumada. Cruzei as pernas, encostando os pés na caixa de sapato que eu tinha pegado de dentro do armário na noite anterior. A mesma caixa onde envelheciam minhas recordações: objetos bobos, mas cheios de significado. A caixa que eu tinha resgatado das teias de aranha e revirado avidamente, depois de anos sem ter coragem de sequer olhar para ela. Por que o interesse repentino? Seria ânsia de me autodestruir? Nem Freud explicaria.

Passei os dedos pela tampa de papelão, decidida a ignorá-la dessa vez e, ao mesmo tempo, atraída por uma força maior, como um alcoólatra diante da garrafa, depois de ter tomado o primeiro gole. Com um longo suspiro, tirei a tampa e comecei a revirar tudo outra vez, amaldiçoando a mim mesma (sua fraca!) e chorando de novo.

Fotos, negativos, cartões de aniversário, bilhetes trocados em sala de aula, papéis de bombom, um minidiário, uma agenda desbotada cheia de clipes coloridos (num deles, um recorte da *Capricho*: Leonardo DiCaprio e Kate Winslet), convites para um show da Moscas da Sopa.

Eu me lembrava desse show. No palco do conservatório, Guga e eu cantando *She Loves You*, dividindo o microfone como George e Paul. Duas bocas tão próximas, o hálito de bala soft, seu braço na guitarra esbarrando no meu de vez em quando, fazendo-me perder o compasso, engasgar a letra, desafinar. Papai, Raíssa e Nazaré aplaudindo sem parar.

Nazaré, como sempre, não Lili.

Deus... Como nunca fiz nada a esse respeito? Claro que eu percebia que a mãe dela era tão ausente quanto a minha. Que era sempre Nazaré, a babá perfeita, que acompanhava todos os passos dos irmãos Vitorazzi, que cuidava deles, que cobrava notas boas na escola, que se orgulhava quando alguma coisa importante acontecia. Mas como eu não tinha *percebido de verdade*, dado o devido valor, feito alguma coisa para ajudar Raíssa a viver com uma mãe tão relapsa? Eu devia ter ajudado a minha amiga! Ter sido clara nas minhas intenções! Ela devia sofrer com isso tanto quanto eu.

Raíssa e eu conversávamos sobre tantas coisas! E sobre *isso*, especificamente, nunca havíamos falado abertamente. Ela não sabia do amante da minha mãe, porque eu nunca havia contado. E eu fingia não reparar na ausência da mãe dela. Mas não era um fingimento consciente. Pelo contrário. Era natural, imperceptível, sem cobranças. Um pacto silencioso sobre as questões que tínhamos feito questão de enterrar, porque, só de pensar em trazê-las à tona, o coração doía demais. Talvez, se tivéssemos amadurecido juntas, em algum momento teríamos desenterrado tudo isso e surpreendido uma à outra por sermos tão semelhantes até no fato de termos de aprender a lidar com a indiferença de nossas mães. Parte da complicação de ser adulta.

Passei a tarde inteira na cama. Só me levantei para almoçar, ir ao banheiro e enviar um e-mail a Cabral, informando o rastreador da encomenda, depois que papai apareceu no quarto com o número da postagem na mão. Avisei a Cabral do cheque. Desse modo, Glorinha não teria motivo para adiar a busca pelas provas da minha inocência.

O tempo girou em círculo. Fiquei ali. Ora ignorando as chamadas de Guga. Ora repassando na mente meu reencontro com Raíssa (era impressão minha ou ela realmente tinha sorrido duas vezes?). Ora fechando e abrindo a caixa de sapato, até enfim devolvê-la ao lugar de onde saíra.

Quando dei por mim, o quarto tinha ficado escuro e precisei acender a luz. Calcei as meias, vesti um casaco. Nesta hora, um relâmpago clareou o quarto e eu gemi, cobrindo os ouvidos para não ouvir o trovão que se seguiu. Espiei pela janela. Nuvens negras se espalhavam pelo céu.

Ah, São Pedro! Era só o que me faltava! Liguei o iPod no último volume a fim de abafar os trovões intermitentes. Eu estava navegando na internet quando papai me cutucou. Pulei da cadeira.

Por sua expressão apreensiva, soube da notícia sem que ele precisasse anunciá-la.

— Ela veio sozinha? — perguntei.

— Com o Olavo.

— Só com ele?

— Acho que sim.

— Onde ela está? — Calcei os tênis.

— Na floricultura com Joana. Já fiz as apresentações.

— O jeito é encarar a situação! — Eu me levantei.

— Bia... — suspirou. — Vamos ouvir o que ela quer. Dependendo... Bem, dependendo, pode ser que dê. Nas condições já discutidas. Trabalho dobrado. Reforço de fornecedores. Aluguel de equipamentos. E a tal da criatividade. Mas isso eu deixo com vocês.

— Ah, pai! A Joana vai adorar. — Puxei seu rosto para um beijo. — Principalmente a tal da criatividade.

— Ela também me deu força. Vocês duas... — Sacudiu a cabeça. — Sabe, até que podem ter razão.

— Já disse que amo você? Agora de tarde?

— Desce logo, garota. — Bagunçou meu cabelo. — Sua amiga está esperando.

— Você não vem?

— Vá na frente — respondeu. — Vou descer com umas cadeiras. Esse trem vai demorar.

Fechei o laptop, peguei o celular e desci.

☘ ☘ ☘

Quando entrei na floricultura, os três conversavam animados. Calaram-se na hora que me viram ali.

O silêncio perdurou por cinco segundos enquanto a chuva caía lá fora.

— Oi, Bia. — Raíssa se adiantou e me deu um abraço. Com os dois braços. Dessa vez, retribuí educadamente. Em seguida, apontou para o lado. — Meu noivo.

— Claro. — Apertei a mão dele. — Tudo bem, Olavo?

— Você não mudou nada, hein? — Ele riu. — Seus olhos continuam azuis.

Olavo Bonsanto, sempre bonito, mais encorpado do que eu me lembrava, mais magro que na foto do jornal. Alto, traços fortes no rosto moreno, olhos pequenos incrustados sob duas sobrancelhas grossas e pretas. Usava roupas de marca, o cabelo meticulosamente despenteado com gel.

— Como estão as coisas, Raíssa? — Observei o rosto dela. Estava mais corado, mais bem cuidado. Mais Raíssa. — Na sua família?

É. Eu realmente fiz a pergunta completa.

— Guga conversou com ele — disse ela. — Mas, claro, não adiantou nada. O dr. Alberto Vitorazzi não é de retirar o que disse. Já fez a escolha dele, enfim... Resolvi que não vou mais brigar ou chorar. — Olhou rapidamente para Olavo. — É o meu casamento, afinal de contas, o dia mais importante da minha vida, e não vou deixar que ninguém atrapalhe a minha felicidade. O Guga vai entrar comigo, vai me levar até o altar, pronto, acabou.

Nesse momento, papai apareceu com as cadeiras, salvando-me do constrangimento de não saber o que dizer. Eu não esperava que Raíssa respondesse de forma tão *completa*. Ah, tudo bem. Eu esperava, sim.

— Fiquem à vontade — disse ele. — Sentem-se, por favor. Aceitam um café? Uma água?

— Não, obrigado — recusou Olavo. — Estamos bem.

Nós nos acomodamos num semicírculo.

Papai pendurou a plaquinha FECHADO na porta de vidro e passou a tranca. Sentou-se conosco.

— A noiva já me adiantou alguns detalhes — disse Joana, sorrindo para Raíssa. — Conte para eles, querida!

— Bem — começou Raíssa. — Basicamente, precisamos de flores no altar, no caminho que leva até ele... Podemos espalhar pétalas no chão, em tons suaves, delicados... e nas mesas, inclusive na mesa do bolo. As rosas vermelhas para o buquê estão vindo da Colômbia. Devem estar aqui amanhã de manhã. Os outros itens da decoração vão vir lá da fazenda mesmo. O casamento vai ser no fim da tarde e minha ideia é dar um tom bem rústico, sabe. Nada de muito frufru. Lembra do lago, Bia?

Fiz que sim com a cabeça.

— Então — disse ela. — Construímos um deck suspenso no meio dele, sobre a água. O altar vai ser montado lá, sob um dossel de tecido esvoaçante. Os convidados ficarão em terra firme, na margem do lago, sob uma tenda com plataforma de madeira. Ah! Tinha me esquecido da folhagem do portal verde-musgo com pisca-piscas enrolados nele. Vamos precisar disso também... Guga e eu vamos entrar à primeira nota do violino, caminhar por entre os convidados, atravessar o portal e a passarela que leva ao deck, onde já estarão todos os diretamente envolvidos na cerimônia, inclusive os padrinhos, que terão feito o mesmo caminho, antes de nós dois, obviamente. Quando Guga me entregar ao Olavo — apertou a mão do noivo —, o chafariz atrás do altar vai ser acionado. Instalamos canhões de luzes cor-de-rosa que refletem na água em movimento. Olavo e eu trocaremos os votos ao pôr do sol, aproveitando o romantismo do crepúsculo.

Aiiinnn! Que lindo! Que *lindo*!

Quando percebi, tinha escorregado na cadeira de tão maravilhada que fiquei. Aprumei o corpo e observei Joana, que estava hipnotizada, olhando para Raíssa com o rosto apoiado na mão.

Papai e Olavo, por sua vez, balançavam as pernas com impaciência.

— A festa vai ser no salão de vidro, perto da piscina — continuou Raíssa. — Onde foi o meu aniversário de 15 anos, lembra, Bia?

Como poderia esquecer?

— Eu já havia alugado as mesas e cadeiras — disse ela. — Porque a empresa da tia daquela idiota não trabalha com móveis rústicos de madeira. Vamos precisar de uma boa iluminação, principalmente para a festa. Mas o Olavo tem um amigo da época da faculdade que entende dessas coisas e se ofereceu para ajudar.

— Acho que temos um ponto de partida, então — disse papai, resumindo a questão. — Um bom ponto, aliás.

— É como falei para a Joana — disse Raíssa. — São apenas sugestões baseadas no antigo projeto. Estamos abertos a qualquer ideia, não é, Olavo? Vocês já estão nos dando essa força... — Olhou para mim. — Quebrando o maior galho, na verdade. Não queremos atrapalhar. Estamos dispostos a pagar o preço de acordo com a emergência da situação.

Eu tinha aberto a minha boca para dizer que ela não atrapalhava. Que, muito pelo contrário, era um prazer enorme tê-la ali conosco, descrevendo um casamento tão lindo, e que, podíamos, inclusive, conceder um bom desconto depois do inenarrável afago que dera aos nossos corações sonhadores. Mas foi nesse instante que ouvimos um barulho. Cinco cabeças se voltaram em direção à porta da floricultura.

Do outro lado do vidro, atrás dos anúncios da venda dos móveis, *na chuva*, Guga acenava para nós, fazendo sinal para que alguém destrancasse a porta.

— Ah, o Guga. — A voz de Raíssa desviou minha atenção. — Ele insistiu em ajudar, sabe. Agora... desde quando se interessa por decoração de casamentos, eu não sei.

Papai e eu nos entreolhamos. Ele aguardava meu veredicto. Engoli em seco sem saber o que fazer. Eu *não tinha* o que fazer.

— Algum problema? — perguntou Raíssa. — Bia?

— Gente! — exclamou Joana, correndo. — Ele está na chuva!

Joana abriu a porta e Guga entrou, sacudindo o cabelo molhado.

— Boa noite, pessoal. — Movimentou o braço, num cumprimento geral. — Desculpe o atraso. Oi, Bia. — Lançou-me um sorriso. *Aquele* sorriso, debochado e sem-vergonha. — Que bom ver você de novo.

Retribuí cruzando os braços, olhando fixamente para a cara maravilhosa dele, a fim de que ele percebesse minha fúria declarada. Pensei em botar a boca no trombone, pensei em expulsá-lo dali sem mais rodeios. Mas era tarde demais.

Primeiro porque ele já havia se sentado no chão, de frente para mim, e sustentava meu olhar, o que, se já me dificultava respirar, quanto mais tomar uma atitude. Segundo porque fui interrompida pelo toque do celular, no bolso do meu casaco. Quer dizer, fui interrompida por Olavo me cutucando para avisar do celular, quando eu já não era capaz de ouvir nem ver mais nada a não ser Guga, molhado de chuva, lambendo os lábios numa provocação torturante.

— Com licença — aproveitei para me levantar e tomar um ar perto da UTI. Mas podia sentir um par de olhos nas minhas costas. Atendi à ligação com a voz sufocada: — Oi, Cabral.

— A Glorinha conseguiu!

— Conseguiu?

— As provas utilizadas contra você! Não sei como, mas ela conseguiu.

— Ai, meu Deus! — quase gritei. Espiei por sobre o ombro. Todos agora tinham ficado muito quietos para me observar. Virei o rosto outra vez. — Fala logo!

— O Paulo Mendonça confirmou toda a história. O depoimento dele está aqui comigo.

— *Desgraçado*! — gritei de verdade, mesmo sabendo que os cinco ouvintes prestavam atenção.

— A foto está aqui também?

— Foto? Que foto?

— Você e ele. Mais você, na verdade.

— É uma montagem! — eu disse. — Dá para me encaminhar tudo isso por e-mail?

— Dá, sim. Mas... — Ele parou. — ...preciso te avisar que eu vi.

— Viu o quê?

— Abri o anexo do e-mail e vi a foto.

— E daí?

— Você sabe, é a foto da sua bunda.

— Da minha... *bunda*?

Vinte e sete

A FOTO NÃO ERA UMA MONTAGEM.

Só que, claro, também não era a foto da minha bunda.

Tudo bem. Havia uma bunda ali, virada para a câmera, curvada sobre meu ex-estagiário, Paulo Mendonça, cujo rosto era o único identificável naquela mistura nojenta de braços e pernas. Uma bunda feminina, redonda e branca, que ocupou 80% da tela do laptop quando ampliei o zoom para analisar melhor.

Mas que a bunda não era minha, eu podia garantir!

Para início de conversa, sempre conheci muito bem minha própria bunda, apesar de não ficar olhando para ela toda hora simplesmente porque não dá, é um movimento difícil, quase atlético, exige flexibilidade e contorção, dói demais a coluna, mesmo com o auxílio de espelhos. Quem faz isso todo dia? Não dá, não dá, não dá.

Mas não era só isso. Quando me atentei para os detalhes da imagem, lá estava ela: a calcinha de onça que, muito timidamente, cobria as intimidades recônditas da bunda em questão. A bunda de Fernanda Araújo.

Cabral dizia no e-mail que, dois dias após eu ter sido demitida, Fernanda foi promovida ao cargo que deveria ser meu. Paulo

Mendonça, por sua vez, ocupou a vaga de Fernanda. Eu não precisava ser Sherlock Holmes para entender toda a armação.

Naquela noite chuvosa de maio, sentada sozinha no meu quarto com os cotovelos apoiados na escrivaninha e a cabeça afundada entre as mãos, enquanto, no andar de baixo, papai, Joana, Raíssa, Olavo e Guga (o que ele estava fazendo lá?) tomavam importantes decisões a respeito das flores do casamento dos sonhos, eu olhava para a tela do laptop, para *a bunda de Fernanda,* sem conseguir acreditar que eu estivera certa o tempo todo, mas nunca havia verdadeiramente confiado em mim mesma. Eu me subestimava demais para dar crédito à minha humilde intuição.

— Vaca! — Eu me esforcei para não chorar na frente da bunda. Ou melhor, para não chorar *muito.*

Havia lido e relido o PDF com o depoimento do meu ex-estagiário, *"a seguir denominado vítima"*. A vítima me acusava de ter lhe oferecido um contrato de emprego em troca de sexo selvagem.

Sexo selvagem! É mole? Bem, talvez explicasse as estampas de onça.

Ah, tanto faz! O negócio é que, à exceção da bunda que não era minha, a foto era verídica. Havia sido tirada em meu antigo quarto (no apartamento que eu dividia com a Vaca), na época em que eu ainda morava lá, na época em que a ideia de me mudar para um conjugado em Copacabana era apenas... uma ideia.

Eu sabia disso porque conseguia identificar meus objetos pessoais no segundo plano da foto, atrás do casal. O que me levava a refletir... Será que Fernanda traía seu namorado com Paulo Mendonça, 19 anos, careca e barrigudo? Será que o envolvimento entre os dois ia além da armação profissional? Será que haviam chegado aos finalmente bem ali, na minha cama, nos meus lençóis com cheirinho de jojoba? Numa bela noite de luar em que eu devia estar desesperada no escritório da FB Logística, atolada de trabalho, crente de que meu maior problema naquele exato instante era um trem descarrilado no pátio de carregamento?

Argh! Eu não podia nem pensar!

"Foi quando tive a ideia de desmascará-la", mentia a vítima. "Aceitei a proposta e fomos juntos para o apartamento dela. Enquanto Ana Beatriz se preparava no banheiro ao lado, fiquei sozinho no quarto, posicionei a câmera atrás de uma pilha de livros e programei a ativação automática e sequencial."

E quando questionado sobre o que aconteceu depois...

"Eu não cheguei aos finalmente. Até poderia, mas desisti no último minuto. E teria desistido mesmo que ela não fosse a minha chefe. Nunca vi bunda mais esquisita, com tanta estria e celulite."

Desgraçado!

Ah, tudo bem. A bunda não era minha mesmo...

A foto e o PDF pertenciam aos arquivos internos da FB Logística, já que a vítima concordou em retirar a queixa de danos morais contra a empresa caso eu fosse enxotada de lá o mais rápido possível. O que acabou acontecendo na manhã em que Danilo Reis, meu superior, levou-me àquela sala fria, junto de duas testemunhas uniformizadas, para me explicar a situação e dizer, com cínica preocupação, que o melhor mesmo era eu aceitar de bom grado o que a empresa tinha a me oferecer.

— A única maneira de você se livrar desse crime — disse Danilo, muito sério.

De início pensei que seria forçada a pedir demissão e pronto, acabou. Mas não. Eles queriam mais. Queriam me demitir por justa causa.

Eu poderia ter negado, ter me defendido, arrumado um advogado, virado a mesa em cima dos três.

Mas estava fraca. Fiquei desconcertada ao ouvir a palavra "crime", mesmo sem saber se era um blefe, mesmo sem saber se era crime, crime mesmo, *crime de cadeia*. Eu não queria pagar para ver. Pensei em papai, na vergonha, no desgaste emocional de levar um processo adiante. Senti-me intimidada, uma ré inocente diante da única saída.

Assinei sem pensar um sem-número de advertências retroativas de conduta e de suspensões, onde não constava "assédio sexual" e sim outra violação qualquer sem maiores danos legais para mim ou para a empresa, mas que também me levavam à justa causa.

Bem feito, pensei diante da foto. *Bem feito. Isso que dá não acreditar em si mesma. Isso que dá ser tão...*

Plim. O barulhinho me tirou do transe. Sem me ater ao remetente, levantei o celular para ler o torpedo, esperando que fosse de Cabral.

Mas não era.

Quem além de mim conhece a sua bunda?

Bem que eu quis, juro que quis atirar o celular no chão e sapatear em cima dele. Mas fui obrigada a mudar de planos no instante em que um relâmpago me pegou desprevenida.

— Ah! Meu Deus! — O trovão veio logo depois.

A luz do quarto piscou três vezes antes de se apagar definitivamente. O mesmo aconteceu com a luz da rua. Era como se a cidade tivesse sido arrancada da tomada. Tudo morreu de repente. Os sons da vida, sugados para o nada. Tudo ficou muito quieto e apreensivo até que um "eeehhh" coletivo se derramou no vazio em ecos distantes. Em seguida, o silêncio outra vez.

Trêmula de pânico, esperei meus olhos se adaptarem à penumbra produzida pela tela do laptop na bateria e, escorando-me nos móveis, cambaleei até a cama. Joguei-me na colcha de crochê. Abracei o travesseiro entre o peito e os joelhos, o coração batendo forte contra a espuma macia, o suor escorrendo nas costas, as lágrimas na fronha.

Dentro de mim, o medo de chuva somava-se ao medo da vida. Fazia tempo que o resultado dessa soma não era tão devastador.

— Bia?

Virei um pouco a cabeça, o suficiente para entrever uma figura indistinta na soleira da porta.

— Sai... daqui!

O vulto respondeu para outra pessoa:

— Avisa ao Válter que não precisa subir. Vou ficar aqui com ela.

— Vai embora! — gemi outra vez. — Some da minha vida!

— Ela está bem. Muito bem, aliás. Depois te ligo, tchau.

A lanterna do celular localizou meu rosto enterrado no travesseiro. O vulto suspirou longamente. Então atravessou o quarto escuro e se ajoelhou no chão, à beira da minha cama. Em resposta, eu me virei para o outro lado. Agarrei-me com mais força ao travesseiro quando a mão dele se emaranhou no meu cabelo e ficou lá, afagando minha cabeça e me acalmando, ao mesmo tempo que provocava arrepios.

— Foi só um blecaute — disse ele, meiguinho, sem afastar a mão. — Um escurinho bobo. Já vai passar.

— Para — resmunguei, com a cara enfiada no travesseiro, toda mole, gostando do carinho e da sensação de alívio que me provocava. E das outras sensações que começavam a descer pela minha coluna até a base das costas. E depois desceram um pouco mais. — Vai embora, por favor, eu estou pedindo.

— Daqui a pouco a luz volta.

— Quero esperar por ela sozinha.

— Deixa eu te fazer companhia...

— Eu não preciso de companhia. Não é a primeira vez que falta luz nos últimos dez anos.

— Por que só comigo essa implicância, hein? — Senti sua respiração se aproximar. Ele apoiou o queixo no meu ombro. Afundei mais o rosto no travesseiro. — Você se ofereceu para ajudar a Raíssa, um gesto muito nobre, reconheço. Mas vocês duas se desentenderam feio da última vez que estiveram juntas. E eu... pobre de mim! Fui para Londres de bem com você. A gente nem brigou, nem discutiu... E olha só a recepção que eu tive!

Chocada com tamanho abuso de poder, eu me virei bruscamente e enfrentei sua cara de pau colorida pela proteção de tela do laptop, sem conseguir acreditar no que tinha acabado de ouvir, e imaginando se era daquele jeito que o rosto dele ficava sob o efeito dos holofotes de um palco. Um show à parte.

— Como é que é?

— Quer dizer, nós brigamos *agora* — corrigiu rapidamente. — Discutimos algumas vezes e tal. Mesmo assim, Bia... Será que dá para esquecer isso, hein? — Seus dedos deslizaram pelo meu rosto enquanto eu tremia de pânico, de raiva e de desejo. Tão injusto! Tão... Ai, meu Deus... Sei lá! *Sei lá*! Puxou-me pelo pescoço e encostou a testa na minha. — Só por hoje... tá? Hoje quero ser só seu amigo, só isso.

Ele se afastou e ficou me olhando, esperando a resposta já escancarada em meu beicinho de menor abandonada. Como eu poderia dizer não? Se pelo menos eu estivesse no breu total e não ali, no aconchego da penumbra, a dois palmos daquele rosto multicolorido... daquele rosto... Ele era lindo demais para o meu próprio bem. Eu ignoraria sua existência mais tarde, amanhã e depois de amanhã. Teria tempo de sobra para isso.

Ele sorriu vitorioso. Descalçou os tênis e deitou-se ao meu lado na cama de solteiro, no espaço que eu tinha liberado na condição irrevogável de que nem mesmo nossas roupas se tocassem em parte alguma. Cruzou as pernas.

Espremidos lado a lado, ficamos em silêncio, observando o teto. Foi ele que falou primeiro, virando o rosto na minha direção:

— Mas amigos se abraçam, né?

Eu não soube o que dizer. Ele não desperdiçou o momento de hesitação e, antes que as palavras pudessem chegar à minha boca, passou o braço pela minha cintura. Já estava me puxando mais para perto quando eu me entreguei ao inevitável e enterrei o rosto em seu peito, sentindo o aroma da sua camisa úmida de chuva, cheirosinha e quentinha. Hum... Tão cheirosinha! Tão quentinha! Mas a vontade que eu tinha era mordê-lo com força até deixar uma marca.

Na impossibilidade de agir com muita violência, dei um soco bem dado no ombro direito dele e avisei:

— Este abraço não muda nada, tá legal? Entre a gente, digo... Apenas amigos, que fique bem claro. — Outro soco.

— Ai, Bia!

— Só para garantir.

— Tá legal. Já entendi. Amigos para sempre.

Ficamos lá deitados, pernas e braços entrelaçados, esperando que o pânico aos poucos cedesse e me deixasse em paz. Não demorou muito e meu coração voltou a bater no ritmo normal. Quando ele segurou minha mão e a apertou junto a seu pescoço, eu estava totalmente relaxada.

— Que ligação foi aquela, Bia? Lá embaixo.

Eu me sentia segura, protegida. Agora, a chuva forte mais parecia uma canção de ninar. Não resisti ao convite e, com o rosto em seu peito, desandei a falar. Contei tudo que ainda não tinha contado na época em que ele era o Cara, concluindo a história inacabada.

Ele ouviu atentamente. Estremeceu quando narrei em detalhes a entrevista na Dodileite Modas. Vibrou quando contei da joelhada que dei no meio das pernas do cretino. Esperou que eu terminasse, não me interrompeu.

— Posso ver a foto?

— O *quê*? — eu me exaltei. — Está me pedindo para te mostrar a bunda de outra mulher? É isso?

— Ué, o que é que tem? A gente hoje é só amigo...

Nem respondi.

— Então? — insistiu depois de um tempo. — Posso ver?

— Não.

— Ah... deixa?

— Sem chance — encrespei. — Esquece isso, tá?

— Como ela está na foto? A Fernanda? Só de calcinha?

— Por que isso interessa a você?

— Com ou sem sutiã? — Sacudiu-me em seus braços. — Hein, Bronquinha?

— Sem — respondi de má vontade. — Ela está sem sutiã na foto. Pronto, Malinha. Feliz agora? Dá para parar de imaginar o que você está imaginando aí, nessa sua cabecinha oca?

— Eu não estou imaginando nada.

— A Fernanda está de costas na foto.

— Hum.

— Não dá para ver o que você queria ver, de todo modo.

— Bem... — começou, em tom solene —, eles chegaram aos finalmente.

— Será?

— A garota estava sem sutiã, Bia! — explicou, como se fosse a conclusão mais óbvia do mundo. — Eu não sei se os peitos dela são bonitos e tudo mais...

— Tudo mais o quê?

— Tudo mais. — Apertou meu braço como quem faz "fom, fom" com uma buzina. — Mas ela é mulher em primeiro lugar. É mais velha, mais experiente. O estagiário de 19 anos, careca e barrigudo, devia estar diante da oitava e da nona maravilhas do mundo.

— Oitava e nona?

— Peito direito, peito esquerdo — explicou. — E a Fernanda vestia uma calcinha de onça, ainda por cima.

— Você acha bonito?

— Depende da bunda — disse ele. — Mas concluindo... A calcinha de onça seria desnecessária se a Fernanda não estivesse a fim. Ela certamente encarnou a tigresa. — Ele imitou um rugido. — E avançou para cima dele.

Ficamos quietos. Depois rimos em voz baixa.

— Faz sentido — admiti. — Será que eles são amantes até hoje?

— Aposto que sim. Foi uma jogada ensaiada, arriscada. Uma armação dessas precisa de confiança, de intimidade.

— Mas ela tem namorado...

— E daí? Já provou que caráter não tem. Sinto muito, Bia. Mas eles chegaram aos finalmente em meio aos seus lençóis com cheirinho de jojoba. Sexo selvagem.

— Eca! — Fiz uma careta de nojo. — Me leva pro banheiro que eu quero vomitar! Ou morrer!

— Você não vai morrer pela galinhagem alheia. — Beijou minha testa. — Nem por nada. Eu não vou deixar.

— Então vou matar aqueles dois.

— Deixa pra lá, Bia. — Afagou minha bochecha. — Não adianta ficar guardando rancor. Só vai fazer mal a você. Eles são uns imbecis. Azar o deles! Bola pra frente.

— Mas eu preciso de um emprego! — choraminguei. — Eu não vou conseguir! Eu fui demitida por assédio sexual!

— É claro que você vai conseguir. Nada disso consta nos seus documentos. É só esse Cabral ficar de bico fechado da próxima vez que uma oportunidade surgir.

— O que está insinuando? — Levantei um pouco a cabeça.

— Ah, Bia — disse ele. — Tá na cara que esse Cabral falou da Dodileite Modas com a Glorinha, que falou com a Fernanda, que telefonou para o gerente de logística fazendo a sua caveira, mal sabendo ela que o filho da mãe veria a sua foto e ficaria ainda mais interessado nas suas qualificações. Porque, claro, ele não é cego. Você é muito bem qualificada. Onde é que eu assino?

— Você é um gênio. — Deitei a cabeça em seu peito de novo. — Um gênio da música. Um gênio da vida.

— Obrigado. Mas meu nome não é George Harrison.

— Como é ser famoso? — Mudei de assunto, desenhando círculos na barriga dele. — Tocar para um monte de gente gritando seu nome?

— É assustador.

— Foi você quem compôs aquelas músicas?

— Ahã.

— Mesmo? Todas elas? Você compõe em português e inglês?

— Sim. Mas no show toco outras músicas também, de outros artistas.

— Eu adorei, sabe. Ouvi várias vezes.

— É claro que você ouviu — disse ele. — Mas voltando ao assunto, esse babaca tem sorte de eu não saber quem ele é.

— Quem? O George Harrison? Mas ele já morreu!

— Não, Bia! — Ele riu. — O gerente de logística da Dodileite Modas! Babaca! Eu queria acabar com a raça dele. Calmamente, sem muita afobação, que faz mais o meu gênero. O gênero de um gênio da vida.

Gostei do comentário e sorri escondidinha. Fiquei pensativa enquanto ele brincava com uma mecha do meu cabelo, enrolando-a no dedo. Foi quando uma ideia se instalou na minha cabeça. Eu me mexi na cama. Debrucei-me sobre o peito dele e descansei o queixo ali no meio. Fiquei observando suas feições sombreadas, seus olhos fechados à meia-luz, os cílios longos e fartos, a cicatriz, a boca de coração...

— Guga?

— Hum?

— Você é meu amigo... Hoje, pelo menos. Quase um irmão mais velho a quem eu poderia pedir um conselho sentimental.

Ele abriu um olho, desconfiado.

— Hum?

— Eu me envolvi com um garoto aí...

Ele abriu o outro olho, as sobrancelhas se encontrando.

— Espera, espera. — Ele se mexeu. — Está falando sério? Um garoto aí?

— É. Um garoto. De 27 anos. O nome dele é... Bem, vamos chamá-lo de G.

— Ah, tá, entendi. — Deu um meio sorriso de alívio. — Hã. Prossiga.

— O G era meu amigo, sabe. Muito amigo. Meu melhor amigo, aliás. Foi com ele meu primeiro beijo.

— Ué... Pensei que tivesse sido com o Bruninho Lobo Mau.

— Ah, não — eu disse. — No Bruninho, foi só um selinho. Estalado. O primeiro beijo de verdade foi com o G. Nós crescemos juntos, fomos felizes juntos.

— Que lindo.

— Pois é. Lindo mesmo. Até ele se mudar para a Rússia.

— Para a *Rússia*?

— É — eu disse. — Ele se mudou para a Rússia quando tinha 17 anos, para correr atrás do grande sonho da vida dele. Desde pequeno o G sonhava em ser... bailarino profissional.

Ele começou a rir sem dar o menor sinal de que fosse parar. Puxou o ursinho de pelúcia do criado-mudo (o ursinho que ele tinha me dado) e cobriu o rosto para abafar as risadas. Homens, tão machões...

— Posso continuar, por favor? — ralhei, sentindo sua barriga sacudir. — Você é muito preconceituoso, sabia?

Ele tirou a cabeça de trás do ursinho.

— Não é preconceito — disse ele. — Não me entenda mal, eu admiro todos os profissionais da arte.

— É o quê, então?

— O jeito que você falou, o contexto, meio inesperado... E o fato de eu ser um péssimo dançarino. A Raíssa me obrigou a fazer umas aulas de valsa para o casamento, mas faltei a quase todas.

— Mas nós estamos falando do G. Não de você.

— Ah, é verdade — disse ele. — Bailarino profissional... Você tem cada ideia. — Ficou batendo o braço do ursinho na minha testa.

— Para com isso — reclamei. — Preste atenção.

— Vamos lá, J. K. Rowling! — Afastou o ursinho. — Continue a sua história.

Limpei a garganta.

— O G acabou virando um bailarino muito famoso — eu disse. — Dançou em diversos teatros, conheceu outros bailarinos mais famosos que ele, ganhou dinheiro e o reconhecimento do povo russo.

— Puxa vida! — zombou. — Ele deve ter ralado pra caramba, hein? Esfolado as sapatilhas.

— Deve mesmo. Mas eu nunca soube, porque, infelizmente, ele nunca mais falou comigo. O G me ignorou durante dez anos. Adeus, Bia! — Levantei a mão para um tchauzinho. — Até que a gente se esbarrou sem querer um dia desses. Eu não o reconheci. E ele, por sua vez, não me disse que era o G. Falei um monte de asneiras, sobre meus sentimentos por ele e tal...

— Sério? Mentiras ou verdades?

— Verdades, infelizmente.

— Que bom! — comemorou. — Quer dizer, que ruim... Para você.

— Nem pode imaginar. Nós saímos algumas vezes depois disso — continuei. — Eu, pensando que ele era outra pessoa. Ele, mantendo a farsa.

— Canalha.

— Mas o negócio é o seguinte, Guga. — Olhei bem para a cara dele. — Você, na condição de meu amigo, quase irmão... Um amigo que gosta de mim, que me defende e quer o meu bem... O que você faria se eu lhe apresentasse o G?

Ele pensou por um momento.

— Eu daria um soco na cara dele — respondeu. — Depois ouviria o que ele tem a dizer.

— Ah — eu disse, levemente surpresa. — Bem, então ele está em vantagem. Porque eu ouvi o que ele tinha a dizer sem quebrar a cara dele.

— Você não sabe.

— Como assim?

— Talvez, o fato de você não ter reconhecido o G tenha feito com que ele se sentisse tão mal, tão vazio e sem sentido, que durante vários dias ele tenha se questionado sobre a decisão de ter ido embora, mesmo que tudo tenha dado certo lá na Rússia, já que o G é um bailarino de sucesso. — Fez uma pausa. Mas não riu. — Talvez, se ele pudesse voltar no tempo, jamais teria deixado você para trás. Teria esperado a sua formatura, para que você pudesse ir embora com ele. Talvez o G trocasse tudo que conquistou lá na Rússia pela chance de nunca ter de passar pelo sofrimento de ser um desconhecido aos olhos da garota em quem ele pensou durante anos, a garota mais especial, mais linda, mais importante da vida dele. Não existe pior soco na cara.

— É — eu disse, um tempo depois, quando consegui abrir a boca. — Talvez eu também tenha levado um soco na cara. Vários socos, um atrás do outro. Difícil estancar o sangramento. Difícil sarar.

— Bia. — Ele aprofundou o olhar. — Eu amo você.

— Hã? — Meu coração acelerou.

— Eu amo você — repetiu. — Como amiga, claro.

— Ah — murmurei, sem fôlego. — Eu também amo você. Como amigo...

— Se o G estivesse aqui, imploraria o seu perdão mais uma vez e diria que acredita em você, na sua capacidade de dar a volta por cima.

— Eu não confiaria tanto nisso. Me conhecendo do jeito que ele conhece...

— Você é muito melhor do que pensa — disse ele. — Promete que vai tentar perdoar o G? Promete que vai se esforçar?

Deitei a cabeça em seu peito outra vez.

— Prometo.

Novamente o silêncio. Foi ele que recomeçou.

— Amigos se beijam? De vez em quando, na boca?

— *Não*! — Estalei um tapa em sua mão. — Amigos *não* se beijam de vez em quando na boca!

Ele estava rindo.

— Vamos mudar de assunto, por favor? — pedi, nervosa demais. — Há quanto tempo estamos aqui deitados?

Estendeu o braço para pegar o celular.

— Há duas horas mais ou menos.

— Nossa! A energia está demorando a voltar... E a chuva já parou. — Apoiei-me nos cotovelos e olhei para a janela. — Ué, que estranho... Nem tinha percebido, mas a luz da rua já voltou. Será porque só a luz do quarto ainda não...

Então parei, desconfiada. Olhei para ele, que virou o rosto imediatamente.

— Guga? — Eu me sentei.

— Oi. — Ele cutucava o pé do ursinho, fingindo-se de desentendido.

— Por acaso... — Minha voz foi ficando mais alta. — *Por acaso* você mexeu no interruptor da luz do quarto quando passou pela porta?

— Quase não deu tempo! — admitiu, erguendo o rosto. — A luz voltou logo depois...

— Não dá para acreditar! Realmente não consigo acreditar!

— Você precisava de mim — ele se defendeu. — E eu de você. Viu como foi bom? A gente precisava de uma conversa decente.

— Levanta! — ordenei. — Sai da minha cama! Ai, meu Deus, a Raíssa!

— Ela deve ter ido embora. Não podia demorar.

— A culpa é toda sua! — Dei uma travesseirada nele.

— É mesmo. — Começou a calçar os tênis. — Mas não se preocupe. A Joana entende muito mais de flores de casamento do que você. Problema resolvido.

— Rápido! — eu disse.

— Eu queria que isso acabasse, sabe. — Puxou o cadarço. — Essa coisa de gato e rato. Mas preciso admitir... me enche de vontade. É uma delícia... já que não posso falar a palavra que começa com “t”.

— Cala a boca!

— Agora que visivelmente não somos mais amigos... — ele se virou para mim —... posso agarrar você?

— Chispa!

Quando se levantou, ele estava morrendo de rir.

— Eu não vou te perdoar nunca. — Pulei da cama. — Nem vou tentar, aliás. — Acendi a luz do quarto e fiquei lá, ao lado da porta. — Vai embora. — Indiquei o caminho. — Anda!

— Tá legal, eu vou — concordou, passando a mão no cabelo. — Mas tenho um plano para capturar a vaca de calcinha de onça. Que pena que você não vai querer ouvir...

Engoli em seco, cruzando os braços.

— Fala — eu disse, secamente.

— Mas ainda acho que você devia deixar pra lá, afinal de contas...

— Fala logo ou desaparece!

— É o seguinte...

Vinte e oito

Eu não posso dizer que o plano era ruim.

Mas boçal e sem um pingo de originalidade, ah, isso era!

Mais simples que aquilo só se eu abaixasse as calças e oferecesse minha bunda a tira-teima. Até Homer Simpson teria tido essa ideia.

— Ah, é? — Já na sala, Guga cruzou os braços. — Então é assim que você me agradece, Bia Guimarães? Pois saiba que, depois da onça morta, todo mundo é caçador. E deixe o Homer fora disso.

— Quem vai ficar de fora aqui é você.

Eu o empurrei com toda força em direção às escadas enquanto ele gritava "Até amanhã, seu Válter" por sobre meus ombros. Gente... Como ele era pesado! Que peito duro! Seria mais fácil empurrar uma estante cheia de livros.

Bati a porta na cara sorridente dele e passei todas as chaves e trincos disponíveis.

Uma chave e um trinco, na verdade. Precisávamos aumentar a segurança daquele lugar.

— Não sei qual é o assunto. — Deitado no sofá, papai zapeava pelos canais de tevê, todos em verde e amarelo. — Mas ele tem razão. Sobre o ditado da onça.

Fui para o quarto cuspindo marimbondo (onde estava a *minha* torcida organizada?), louca para despejar no e-mail o plano de quinze palavras que, minutos depois, retornava à minha caixa de entrada num berro mudo:

"QUEM FOI O GÊNIO QUE DEU ESSA IDEIA?", Cabral comemorou em *caps lock,* numa clara demonstração de que a falta de criatividade interfere negativamente na impressão que as pessoas têm do mundo à sua volta. Enfim... Cartas lançadas. Agora era esperar.

Naquela noite, dormi como um bebê, respirando o cheiro de Guga impregnado em meus lençóis e no ursinho, de que não desgrudei. Parecia contraditório (oh, que grande novidade na Vida Real da Bia!), se há poucas horas eu o havia expulsado da minha casa. Mas eu tinha de admitir que, independentemente dos meios torpes que ele tinha usado para ficar sozinho comigo naquela tempestade medonha, para me fazer ouvir e principalmente para me fazer falar, a gente precisava mesmo de uma conversa decente.

Eu me sentia aliviada. Mais do que isso. Eu me sentia satisfeita. E não apenas porque havia me alimentado muito bem antes de vestir o pijama, devorado os dois pedaços de bolo de chocolate com chá de erva-doce que meu pai (retiro o que eu disse sobre não ter torcida organizada) levara na cama para mim.

Não. Eu me sentia satisfeita por ter conseguido me expressar sem a máscara da raiva que em outras discussões fizera dos meus argumentos meros chiliques adolescentes. Agora, pelo menos, Guga sabia exatamente como eu me sentia. Era um começo. Tanto que, no café da manhã, cheia de disposição, comuniquei aos presentes que havia pensado melhor e que autorizava a entrada de Guga na floricultura (e apenas na floricultura), uma vez que, dada a correria e a quantidade de trabalho que nos aguardava, qualquer ajuda seria bem-vinda.

Papai ergueu os olhos da *Tribuna*.

— Foi só isso que te fez mudar de ideia?

— Ele tem lá sua serventia. — Lambi a colher do iogurte. — Até que é um bom amigo.

— O Gustavo é um amor! — intrometeu-se Joana, curvada sobre o escorredor de louças em cima da pia, secando as mãos no pano de prato. — Aliás, a Raíssa também é. Admiro a criação que os dois tiveram.

Ô! Era de se admirar! Palmas para Nazaré.

— Bom dia para quem fica. — Com a expressão de repente carrancuda, papai deixou a mesa. — Barbacena me espera.

— Não faz essa cara! — Joana afagou o rosto dele. — Você também é um amor. — Ajeitou-lhe a gola do casaco. — E nada de cervejinha com o Inácio hoje! Preciso dessas flores até o fim da tarde.

— Combinado, xerife.

— Mas não precisa correr na estrada.

— Dirigindo a Kombi? Nem se eu quisesse. — Eles se beijaram rapidamente. Desviei os olhos tarde demais. — Bia? — Eu me virei. — Se ficar na dúvida com o pedido das flores, passe o telefone para a Joana que ela explica ao Jair.

— Crisântemos, margaridinhas, gérberas e demais flores do campo — respondi como um robô. — Cores claras.

— Muito bem, filha. — Ele beijou a minha testa. — Já pode ficar sozinha na loja sem passar aperto. Que orgulho!

— Meu plano de carreira! — ironizei.

— Tchau, família — pegou a chave da Kombi e partiu.

Beleza. Eu conseguiria fazer aquilo. Era só tirar o telefone do gancho e discar o número do cartão. Eu estava de bom humor, afinal de contas. Quando a voz surgisse do outro lado da linha, eu diria alegremente: "Oi, Jair, tudo bem? Preciso de um favorzinho seu".

Não, não, não. "Favorzinho" não era bem a palavra. Tio Tião era dono de terras em Dona Euzébia, era floricultor, e Jair, meu primo, trabalhava para ele. Tratava-se de um negócio, compra e venda, empresa para empresa, nada de "favorzinho".

— Alô?

— Oi, Jair, tudo bem? Preciso de um favorzinho seu.

Ah, merda.

Merdaaaa.

Apertando o telefone contra a orelha, caí de madura no sofá e fiquei encolhida ali. Tinha um mau pressentimento de que uma conversa como aquela não podia resultar em boa coisa. Ainda bem que eu tinha sido esperta o suficiente para liberar Joana da incumbência de me assessorar. Sozinha na sala, eu estava livre para assumir uma postura indelicada, soltar uns desaforos ou até mesmo chorar de raiva, como foi minha verdadeira vontade no instante em que a voz dele retornou com grosseria:

— Quem está falando?

— É a Bia.

— Que Bia?

— A Bia que... — *te viu pelado da cintura até os joelhos.* — A Bia sua prima de segundo grau. Filha do Válter.

— Ah. Hum. — Sua voz mudou de tom. — Oi, Bia que gosta de margaridas. Oi, Bia comedora de rosquinhas. Oi, Bia que quase arrancou a minha cabeça com uma Kombi em movimento.

Eu nunca ligara para um telessexo na vida, seria carência demais até para mim, que já havia digitado "I love you" no Google Tradutor e clicado no botão OUVIR só para me emocionar com a voz da máquina declarando seu amor por mim. Mas aquele cumprimento de Jair mais parecia uma versão masculina da voz de Anne Hathaway em *Idas e Vindas do Amor*, quando atendia àquelas ligações muito suspeitas.

Bancando a Garota Segura e Séria, pedi mil desculpas por ter acelerado a Kombi em cima dele e rapidamente passei para o real motivo da minha ligação. Sem dar espaço para que ele me interrompesse, contei do casamento, listei os tipos e a quantidade de flores de que precisava com urgência, rezando secretamente para que ele tivesse todas em ponto de colheita e que pudesse transportá-las até Juiz de Fora no dia seguinte, quinta-feira, no máximo.

— E então? — perguntei, após o silêncio que se seguiu. — Consegue as flores para mim?

— Depende. — E foi nesse instante que a voz masculina de Anne Hathaway rebaixou-se ao submundo das negociações inescrupulosas: — E aí? Foi bom pra você?

E cheguei um dia a me referir a ele como "pobre Jair"!

— Foi... legal.

— Estou perguntando se foi *bom*?

Empoleirei-me de costas no braço do sofá e fiquei lá, feito uma criança de 5 anos, de ponta-cabeça, admirando as rachaduras de infiltração no teto e contando até dez. Mas a vontade de soltar o verbo só aumentou quando a lei da gravidade começou a agir e o sangue se espalhou pelos meus miolos. O sangue fez pressão de dentro para fora. Então me sentei e, corajosamente, organizei numa frase as duas únicas palavras sensatas no meio de tantas outras que minha mão, já posicionada ao redor da garganta, tentava estrangular:

— Foi bom. — O que eu não fazia pela família Vitorazzi? Ah, espera. Eu ainda acrescentava mais palavras: — Foi bom para mim.

— Muito ou pouco?

Sério. O que eu tinha feito para merecer tanta humilhação? Dado uns amassos pecaminosos no meu primo durante o velório da madrasta dele? Ok, Deus. Já entendi. Não estamos quites, Deus, mas agora ficaremos.

— Foi muito bom para mim.

— Chego aí amanhã às quatro.

Encontrei Joana atrás do balcão da floricultura, cercada de tesouras, fitas floridas, colas e arames, concentrada em suas mãos, que se mexiam sem parar, amarrando laços e preparando palhas secas e esponjas.

Reservadas num vaso com água (ainda era cedo para montar o buquê)...

— As rosas colombianas! — Toquei as pétalas de um vermelho muito vivo. Pareciam de veludo. — Quem as trouxe?

— O Gustavo — respondeu sem parar de trabalhar. — Não são lindas?

— Maravilhosas. — Olhei em volta. — Onde está ele?

— Foi embora.

— Embora, *embora*? — Pisquei sem acreditar. — Para a casa dele?

— Para a fazenda, em São João Nepomuceno.

— Nossa. — Meu coração esfriou. — Ele não quis falar comigo?

Ah, convenhamos, o que eu queria? Que ele corresse atrás de mim a vida toda? Que não se cansasse de enfrentar tempestades, lobos-guarás, tiroteios e montanhas só para ser menosprezado, comparado a Homer Simpson e finalmente expulso da minha casa sem ouvir o meu perdão? Ele era Gustavo Vitorazzi, afinal de contas! O cara de oito namoradas em dois anos!

Não parecia justo que eu me abalasse com aquilo.

É só que, sabe, ele tinha dito que ia tentar de tudo, menos desistir de mim.

— É claro que ele quis falar com você — respondeu Joana, como se isso fosse o óbvio, e eu, a burra, que não conseguia entender. — Mas estava com pressa e não podia esperar. — Deu-me uma olhada pesarosa. — Desculpa, querida. Você não me deu permissão para deixá-lo subir. E não ficou muito feliz da outra vez, quando eu abri a porta da floricultura para ele sair da chuva, lembra? Se pelo menos o Válter estivesse aqui...

— Ah. — Suspirei.

— Mas deixou um bilhete. — Apontou com a cabeça. — No vaso das margaridas.

Bia,

Tudo que eu mais queria era grudar em você o dia todo, todos os dias... tentar te agarrar, te beijar... E você sabe tanto quanto eu que eu ia conseguir; sempre consigo.

Mas prometi a Raíssa que daria uma força lá na fazenda, para que ela pudesse terminar de resolver as coisas aqui em JF.

Nem adianta tentar me ligar para dizer que me perdoa e que me ama não apenas como amigo, porque, infelizmente, meu celular vai ficar fora de área assim que eu atravessar a porteira da fazenda.

Não use o telefone fixo.

Certas coisas precisam ser ditas cara a cara.

A gente se vê no casamento,

Guga

Então era isso.

Não mais uma certeza que, flutuando no tempo, ganhava ares de utopia e perdia-se naquelas semanas que se esticavam como chiclete. Mas uma data marcada.

Na próxima vez que eu estivesse com ele, que ouvisse sua voz, eu teria de me despedir. Não havia escapatória. Eu estava envolvida demais para não ir ao casamento. E não só porque assumira uma responsabilidade e era errado deixar minha família na mão (boa parte do trabalho seria concluído no sábado, no local da cerimônia e da festa). Mas porque só de pensar em Raíssa, em seu rosto banhado em lágrimas, tão frágil e ao mesmo tempo tão forte, tão humano... Só de pensar no quanto eu a amava, eu me sentia horrível por ter cogitado recusar o convite de casamento, que ela me enviara muito antes de eu lhe estender a mão.

Raíssa tinha me convidado sem pedir nada em troca. Simplesmente porque queria minha presença, porque talvez, lá no fundo, ainda acreditasse na nossa amizade.

Eu deveria estar comemorando e não me sufocando com esse nó na garganta, essa ardência nos olhos. Se havia implorado mil vezes para que Guga nos deixasse em paz: eu e minha incapacidade de perdoar, que já se destacava de mim como um ser independente, um parasita. A despedida era condição *sine qua non* do processo. Então por que a surpresa? Por que a tristeza?

Passei a quarta-feira ajudando Joana, facilitando seu trabalho, já que não havia a menor possibilidade de trabalhar eu mesma nos arranjos do portfólio escolhidos por Raíssa (complexos demais para mãos que só não se atrapalham com instrumentos musicais). Então fiquei lá, ao lado dela, passando as ferramentas, entregando mais galhos, nós duas em uma linha de produção eficiente, sem desperdício de tempo.

Talvez seja diferente desta vez, eu pensava. *Talvez uma amizade a gente consiga manter mesmo a distância.*

Varri o lixo verde que se amontoou ao nosso redor. Atendi meia dúzia de clientes, que em sua maioria nada compraram. Preparei nosso almoço.

Talvez eu possa visitá-lo em Londres... Perfurei a omelete. *É! Talvez ele me convide para assistir a um show da sua nova turnê!*

Já era noitinha. Eu estava voltando da padaria com duas sacolas em cada braço, pensando em como era triste que uma ideia tão boa tivesse de morrer tão precocemente porque, claro, eu não teria dinheiro para comprar uma passagem de avião para Londres e, mesmo que tivesse (se voltasse a trabalhar sabe Deus onde), não tiraria férias tão cedo, quando avistei papai conversando com um estranho na porta da loja já fechada pela metade.

— Bia, esse é o Pedroca — disse ele, quando me aproximei. — Pedroca, não Pedro.

— Oi. — Desajeitada, cheia de sacolas, limitei-me a cumprimentá-lo com um levantar de sobrancelhas. — Como vai?

— Você tem bom gosto, garota — disse Pedroca. — Madeira de primeira qualidade.

— Desculpe. — Dei uma rápida olhada para papai, procurando explicação. Ele sorria. Voltei-me para Pedroca: — Não estou entendendo?

— Se depender de mim, levo os móveis agora mesmo.

— Os móveis?

— A menos que você tenha desistido de vendê-los...

— Os móveis! — exclamei, meu coração se enchendo de esperança renovada. — Jura que vai comprar os meus móveis, Pedroca? Todos eles?

— Meu caminhão está parado logo ali.

E foi aí que fiquei tão feliz (eu teria dinheiro para visitar Guga em Londres, afinal de contas!) que, quando dei por mim, já estava me atirando em cima dele com sacolas e tudo.

É isso aí. Abracei Pedroca.

O estranho Pedroca que cheirava a cigarro. Pedroca, o desconhecido.

E infelizmente não parou no abraço, não!

Beijei o rosto dele. Beijei o rosto barbudo de Pedroca. O rosto barbudo do estranho Pedroca, não Pedro, o desconhecido.

Só depois que me afastei (com o rabinho entre as pernas) e fiquei olhando o chão de pedrinhas, desejando que um enorme buraco me engolisse, foi que me lembrei da dívida.

Vinte e um mil reais.

Adeus, roda-gigante! Adeus, pubs lotados! Adeus, Gustavo Vitorazzi and Band!

— Acho que... — comecei, engasgada. — Acho que... — *Acho que vou vomitar!* — Acho que vou subir.

E saí andando.

— Deposito o dinheiro na sua conta — disse Pedroca atrás de mim. — Amanhã.

Mas eu não me virei.

Vinte e nove

Às quatro da tarde daquela quinta-feira ensolarada, Jair entrava pela porta da frente da Floricultura Quatro Estações. Trazia um caixote de madeira parecido com aqueles que se vê na feira, só que, em vez de frutas e verduras, eram flores que se amontoavam lá dentro e irrompiam pelas frestas estreitas.

Jair era tarado. Mas bastante pontual.

Por um instante cheguei a pensar: *O que ele está fazendo aqui?* Não no sentido literal da frase, mas algo do tipo: *Como as nossas vidas puderam se cruzar duas vezes no mesmo ano, no mesmo mês, em menos de quinze dias, da maneira mais bizarra possível?*

Eu estava sentada atrás do balcão, constrangida e com as bochechas em brasa. Havia sido interrompida com a caneta na mão, enquanto fazia anotações e tentava organizar as atividades, estabelecer prioridades. Jair se agachou para pôr o caixote ao pé da escada de alumínio, a escada da qual papai se apressara em descer para recebê-lo.

Os dois se cumprimentaram com um aperto de mão.

— Sinto muito por Abigail. — Foi o que papai disse, hesitante, sem saber como agir na presença de um parente sumido que, embora não aparentasse, deveria estar de luto. — Você cresceu, hein, rapaz? Ficou fortão, bonitão. Tem barba e tudo!

— Pois é. — Jair meneou a cabeça, envaidecido, passando os dedos no cavanhaque, que começava a se destacar no rosto de traços fortes. Ele era tarado. Mas simpático. — Meu pai mandou agradecer pela.... hum... coroa de flores.

— Diga a ele para aparecer qualquer hora.

— Puxa, cara, é sério? Demorô! Ele vai ficar feliz pra carái.

É. Nem tão simpático assim.

— Desde que a Bia apareceu lá no enterro, meu pai não fala em outra coisa. Vive falando sobre "valor das verdadeiras amizades" ou que "A vida é curta demais para briguinhas tão bobas". Essas coisas de gente chorona. Eu falo para ele "Sai dessa fossa, velho! Tá na hora de passar o rodo na mulherada". — Soltou um suspiro desanimado. — Mas você sabe, ele gostava muito dela...

— E como sei. — Papai sorriu, mais relaxado e contente consigo mesmo por ter quebrado outro tijolo da barreira que ele mesmo erguera contra um amigo que o havia decepcionado. — Vocês são bem-vindos na minha casa.

Era comovente ver papai resgatando suas origens. Talvez eu devesse ficar ali e aprender com ele, seguir seu exemplo. Mas a verdade é que estava incomodada demais com os olhos de Jair, de repente presos ao meu rosto como se quisessem me devorar. Pior ainda, me dedurar. *Já estamos quites, Senhor, piedade!*

Por isso fiquei de pé. Despi-me do avental azul-bandeira e atravessei a loja em direção à porta.

— Estou na sorveteria se a Raíssa aparecer — comuniquei.

— Nossa — disse Jair. — Não sei quando Juiz de Fora ficou tão quente. — Com a barra do moletom, começou a abanar a si mesmo num movimento amplo que deixava à mostra os gomos de sua barriga de tanquinho. Os gomos acima da cintura. Os gomos, confesso, de que eu não tinha conhecimento, já que ele nem havia se dado ao trabalho de tirar a camisa quando... ah, deixa pra lá! — Acompanho você no sorvete.

— Não! — Dei um grito, erguendo as mãos. — Fique parado onde está!

Jair estancou, o moletom suspenso até o peito. Papai me reprimiu com o olhar e Joana, que trabalhava nos arranjos de mesa num canto da loja, distraída nas flores estava, distraída nas flores ficou.

— Quer dizer — tentei amenizar —, você não vai deixar meu pai descarregar os caixotes sozinho, vai? Além do mais... faz treze graus em Juiz de Fora!

— Pode ir tomar o seu sorvete, meu filho, não se preocupe comigo — papai bateu no ombro dele. — Onde está o caminhão? Tenho cinquenta anos. Não sou um inútil.

— Pai! — ralhei, desesperada. — Pare de... bancar o fortão.

O argumento não fazia sentido e papai sabia disso pelo modo como sua testa se enrugou expressando confusão. Não me expliquei. Saí para a calçada e apressei o passo pelo caminho oposto ao da picape S-10 com placa de Cataguases estacionada ali perto, a carroceria abarrotada de caixotes de flores.

Não demorou e Jair me alcançou.

— Ei, Bia! — Deteve-me pelo braço. — Ei, espere!

Então parei. Olhei a imensa mão que me segurava por cima de todas as blusas de frio, a mão cheia de dedos morenos que já haviam deslizado por lugares tão ocultos do meu corpo, a mão que agora não produzia em mim qualquer efeito senão um tremor repugnante e que em nada se assemelhava àquela que, mesmo firme e decidida, havia sido carinhosa e delicada ao agarrar aquele mesmo braço, na volta de Ibitipoca... "Vou tentar de tudo, menos desistir". (Ele tinha prometido que não ia desistir! *Ah, Guga... Por que você mora em Londres? Ah, Bia... Por que você se atolou em dívidas? Por quê? Por quêêêêê?*)

— Não precisa ficar constrangida. — Ao vivo, a voz masculina de Anne Hathaway era ainda mais nojenta. — Nem esperançosa. — Ele me largou. — Eu não repito garotas.

— Puxa... Que azar o meu.

Dei-lhe as costas e me afastei sem olhar para trás.

Paguei pelos 300g de sorvete de flocos (o preferido de Guga) regado das mais variadas caldas, frias e quentes, além de castanhas-de-caju, confetes de chocolate e um biscoito de canudinho espetado no topo. E, corajosamente, desprezei o conforto do interior da sorveteria para me acomodar, sozinha, à única mesinha de quatro cadeiras montada na calçada, sob o guarda-sol que se sacudia ao vento gélido. Dali, eu teria uma boa visão da floricultura, do sol de fim de tarde refletindo na lataria dos carros, nos vidros das janelas, nas árvores mais altas.

Lá pela quinta colherada de sorvete, uma verdadeira proeza, visto que a mistura mais parecia um bloco de gelo, eu já não sentia as bochechas, meus dentes doíam e meu nariz dava sinais de que ia começar a escorrer. Deixei o pote sobre a mesa e peguei dois guardanapos a fim de evitar um desastre maior. Aproveitei para verificar o celular.

Nada de Guga.

Ah, pois é, eu sei. O celular não tocaria.

Mas seria possível que ele não pudesse botar o Land Rover na estradinha de chão que ligava a Fazenda Amarela ao centro de São João Nepomuceno? Percorrer alguns quilômetros até alcançar a área de cobertura e me mandar um torpedo carinhoso? "Oi, Bronquinha, muito frio aí em JF?" Aí, sim, eu teria certeza de que ele não havia desistido de mim.

Deu para ouvir a buzina. Ergui os olhos no mesmo segundo.

O Honda da Raíssa acabava de parar em frente à floricultura. Não demorou e papai surgiu na calçada, debruçou-se na janela do carona, voltou para dentro da loja um minuto depois.

Eu não precisava *ver* para saber o que ia acontecer em seguida. Mesmo assim, continuei observando o Honda se aproximar de mim lentamente e, por fim, estacionar a poucos metros da sorveteria.

Raíssa saiu do carro, acionou o alarme pelo controle; os vidros automáticos se fechando atrás dela. Veio andando (oito passos) em minha direção, muito elegante em seu casaco de lã e no jeans *stretch* enfiado nas botas de salto.

Talvez fosse o sorvete. Só podia ser. Era ilógico que minha barriga tivesse congelado de repente só porque Raíssa havia tirado os óculos de sol cravejados de brilhantes e estivesse olhando para mim com aqueles olhos amendoados tão francos. Olhando e sorrindo. Olhando e dizendo:

— Humm. Também quero um sorvete. — Tirou a carteira da bolsa, que deixou sobre uma cadeira. Cinco minutos depois, retornou, com uma casquinha de chocolate na mão. Nada de calda, castanha ou confete. Ela era magra não era à toa. — Está esperando alguém?

— Não, não — respondi, imediatamente. — Fique à vontade.

Raíssa puxou a cadeira e se sentou, de frente para mim, de costas para a paisagem.

Algum tempo se passou até que ela disse:

— Esse sorvete... — Franziu o rosto (de pele muito lisa, sem qualquer marca de espinhas, cravos e afins) para sua casquinha.

— O que é que tem?

— Está tão... sei lá... tão duro!

— Duro é apelido — sorri, docemente. — Estou esperando o meu amolecer um pouco.

— Bem — disse ela, olhando do meu pote para a sua casquinha. — O meu é só lamber, então vou fingir que é um picolé.

Nós nos entreolhamos, indecisas. E rimos juntas.

— Flocos, Bia? Pensei que você gostasse de morango?

— E gosto — afirmei. — Mas hoje me deu vontade de ousar um pouco.

— Ousar um pouco? — Achou graça.

— Ei! Você é irmã do Guga, por acaso? — brinquei, mais relaxada. — Para ficar zoando da minha cara desse jeito?

— Ele continua o mesmo chato, né? Debochado e convencido.

— Não fuja do assunto! Agora eu quero saber. Você acha isso ruim? — perguntei. — É sério, Rá... Acha que isso me prejudica? Essa coisa de eu não gostar muito de ousar?

— Não sei — ela respondeu, vagamente, lambendo a casquinha-picolé. — No caso do sorvete, não vejo problema algum. Mas, na vida, o que você acha? Ser avessa a mudanças atrapalha a sua vida?

Refleti por um momento, sem chegar a uma conclusão definitiva. Foi ela quem recomeçou.

— Lembra aquela vez em que a gente estava tomando sorvete, lá na pracinha, e o Guga fez uma pergunta maluca...

— "Se vocês pudessem convidar alguém famoso para quinze minutos de conversa, quem seria?" — imitei o jeito dele. — "Vale qualquer famoso, vivo ou morto, real ou fictício."

— Boa imitação.

— Obrigada — eu disse. — E aí? A sua resposta continua sendo Hermione Granger e Alexander Fleming?

— Sabe que agora gosto muito mais do Neville Longbottom?

— Não diga! — Apoiei os cotovelos sobre a mesa, o rosto entre as mãos.

— Verdade. — Balançou a cabeça para a frente e para trás. — "É preciso muita audácia para enfrentar os nossos inimigos, mas igual audácia para defender os nossos amigos", disse Dumbledore em *Harry Potter e a Pedra Filosofal*. Aliás, eu gostaria de bater um papo com ele também, com o Dumbledore. Se eu tivesse aprendido a lição do grande bruxo muitas histórias poderiam ter sido diferentes.

— Uau. — Suspirei. — Quem diria! Raíssa Vitorazzi mudando de opinião.

— Viu? De vez em quando, eu sei ser flexível. Certas opiniões dependem muito mais das circunstâncias em que foram expressas. Mudam-se as circunstâncias, mudam-se as opiniões — entoou com sabedoria. — Mas, claro, Alexander Fleming continua na lista.

— E a medicina? Está gostando da dermatologia? — perguntei, checando o sorvete, amolecido. Tirei uma colherada. — Quando termina a residência?

— No fim do ano, se tudo der certo. Não me vejo fazendo outra coisa. — Ela me olhou, curiosa. — Mas como você sabia...? Da dermatologia...?

— Vi sua foto na *Tribuna*, com legenda estendida. Falando nisso, vocês vão doar os presentes de casamento! — eu disse, admirada. — Caramba, Rá! É um gesto e tanto!

— Bia... — Ficou séria de repente. — Sobre o casamento, sobre o *meu* casamento, eu queria te dizer que... que... *Bia?*

— Ai, não. — Continuei olhando para um ponto fixo, por sobre o ombro dela. — Estava bom demais para ser verdade.

— Que foi? — Ela se virou na cadeira e acompanhou meu olhar.

Luciana acabara de sair da floricultura. Vinha em nossa direção.

Num giro rápido, Raíssa tornou a ficar de frente para mim, mais branca que papel.

— E agora? — perguntei, apavorada. — O que é que a gente faz?

— A gente ignora.

— Mas ela está se aproximando — informei aos sussurros. — Atravessou a rua. E não vai nos ignorar! Ai, meu Deus, ela está chegando!

Ainda deu tempo de Raíssa agarrar minha mão e pedir:

— Só não me deixe fazer merda.

Então Luciana já estava parada ao lado da mesa:

— Meninas! — Bateu uma palma. — Por que não me avisaram da reunião para matar a saudade?

☘ ☘ ☘

— Oi... Luciana — falei sem querer, meus olhos tímidos deslizando para cima. Por baixo da mesa, Raíssa me chutou. — Ai!

Foi Luciana puxar uma cadeira para Raíssa ficar de pé. Ela ajeitou a bolsa no ombro e, sem fazer contato visual com a recém-chegada, virou-se para mim:

— Bia, você não ia me mostrar aquela coisa? Lá na sua casa?

— Ah. — Peguei o pote de sorvete e me levantei bem depressinha. — Claro. Aquela coisa. Lá na minha casa.

— Então vamos.

Com a mão livre, Raíssa me puxou pelo pulso e entrelaçou o braço no meu, obrigando-me a andar a seu lado, em seu ritmo.

— Não olhe para trás — cochichou.

— É melhor você entrar no carro — cochichei de volta.

— Não quero ir embora agora. Está tudo certo. É só ignorá-la. Não olhe para ela.

Eu não olhei. Mas era de se esperar que Luciana viesse atrás de nós.

— Raíssa, minha fofa... Dá para andar mais devagar?

Nem o vento forte nos impedia de ouvir o *toc, toc* desequilibrado dos *scarpins* em nosso encalço. Na calçada a nossa frente, o sol projetava a sombra comprida e anoréxica de Luciana nos seguindo rua afora.

— Eu me dediquei a você — disse ela, em tom de acusação. — Anos e anos! Eu fui fiel, Raíssa! Ao contrário dessa mosca-morta que desprezou a sua amizade.

Por "mosca-morta que desprezou a sua amizade" entenda-se eu.

Raíssa me firmou junto a seu corpo e acelerou o passo, lambendo a casquinha-picolé que, àquela altura, já era o sorvete cremoso que sempre deveria ter sido.

— Só porque estou apaixonada? — A voz de Luciana flutuava atrás de nós. — Eu me apaixonei, Raíssa. Você é contra pessoas que se apaixonam? É contra o amor em sua forma mais sublime e pura? Francamente! Você vai se casar, deveria abrir o seu coração, ser menos dura, sabe? Menos rancorosa. Deveria me reconvidar para o casamento. Eu sou a madrinha, esqueceu? E meu vestido tem cerca de quinze mil cristais Swarovski, legítimos, bordados à mão. Custou caro pra chuchu.

Pra chuchu?

Eu teria gargalhado.

Mas se nem as moscas vivas gargalham, imagine as mortas!

— Foi o seu pai que pagou o vestido, aliás. — Luciana tagarelava enquanto contornávamos o campo de futebol. *Vamos lá, Raíssa, faltam poucos metros. Força, garota!* — Ou seja, praticamente você. *Você* pagou pelos cristais Swarovski e não vai querer desperdiçar o seu dinheiro, vai? O dinheiro do seu pai? O dinheiro dos insatisfeitos que confiam seus músculos e cartilagens ao bisturi milagroso do dr. Alberto Vitorazzi? Foi muito feio o que você fez com ele, aliás, muito injusto. Ele é seu pai! E já está com uma certa idade. Anda ansioso, nervoso. Sofrendo daquelas limitações sexuais de quem... bem, de quem já está com uma certa idade. E fumou a vida toda. Sem mencionar a contínua exposição ao stress.

Limitações sexuais? Eu não tinha ouvido isso! Por favor, deleta, deleta, deleta!

— E daí vem você, Raíssa, e coloca mais um fardo nos ombros do coitado? Ai, não, mil vezes não! Ele não merece! É um homem bom! Um homem que deve ter tirado o fôlego das garotas quando tinha, sei lá, a energia do Gustavo, quero crer. Um homem tão apaixonado que, quando forçado a escolher, preferiu a namorada à própria filha.

Então Raíssa parou. E girou nos calcanhares, fazendo-me girar também. Raíssa encarou Luciana com a expressão nada boa.

— Como é que é?

— Calma, Raíssa. — Alisei seu casaco de lã macia. — Vamos para casa.

— Seu pai escolheu a mim. — Luciana bateu no peito; mil anéis e pulseiras de ouro cintilando à luz do sol. — Preferiu o "broto" aqui ao casamento da filha. Não existe maior prova de amor.

Fiquei tão chocada com a maldade daquelas palavras que, quando dei por mim, Raíssa já tinha se desvencilhado do meu braço. Luciana, por sua vez, não parava de falar.

— Mas, na época, se eu tivesse tido opção teria preferido...

Raíssa deu mais um passo à frente e atirou o sorvete na cara maquiada de Luciana, que ficou lá, totalmente estática, paralisada, talvez pelo fato de ter sido brutalmente congelada pelo sorvete.

Raíssa cruzou os braços, perguntando:

— O que você estava dizendo mesmo?

Luciana tirou o sorvete do olho e começou a responder:

— Que teria preferido... — Era natural que sua voz estivesse trêmula. — Que teria preferido me apaixonar pelo Guga. Rico, famoso, gostoso e sexualmente saudável. É nele que penso quando estou na cama com o seu pai.

E foi aí que eu fiz o que fiz.

Sem tirar os olhos de Luciana, estendi o braço e ofereci meu pote de sorvete a Raíssa, que nem hesitou em pegá-lo e atirá-lo na cabeça da infeliz.

— Prontinho. — Raíssa limpou as mãos. — Agora *sim* está linda.

— Sua... — A boca de Luciana se mexia por baixo de todas as caldas, confetes e castanhas de caju. — Sua vadia!

Eu me sentia bastante satisfeita e, confesso, nem um pouco culpada. Mas, naquele momento, teria simplesmente virado as costas e dado no pé. Corrido mesmo. Loucamente. Como as crianças fazem depois de aprontar alguma arte.

Mas nem quando criança Raíssa fora uma mosca-morta.

Tive um vislumbre da próxima cena antes da guerra oficialmente declarada.

— Eu vou matar você! — E partiu para cima de Luciana sem economizar mãos, unhas, joelhos, bicos de bota e bolsas de couro.

Num segundo, Raíssa e Luciana estavam lá se atracando, como na luta livre de mulheres, só que fora do ringue, no meio da rua, invadindo o campo de futebol.

Passado o choque inicial, tudo que fiz foi acudir Raíssa, agarrá-la pelas costas e gritar por socorro, já que era inútil implorar que ela parasse com aquela baixaria. Enquanto eu me esforçava sem sucesso para afastá-la da briga, Raíssa puxava os cabelos de

Luciana, que, em contrapartida, tentava enforcá-la; mil anéis de ouro ao redor da garganta da noiva. Ai, não! A garganta da noiva! A garganta que diria "sim"!

— Seu pai é brocha mesmo!

— Só porque não é cachorro para gostar de tanto osso!

Nunca pensei que fosse dar graças a Deus ao ver a figura musculosa de Jair correndo na minha direção. Jair era forte e, com facilidade, segurou Luciana por trás. Firmei os braços em torno da cintura de Raíssa quando ela tentou uma guinada para a frente e me levou junto.

Para meu alívio, Jair arrastou Luciana para longe, embora Raissa continuasse berrando:

— Vaca! Piranha!

Sem se importar com a lambança de sorvete, Jair enfiou Luciana no carona de sua caminhonete já descarregada e deu partida sem dizer uma palavra.

Obrigada, Jair. Mais uma vez, muito obrigada.

— Estão olhando o quê? — guinchou Raíssa para a pequena plateia que se formara ao nosso redor. — Ninguém tem nada melhor para fazer, não? — Começou a bater palma como quem espanta galinhas. — Todo mundo caçando seu rumo! Circulando! Casinha, casinha!

A plateia se dispersou de cabeça baixa.

Então Raíssa se virou, descobrindo-me ali ao seu lado. Eu ofegava, inclinada e com as mãos nos joelhos. Enquanto nos olhávamos, algo se formava dentro de mim, algo grande e incontrolável. De repente estávamos gargalhando, chorando de rir. Rimos tanto que nossos corpos viraram geleia e caímos de costas no gramado do campo de futebol, pernas e braços afastados, como o Homem Vitruviano no esboço de da Vinci. E quando eu achava que já havia me recuperado o suficiente e arriscava olhar para ela, elaborar uma frase, as gargalhadas recomeçavam ainda mais incontroláveis, e eu rolava para o outro lado entre soluços e lágrimas.

Demorou muito até termos condições para qualquer ação minimamente racional. Então Raíssa estendeu o braço e pegou minha mão. Olhei nossas mãos unidas. Depois olhei para ela.

— Senti sua falta, Bia.

— Eu também senti a sua falta. — Engoli em seco. — Você não imagina quanto.

Ficamos deitadas de barriga para cima, em silêncio, as mãos entrelaçadas, admirando o céu, que se aquarelava das mais diversas cores enquanto o sol se escondia e as luzes da cidade se acendiam. Foi Raíssa quem se sentou primeiro, de pernas cruzadas, ajeitando o cabelo. Eu a imitei.

— Bia — disse ela, abrindo a bolsa melada de sorvete. — Estou indo para São João Nepomuceno daqui a pouco. Vou ficar lá, descansar um pouco antes do casamento. Não tem sido fácil para mim.

— Eu sei — eu disse. — Não se preocupe. Está tudo sob controle por aqui.

— Eu só queria te dizer que... — Ergueu os olhos, de repente apreensivos. — Não quero que você compareça ao dia mais importante da minha vida como ajudante de decoração. Quero que você esteja lá como minha amiga. Minha *melhor* amiga.

Franzi a testa, confusa.

— Mas você já me *convi*...

— Desculpa, Bia. — Então tirou um envelope da bolsa. — Me desculpa por não ter te entregado isto antes.

O convite do casamento.

Trinta

Eram seis e meia da manhã de sábado quando papai terminou de carregar a Kombi: caixas e caixas de arranjos florais cuidadosamente acondicionadas para a viagem de mais de uma hora até a Fazenda Amarela. Puxou a porta de correr do automóvel e virou-se para mim, uma estátua ao lado dele.

— Tem certeza?

Eu era uma estátua inútil, aliás, como a maioria das estátuas que não se encontram em museus é. Ah, compreenda! As caixas de arranjos florais eram pesadas demais para uma garota! Ainda mais para uma garota como eu, que havia acordado às cinco da manhã de outra noite mal dormida para ajudar sua família com os afazeres de última hora.

Ajudar *moralmente*, que seja.

— Estou falando com você, Bia... Tem certeza?

Era a milésima vez que eu ouvia a mesma pergunta. A diferença era que agora, prestes a consumar minha decisão, metade de mim queria morrer e a outra metade afundava-se no confortável torpor do conformismo. *Um enorme avanço*, pensei, afundando-me um pouco mais, *se há poucas horas eu queria morrer por inteiro.*

— Acho que já discutimos isso antes, pai. — Enfiei as mãos nos bolsos revestidos de flanela, desejando que papai entrasse logo na Kombi e fosse embora, para que eu pudesse, enfim, sair do vento que me fazia bater o queixo.

Mas ele ficou lá parado, como se tivesse todo tempo do mundo para ouvir (de novo) meus argumentos "sem fundamento".

Só podia ser castigo por eu ser tão ingrata!

Pedroca depositara o dinheiro dos móveis na minha conta e boa parte das minhas dívidas estava quitada. Glorinha, colocando a ideia de Guga em ação, conseguira dar o flagra em Fernanda e Paulo Mendonça depois de surrupiar momentaneamente os celulares dos dois e enviar torpedos trocados: "Te encontro às quatro, no Arquivo Morto. Tô muito a fim". Às quatro e dez, como Cabral me informara, Glorinha apareceu no Arquivo Morto, muito viva e gloriosa, acompanhada de todo o corpo diretor. Fernanda e Paulo foram demitidos e a FB Logística reabrira meu caso em processo de averiguação. "Estou confiante", dissera Cabral.

Mesmo com as boas notícias, eu não conseguia sorrir. Garota ingrata!

— Vá indo na frente! — disse papai a Joana. Ela já estava sentada no banco do motorista de seu caminhãozinho (carregado com o restante das flores), e ouvia nossa conversa com franca inquietação. — Te alcanço na estrada.

Ansiosa para assumir o comando da tropa de decoração que Raíssa contratara para o serviço bruto (alocar cada arranjo em seu devido lugar antes de a cerimônia começar), Joana nem hesitou. Buzinou duas vezes, manobrou e partiu. Só um coração bondoso como o dela para não se aborrecer comigo, que tinha prometido assessorá-la no comando da tropa, ser seu braço direito. E ali estava eu, um braço quebrado, atrasando o que já estava com os segundos contados.

Quando o caminhãozinho virou a esquina, papai concentrou-se em mim.

— Bia...

— Alguém precisa ficar na floricultura. Estou apta para a função, como você mesmo reconheceu outro dia.

— O problema não é você ficar sozinha na floricultura. É você ficar *para trás*! Nós já havíamos decidido fechar a loja hoje.

— Eu não vou ao casamento — repeti, e mudei de assunto: — E você? Está levando os cartões de apresentação que imprimi? Com os novos serviços oferecidos pela floricultura? Hein, pai? — Fiz menção de adverti-lo com um leve chute no calcanhar, mas ele não estava para brincadeira e afastou o pé. — Não se esqueça de deixar um cartão em cada mesa.

— O que eu vou dizer a eles? — À luz nevoenta do sol da manhã, seu rosto magro encheu-se de uma preocupação exagerada. — Se a Raíssa perguntar...

— Ela não vai perguntar. Não faz questão da minha presença.

— Como não faz? Ela convidou você!

— Por educação. Há dois dias. Aliás, há menos de dois dias.

— Mas você não falava com ela havia *oito anos*! — arregalou os olhos. — Nem sabia que ela estava noiva antes de ver a foto no jornal, que estava namorando o Olavo. Você queria o quê? Ser a madrinha?

Aquilo me atingiu como um golpe de foice, ainda que eu não tivesse certeza de que fosse essa a real intenção de papai. Consciente ou não, ele continuou me atacando enquanto eu massageava as têmporas nervosamente.

— Ela voltou atrás, filha, é isso que importa. Além do mais, você realmente acha que o Gustavo...

— Não fale o nome dele! — estourei. E já estava arrependida. *Garota ingrata! Filha ingrata! Quando é que você vai crescer?* Respirei fundo para recuperar o controle. — Estou falando sério, pai. Dessa vez é para valer. Ele mentiu para mim de novo. Nada mais me interessa.

— Mas ele não mentiu. Apenas *antecipou* o envio do convite.

— Pai, por favor... Tá frio aqui.

— Tá certo, Bia. Tá certo. — Ele coçou a careca e deu-se por satisfeito por impressionantes trinta segundos. Então recomeçou: — De todo modo, você realmente acha que o Gus... que *ele* não vai querer entrar naquele carro enorme dele na mesma hora e vir te buscar?

— É por isso que você vai cumprir direitinho o que a gente combinou. Para todos os efeitos, fiquei na floricultura, vou fechar a loja mais cedo e pegar o ônibus para São João Nepomuceno. Simples assim.

— Ah, é? Mesmo? — Cruzou os braços. — Tudo bem. Se alguém perguntar, vou dizer que você ficou para trás. Mas e depois? Quando os convidados começarem a chegar, a se acomodar ao redor do tal lago com passarela de madeira, quando todos perceberem que você não vai chegar nunca... eu faço o quê? Conto uma piada? Eu não sei contar piada!

— Aí você conta a verdade — respondi, com firmeza. — Porque será tarde demais.

Ele ficou me olhando como se eu fosse o Cebolinha anunciando mais um plano infalível para derrotar a Mônica ou fazer da Dentuça sua eterna escrava.

Acontece que, no *meu* plano, não havia trabalho sujo, o trabalho do Cascão. E isso não tinha nada a ver com Rubens Cascão, o porteiro do condomínio dos Vitorazzi, que era Cascão por outros motivos.

Por isso não me deixei abater e ainda acrescentei:

— E aquela piada do pato que foi para Nova York é muito engraçada.

Não esperei por um aplauso. Mas um sorriso pelo comentário espirituoso me parecia adequado. Ou quem sabe uma reação mais calorosa, o clímax previsível desse teatro de fantoches, o grande momento em que meu bom e velho pai, cansado de sorrisinhos resignados, explodiria numa fúria sufocada e me sacudiria pelos ombros: "Acorda para a vida, garota". Ao que eu responderia: "É a minha vida que está dormindo, pai".

Mas, se ele não havia achado graça do comentário, tampouco reagiu com descontrole. Continuou quieto, muito sério, descarregando uma tensão de dar choque com aqueles mesmos olhos que há dois dias me perseguiam pela casa; às vezes sorrateiros, sombrios, em outras pulsantes, calorosos, como se finalmente decididos a encarar uma úlcera infeccionada, mas, por alguma razão desconhecida, desistindo na última hora.

A diferença era notável. Tive medo e me encolhi em minha armadura de moletom.

Dessa vez, os olhos não sugeriam dúvida. Dessa vez, eu podia apostar, os olhos se afundariam na úlcera sem pena nem dó.

— Eu levei anos para compreender — disse ele, a voz pigarreada tentando ficar mais firme —, para *aceitar* que a sua mãe era uma mulher corajosa.

— Por que isso agora? — contestei. — E você chama de coragem o que eu chamo de irresponsabilidade?

— Corajosa e irresponsável. Ao extremo — disse ele. — Concordo com você. Não existem adjetivos melhores para definir a Sara.

— É sério, pai. Qual é o seu problema?

— Atitudes irresponsáveis também dependem de decisões corajosas — disse ele. — É preciso muita coragem para fazer valer a crença de que a busca pela felicidade justifica qualquer erro. Eu, por exemplo, nunca concordei com isso.

— Espera, espera. — Ergui as mãos para interrompê-lo. Precisei de meio minuto para articular a pergunta. — Está me dizendo que o fato de a minha mãe ter nos abandonado quando eu era recém-nascida para fugir com o Amante Guitarrista foi um ato de bravura? Está dizendo que ela foi *feliz*?

— Não, Bia. Sua mãe não foi feliz. Impossível ser feliz sem você.

— Ah, obrigada — ironizei. — Porque juro por Deus, pai... se você espera que eu siga o exemplo dela, sinto muito decepcioná-lo, mas não vai rolar. Prefiro morrer.

Os olhos azuis me observaram com curiosidade, como se o xis da questão estivesse camuflado no meu rosto, que devia expressar todo o choque e o horror que eu sentia com o rumo que aquela conversa absurda tinha tomado.

— Está vendo? — disse ele por fim.

— O quê?

— É disso que eu tenho medo. De que nessa ânsia de querer ser tão diferente da sua mãe você acabe igual a ela. Não uma cópia idêntica, mas milimetricamente oposta, como um espelho, e igualmente extremista.

— E desde quando ser o extremo oposto de uma pessoa como ela é algo ruim?

— Bia, você não entende? A sua mãe correu atrás de uma felicidade inventada, quebrou a cara no fim. Você, o extremo oposto, tem uma felicidade escancarada à sua frente, uma felicidade concreta, real. Não precisa nem correr. Mas está a ponto de perdê-la por se recusar a dar um passo.

O silêncio que se seguiu ficava mais indigesto à medida que eu finalmente compreendia o que ele queria dizer, mas me recusava a aceitar, meu estômago se revirando de angústia e aflição.

— Desculpe, filha. Me desculpe por pensar assim.

— É só a sua opinião, não a verdade absoluta do universo — desengasguei, mais para *me* convencer. — E opiniões costumam mudar... de acordo com as circunstâncias.

— É verdade. — Esboçou um sorriso para uma última tentativa: — E então? Tem certeza?

— Eu não vou ao casamento.

Ele suspirou com pesar e entrou na Kombi, abrindo o vidro do motorista. Cheguei mais perto e me inclinei para olhar lá para dentro.

— Pendure o cabide do terno no pegador de mão, pai! Você não pode representar nossa empresa de decoração todo amassado.

— Se mudar de ideia, me ligue.

— Eu não vou ligar.

— Talvez as circunstâncias mudem. Nas próximas horas.
— Não a ponto de os celulares funcionarem lá na fazenda.
— Ligue para o fixo.
— Para correr o risco de um Vitorazzi atender?
— Bia... As pessoas boas também erram.
— Erram tanto que se tornam pessoas más.
— Só espero que não se arrependa depois.

Eu me afastei e fiquei olhando ele ir embora.

☘ ☘ ☘

Não tive sossego durante toda a manhã. *Não uma cópia idêntica, mas milimetricamente oposta.* Sossego mental, aliás, já que não havia vida na floricultura além dos vegetais nas prateleiras e de mim, a um passo da cova. Até as três da tarde eu havia sido útil apenas para dois meninos com uniformes de futebol e garrafinhas de plástico nas mãos, suplicando por um pouco de água como se estivesse escrito na minha testa: "Cuidado. Garota ingrata diz não à caridade". Pois bem. No auge do mau humor, eu ainda disse "sim" e enchi as garrafas até a boca. Engulam essa.

Com fortes dores de cabeça, resolvi fechar a loja mais cedo.

Depois de lutar com as pesadas portas de aço, subi para casa, engoli um Dorflex e me enfiei num banho demorado. *Não, de jeito nenhum. Não sou um reflexo dela.* Diante do espelho, liguei o secador de cabelo na potência máxima. *E se for, qual é o problema? Sou um reflexo mais bonito, olha só para mim.* Vesti roupas confortáveis, tentei me concentrar num romance. Mas as letras escorregavam, iam e voltavam, e quando dei por mim, havia lido o mesmo parágrafo duas vezes e continuava sem saber o nome da protagonista. *Não uma cópia idêntica, mas milimetricamente oposta.* Opa, opa! Isso não fazia parte da história. Não da história do livro, melhor dizendo.

Desisti do livro e fui para o piano. Mas meus dedos deslizavam pelas teclas erradas enquanto os meus olhos vagavam até os ponteiros do relógio, e minha mente, angustiada, vagava para mais longe dali, até a Fazenda Amarela.

Era irresistível. Eu me rendi à imaginação, tudo que me restava.

De volta ao meu quarto, recostada na minha cama, de olhos bem fechados, imaginei os convidados à beira do lago decorado. Guga entre eles. Falava com um, falava com outro. Na condição de anfitrião, substituindo o pai da noiva, tinha trocado o tom brincalhão pelo cordial e elegante, as mãos enfiadas nos bolsos do terno enquanto aguardava o momento de encontrar Raíssa nos bastidores da cerimônia e conduzi-la até o altar. Raíssa... Uma noiva tão linda... Como ela devia se sentir faltando menos de uma hora para...

Foi aí que ouvi um barulho.

Trinta e um

VRUM, VRUM, VRUM.

Abri os olhos, assustada.

O barulho vinha de fora do quarto. Parecia a ventoinha do meu antigo computador 486 se debatendo na torre de plástico. "Sai da frente que ele vai decolar!", dissera Guga muitos anos atrás.

VRUM, VRUM, VRUM.

Não, não. Espere. Pela altura do barulho, estava mais para as vezes em que a polícia sobrevoava o Morro Dona Marta e eu era obrigada a enfiar algodões nos ouvidos e dizer para mim mesma que nada de grave estava acontecendo.

Mas agora eu estava em Juiz de Fora.

Só me faltava essa, resmunguei. Por que, diabos, a polícia estaria rondando a casa do meu pai? Em plena luz do dia, ainda por cima? Eu não tinha saúde para sobreviver a outro tiroteio!

Apreensiva, corri até janela e suspendi a persiana.

Quando entendi o que estava acontecendo lá fora, senti-me desfalecer e pensei que fosse desmaiar.

Era um helicóptero, sim. Um helicóptero branco com listras vermelhas e hélices enormes espalhando ar para todo lado. Um helicóptero que de repente estava descendo verticalmente em direção ao campo de futebol, onde as crianças haviam interrompido o jogo para abrir um círculo de pouso no gramado, e agora faziam festa na ventania, tapando os ouvidos com as mãozinhas. Gritavam e pulavam ao redor do piloto que acabara de saltar da cabine como se fosse um herói de histórias em quadrinhos e não um maluco inconsequente e sem limites.

Guga.

De terno preto.

Com os cabelos ao vento.

E um megafone na boca.

— *Biiiia*! Desça já daí!

Bem depressinha, desci a persiana e fiquei andando desnorteada, de um lado para o outro, completamente surtada por quase um minuto. Depois voltei para a cama e comecei a roer o polegar.

— Preciso falar com você! *Biiiia*!

Falar comigo? É ruim, hein?

— É sério! — disse ele, a voz ampliada mil vezes. — Eu não arredo o pé daqui enquanto você não descer. E é melhor não demorar muito ou a Raíssa vai caminhar sozinha até o altar.

Ele só podia estar brincando.

Tudo bem que eu estava chateada com Raíssa. Mas daí a desejar que não houvesse ninguém de sua família para levá-la ao altar? Nem pai, *nem* irmão? Ela não merecia esse castigo!

Guga não teria coragem. Ele tinha um parafuso a menos, mas não faria uma sacanagem dessas com a própria irmã; ele era louco por ela.

Ou faria?

— Quer pagar para ver? — O babaca adivinhou meus pensamentos. Filho da... mãe Dináh. — Anda, *Biiiia*! Deixa de ser infantil. Um minutinho da sua atenção é tudo que estou pedindo, você não vai perder a novela. Nós estamos esperando.

Nós? Nós... *quem*?

Fez-se silêncio.

Então as crianças começaram todas juntas:

— Desce! Desce! Desce! — O megafone entrou no coro: — Desce! Desce! Desce!

Meu Deus, que vergonha! Que papelão!

E eis que eu me vi naquela sinuca de bico.

O que os vizinhos pensariam da minha família sempre tão recatada? "Tenho pena do Válter, coitado. Depois que a filha voltou para casa, desempregada e deprimida, é cada dia um escândalo diferente."

Só que... se eu descesse, Guga levaria a melhor e eu sabia por experiência própria que isso não podia resultar em boa coisa.

Só que... naquele exato instante, Raíssa se encontrava a quilômetros de distância, provavelmente sem fazer ideia do absurdo que estava acontecendo em frente à minha casa. E se eu bem conhecia sua "enorme" paciência, quando fosse chegado o grande momento e os violinos começassem a tocar *Here, There and Everywhere*, Raíssa desistiria de esperar pelo irmão atrasado e caminharia sozinha até o altar, como Guga havia dito.

Eu queria chorar, mas não podia me dar ao luxo.

Calcei os tênis, peguei as chaves de casa e voei desesperada escada abaixo a fim de acabar logo com aquela palhaçada pública, ouvir o que de tão urgente ele tinha a dizer (só esperava que não utilizasse o megafone para isso).

Para meu horror, as crianças aplaudiram quando cheguei ao gramado. Mantive uma distância segura de Guga e do helicóptero atrás dele.

Os curiosos já se amontoavam para o fim de mais um capítulo da Vida Real da Bia e me olhavam fascinados, como se eu estivesse prestes a saber que havia sido sorteada na promoção do Faustão e ganharia um avião cheio de eletrodomésticos e móveis para a casa. Guga era o famoso que daria tal notícia.

Em câmera lenta, Guga abaixou o megafone da frente do rosto, revelando-me seu sorrisinho de vitória. Eu o encarei em desafio, empinando o queixo. Cruzei os braços.

— Anda! — berrei. — Pode falar!

Mas ele não berrou de volta. Por um tempo, só ficou me olhando maravilhado, como se eu fosse o fantasma do George Harrison.

De repente soltou o megafone e avançou na minha direção. Nem um queniano correria mais rápido. Nem um queniano *sem terno.*

— Não! — gritei. Mas era tarde demais. Guga havia abraçado minhas pernas e me erguido do chão num movimento preciso.

— Me solta! Me põe no chão! — Ele me jogou no ombro feito o saco do Papai Noel e então o mundo virou de cabeça para baixo. Ainda bem que eu estava de calça. Fiquei lá pendurada, socando as costas dele enquanto ele corria e me segurava não apenas pelas coxas, mas por uma boa parte da minha bunda. — Me larga, seu safado! Eu vou vomitar!

Ele se enfiou comigo na cabine do helicóptero, me colocou no assento traseiro e afivelou não apenas o cinto de segurança, mas outros cabos que, eu desconfiava, eram usados por sequestradores. Enquanto isso, eu esperneava na impossibilidade de golpear suas partes baixas, já que aparentemente ele se lembrava de como eu havia me livrado do gerente da Dodileite Modas, pois teve o cuidado de proteger o seu Guguinha.

Então assumiu o assento do piloto, encaixou os fones de DJ na cabeça e acionou o helicóptero. O barulho agora era ensurdecedor.

Continuei de qualquer jeito:

— Eu não vou ao casamento! — gritei, sem poder tapar os ouvidos, visto que demorei a soltar minhas mãos dos cabos. Mesmo assim, não consegui me livrar de todos. — Eu exijo que você me tire daqui agora mesmo ou eu vou te denunciar na Delegacia da Mulher e estou falando muito sério dessa vez, Gustavo Vitorazzi! É de se pensar que o senhor tenha conhecimento de que todos esses crimes que teve a capacidade de cometer em menos de dez minutos estão previstos no Código Penal Brasileiro! Constrangimento ilegal, corrupção de menores, rapto mediante fraude e atentado violento ao pudor, já que você não mede esforços para passar a mão na minha bunda. Isso sem mencionar os crimes mais antigos, como falsificação de convites de casamento. Eu vou te denunciar e eles vão te colocar no xadrez. Você vai aparecer em todos os jornais de Londres e aí, oh!, *bye bye. Bye bye*, *Gustavo Vitorazzi and Band*! *Bye bye*, morenas, loiras e ruivas com óculos de abelha e sutiãs rendados! Você não pode me obrigar a entrar nesse troço com você e... espere, o quê...?

Ele estava me passando os fones de DJ. Peguei os fones e os encaixei na cabeça. Havia uma pequena haste com microfone acoplado na ponta, rente à minha boca.

— Desculpa — disse ele, a voz saindo nos meus ouvidos. — Me esqueci dos seus fones. O que você estava dizendo mesmo?

— Como é que é? — Arregalei os olhos sem acreditar. — *Você não estava me ouvindo?*

— Ei, não precisa mais gritar! O microfone serve para isso, sabe?

Falando sério, a culpa era toda minha. É claro que ele não estava me ouvindo. Se já não me ouvia em condições normais, imagina com todo aquele barulho!

O que me deixou ainda mais indignada.

— Eu não vou ao casamento! — explodi com fervor. — Eu quero sair daqui! Eu odeio você! Odeio a sua família!

Guga me olhou e suspirou. Segundos depois, desligou o motor, tirou os fones e saltou do helicóptero. Abriu a minha porta e, com toda tranquilidade do mundo, soltou o cinto e os cabos que me prendiam, dando-me um pouco de espaço. Apontou para fora:

— Então vai.

Ele podia me ouvir, eu podia falar. Mas minha garganta se fechou num nó enquanto eu olhava para ele, estarrecida com a sua atitude inesperada.

— Enquanto você odiava apenas a mim, tudo bem — disse ele, muito calmo. — Mas se agora você também odeia a minha família... Se você *não quer mesmo* ir ao casamento da sua melhor amiga... se a Raíssa não significa nada para você, então vai embora, Bia! Pode voltar para casa e continuar inventando motivos para ser infeliz, para odiar todo mundo que te ama.

Foi um balde de água fria que me fez tremer por inteira. A maneira como disse aquilo... Diferente do meu pai, não era como se Guga estivesse me acusando num tribunal. Ele falava com tanta segurança que era como se nem *houvesse* defesa para mim. Guga era sereno e decidido, o que me parecia muito injusto levando em conta que o criminoso ali era ele, mesmo que, aparentemente, ele não tivesse ciência disso. Do jeito que me olhava, de cima, parecia ter crescido cinco metros nos últimos segundos.

— A família Vitorazzi não vai mais te encher o saco. — Apontou para fora outra vez. — Sai, Bia. Já perdi muito tempo aqui.

Não saí do helicóptero. Não me mexi. Nem pisquei.

— Eu não odeio a sua família... É só que... — tentei explicar. — É só que... eu não tenho um vestido.

— O quê?

— Eu não tenho um vestido para o casamento — repeti, e de repente comecei a tremer sem parar. — Eu ia comprar um, mas não comprei.

Ele me encarou por três segundos que pareceram três horas.

Depois soltou os ombros frouxamente. E suspirou aliviado. Rá! Olha aí quem *também* estava tenso!

— Está tudo bem, lindinha. — Segurou meus braços com força até que parei de tremer. — Comprei um vestido para você.

Só então reparei que havia uma caixa cinza embrulhada para presente no assento a meu lado. Quando franzi a testa para o enorme laço dourado, ele explicou:

— Dei uma passada no shopping antes de vir para cá.

Meu queixo caiu.

— Você... — olhei para ele — ...deu *uma passada* no shopping? *De helicóptero*?

— Ah, pois é. Desci na Curva do Lacet, em frente ao Independência Shopping. — Deu de ombros inocentemente, como se os juiz-foranos fizessem isso todo dia. "Onde você estacionou seu helicóptero?", "Tive sorte de conseguir uma vaguinha no P5 do campo C1, e você?"

— Minha nossa! Quem você pensa que é? Você perdeu o juízo?

— Desde que você voltou para a minha vida. — Afivelou meu cinto de novo, dessa vez sem os cabos. — Agora vamos. A Raíssa está esperando.

Foi Guga fechar minha porta e um garoto gordinho veio correndo na direção dele, dando tchau. Guga, então, se aproximou da criançada para se despedir decentemente. Fiquei olhando pelo vidro. Inclinando-se, deu o megafone ao gordinho, que pelo modo como respondeu ao "toca aqui" do Herói dos Quadrinhos, ficou eufórico e correu para mostrar o presente aos amigos. Aos curiosos de plantão, Guga simplesmente deu as costas. Assumiu o assento do piloto outra vez.

— Desde quando você tem brevê? — perguntei, quando ele se concentrou no painel de controle.

— Eu não tenho brevê. — Mexeu num botão.

— Ah, acredito muito... — disse, gargalhando histericamente.

— Que foi? — ele perguntou, dando uma olhada para trás. — Perdi a piada?

— Ai, ai, você é tão idiota... — eu não conseguia parar de rir — ...que eu não aguento.

— Vira esse disco, por favor. É entediante.

— Como se eu fosse cair em toda mentira que você inventa para me apavorar... Hahaha.

— Não é mentira — disse ele, muito sério. — Eu não tenho brevê.

— Não tem graça, Gustavo. Já saquei qual é a sua!

— Mas eu *não tenho* brevê!

Meu rosto se fechou de repente.

— O *quê?* — Acima das nossas cabeças, as hélices zuniam cada vez mais alto. — Está me dizendo que não tem licença para pilotar um helicóptero?

— Exatamente. — Começamos a subir. — Mas só falta um exame.

Meu estômago gelou.

— Ai, meu Deus, Guga, eu quero descer! — Chutei o banco dele. Soquei a porta travada. — Nós vamos cair! Se eu morrer eu te processo!

— Nós não vamos cair, fica tranquila. Eu sou bom nisso.

— Eu vou te processar não apenas *por isso*, mas por todos os crimes que você cometeu! Meu Deus! Você falsificou o convite do casamento! Falsificou a letra da própria irmã!

— Eu não falsifiquei convite nenhum.

— Chega de mentira!

— É sério! Entrei no quarto da Raíssa para perguntar por que você não tinha sido convidada. Ela não estava lá, mas encontrei o convite na escrivaninha, escrito por ela, aparentemente o único que ainda não tinha sido entregue. Então entendi que ela estava na dúvida e resolvi ajudar. Só isso. Depois, claro, ela ficou que nem doida, procurando o convite. Acabou escrevendo outro.

Fiquei chocada e, confesso, emocionada com aquela revelação.

— Agora relaxa, Bronquinha, e curte o visual. Está uma tarde linda.

☘ ☘ ☘

Não havia uma nuvem no céu de Juiz de Fora, que ficava cada vez menor à medida que o helicóptero se distanciava do solo. Dava para ver a Avenida Rio Branco, o rio Paraibuna e... Olha lá! O Parque Halfeld! E o Morro do Cristo!

Era a primeira vez que eu andava de helicóptero e, tudo bem, o voo até que estava tranquilo. Talvez estivéssemos seguros, no final das contas.

— Talvez — disse ele — a gente pegue um pouco de turbulência.

O helicóptero deu um solavanco.

— AHHHHH! — Pus a mão no coração. — O que foi isso?

Ele estava rindo.

— Só um truque para impressionar.

— Isso não é a exibição da Esquadrilha da Fumaça, sabe?

— Ei! — reclamou, ofendido. — Você nem abriu o presente que comprei com tanto carinho.

Um pouco mais calma, puxei a caixa para perto e desamarrei o laço dourado. Ergui o tecido na altura dos olhos e fiquei encantada com o vestido mais lindo que já tinha visto na vida. Era um tomara que caia rosa-chá com sobreposição de rendas delicadas, que velavam um pouco o decote. O comprimento, nos joelhos, ideal para casamentos ao ar livre.

— As garotas não estão de vestido longo — explicou. — Dei uma boa olhada nos vestidos antes de sair voando da fazenda. Deu um trabalho danado.

Vinha com acessórios metalizados, carteira de festa, meia-calça, sapatos de salto e um casaquinho curto, na cor do vestido.

— A vendedora da loja, muito atenciosa, cuidou da combinação.

É claro que ela era atenciosa. Com Guga jogando charme, de terno e com dinheiro para comprar a loja inteira? Quem não seria atenciosa? Até eu. A mosca-morta.

Isso, claro, se eu não tivesse motivos de sobra para odiá-lo até o último fio de cabelo.

— Denise, o nome dela — me informou, como se eu estivesse interessada em saber. — Veste logo, Bia.

— Ficou doido? — Guardei o vestido na caixa. — Não vou me trocar na sua frente.

— Mas você não está na minha frente — disse ele. — Tecnicamente. Além do mais... não tem nada aí que eu já não tenha visto ou tocado. Com os olhos, com as mãos e com a boca.

Estremeci.

— Eu não posso tirar o cinto de segurança — expliquei, tentando me recompor. — É contra a lei.

— Essa é boa. Quantas leis nós infringimos hoje?

— Nós, não. *Você*!

— Anda, Bia! Estamos atrasados e vamos descer daqui a pouco.

— Certo — concordei a contragosto. — Mas feche os olhos, pelo menos.

— Eu não posso fechar os olhos. É contra a lei.

— Então nem pense em olhar para trás.

— Vou cantar uma música para me distrair.

Tirei o cinto de segurança. Não foi difícil me livrar das calças, vestir as meias e passar o vestido pelas pernas. A parte de baixo, Guga não tinha ângulo para ver. O problema maior foi o sutiã. Tive de suar para não ficar totalmente pelada nem tirar a proteção do ouvido enquanto ele cantava *Mensagem de amor* e me espiava de vez em quando.

— Olha pra frente! — reclamei outra vez. — Qual é o seu problema com sutiãs?

Eu não podia me ver no espelho para comprovar. Mas podia *sentir.* O vestido tinha o caimento perfeito, como se tivesse sido feito sob medida.

— E aí? — Ele quis saber. — Gostou?

— Como acertou o meu tamanho?

— Foram as minhas mãos. Elas conhecem as medidas do seu corpo.

Minhas bochechas arderam.

— Só está faltando... — eu me contorci — ...fechar o zíper.

— Pode parar! — disse ele. — Esse trabalho é meu! Melhor que isso só *abrir* o zíper.

— Coisa que você não vai fazer tão cedo.

— Tão cedo? — Ele ficou animado. — Há salvação para mim!

— Cala a boca... — murmurei, encabulada.

— Trouxe umas maquiagens da Raíssa. Na mochila, embaixo do assento. Tem um espelho pequeno e uma escova de cabelo.

Do alto, a Fazenda Amarela era ainda mais impressionante. As vastas terras se abriam verdejantes e tornavam a se fechar para abraçar o lago cintilante e o casarão gigantesco.

— Guarde suas coisas na minha mochila — disse ele. — E aperte o cinto que nós vamos descer.

O helicóptero oscilou no próprio eixo antes de tocar o solo do heliporto. As hélices desaceleraram. Tirei os fones, dobrei o casaquinho no braço. Guga saiu primeiro e ofereceu-me sua mão.

Dei um impulso desnecessário e escorreguei no metal. Ele me pegou antes que eu caísse, nossos rostos a centímetros de distância.

— Não me lembro de ter te visto tão linda — disse ele, os braços ao redor da minha cintura.

— Obrigada — agradeci, secamente, e me afastei. — Vamos?

— O zíper.

— Ah, claro.

Eu me virei e segurei o cabelo de lado.

— Se precisar de ajuda com isso mais tarde, depois da festa... — disse ele, vagamente. — Você sabe onde fica o meu quarto.

— Não vai ser necessário. — Arranquei da mão dele minha nova carteira de festa. Minha carteira *vazia*, melhor dizendo. Sem dinheiro, sem lenço, sem documento. Vesti o casaquinho. — Só me leve até a Raíssa.

Ele jogou a mochila no ombro e me conduziu em silêncio pelo estreito caminho que dava para os fundos do casarão.

☘ ☘ ☘

— Bia! — Raíssa se atirou em cima de mim assim que entrei em seu quarto, no segundo andar, um espaço enorme e arejado, com decoração rústica e vista para a piscina onde Guga e eu nos beijamos pela primeira vez. — Graças a Deus!

— Fofa — disse o maquiador magricela, puxando Raíssa para trás. — Vai amassar o vestido.

Raíssa bufou. Virou-se para a equipe de maquiadores, cabeleireiros, costureiras e fotógrafos e disse:

— Está tudo certo, pessoal. Podem sair.

Eles se retiraram em fila indiana, não sem protestos.

Então éramos quatro. Raíssa, Guga, eu. E a emoção que fervilhava entre nós.

— Você está... — Eu me afastei para vê-la melhor. Seu vestido era perolado, de um ombro só, com pontos de luz espalhados pelo colo. Cauda tradicional. A maquiagem delicada combinava com o fim de tarde, assim como os cabelos, presos num coque suave sob o véu. Ali, diante da noiva mais encantadora que minha imaginação nem sonhava em alcançar, uma vida inteira passou pela minha cabeça e meus olhos se encheram de água. — Você está incrível.

— Meu Deus, Bia, eu já estava pirada aqui! Ainda bem que o Guga tirou brevê recentemente — disse ela, olhando de mim para Guga, quietinho ao meu lado. Mentiroso de uma figa! — Quando o Válter me falou que você havia ficado na floricultura, eu fiquei meio triste. Mas depois, quando ele disse que não dava mais tempo e que você não vinha mais, eu me desesperei. A sorte é que o helicóptero do meu pai estava aqui na fazenda, porque...

— Raíssa? — O dr. Alberto Vitorazzi em pessoa apareceu na porta, soltando uma baforada de cigarro. — Querida, o sol já começou a se pôr... Sua mãe está ansiosa. Ah. Oi, Bia! Como vai?

— Já vou descer. — Raíssa sorriu para ele. — Pai! Fique de olho na Nazaré. Não quero que ela faça absolutamente nada que não seja se divertir no casamento. Mas ela é teimosa. Já subiu aqui umas cem vezes para ver se eu estava bem. Já chorou e tivemos de retocar sua maquiagem.

O dr. Alberto foi embora e eu fiquei olhando o espaço vazio onde ele estava, pensando se era o caso de eu começar a me preocupar. Será que a pirada ali era eu? Depois olhei para Guga, exigindo uma explicação. Mas foi Raíssa quem começou:

— O Guga não te contou? Você não vai acreditar no que aconteceu! — Os olhos dela brilhavam de felicidade. — Luciana desapareceu, escafedeu-se, fugiu com um fazendeiro que, além de rico, é jovem e está em plena forma sexual. Foi a última coisa que ela disse ao meu pai, pelo telefone.

— Jesus!

— Mas o melhor da história é que cheguei à conclusão de que esse fazendeiro jovem é aquele cara que afastou a Luciana da briga. Só pode ser. Ela sumiu naquela tarde e nunca mais voltou.

— O *Jair*? — Arregalei os olhos. — O meu primo *Jair*?

— Ele é seu primo?

— De segundo grau!

— Você tem um primo de segundo grau?

— Todo mundo tem um primo de segundo grau! — eu disse. — Mas o Jair não é fazendeiro! Muito menos rico!

— Mas tem cara de mentiroso — assinalou. — E convenhamos, Bia, que homem aceitaria lambuzar o carro de sorvete se não fosse por uma garota?

Guga intrometeu-se na conversa:

— Se vocês soubessem o que eu já tive de fazer por uma certa garota... — Suspirou, desanimado. — E eu só levo chinelada.

— Meu pai apareceu aqui todo choroso — continuou Raíssa —, com um discurso de arrependimento. Tentei fazer jogo duro, mas acabei cedendo... Ele é meu pai, fazer o quê? Estou de alma lavada. Página virada.

— Quer dizer que... — comecei, ainda sem acreditar. — Quer dizer que vocês fizeram as pazes antes de o Guga sair voando para me buscar? Ou seja, você ia entrar no casamento com o seu pai de qualquer jeito, mesmo se o Guga voltasse a tempo?

— Ahã. — Raíssa fez que sim. — Mas eu disse ao Guga que só casaria quando vocês dois estivessem aqui, nem que fosse de madrugada! — Parecia orgulhosa com essa decisão. — Mas o que aconteceu com você, afinal de contas?

Eu estava completamente decepcionada comigo mesma por ter caído, de novo, nas tramoias de Guga. "E é melhor não demorar muito ou a Raíssa vai caminhar sozinha até o altar", ele tinha dito. Argh! Só não me virava e dava um soco na cara dele porque, de certo modo, se ele não tivesse aparecido de helicóptero na frente da minha casa, eu não teria descoberto a verdade sobre o convite e não estaria agora no casamento da minha melhor amiga.

Guga apressou a explicação:

— Ela perdeu o ônibus. — Passou o braço nos meus ombros. — E não conseguiu carona. Estava desesperada quando cheguei lá. Não foi, Bia? — Ele me apertou.

— É. Hum. Foi.

— Não é nostálgico isso? — Ele olhou para mim, depois para Raíssa, enquanto eu observava nosso reflexo no espelho (Guga de terno com o braço nos meus ombros, e o meu vestido... Minha Nossa, eu estava estonteante!) e pensava que nós até que formávamos um casal bem bonito. — Nós três novamente reunidos. Os dois irmãos e a melhor amiga.

Raíssa pegou minha mão e a segurou com força.

— Bia — disse ela, a voz firme e decidida. — Quero que você seja minha madrinha.

— Hã?

— Você sabe, a Luciana seria o par do Guga antes de essa confusão com o meu pai acontecer e eu ser obrigada a desconvidá-la do meu casamento e entrar com o Guga, abrindo mão de um casal de padrinhos. Mas agora tudo mudou de novo e, como vou entrar com o meu pai... — explicou. — Não me entenda mal. Não quero que você substitua a Luciana, não é isso. Durante todos esses anos, foi *ela* que ficou tapando o buraco, a cratera imensa que você deixou na minha vida.

— Raíssa... — Minha voz falhou. — Eu não sei o que dizer, eu...

— Ela aceita. — Guga respondeu por mim. — Ela aceita ser meu par.

Raíssa me abraçou. De repente, o abraço ficou triplo. Guga aproveitou a oportunidade para deslizar a mão pelas minhas costas, como se eu não estivesse percebendo.

Guga e eu descemos primeiro e fomos nos juntar aos outros padrinhos, a irmã de Olavo e o marido dela, já posicionados no corredor de entrada, sob a tenda de colunas floridas e plataforma de madeira. O sol se escondia atrás das árvores, jogando cores no lago e sombras na grama, e a brisa, mais fria a cada segundo, trazia o perfume das flores.

— Somos só nós quatro? — perguntei a Guga.

— Sim. — Ele me puxou pela cintura. — Só nós quatro.

Antes que eu tivesse tempo de procurar por papai e Joana entre os convidados, que aguardavam aos burburinhos nas fileiras de bancos, os violinos tocaram as primeiras notas de *Here, There and Everywhere*. Todos se levantaram e se viraram para nós.

— É a nossa vez — avisou Guga, baixinho, pegando meu braço e o entrelaçando no dele.

— Não — cochichei de volta. — Eles se enganaram. Essa é a música da Raíssa.

— A Raíssa vai entrar com a Marcha Nupcial.

— Mas por quê?

— Você sempre sonhou com essa música dos Beatles, Bia... A Raíssa achou melhor deixá-la para você.

— Deixá-la *para mim*?

— Você vai entrar duas vezes com essa música — explicou. — Hoje, como madrinha. E no dia do *meu* casamento, quando você for a noiva. — Apertou meu corpo junto ao dele, obrigando-me a andar. — Agora sorria.

Trinta e dois

Raíssa estava casada.

Incrível. Surreal. Inesquecível.

Minha melhor amiga respondeu "Sim" diante de quatrocentas testemunhas e agora fazia parte do seleto grupo de garotas que, além de encontrarem um príncipe encantado, viviam *com ele* o conto de fadas até o fim, felizes para sempre, até que a morte os separe.

Quando o juiz de paz os declarou marido e mulher e disse "Pode beijar a noiva", Olavo pegou o rosto de Raíssa e olhou para ela com tanta admiração que, por um momento, fiquei constrangida com a intimidade do gesto e precisei desviar os olhos. Houve uma explosão de aplausos e assobios. Olhei para Guga ao meu lado. Ele aplaudia e olhava para mim, tão emocionado quanto eu.

O sol havia morrido no horizonte. No céu da Fazenda Amarela, o halo dourado se apagava lentamente, quando fizemos o caminho de volta. Raíssa e Olavo à frente do cortejo, inclinados sob a chuva de arroz. Guga apertando meu braço com mais força que da primeira vez.

— Parabéns! — Abracei Raíssa quando enfim chegamos à área reservada para a sessão de fotos. — Você vai ser feliz, muito feliz! Não chora...

— Eu *nunca* choro! — disse ela, resoluta, e saiu do abraço, fungando e com as bochechas vermelhas. — Eu não vou chorar. — Uma coceira se espalhou pelo meu nariz. — E você também não!

— Olavo, meu amigo... — Guga apertou a mão do cunhado como se quisesse esmagar os ossos dele. — Se você fizer alguma sacanagem com a minha irmãzinha...

— Nunca.

— Bem, já sabe. Quebro uma guitarra na sua cabeça. E isso inclui *qualquer* sacanagem.

Raíssa e eu nos entreolhamos. E rimos baixinho.

De rádio e prancheta na mão, a responsável pelo cerimonial selecionava os convidados que se aproximavam da área reservada, "Você pra cá, você pra lá. Cumprimentos só na festa, não insista" com a autoridade de um general.

Aos poucos, juntaram-se no miniestúdio o dr. Alberto Vitorazzi (fumando um cigarro atrás do outro), Lili (de chapéu e vestido azul-turquesa cravejado de pedras), os pais e o avô de Olavo, a irmã dele com o marido e os parentes mais próximos.

— Dá para ir mais rápido com isso? — reclamou Guga, fazendo cara feia para as câmeras enormes, já viradas para nós. — Meu estômago está roncando.

Se a reclamação tivesse partido de qualquer outra pessoa, a General Prancheta na Mão provavelmente teria ignorado o comentário.

Mas partira de Guga. Então ela olhou para ele, toda faceira, e esboçou um sorriso gentil.

— Não vai demorar — disse ela, sorrindo de novo. — Eu prometo.

— Olha lá o Xandinho! — Indócil, Guga apontou para o salão de vidro, para onde os demais convidados se dirigiam naquele momento, ao som do órgão, servindo-se dos drinques oferecidos no caminho. — Com um Jack Daniel's na mão! Está rindo, o imbecil do meu primo. É tão injusto!

— Relaxa. — Raíssa deu um tapinha complacente no peito dele. — Os últimos que entram na festa são os primeiros no meu coração.

— Todos prontos? — perguntou a General.

— Naná! — A voz de Raíssa irrompeu de repente. — O que você *ainda* está fazendo do outro lado da corda? Anda! Sobe logo! — E murmurou para Guga: — Fique de olho no degrau para ela não se atrapalhar com os saltos.

Guga levantou o cordão de isolamento e puxou Nazaré. Ela vestia um vestido verde-claro de alta-costura, presente dos Vitorazzi, sem dúvida. Guga se inclinou e agarrou Nazaré, beijando sua bochecha, como se ela já não estivesse sem graça o bastante.

— Não adianta ficar animadinha, Naná. — Sacudiu a coitada nos braços. — A Raíssa, eu liberei. Mas você... não libero, não! Fala para o Rubens desistir dessa ideia.

— Garoto! — Vermelha como pimentão, Nazaré se encolheu. — Me respeita!

Todos riram e foram ocupar seus lugares.

— Ok — disse a General, em tom de encerramento. — Raíssa e Olavo permaneçam no estúdio. Os outros estão liberados.

Ouviu-se um suspiro coletivo.

No caminho para a festa, Guga me segurou pelo braço:

— Têm umas pessoas que não vejo há um tempão... Você sabe, querem o meu autógrafo — disse ele. Revirei os olhos sem parar de andar. — Vem comigo?

— Não, obrigada. Preciso achar meu pai.

— Vê se não bebe muito, Bronquinha. Não vou levar você para casa.

— Vê se não rouba a cena. A estrela hoje não é você.

— Como se eu tivesse alguma escolha. — Dizendo isso, passou por mim, tirou uma bebida da bandeja e sumiu na multidão.

Decorado em estilo rústico, o apinhado salão de vidro parecia ter saído de uma revista de festa no campo. A diferença era que, ali, existia movimento, cheiros e sons. A empolgação era real, fervilhava no ar.

Nem acreditei que havia um dedo da Floricultura Quatro Estações para onde quer que eu olhasse, desde a ornamentação das mesas de seis cadeiras, com delicadas flores em meio a pequenas velas quadradas, às pétalas lilases salpicadas em torno das taças de cristal. Galhos secos e vasos de capim dourado se alternavam por todo o salão, onde garçons circulavam com destreza por entre os convidados, que conversavam alegremente. Pontilhado de margaridinhas naturais, tecidos esvoaçantes desciam das vigas mais altas, atrás da mesa de doces e do bolo de cinco andares, sustentado por um imenso suporte de ferro envelhecido. Num palco baixo, a banda tocava jazz instrumental.

Papai ergueu o braço quando estiquei o pescoço para procurar. Estava sozinho, numa mesa mais ao fundo. Eu me sentei de frente para ele.

— Parece um sonho isso aqui. — Larguei a carteira na mesa.

— Ora, ora! Veja só você! — começou, em tom de ironia. — As circunstâncias mudaram rápido, hein? Uma única circunstância, aliás, com nome, sobrenome, helicóptero e, claro, um poder de persuasão maior do que o meu.

— Cadê a Joana? — ignorei a alfinetada, servindo-me de um canapé de damasco.

— Na mesa de frios — disse ele. — As pessoas não param de elogiar as nossas flores, sabia?

— Jura, pai? Que bom!

— Nem estou bebendo, que é para manter as aparências. Um verdadeiro desperdício, levando em conta a variedade de bebidas disponíveis neste lugar e o fato de a Raíssa ter nos oferecido um quarto no casarão. Vamos dormir aqui esta noite. E nem precisamos acordar cedo para recolher a decoração. Raíssa contratou um "batalhão da limpeza" também.

— Ah. — A voz de Guga se instalou na minha mente. "Melhor que isso, só *abrir* o zíper... você sabe onde fica o meu quarto." — É mesmo necessário? Dormir aqui, quer dizer.

— Não — disse ele, ajeitando a gravata. — Mais confortável, apenas. Ei! Você reparou nos seus colegas de escola? Ali... aquele garoto. Como é mesmo o nome dele?

Eu me virei para olhar. De repente gelei.

Ai, meu Deus, o Bruninho! O Bruninho Lobo Mau!

E ele tinha me visto! Tarde demais para fugir do social. Com um sorrisinho supostamente sedutor, Bruninho ergueu o copo de uísque numa saudação silenciosa.

— Bia!

Girei rapidamente, arfando de susto.

— Joana!

— Aconteceu alguma coisa? — Ela me olhou ressabiada, as costas da mão no meu pescoço. — Você está fria...

— Só um pouco zonza. — Bebi um gole de água. — Por causa da festa. Já vai melhorar. A propósito, você fica muito bem de azul-marinho.

— Vocês não vão acreditar! — Ela pousou o pratinho (abastecido com os mais diversos tipos de queijo, torradas e patês) à sua frente na mesa e se sentou. — Dei uma circulada pelo salão e todos os nossos cartões de visita acabaram e não temos mais para repor! Uma amiga da mãe da noiva veio falar comigo. Vai comemorar as bodas de prata no Cascatinha e ficou interessadíssima nas nossas flores. — Bateu uma palma. — Estou tão empolgada. Não é maravilhoso?

— É sensacional! — eu disse, tentando me animar com a boa notícia. *Não acredito que o Bruninho está aqui! Ai, meu Deus, não permita que ele se aproxime de mim, não permita que ele durma no casarão!*

— A festa está linda! — disse Joana, maravilhada. Colocou a mão em concha ao redor da boca para me confidenciar um segredo. — Quando você entrou com o Guga na cerimônia, duas garotas que estavam no banco da frente começaram a se abanar dizendo "Que sortuda!".

— Sortuda? Eu?

— O Guga não tirava os olhos de você, Bia! — Ela se aproximou um pouco mais e mudou de assunto: — Nunca vi tanto médico importante reunido! Tanta comida boa e ainda nem serviram o jantar! Disseram que a bateria da Mangueira vai se apresentar logo mais. Ah, Bia! Você viu o cantinho mineiro? Com dezenas de tipos de cachaça?

— Não. — Eu gostava muito de Joana, de verdade. Mas não estava nem um pouco a fim de me virar outra vez e correr o risco de ver Bruninho de novo, ainda mais com as dezenas de tipos de cachaça à disposição (made in Ibitipoca, eu podia apostar).

— Bem ali! — disse ela. — Na carroça decorativa. Perto do Guga e daquela garota que está com ele.

Eu me virei imediatamente.

Então os vi. E nem demorei a reconhecer a garota. Renata Peituda.

Guga e Renata conversavam na maior intimidade. Quer dizer, *Guga* conversava, já que Renata só ficava lá, embevecida, com todo aquele par de peitos que a gravidade não fizera o favor de deformar, prestando a máxima atenção nas coisas provavelmente interessantes que ele dizia, gargalhando vez ou outra, hipnotizada, como se não estivesse acreditando que Guga tinha *mesmo* ficado gostoso, famoso, e estava *sim* dando mole para ela.

E não parou por aí.

Guga sacou uma caneta do bolso do paletó e autografou não apenas o guardanapo que Renata se apressara em roubar da mesa mais próxima, como também o *ombro dela*!

E a parte de dentro do braço.

Foi nessa hora que eu me enchi de um sentimento infantil e tomei uma decisão que, sob muitos aspectos, se assemelhava àquela que eu havia tomado na festa de 15 anos de Raíssa.

— Vou dar uma volta. — E me levantei.

Localizei Bruninho. Estava de costas, sentado à mesa da galera da escola. Respirei fundo e marchei decidida, só parando durante cinco segundos para virar um copo cheio de um líquido escuro, que deixou minha garganta pegando fogo.

— Oi. — Cutuquei o ombro dele. Mas, quando ele se virou e ergueu a cabeça, deixando uma frase qualquer inacabada, eu me senti ridícula e, exatamente como dez anos atrás, já estava arrependida. — Quanto tempo... Bruno!

— Bia! — Ele se levantou na mesma hora e me cumprimentou com três beijinhos. "Três pra casar." Nem precisou se inclinar, já que continuava desprovido de altura. — Puxa vida! Eu estava aqui justamente falando como algumas pessoas da escola ficaram tão diferentes enquanto outras continuam... tão lindas.

— Ah. — Sorri para ele e para os amigos dele, subitamente desesperada, querendo apenas me virar e correr até o fim do mundo. Ou, pelo menos, até o último pasto da fazenda e me esconder no meio dos bois. — Como você está?

— Tudo bem e você?

— Tudo bem também.

Silêncio.

— Uau. — Tomou um gole de uísque.

— Que foi?

— Além de linda, continua tímida. Sempre gostei disso em você.

— Sério? — eu disse, meio abobalhada, segurando o cotovelo atrás das costas. — Bem, certas coisas não mudam *mesmo.*

— Ainda bem. — Deu outra golada no uísque, olhando fixamente para os meus lábios. Ah, Deus! Isso estava indo de mal a pior. — Você se formou em administração, não foi? Não sei se está lembrada, mas eu fiz direito.

Direito? Hahaha, conta outra.

Não. Você não fez direito. Não quando me agarrou daquele jeito e me beijou com a boca de banana.

— Direito — eu disse, simpática. — Uma boa escolha. Cheia de oportunidades. Acho.

— Escute — disse ele. — Que tal ir lá para fora? Conversar um pouco?

— Conversar um pouco? — *Ai, meu Deus, Guga, cadê você? Essa é a hora que você aparece para me salvar! Juro que não vou fazer como da outra vez. Juro que não vou procurar o Bruninho de novo só para deixar você com raiva e acabar sendo beijada.*

— Atenção! — disse uma voz conhecida ao microfone. — Atenção, por favor!

☘ ☘ ☘

As pessoas se viraram para o palco. A banda havia interrompido a música para que a General Prancheta na Mão pudesse falar:

— Vamos receber Raíssa e Olavo!

A banda, então, retomou com o tema de *A Bela e a Fera*. Os canhões de luzes giraram e focalizaram Raíssa e Olavo, de mãos dadas, sorrindo esfuziantes para os aplausos, enquanto flutuavam pelo corredor, que terminava na mesa do bolo, onde fizeram o brinde e posaram para mais um milhão de flashes.

A música se alterou para *Vozes da Primavera*, então os dois foram para a pista de dança e começaram a valsa coreografada, em meio aos gritinhos e suspiros. E quando a dança terminou, uma chuva de pétalas caiu sobre eles e a General convidou os pais para a valsa seguinte, depois os padrinhos.

Eu sabia exatamente o que ia acontecer em seguida e senti um frio na espinha. Guga apareceu do nada e, tratando Bruninho com escancarada indiferença, conduziu-me para a pista, dançando comigo como se tivesse, *sim,* frequentado todas as aulas de valsa que Raíssa o obrigara a fazer. Ele manteve os olhos no meu rosto enquanto girávamos calados pela pista, o que me deixou meio zonza; ou talvez fosse o álcool...

A tortura não terminou quando a General nos liberou para trocar de par. Guga não me largou e dançamos mais uma valsa, ou duas, sei lá... Acho que já nem era valsa mais. Ouvi alguém dizer "os noivos vão circular pelas mesas para receber os cumprimentos". Então Guga me puxou para mais perto e, inevitavelmente, enterrei o rosto em seu pescoço, sem parar de dançar.

— Espero que tenha aproveitado suas horas de liberdade — disse ele, enfim, ao pé do meu ouvido. — Não vou mais desgrudar de você. Tem muito urubu nesta festa.

— Machos e fêmeas.

— Baixinhos e peitudas.

— Como se você não gostasse de peitos.

— Você sabe que eu gosto — disse ele. — Mas eles só enchem o sutiã, não a conversa.

Havia fumaça na pista, luzes estroboscópicas. A música agora era agitada e, pelo jeito que as pessoas sacudiam os braços como numa micareta, Guga e eu, dançando agarradinhos, devíamos ser os loucos da festa.

— Bia, eu preciso... eu quero... — recomeçou, com um embaraço incomum. — Quero falar com você.

— Da última vez que você quis falar comigo acabei amarrada num helicóptero.

— Talvez eu faça isso de novo. — Ele riu, nervoso.

Espera. Nervoso? Como assim nervoso? Guga não ficava nervoso. Olhei em volta, buscando explicação. E foi aí que, sem querer, meus olhos focalizaram uma pessoa. Guga não parou de dançar e ajeitou uma mecha de cabelo atrás da minha orelha, sem perceber que eu continuava observando a pessoa... Será?

— É sério, lindinha — disse ele. — Preciso saber se você quer...

— Aquele ali é o Pedroca?

— Como? — Guga afrouxou o braço ao redor da minha cintura e apertou os olhos na direção que eu mostrava.

— Aquele cara... — insisti. — Com o Rubens e a Nazaré... É ele. O mesmo Pedroca, não Pedro.

— Ah. É o irmão do Rubens Cascão.

— Foi ele que comprou meus móveis. O que ele está fazendo aqui? — Então olhei para Guga e entendi. — Foi você. É claro que você está metido nisso, como não estaria?

— Calma, Bia.

— Você comprou os meus móveis e usou o irmão do Rubens para o trabalho sujo! O trabalho do Cascão!

— Chhh! — Deu um sorrisinho para as pessoas e me abraçou novamente, à força, obrigando-me a dançar, conduzindo-me discretamente para longe da pista. — Sem escândalo.

Quando nos aproximamos da porta que dava para a piscina, desvencilhei-me do abraço com um puxão e o encarei.

— Qual é a história dessa vez? — Cruzei os braços.

— Comprei os seus móveis, sim, e daí?

— E daí que acabo de desistir de vendê-los.

— Jura? — Estalou a língua. — Tarde demais, eu acho.

— Você trapaceou! O mínimo que pode fazer é devolver os meus móveis! E vou devolver o seu dinheiro também, assim que eu... voltar para a FB Logística — eu disse, com despeito. — Não se preocupe, as perspectivas são favoráveis.

— Ah, fala sério, você odeia essa empresa!

— Não mude de assunto, Guga!

— Certo. — Passou a mão no cabelo. — Lá vou eu para mais um drama... Os móveis estavam à venda, Bia! À venda! Qualquer um podia comprar! Eu precisava de móveis, me interessei pelos seus, paguei o preço estabelecido. Sem trapaça.

— Você precisava de móveis *usados*? — Eu ri, ironicamente. — Me dê um bom motivo para eu não enfiar este salto-agulha no seu pé agora mesmo!

— O couro do meu sapato é resistente.

— Tenho esse direito, Guga, e quero meus móveis de volta.

— Não — disse ele. — Você não quer. Foi o meu presente de casamento para a Raíssa e você sabe muito bem que ela doou todos os presentes aos desabrigados das enchentes. Você não vai querer tirar os móveis dos desabrigados das enchentes, vai?

Meu queixo caiu. Guga sorriu com o gosto doce da vitória. O gosto, claro, que só ele conhecia.

— Vai querer, Bia? — provocou. Ele sabia ser insuportável. — Porque se você realmente fizer questão, eu posso dar um jeito de...

— Chega! — Esfreguei as têmporas. — Quer saber? Cansei. Para mim já deu. Fique com os móveis, eu não me importo. Ai, merda! Merda!

— Que foi?

— Minha cabeça tá doendo!

— Eu vi você virando um copo de rum. Pensou que era o quê? Coca-Cola?

Suspirei pesadamente, soltando os braços ao lado do corpo.

— Talvez não pareça... — olhei para ele — ... pelas nossas atitudes e tudo mais. Mas não somos mais adolescentes, Guga, e estou cansada desse chove não molha. O tempo passou. E da pior maneira possível... Olhe só para nós! Qual é a razão de estarmos aqui, juntos?

Ele ficou me olhando como se eu estivesse bêbada.

— Eu estou sóbria, tá legal?

— Mesmo? — Ergueu as sobrancelhas. — Porque eu posso levar você para o quarto se estiver mal. Posso fazer uma massagem.

— Massagem? Jura? Para curar bebedeira?

— Ou posso segurar o balde, se for o caso.

— Guga. — Franzi os lábios por um momento, desviando os olhos para o salão. A festa agora estava no pique total. Tornei a olhar para ele. — Talvez seja simplesmente isso. Nós dois, quer dizer.

— Como assim simplesmente isso, nós dois, quer dizer?

— Isso — falei. — Sei lá o nome disso. Nem nome a gente tem...

Ele ergueu o indicador para protestar, mas eu o interrompi antes que ele pudesse abrir a boca.

— Você não pode mudar os fatos, Guga. Tente aceitar a realidade. São dez anos, não dez dias.

— Mas você pode tentar enxergar os fatos de um ângulo melhor!

— Não *existe* ângulo melhor. Eu enxergo os fatos como eles são. É sempre assim. Você faz cagada, eu me decepciono, e de repente você me surpreende, eu me encho de esperança, mas aí você vai lá e faz cagada, e eu me decepciono de novo, de novo e de novo. — Bufei, esgotada. — Sabe qual é o nosso problema? Como disse o Cazuza, a gente nunca vai conhecer o sabor da fruta mordida.

Ficamos quietos por um tempo. Pensei ter ouvido uma movimentação diferente no palco, mas minha cabeça doía muito e não me movi para ver o que era.

Senti as mãos dele nos meus ombros, as mãos pesadas e quentes no tecido fino do meu casaquinho.

— Olha para mim — disse ele.

— Guga, é sério... Não é uma boa hora.

— Vamos, Bia, por favor.

Ergui os olhos devagar, arrastando toneladas nas pálpebras.

— Só me responde uma coisa, tá legal? — disse ele, apertando meus ombros. — Uma única coisa. Você...

— Ali está ele! Gustaaaaavo!

Numa reação automática, Guga virou o rosto na direção do chamado. Não tive opção senão fazer o mesmo.

Acompanhada de outras duas histéricas, Renata Peituda estava no palco. Numa das mãos, um copo de cerveja. Na outra, o microfone.

— Que porra é essa? — murmurou Guga.

— Toca pra gente, Gustavo! — disse Renata, desmanchando-se toda. Ao lado dela, as Paquitas saltitaram em aprovação. — Toca, vai...

Atônito, Guga olhou de Renata para mim.

— Vai lá — eu disse para ele. — Pode desgrudar de mim.

Mas então seu rosto se iluminou, como uma boa ideia.

— Eu não vou desgrudar de você — prometeu, tirando as mãos dos meus ombros. — Eu vou *tocar para você.*

E antes que eu pudesse processar suas palavras, ele já estava se adiantando no meio da multidão, que se abria como o Mar Vermelho.

Guga subiu no palco, trocou meia dúzia de palavras com a banda, pegou o violão e se posicionou em frente ao microfone.

— Antes de mais nada... — começou. Mas a galera se entusiasmou num grito forte, comandado por Renata e suas Paquitas, que haviam descido para a pista e agora, numa infinidade de "U-hus" e "A-has", debruçavam três pares de peitos no palco.

— Eu amo você, Raíssa. Não fique brava comigo.

Vi Raíssa jogar um beijo para ele, fazer sinal para que continuasse.

— Escrevi esta canção recentemente... — Tocou os primeiros acordes. — O nome dela é Stonehenge.

E começou a cantar.

Nem os milhares de vídeos no YouTube, as incontáveis horas de olhos fechados em que esperei sua voz sair direto do iPod para o meu coração, a prévia demonstração de talento quando ele ainda era o Cara, ou as lembranças tão vívidas das apresentações da Moscas da Sopa... nada, absolutamente nada poderia ter me preparado para aquilo.

Guga parecia ter luz própria, preenchia todo o espaço, era maior que o próprio palco, um ímã gigante. Anestesiada, subitamente livre da dor de cabeça e do cansaço, eu não conseguia tirar os olhos dele enquanto ele cantava, sorria, olhava para as pessoas, para o violão... Olhava para mim.

E a letra da música... ah!...

Tô escrevendo aquela carta
Pra te dizer que foi em lá menor
Que sangrei os vultos que me assombravam
Vivi da noite o que há de pior

Você pensa que eu esqueci
Mas quando eu via o horizonte e sua cor
Lá onde as pedras se erguem em círculos
O horizonte era seus olhos, amor

Eu tinha uns sonhos em que você estava na porta
E o piano da sala tocava *I Will*
Você achava graça e corria para mim
E fazíamos amor no ano 2000

Você quer partir meu coração de novo
Mas quem te disse que eu vou deixar?
E se você não sabe quem sou eu
O céu está aí pra te mostrar

Por que você precisa de razão?
Se há tantas coisas que eu não sei explicar
Como o jeito que você sorri e eu me derreto
Então, por favor, deixa pra lá

As Linhas de Nazca
A Atlântida que se perdeu
É como a Stonehenge, amor
Como você e eu

Quando terminou de cantar, ele agradeceu com uma mesura. Mas a galera começou a gritar "mais um", e foi nesse momento que eu me vi cambaleando para fora do salão.

O silêncio não era a ausência de sons; eu ainda ouvia a voz dele e o violão: *Todo amor que houver nessa vida*. Mas era silêncio e agradou meus ouvidos, aliviou minha cabeça. Havia pisca-piscas enrolados nas árvores, em volta da piscina. Sentei-me no chão, de frente para a água, *que se dane o vestido*. Quando consegui manter os olhos abertos sem sentir dor, fiquei observando as pequenas ondas que o vento frio da noite produzia na superfície cristalina.

— Bia?

— Me deixa sozinha — eu disse, sem tirar os olhos da água.

Eu não tinha esperança de que ele fosse respeitar minha vontade. Então prometi a mim mesma que, dissesse ele o que dissesse, eu não ia brigar ou responder uma palavra, não ia interagir. Pude sentir o calor se aproximando. Ele se agachou ao meu lado.

— Bia? — Afastando meu cabelo, fechou a mão na minha nuca e me puxou com delicadeza, encostando a testa na lateral do meu rosto. — Ei...

Silêncio.

— Eu amo você. — Sua boca roçou na minha pele. — E não apenas como amiga.

Estremeci grotescamente e tive certeza de que ele havia sentido.

— Eu quero ficar com você. — Ele se encorajou com meu momentâneo abalo. — Quero que você venha comigo para Londres, que venha *morar* comigo em Londres. Você pode recomeçar a sua vida lá, estudar numa boa escola de música, ser feliz... — pronunciou essa última palavra como se feita de brisa. — Mas se quiser ficar no Brasil, tudo bem, eu fico aqui com você. Eu *também* posso recomeçar... Você viu lá dentro que eu já tenho até fã-clube. E algum trocado pra dar garantia. — Experimentou uma risada. Depois suspirou ao meu silêncio. — Só não posso perder você de novo.

Para minha tristeza, em vez de me deliciar alguns segundos com aquelas palavras, ainda que no fim não fizesse diferença (encontrar o príncipe nem sempre é viver o conto de fadas), pensei na minha mãe, nas coisas que papai dissera sobre ela. Sobre nós duas. Sobre nossa semelhança inversa.

Talvez a intenção fosse testar meus limites, não sei. Mas eu me movi de repente e resolvi olhar para ele. Guga também me olhou e fez isso com tanta intensidade que, por um momento, pensei que pudesse enxergar além, invadir meus pensamentos, ler a voz que me atormentava. *Uma felicidade concreta, real... Mas está a ponto de perdê-la por se recusar a dar um passo.*

— Eu... — ouvi-me dizer e me esforcei para não chorar. — Eu tenho medo.

— De quê? — Ele pegou meu rosto entre as mãos, o polegar nos meus lábios. — Fala para mim... A gente pode superar. Você e eu, juntos.

— Eu... — Meu coração se acelerou à iminente verdade que, durante todo esse tempo, ficara escondida até de mim. — Não acredito em nós dois.

Ele recuou levemente, franziu a testa num misto de surpresa e descrença.

— Porque não acredito em mim mesma — eu disse. — E tenho medo de nunca acreditar. — Engoli em seco, sem tirar os olhos dele. — Você é uma pessoa incrível, Guga. E não merece uma garota pela metade.

— Ei... — Ele me abraçou. — Não é verdade. Você está insegura, só isso. Eu sei que a gente não tem lá muitos exemplos de finais felizes na nossa família. Mas eles existem, Bia, e a Raíssa é a prova disso. Aconteceu há dez anos, mas não vai acontecer de novo. Não vou para Londres sem você. Não *aceito* me separar de você. — Ele se levantou e começou a remexer no bolso do paletó. — E como prova disso...

Então ficou de joelhos.

E abriu uma caixinha na mão...

Em total e completo choque, fiquei olhando as alianças. Depois ergui os olhos para ele, para seu rosto, que estava prestes a explodir de tanto êxtase:

— Bia, você quer se casar comigo?

Foi como se alguém tivesse apertado a tecla "pause".

Guga esperou. Esperou. Esperou... Até que seu rosto começou a desmoronar. Da emoção ao alarme, do alarme ao pavor.

— Bia... Essa é a hora que você responde alguma coisa.

Vi meu pai nos observando de longe, na porta do salão. Quando meu olhar encontrou o dele, ele assentiu, num incentivo mudo.

Depois disso não me lembro de muita coisa. Não sei se cheguei a responder, nem mesmo a olhar para Guga outra vez. Em um segundo eu estava ali sentada e, no outro, estava chorando, correndo para o meu pai como uma criança pedindo colo.

— Só me leva para casa — supliquei, sem fôlego. Papai me abraçou.

— Bia...

Sem sair do abraço, olhei discretamente por sobre o ombro, procurando atrás das lágrimas. Guga ainda estava lá, de joelhos, paralisado, os olhos fixos na minha direção, como se a qualquer instante eu pudesse voltar, correr também para ele.

Mas de repente entendeu. Eu não ia mais voltar. Tudo estava acabado.

E o que vi em seu rosto foi uma tristeza tão profunda que consumiu toda a energia que ainda pudesse haver ali.

Guga finalmente havia desistido de mim.

Assim como eu.

Trinta e três

— Vem, Bia! — O grito de Guga reverberou pela imensidão. — É a sua vez!

Sozinha na plataforma suspensa da tirolesa de 20 metros de altura, posicionada para o salto, respirei fundo e espiei o que me aguardava lá embaixo. Guga e Raíssa já haviam deslizado pelo cabo aéreo, sobrevoado o lago da Fazenda Amarela, e agora, na outra margem, faziam sinal para que eu me lançasse e me juntasse a eles.

— Deixa de ser medrosa! — Raíssa movimentou o braço, chamando. — Vem, Bia!

Era verão, sol a pino. Acima das árvores, o vento batia com violência, esgueirando-se pelo meu maiô de babados e gelando o suor que umedecia minha coluna. Eu podia sentir a tensão dos cabos que me prendiam à roldana. Sentia o capacete afivelado no meu queixo e ficava repetindo para mim mesma que eu tinha 14 anos e não era uma criancinha. Que estava amarrada, *bem* amarrada. Que não havia perigo algum, nada que pudesse aborrecer papai. Tudo que eu precisava fazer era agarrar a corda e me lançar.

Mas, de algum modo, quanto mais eu tentava me convencer de que agarrar a corda era fácil, mais meus dedos agarravam o sólido corrimão atrás de mim.

— Eu não sei nadar! — gritei de volta, odiando a insegurança na minha voz. — Acho que a gente se esqueceu desse detalhe.

— Você vai *só esbarrar* no lago, Bia, não cair dentro dele! — garantiu Raíssa, com impaciência. Tive a impressão de que ela ia acrescentar mais palavras. Mas Guga se colocou na frente dela e disse para ela algo que não pude compreender. Ela, então, fechou a boca e recuou um passo.

Guga olhou para cima:

— Vou subir aí para te buscar!

— Não! — berrei, desesperada. Eu não queria que ele me buscasse! Não, não, não! Eu queria *voar* pela tirolesa, provar aos Vitorazzi que, assim como eles, eu era capaz de uma aventura. — Eu vou me lançar! Daqui a pouquinho!

Mas Guga já estava correndo, contornando o lago, escalando os degraus enquanto eu me perguntava o que ele havia confidenciado a Raíssa, se havia debochado da minha falta de coragem ou se estava era com pena de mim. Por que Raíssa recuara um passo?

Guga me alcançou e, quando se enfiou na plataforma apertada, a madeira rangeu sob nossos pés. Sem pensar duas vezes, pulei em cima dele, reprimindo um grito de pavor. Ele estava sem camisa e passou os braços quentes ao meu redor.

— Não estou com medo — eu disse, levemente trêmula.

— A gente pode descer pelos degraus.

— Mas eu quero descer pela tirolesa! — Uma lágrima escorreu pela minha bochecha e eu me apressei em enxugá-la antes que ele pudesse ver. — Eu quero!

— Então agarre a corda e se lance. — Ele me incentivou, libertando-me para o salto. — Vamos, Bia. Agarre a corda! Agarre a corda! *Agaaaaaarreeeee a coooooordaaaaaa...*

— Bia?

— Não, Guga! Não! — Abri os olhos, desnorteada por quase um segundo.

Então parei. Papai estava sentado ao meu lado na cama. No meu quarto.

É. Isso foi embaraçoso.

— Tudo certo? — Ele quis saber, engolindo o riso.

Eu me remexi sob as cobertas e me sentei devagar. Esfreguei os olhos.

Um sonho. Apenas um sonho. Mas, ao contrário do que se poderia imaginar, essa certeza não me trouxe alívio algum.

Os pesadelos que me perseguiam nos últimos três meses não eram fruto da imaginação, mas fiéis reproduções do meu passado. E, embora eu tivesse prometido desistir de mim mesma, a verdade é que eu nunca havia refletido tanto sobre minha própria vida. Nunca havia tão desesperadamente tentado entender o real motivo por trás de minhas ações, o que havia de fato me levado a estar onde estava.

As respostas estavam longe, *muito* longe, eu sabia. Às vezes pensava que jamais as teria, ainda que passasse a vida inteira tentando encontrá-las. E me perguntava se era mesmo de respostas que eu precisava.

— É isso, não é? — Focalizei o rosto de papai enquanto girava ociosamente o anel do humor no meu dedo. Desde que voltara a usar o anel, eu não o tirava nem para dormir ou tomar banho, numa tentativa frustrada (ultimamente valiam todas) de que a pedra e suas cores pudessem me ajudar a *entender.* — Eu nunca vou conseguir agarrar a corda.

— Corda? — Sua testa se enrugou. — Que corda?

— Estou condenada a descer pelos degraus, não estou? Para sempre?

— Filha... — Ele pousou sua mão na minha. — Não existe regra para as coisas da vida. Mas, na maioria das vezes, nós estamos onde *escolhemos* estar. Se você sempre escolher os degraus, é por eles que vai descer.

— Será? — Mordi o lábio.

— Claro! — disse ele, incansável. — Um exemplo?

— Sim, por favor.

— Faz três meses que você recusou a proposta da FB Logística e resolveu ficar na loja conosco. E preciso admitir que uma administradora com um currículo tão impressionante quanto o seu foi um verdadeiro achado! — Ele riu. Eu também. — Foi essencial para a profissionalização da floricultura nessa nova fase. Certo, certo... A fase nem é mais tão nova assim e não sabemos até quando você vai ficar, nunca alimentei esperanças quanto a isso. Mas foi escolha sua, não foi? Sem obrigação ou condenação.

— Sim. Quer dizer, mais ou menos.

A proposta inicial da FB Logística era tentadora. Meu emprego de volta mais 50% de aumento.

Só que não era como se eu realmente *pudesse* aceitar. Ainda que nunca viesse a processar a empresa, como poderia conviver com as mesmas pessoas que haviam me demitido por *injusta* causa e depois desfeito o "inconveniente" como se nada tivesse acontecido?

Então recusei e uma segunda proposta surgiu. Nunca tomei conhecimento dos meios que a empresa utilizou para pôr a proposta em prática (meios legais é que não foram). Mas isso já não era problema meu. Fui religada à FB Logística, como se nunca tivesse saído de lá. Recebi pelos meses que estive fora, como se tivesse trabalhado ininterruptamente e, em seguida, pedi demissão.

Mas, no fim, a FB Logística, para "me ajudar", acabou me demitindo (sem justa causa) e, com isso, levantei um bom dinheiro do Fundo de Garantia, indenização e seguro. Quitei o restante das dívidas, paguei Cabral, que não cobrava adiantamento pelo serviço de *headhunter*, mas prestou favores extras. Além do mais, eu o havia dispensado. Por enquanto, o mundo corporativo era carta fora do meu baralho. O dinheiro que sobrou, apliquei na poupança.

— Esquece, pai — eu disse, tentando me animar. — Foi só um sonho ruim. Ei! Você está usando roupas de caminhada...

Hoje é domingo, não é? — Estiquei o braço e virei o despertador. — *Sete horas da manhã de domingo*? Poxa, pai!

— Eu sei, eu sei — desculpou-se. — Não é culpa minha.

Domingo agora era o dia sagrado do descanso. Depois da reforma e reestruturação da floricultura, que passou a se chamar "Quatro Estações Floricultura e Decorações", a loja funcionava de segunda a sábado. Se, por um lado, o comércio continuava fraco, os eventos, estes, sim, prosperavam.

O boca a boca após o casamento de Raíssa, os panfletos na clínica do dr. Alberto Vitorazzi e a facilidade com que Joana caíra nas graças das amigas de Lili haviam nos rendido três festas realizadas, uma por mês, e outras quatro já contratadas. Tudo bem. Ainda era pouco se levássemos em conta nossa capacidade produtiva, que ainda podia precisar de mais mão de obra.

Mas eu desconfiava que era apenas uma questão de fincar nossa bandeira no mercado, ganhar a confiança do consumidor. Em breve, teríamos de preterir o comércio e funcionar de portas fechadas por meio expediente se quiséssemos atender adequadamente aos interessados, que marcavam hora para conhecer nossa estrutura de trabalho, analisar portfólios e fotos, assistir a vídeos institucionais. No novo escritório da empresa, na antiga UTI, o telefone não parava de tocar. Era lá que eu agora trabalhava, atualizando o site, organizando a agenda, fechando parcerias com bufês, bandas e salões, enviando os pedidos aos fornecedores. Tio Tião nos visitava a cada quinze dias. Sem Jair, para meu alívio. Talvez eu viesse a descobrir que fim levara o (bizarro) casal Jair e Luciana (se é que um dia haviam formado um casal, já que Jair não repetia garotas). Mas, por enquanto, se nem Raíssa mostrava interesse no assunto, eu é que não ia correr atrás para saber.

Desde que voltara da lua de mel na Europa, Raíssa também voltara para a minha vida e, com ela, nossa amizade fortalecida. Nós nos encontrávamos com frequência. Não raramente eu aparecia no apartamento dela, na Rua Rei Alberto, com um pote de sorvete na mão. Ou ela chegava lá em casa, na hora da novela. Juntas, vimos o Brasil ser eliminado da Copa. Íamos a restaurantes, confeitarias, cinemas, batíamos perna no shopping e no calçadão da Rua Halfeld. Ela me ligava diariamente (ou eu ligava para ela), para jogar conversa fora, na maioria das vezes.

Raíssa jamais mencionara o fato de eu ter ido embora de seu casamento sem me despedir. O que era bastante estranho e me levava a suspeitar que, talvez, Guga tivesse lhe contado parte da história, ou a história completa. Outro fato estranho: ela não falava de Guga para mim. Não, não. Não era como da outra vez, quando ele foi estudar em Londres e ela ainda soltava uma notícia ou outra. Agora era como se Guga nem existisse.

— Seu celular. — Papai me entregou o aparelho. — Estava chamando lá na cozinha, sem parar. Olhei a telinha. É a Raíssa. Deve ser urgente.

Três mensagens não lidas: "Me liga! Me liga! Me liga!"

— Se fosse urgente, urgente *mesmo* — apertei o botão de rediscagem e fui suspender a persiana, o sol da manhã inundando meu quarto — ela teria ligado aqui para casa. Fique tranquilo. Você sabe como ela é ansiosa.

☘ ☘ ☘

— Finalmente! — Raíssa atendeu ao segundo toque. — Você tem noção de quanto tempo estou tentando falar com você? Não me diga que o seu celular dormiu na cozinha outra vez?

— Sabe — eu disse, apertando o celular entre a orelha e o ombro enquanto dobrava o edredom —, nem todo mundo faz plantão nas madrugadas de domingo.

— O que você está fazendo agora?

Pude ouvir uma buzina e me perguntei se pelo menos ela havia estacionado o Honda para atender ao celular.

— Agora? — Deixei a pilha de roupas de cama sujas sobre a escrivaninha e puxei a colcha de crochê por cima do colchão. — Terminando de acordar, por quê?

— A gente precisa conversar.

— Pode falar. — Afundei na cama. — Estou ouvindo.

— Pessoalmente.

Então fiquei preocupada.

— Meu Deus, Raíssa! Aconteceu alguma coisa?

— Não fique pirada, tá? É urgente, mas não é grave. E não, não estou grávida.

— É o Dumbledore? — O gatinho fofo que Olavo deu para ela. — Ele se engasgou outra vez com os próprios pelos?

— Escute — disse ela. — Vou passar na casa da minha mãe para pegar o... negócio. Depois vou comprar umas coisinhas na Maxi Pão e já estou chegando aí. Vai fazendo o café.

— Você pode trazer aquele bolinho de...

Desligou.

☘ ☘ ☘

Foi a conta de eu tomar uma chuveirada, enfiar as roupas sujas na máquina de lavar, me despedir de papai e Joana, que estavam de saída para o "jogging dominical em casal", e despejar a água no coador.

— Oi! — Escancarei a porta da sala, ofegando da corridinha depois dos mil toques da campainha. Eu devia seriamente considerar um "jogging dominical em família". Fazia tempo que eu não me exercitava. — Quem abriu o portão para você?

— Seu pai. — Raíssa me deu um beijo no rosto, afrouxou o cachecol e passou por mim, largando as sacolas da Maxi Pão na mesinha de centro. Tirou o casaco.

— O que está acontecendo? — perguntei, dando um pulo até a cozinha e voltando com duas canecas fumegantes de café. De braços cruzados, Raíssa me olhava com a expressão inescrutável. — Ai, meu Deus, já sei! Você não está grávida, mas queria estar! O teste deu negativo! Por que não me disse que estava tentando engravidar? — Eu me aproximei, solidária, oferecendo-lhe uma caneca. — Ah, Raíssa... Não fique triste. É só continuar tentando.

— Não, não, não. — Ela riu. Pegou as canecas e as colocou na mesinha. Depois, com as mãos nos meus ombros, empurrou-me para baixo. Despenquei no sofá. — Não é comigo. É com você!

Enquanto eu me recuperava do choque da quase gravidez e tentava ganhar fôlego para a parte do "não é comigo é com você", Raíssa se livrou das botas e empoleirou-se no sofá ao meu lado, sentando-se em cima das pernas. Tirou o tablet da bolsa e começou a deslizar o dedo na tela, dizendo:

— Você não faz ideia de quanto tempo esperei por este momento e agora que ele finalmente chegou, eu não podia esperar nem mais um segundo. Ah, o tempo... Faz o preto virar branco, o errado virar certo, cura todas as... — De repente parou. — Aqui está!

Lançando-me um olhar de expectativa, virou a tela para que eu pudesse ver.

O site de Guga.

Meu coração deu um pulo. Fazia tempo que eu não acessava o site dele, que fugia de todos os tabloides, que não ouvia suas músicas nem assistia a seus vídeos. E ali estava Raíssa (que em três meses sequer mencionara o nome dele), trazendo-me a estranha notícia em inglês:

Gustavo Vitorazzi anuncia a nova turnê. O show de estreia acontece na próxima quinta-feira, no Acoustic Hall, em Londres. Ingressos à venda, clique aqui

— E não é só isso, não! — Ela tornou a mexer na tela. — Aqui está o e-mail que acabei de receber... Leia você mesma.

Fala, maninha!
Vai ficar feliz com a surpresa...
Entra no meu site, aê!
beijo na bunda,
G

— Beijo na bunda! — Ela parecia sinceramente emocionada com a demonstração de carinho enquanto eu tentava entender como é que essa segunda bunda (depois da bunda de Fernanda e sua calcinha de onça) tinha a ver com a minha vida. Cantarolou: — Bundaaaa!

É. Quem sou eu para entender os irmãos?

— Você sabe o que isso significa, não sabe? — perguntou.

— Bem, não.

— Ele voltou ao normal! — disse ela, em êxtase. — O pior já passou! O bom e velho Guga está de volta! Prontinho para você!

— Raíssa. — Cocei o nariz, pigarreando. — Que merda é essa?

— Bia. — Ela deixou o tablet na mesinha e olhou para mim como se eu tivesse falado a maior besteira do mundo. — Essa é a merda que vim aqui limpar.

— Certo... Continue...

— Durante a minha lua de mel, estive em Londres e... Deus!... nunca vi meu irmão tão arrasado. De cortar o coração. Até o Olavo ficou desanimado.

Meu estômago se contraiu. Ainda bem que já fazia séculos que algo de sólido havia passado por aquelas paredes digestivas claustrofóbicas (dois pedaços deliciosos de pavê de morango).

— Ele tinha adiado a turnê — continuou. — E estava com uma ideia fixa de cancelar tudo de vez, de jogar a carreira para o alto. Você não tem acompanhado as notícias pela internet?

— Eu? — Fiz-me de desentendida. — Eu não. Por que deveria?

— Bia? — Cruzou os braços, esperando.

— Tá legal. — Engoli a vergonha. — Talvez eu tenha... uma quedinha pelo seu irmão.

— *Uma quedinha?* — Gargalhou. — Fala sério! Você é louca por ele, ele é louco por você, todo mundo sempre soube, vamos pular essa parte. Vamos para... as outras partes. — Ela então ficou séria. Segurou a caneca de café entre as mãos e deu uma golada profunda, sem olhar para mim. — Na época do vestibular, quando você me contou que tinha desistido da faculdade de música e a gente acabou se desentendendo...

— Nunca te achei uma patricinha metida e mimada! — Eu me defendi, desesperada com o rumo da conversa. Ah, não! As coisas estavam indo tão bem entre nós! Tão maravilhosamente bem! — Falei por falar! Se você soubesse como fiquei arrependida...

— Não, Bia. — Ela sacudiu a cabeça. Depois largou a caneca e virou-se para mim. — Eu é que errei com você. Mas não vou errar de novo. A sua mãe tinha morrido há pouco tempo. Eu não deveria ter julgado, mas ajudado. Não deveria ter brigado com você, mas *por* você. — Fez uma pausa ansiosa. — Eu sei que a sua mãe abandonou você recém-nascida para fugir com o amante guitarrista.

— Você *sabe*? — Arregalei os olhos, chocada. — Desde quando?

— Desde... sempre.

— Como?

— O Válter contou para a minha mãe, numa das poucas reuniões da escola em que ela compareceu. A gente estava no maternal. — Suspirou, infeliz. — Eu sei, eu sei. Nunca falei nada por medo de que você pudesse pensar que eu só estava cobrando explicação... você nunca se abriu comigo sobre a sua mãe. Eu era imatura demais e no fundo... bem, eu meio que queria que você tivesse falado comigo sobre ela. Desculpe.

— O Guga sabe?

— Agora sabe. Contei para ele quando estive em Londres.

— Por quê?

— Porque essa é a sua história, Bia! Faz parte de quem você é. E nunca foi exatamente um segredo, foi? O Válter contou para a minha mãe, que aos poucos foi contando para mim quando comecei a perceber que a sua mãe nunca aparecia e resolvi perguntar "a mãe da Bia está no céu com o Cazuza"? E depois que finalmente entendi, ela nunca mais tocou no assunto. Mas achei que estava na hora de o Guga saber. Então contei.

— Beleza — eu disse, com raiva. — Agora, sim, ele vai ter pena de mim.

— Pena? — Sua testa se franziu. — Você acha que a gente tem pena de você?

— Às vezes.

Ela me olhou horrorizada:

— Você não é uma fracassada, Bia! — disse, arregalando os olhos. — Você se acha uma fracassada? Porque sério... de verdade, você é a garota mais corajosa que eu conheço.

— Corajosa? Eu? Eu nunca agarrei aquela corda!

— Que corda?

— No dia da inauguração da tirolesa! — eu disse, enjoada da lembrança. — Desci pelos degraus! *Pelos degraus*! Ou você não lembra?

— Não estou falando desse tipo de coragem — disse ela. — E é claro que eu lembro. Pisei num formigueiro aquele dia, fiquei toda empipocada.

— Teve isso também.

— Pois é — disse ela. — Eu estava tão concentrada em fazer você saltar... porque, Bia, era só uma questão de saltar para que o medo se transformasse em adrenalina, em prazer... que não fosse o Guga para me avisar que o meu pé estava dentro de um formigueiro, eu teria demorado a perceber e... nem é bom pensar!

— Espera — eu disse, intrigada. — Quando você parou de gritar lá de baixo... Foi isso que o Guga disse a você? Que o seu pé estava dentro de um formigueiro? Foi por isso que você recuou um passo?

— Não me lembro das palavras exatas — disse ela. — Mas foi algo assim. Juro que quis espernear, berrar histericamente. Mas tive de engolir o desespero. Não podia fraquejar na sua frente.

Viu? Esse tipo de coragem também me falta. A diferença é que eu consigo disfarçar melhor.

Fiquei em silêncio. Será que era apenas no caso do formigueiro ou eu realmente tinha uma irritante mania de distorcer todos os fatos?

— Ei! — disse ela. — Você não está com raiva de mim, está?

— Não. — Dei um meio sorriso. — Não é isso.

— Então por que está me olhando desse jeito?

— É só que... eu deveria ter contado da minha mãe para vocês há muito tempo. — Respirei fundo. — Tudo bem o Guga saber. Mas o que você estava dizendo antes? — Dei uma cotovelada brincalhona nela. — Sobre eu ser a garota mais corajosa que você conhece e tal...?

— Não é qualquer garota que consegue recusar o pedido de casamento do grande amor da sua vida só porque isso é a coisa certa a se fazer no momento. Você é muito corajosa!

— Você acha que fiz a coisa certa?

— É claro que fez!

— Mesmo?

— Ele foi muito pretensioso, Bia! — disse ela, cheia de convicção. — Eu avisei para ele. Disse que ele ia quebrar a cara, que estava subestimando a bravura e a sensatez da mulher amada! Mas ele não me ouviu! — Socou o encosto do sofá. — Ele não me ouviu, caramba! Caiu de joelhos naquele chão de pedras duras só para acabar com os mesmos joelhos em carne viva de tanto tempo que esperou! Bem feito! Ficou mancando até o fim da festa.

— Mancando? — Não aguentei e dei uma risada.

— Metaforicamente — disse ela, rindo também. — Mas quer saber? No fim das contas, valeu a pena. Ele sentiu a rejeição na própria pele... na pele esfolada... sem poder fazer absolutamente nada para reverter a situação. Sabe por quê? Pela primeira vez na vida, não era ele que estava no controle. Era *você*!

— Você acha? Como assim?

— *Como assim?* — Ajeitou-se no sofá. — O Guga *decidiu* estudar em Londres. *Decidiu* que era melhor eu não encher você de notícias. *Decidiu* nunca telefonar ou escrever, nem mesmo quando a sua mãe morreu, Bia, porque "ah, ela já está abalada demais para lidar com a súbita reaparição de um amigo dois anos depois". — Suspirou, cansada. — Eu tentei. Mais uma vez tentei abrir os olhos dele. Falei que era uma grande burrada. Sabe o que ele fez? *Decidiu* não me ouvir. Tudo bem. Não vou dizer que ele não sofreu. Porque ele sofreu quando foi embora para Londres. Foi uma época difícil lá em casa! Dez anos se passaram, vocês se reencontraram, ele pensou que ainda estivesse no controle: você não o reconheceu e ele não contou que ele era *ele*! — Sacudiu a cabeça. — Meu Deus, o Guga realmente me espanta! Mas tudo bem, porque agora foi diferente: você recusou o pedido de casamento, você *decidiu*, Bia, decidiu pelos dois! E a sua decisão mudou o rumo dessa história. Nada como um dia após o outro. Deus escreve certo por linhas tortas. É preciso suportar algumas larvas para ver as borboletas. E posso citar mais um milhão de ditados se for necessário.

Eu havia esquecido como Raíssa tinha o dom de simplificar situações complicadas. Como de repente encontrava uma nova perspectiva para os velhos problemas. E como sempre me deixava com a pulga atrás da orelha ao pensar que, talvez, essa nova perspectiva fosse, sim, a melhor de todas. A perspectiva certa.

Uma garota pode ficar incrivelmente cega sem uma melhor amiga.

— Agora vocês estão equiparados — continuou sua teoria. Uma *boa* teoria. — Finalmente prontos para recomeçar. E não venha me dizer que não acredita em vocês dois, que não acredita em si mesma, porque quem não acredita nessa mentira aqui sou eu! — Bateu no peito. — Se você não agarrar essa corda, Bia, eu empurro você!

Extasiada, fiquei olhando para ela, sem conseguir me decidir se queria rir, agradecer ou chorar. Acabei quieta, esperando por mais. Eu queria mais! Muito mais!

— Você se arrepende de ter recusado o pedido de casamento? — perguntou.

— Não cheguei a dizer não. Acho.

— Mas se fosse hoje, diria sim, certo?

— Talvez — fiz jogo duro. — Mas ele desistiu de mim. Eu vi nos olhos dele.

— Ele não desistiu de você, Bia, mas *de forçar a barra* para ficar com você.

— E se ele reatou com uma das oito namoradas? Ou com mais de uma?

— Faça-me um favor, Beatriz! — Pôs as mãos na cintura.

— É sério. Talvez seja por isso que ele voltou ao normal a ponto de mandar beijos na bunda. Por causa delas, das namoradas, que resolver começar a turnê. É uma hipótese.

— Com probabilidade zero! — disse ela. — Quer saber? Eu não tinha esperanças de limpar toda essa merda sozinha. Não sou tão burra assim. Por isso vim preparada! — Ela correu em direção à porta, soltando gritinhos. Agarrou a maçaneta. — Passei na casa da minha mãe para buscar o... tchã-tchã-tchã...

Então abriu a porta.

☘ ☘ ☘

Nada. Não havia absolutamente nada atrás da porta.

Mas Raíssa continuava olhando lá para fora como se estivesse enxergando a "roupa nova do rei".

De repente atravessou para o hall, sumindo pelo corredor de entrada.

E quando voltou...

— O quadro branco! — gritei, emocionada. — Você *ainda* tem o quadro branco!

— Graças ao Válter, que não permitiu que ele rolasse escada abaixo. — Ela arrastou o quadro até o meio da sala. Depois remexeu na bolsa, fazendo surgir...

— Caneta colorida! — Eu não podia acreditar. — Ai, meu Deus, Raíssa, eu vou chorar!

— E tem mais! Azul, preta, vermelha e... — Buscou a última no fundo da bolsa. — Verde!

— Ahhhhh! — Eu me atirei em cima dela.

Ficamos as duas abraçadas, berrando e girando pela sala numa empolgação infantil.

Eu explico. Quando aprendeu a ler e escrever, Raíssa ganhou de presente um quadro branco, que nos acompanhou pelas fases da vida. Com ele, brincamos de escolinha, treinamos diferentes caligrafias, estudamos a tabuada e a tabela periódica. Sempre que uma decisão cabeluda surgia, era *nele* que listávamos os prós e os contras até que tudo se esclarecia como mágica. Decisões literalmente cabeludas, inclusive, como quando decidimos fazer mechas no cabelo com crepom em vez de descolori-las com amônia. O crepom era brega e sem atitude. Mas não danificava tanto os fios e sumia depois de umas lavadas.

— Vamos começar! — disse ela, animada, escolhendo a caneta verde. Rente à borda superior, escreveu: Bia deve se casar com Guga? Com a caneta azul, traçou uma linha divisória no meio do quadro. De um lado, Sim. Do outro, Não.

— Faz um desenho também! — Catei um saco de biscoito de polvilho e me joguei de costas no sofá. — Você é boa no desenho!

Na coluna do Sim, Raíssa desenhou em estilo *cartoon* Guga e eu vestidos para casar, dividindo o mesmo microfone. Na coluna do Não, Guga e eu vestidos para casar, eu quebrando um violão na cabeça dele.

— E isso vale para *qualquer* sacanagem — lembrou, vingativa, finalizando o traço. Virou-se para mim e, como numa gincana de tevê, lançou a primeira pergunta: — Bia, você ama o Guga?

— Sim!

Bia ama Guga, escreveu na coluna do Sim.

— Você sabe que ele te ama?

— Ele não estava mentindo — respondi. — Não nessa hora, pelo menos.

— Acredita em vocês dois? Não minta para mim!

— Estou caminhando para isso.

ACREDITARÁ DAQUI A UM MÊS, escreveu na coluna do SIM.

— Quarta pergunta: você gostaria de estudar música em Londres?

— É o meu sonho!

— Preciso de mais espaço na coluna do SIM — disse ela, espremendo as letras.

— Sei de um contra! — Levantei o braço. — De jeito nenhum eu vou deixar o Guga me sustentar! Onde vou arrumar dinheiro? Pelo menos até terminar os estudos...

— Boa pergunta. — Raíssa pensou, batendo a tampa da caneta no queixo. — Administrando a carreira dele? — sugeriu.

— Explique.

— Ele toca razoavelmente bem, mas...

— *Razoavelmente bem*? — Arregalei os olhos. — Ele vai dar show no John Mayer e não vai demorar!

— ...se você visse como o Guga é enrolado nos bastidores da carreira. É sério. Ele tem um empresário, que está mais para um agente, não para um administrador. E ele precisa de um administrador, você sabe, para resolver as pendências do dia a dia, pagar as contas, receber cachês, cuidar dos instrumentos musicais... Jesus! Nem sei como ele ainda não faliu.

— Entendi, entendi. — Atirei um biscoito na cabeça dela. — Vou dar um jeito nessa bagunça. Próxima pergunta.

— Ele é bom de cama?

— Você não faz ideia de quantas vezes nós dois... — Parei com as mãos na boca. — Ai, meu Deus, não foi isso que eu quis dizer...

Mas ela já estava se dobrando de rir e comemorando.

— Olavo me deve cem pratas!

— Você *apostou* com o Olavo?

— Cinquenta pratas pelo sexo — disse ela. — Outras cinquenta pelas *váárias* vezes. — Começou a pular: — Aliás, essa resposta vale mais de um SIM. Quantas vezes vocês fizeram? Melhor: onde fizeram?

— Raíssa!

— Foi aquele dia no quarto dele?

— Foi em Ibitipoca.

— *Yes*! — Comemorou outra vez: — Mais cinquenta pratas! Agora dá licença, Bia, mas com *o Guga*? Que nojo! Eca!

— Você e esse seu marido... — Atirei outro biscoito. — São pessoas horríveis! Horríveis!

— Bom. — Ela suspirou, analisando o quadro. — Acho que não resta dúvida. — E virou-se para mim: — Só me diga que o seu passaporte está na validade.

Trinta e quatro

O chororô começou na terça à tarde. Eis que de repente faltavam menos de 24 horas para eu me despedir de Juiz de Fora, e a consciência da partida se abateu sobre a casa. Tudo que eu fazia, desde uma simples passada de pano nas prateleiras da floricultura, uma espiada pela janela do quarto ou a novela em família, tudo tinha um estranho sabor de "última vez".

Na manhã de quarta, com a aparência de quem havia chorado escondido, papai preparou sozinho o almoço para cinco pessoas enquanto eu conferia a bagagem e separava meus documentos. Por volta de meio-dia, Joana fechou a loja e subiu com a Coca-Cola. Finda a comilança, papai, Joana, Raíssa e Olavo (que se empanturrou de risoto de brócolis até Raíssa dizer "chega") acompanharam-me até a rodoviária. O ônibus que me levaria ao Aeroporto do Galeão, no Rio de Janeiro, já estava parado na plataforma de embarque. Então papai, Joana e Raíssa choraram mais cem litros, me abraçaram apertado e me fizeram jurar que eu não ia demorar a visitá-los (ainda que isso fosse uma certeza garantida; eu precisaria voltar ao Brasil e solicitar um visto de estudante para uma longa permanência na Inglaterra, sobre o qual eu ainda precisava me informar), que mandaria notícias todos os dias, mais de uma vez por dia se a novidade fosse boa o bastante para não poder esperar.

— Se o teste der positivo, por exemplo — cochichou Raíssa no meu ouvido enquanto eu revirava os olhos marejados e dizia a ela que, na fila das grávidas, quem estava na frente não era eu. — Ou quando vocês definirem a data do casamento. Vai ser na fazenda? No próximo outono?

O voo para Londres estava previsto para as oito da noite. Assim, eu teria tempo de me atirar nos braços de Guga na manhã seguinte, antes da estreia da turnê. Isso, claro, se ele ainda me quisesse. A verdade é que eu não estava cem por cento convencida de que pegá-lo de surpresa era mesmo a melhor opção, como Raíssa acreditava, "Você não pode dizer 'sim' por telefone".

Em busca de uma nova vida, eu tinha apenas um coração cheio de esperança, uma mala de tamanho médio, o endereço dele na carteira e um ingresso para o show de estreia. Se Guga sequer suspeitava de que, naquele instante, eu estava entregando minha passagem ao motorista do ônibus, era óbvio que poderia ter usado os ingressos de cortesia para convidar os amigos ou (Deus me livre) suas oito ex-namoradas. E eu não perderia esse show. Não por falta de ingresso.

Quando o ônibus deu ré na plataforma, grudei a testa na janela. Os quatro ficaram acenando de volta até sumirem de vista. E foi aí que desabei.

Lágrimas escorriam pela minha bochecha e nem adiantava secá-las. Em poucos minutos, lá estavam elas novamente. O padrão se manteve até a serra de Petrópolis. E, mais tarde, quando a companhia aérea comunicou que, devido a um problema técnico na turbina da aeronave, todos os passageiros teriam de pernoitar no Rio para embarcar de manhãzinha, chorei foi de decepção e cogitei desistir.

— *Desistir?* — O grito de Raíssa ecoou no celular e me fez cair de costas no colchão cheirando a Confort, no hotel quatro estrelas oferecido pela companhia aérea. — Não me apareça aqui em

Juiz de Fora sem uma aliança na mão direita, Beatriz, ou vou ser obrigada a levá-la para Londres à força. De helicóptero. E só para você saber, nunca pilotei um helicóptero!

— Não vai dar tempo — choraminguei outra vez, esfregando o rosto com desânimo. — Não vou conseguir falar com ele antes do show. É melhor telefonar e avisar.

— Nada de telefonar. Pegue um táxi e vá direto para o Acoustic Hall — disse ela. — Além do mais, até parece que o Guga não vai querer ficar com você *depois* do show.

— E a mala? O que eu faço com a mala?

— Vai de mala!

— Para o show?

— Caramba, Bia! — bufou. — Deixa no guarda-volumes, sei lá. Dá um jeito. Coisas mais complicadas já aconteceram. *Bye.*

☘ ☘ ☘

De modo que, no dia seguinte, às 20h30, horário local, ajeitei meu assento na posição vertical e me preparei para pousar no destino final, o que, antes de ser uma rima sem graça, parecia um milagre.

Eu estava de saco cheio. E não era para menos depois de uma noite mal dormida seguida de um dia inteiro sem muito o que fazer a não ser me entediar com a lenta redução da quilometragem no computador de bordo, me entupir de refeições insossas e ensaiar mentalmente as declarações de amor aprisionadas no coração desde os primeiros suspiros da minha vida. *Oh, Deus, quando foi que me tornei uma dessas heroínas de romances açucarados?*

Apanhei minha bolsa no compartimento superior do avião, vesti o casaco e fiquei aguardando a minha vez de sair dali, espremida no estreito corredor entre os assentos da classe econômica. Enquanto isso, num sotaque bastante, digamos, *britânico*, uma voz informava aos passageiros que o céu estava encoberto e a temperatura no Aeroporto de Heathrow era de 13 graus Celsius. Treze graus! Em pleno verão!

— *Welcome to London, my friend...* — ouvi um brasileiro reclamar antes da barulhenta movimentação que se iniciou quando as portas da aeronave foram finalmente liberadas, e o desembarque autorizado.

Com a sorte que me faltava, não fiquei muito surpresa ao ver a fila da imigração dando voltas e voltas. E depois, quando minha mala foi a última a cair na esteira, eu até agradeci, porque, sabe como é, pelo menos ela estava ali.

Minha ansiedade, que já não era pouca, só fez aumentar à medida que o *black cab* (táxi preto) ia serpenteando pela terra da rainha, e eu começava a reconhecer alguns cartões postais em meio à paisagem nebulosa, por onde também circulavam ônibus vermelhos de dois andares. Saltei na apinhada região do Big Ben.

De acordo com o mapa que comprei por duas libras, o Acoustic Hall ficava ilhado numa praça, onde *cabs* não tinham acesso. Eu teria de concluir o percurso a pé. Atravessar a rua e a ponte sobre o rio Tâmisa, virar a esquerda em direção a London Eye, ultrapassá-la, sempre em frente, sempre beirando o rio.

Falando assim, parecia fácil. E era. Ou melhor, *seria*, se eu não estivesse toda atrapalhada com a parafernália de mala, bolsa e mapa, que não parava quieto por causa do vento. Isso sem mencionar a cabeça para lá de aérea que me levou a um quase atropelamento quando olhei para o lado errado da pista. Dá licença? Como é que eu poderia me lembrar da mão inglesa ou de qualquer *coisa inglesa* (tudo bem, eu me lembrei do príncipe William e me perguntei se ele estaria jantando com a Kate naquele momento), se tudo que eu realmente desejava era que o relógio da torre do parlamento estivesse marcando a *hora errada* e ainda faltasse algum tempo para o fim do show do meu amor?

— *Sorry*, moço! — Levantei o braço quando o motorista buzinou irritado. — Eu sou da roça!

E por um rápido instante, dado o absurdo da situação e de tudo que eu havia vivido para chegar até ali, eu me permiti uma gargalhada sincera. *Welcome to London, my friend! Oh, Guga, my endless love, when I say that something I wanna hold your hand!*

Menos, Bia! Foco no caminho. Apenas ande. Ande, sua lesma!

Graças a Deus. Graças a Deus foi o que pensei quando avistei o letreiro do Acoustic Hall. E o que continuei pensando ao me deparar com um guarda-volumes assim que passei pela pesada porta de madeira. Do outro lado do balcão, a mulher ergueu as sobrancelhas para a minha mala, depois olhou seu relógio dourado e disse:

— *In time*. O show está terminando. Siga em frente.

Eu segui. É claro que segui, *my friend*!

Não sem antes guardar também o casaco e ajeitar meus cabelos despenteados pela maior ventania que enfrentei na vida.

Com o coração batendo a mil, concentrei-me na garota corajosa que Raíssa via em mim. Então eu estava entrando na área do show, enfiando-me no meio das pessoas, ficando na ponta dos pés, esticando o pescoço, tentando encontrar um ângulo melhor...

E parei. Lá estava ele. Guga, *my endless love*, em toda sua glória e sua camisa molhada de suor (o mesmo suor que havia se espalhado sem pudor pelo meu corpo desnudo), cantando *Amor, meu grande amor*.

Eu sorri. Sorri porque jamais me saciaria daquela imagem, daquela voz. *Como pude ser tão estúpida? Como pude duvidar de mim mesma?* Eu era completamente apaixonada por ele, sempre havia sido e sempre seria. Para sempre junto dele eu queria estar, devia estar, *tinha* de estar. Eu só precisava chegar perto do palco, fazer com que ele me visse ali embaixo antes do encerramento do show, para que pudesse autorizar minha entrada no camarim. Se não houvesse essa causa maior, juro que teria me rendido. Teria sido levada pelas minhas pernas bambas, arrebatada pela música, arrastada pelo frenesi e caído desmaiada naquele ambiente enfumaçado.

Mas eu não podia desmaiar. Não agora. Não no instante em que mais precisava do sangue pulsando forte nas veias para conseguir agarrar aquela corda ou, mais precisamente, empurrar as centenas de criaturas que me impediam de chegar até ele enquanto eu tentava avançar, utilizando-me da não tão poderosa arma "*Excuse me/Sorry/Thanks*".

— "Amor, meu grande amor, não chegue na hora marcada..."

— *Excuse me.*

— "Assim como as canções, como as paixões e as palavras..."

— *Sorry.*

— "Enquanto me tiver, que eu seja o último e o primeiro..."

— *Thanks.*

— "E quando eu te encontrar, meu grande amor, *por favor*, me reconheça..."

Quando Guga entrou no último refrão ("tudo que ofereço é meu calor, meu endereço"), eu estava imprensada contra três casais de namorados: fim de linha, inútil tentar avançar.

Então mudei de estratégia, fixei meus olhos no rosto dele e comecei a enviar mensagens telepáticas. *Olha para mim, olha para mim, olha para mim.*

Ele finalmente olhou.

Por um momento, seus olhos passaram pelo meu rosto. Mas eram olhos vazios, percebi com tristeza. Olhos que não viam. *Me veja, me veja, me veja.*

Não adiantou. Guga se despediu da plateia, agradeceu os aplausos.

E de repente não estava mais no palco.

Aos poucos, as pessoas foram se dispersando e eu pude avançar em direção à entrada do camarim, onde, do lado de fora, oito garotas muito bonitas conversavam animadas. Um segurança selecionava o acesso. Sem pensar duas vezes, agarrei o braço dele e, com meu inglês americanizado, me apresentei.

— Meu nome é Ana Beatriz Guimarães, sou brasileira e preciso entrar aí.

— Seu nome não está na lista.

— Você não está entendendo. — Apertei o braço do segurança com mais força. — Eu vou me casar com ele. Vou me casar com o Gustavo Vitorazzi.

— Desculpe — disse ele, concedendo-me outro segundo de sua preciosa atenção enquanto, educadamente, empurrava-me para trás, liberando um espaço para que as oito garotas pudessem entrar no camarim —, mas todas dizem a mesma coisa.

☘ ☘ ☘

— Todas dizem a mesma coisa! — Do lado de fora do Acoustic Hall, eu me desesperei ao celular. Isso porque tinha prometido a mim mesma que não faria nenhuma ligação em *roaming* até comprar um aparelho novo com um bom plano para chamadas internacionais. Mas era uma emergência de primeira ordem. — Oito garotas entraram no camarim e eu fiquei para trás! *Oito garotas*! Você tem ideia de como estou me sentindo?

— Posso imaginar. — Do outro lado do mundo, Raíssa tentava me acalmar. — O Guga é um pouco famoso, só isso. As pessoas inventam coisas.

— Coisas? — Bufei, indignada. — As pessoas inventam que vão *se casar com ele*? Só para entrar num camarim?

— É claro que inventam! — disse ela. — São fãs, meu Deus do céu! Lembra quando mandei aquela carta dizendo: "Oi, meu nome é Rose, tenho 12 anos e sou uma sobrevivente do Titanic. Por favor, por favor, posso conhecer o Leo?"

— E o meu barquinho já bateu no iceberg. — Desanimada, descansei o rosto na mão e fiquei olhando o rio. Nossa. O Tâmisa era mesmo incrível com todas aquelas construções iluminadas nas duas margens. E a roda-gigante. E o parlamento. Um belo lugar para o meu barquinho afundar. — Sabe, estou começando a achar que essa relação nunca vai dar certo porque nós vivemos em mundos diferentes.

— *Como é que é?* — Ela se exaltou. — De jeito nenhum, Beatriz! Você é muito inteligente para se safar com a desculpa mais esfarrapada do universo!

— Esfarrapada estou eu — eu disse. — É sério. Estou exausta. Parece que um trator passou por cima de mim. Acho melhor telefonar para ele.

— Nada de telefonar. Você já chegou muito longe para estragar a surpresa. Aliás, onde você está? Exatamente?

— Sentada num banco, em cima do mapa de Londres, de costas para o Acoustic Hall, de frente para o Tâmisa. — Olhei para os lados. — Com a mala de um lado, a bolsa do outro. E o vento levantando o meu cabelo.

Ela ficou calada.

— Raíssa?

— Ah, oi, desculpa — respondeu, meio avoada. — Ei! Pelo menos você tem um mapa!

— Com o qual desperdicei duas libras! — lembrei, chateada. — Sem mencionar a corrida do táxi. E as passagens para o Rio de Janeiro e para Londres. E o ingresso para um show que praticamente não vi.

— Escuta — disse ela. — Faz tempo que o show acabou?

— Faz. — Espiei por sobre o ombro. — O Acoustic Hall já fechou. As luzes da frente estão apagadas. As pessoas foram embora. Mas ainda é cedo para eu aparecer na casa dele, acho.

— É — disse ela. — Ele deve estar lá dentro ainda.

— Deve. — Fiz um muxoxo. — Deve estar se divertindo com as oito garotas.

Fiquei olhando o Acoustic Hall e pensando... E se ele não voltasse para casa hoje? O que eu ia fazer? Ah, claro. Eu ia dormir num albergue. Dividir um quarto com quinze desconhecidos. Mas com que cara eu ia aparecer na casa dele no dia seguinte? Como ia conseguir me declarar sem saber se ele havia dormido com uma daquelas oito garotas? Ou com as oito? Ele gostava de bater recordes!

E foi aí que meu coração saiu pela boca. De longe, vi uma figura sair de dentro do Acoustic Hall. Quando foi se aproximando, reconheci.

— Ai, meu Deus! — eu disse, aos sussurros. — É o Guga! Ele me viu! Ele está vindo para cá!

— Deixa no viva voz!

Desliguei o celular e, quando me levantei, sem saber o que fazer, o vento carregou o mapa. Por um segundo, fiquei desnorteada e quis tentar um resgate. Se eu levasse um pé na bunda e precisasse sair correndo pelas ruas... Raíssa estava certa. Pelo menos eu tinha um mapa!

Quer dizer, não tinha mais, porque o mapa estava longe. Ao contrário de Guga, cada vez mais perto. O mapa estava longe, girando no vento e... ai, meu Deus!... tanto *faz*!

Guga parou a quatro passos de distância e ficou me olhando, deslumbrado.

— Eu... — disse ele, todo confuso. Apertou os olhos. — Era você lá dentro?

— Você me viu! — respondi, num sobressalto patético. — Era eu, sim! Oi!

— Pensei que fosse uma alucinação, mas... uau! — Sacudiu a cabeça. — E depois essa mensagem... — Virou o celular num movimento automático, mas a tela estava longe e não deu para eu ler — ...do Olavo...

— Do Olavo?

— Dizendo para eu largar o que estivesse fazendo e vir aqui fora. — Guardou o celular no bolso. — Agora.

Raíssa! Danadinha!

Guga continuava me olhando, completamente chocado, enquanto eu fazia uma força sobre-humana para não deixar o bom senso de lado e pular no pescoço dele como se disso dependesse a minha vida, e, de certa forma, dependia mesmo. Ele havia trocado de roupa. Vestia jeans e blusa preta. E quando o vento batia, trazia o cheiro de banho... Ai, não! Há quantas horas eu não via um chuveiro!

— Fantástico. — Ele largou os braços. — Você está em Londres.

Não era uma pergunta. Era uma deixa. A hora em que eu deveria abrir a boca e dizer "sim, aceito". Depois me declarar. Eu tinha tantas frases de impacto! Tantas declarações ensaiadas! Numa delas, inclusive, eu fazia um bonito discurso sobre a maravilhosa arte de recomeçar. Versava sobre a ridícula perda de tempo que era tentar entender... querer ter a vida nas mãos para começar a vivê-la enquanto se podia simplesmente viver e descobrir no caminho. Mas de repente uma lágrima escorreu pelo meu rosto e, quando percebi, minha voz estava indo para um lugar diferente...

— Guga. — Aprofundei o olhar. — Você quer se casar comigo?

Primeiro, sua testa se franziu. Depois foi a cabeça tombando levemente, a expressão surpresa se tornando mais surpresa ainda. Viu, Raíssa? Olha a surpresa aí!

— Você... — Ele parou, como que ponderando se devia ou não fazer a pergunta que parecia soar tão mal. — Você está me pedindo em casamento? É isso?

— Estou — confirmei, sem titubear. — Quero morar em Londres com você, trabalhar com você, ter filhos com você, bater todos os recordes de sexo com você. E posso cair de joelhos neste chão londrino agora mesmo... — Espere. Cair de joelhos? *Acho que não estou bem certa disso. Na verdade, um pouco arrependida de ter dito isso, talvez.* — Se for necessário, claro.

Ele ficou muito quieto. Depois estava rindo.

— Quando foi que você ficou tão moderninha? — Cruzou os braços, sem parar de rir.

— Quando oito vagabundas entraram no seu camarim e eu não!

— *Vagabundas*? — Arregalou os olhos, se divertindo. — As namoradas e as irmãs dos caras da banda?

— Namoradas e irmãs?

— Eu já estava ficando preocupado — disse ele, em tom de alívio. — Mas graças a Deus, você não mudou *tanto* assim.

— Então você aceita? — Mordi o lábio, esperançosa. — Aceita se casar comigo?

— Quem deve fazer essa pergunta aqui sou eu — disse ele. — E por acaso já fiz e até hoje estou esperando a resposta.

— Sim! — Tirei o anel do humor do dedo e o lancei para ele. — Eu aceito me casar com você!

Ele apanhou o anel no ar, chegou mais perto e ergueu o meu braço. Encaixou a "aliança" no meu dedo, na mão direita. E me abraçou. E me girou pela cintura.

— Você ainda é a minha Bia? — Sua boca no meu ouvido. — Eu amo você de qualquer jeito, mesmo moderninha. Mas prefiro aquela Bronquinha indecisa que vive entendendo tudo errado e me dando lição de moral. Eu precisei passar pomada nos joelhos, sabia? Fiquei mancando até o fim da festa!

— Já estou sabendo — eu sorri, escondidinha, afundando o rosto no pescoço dele. — Você mereceu.

— Mas eu gostei da ideia de bater todos os recordes de sexo. — Sacudiu-me em seus braços. — Pode continuar moderninha *nisso.*

— Guga. — Ergui a cabeça e olhei para ele. — Eu amo você. E não apenas como amigo.

Ele sorriu, satisfeito. Segurou meu rosto entre as mãos e me beijou devagar, com a calma de quem não precisa se despedir. Depois sussurrou contra a minha boca:

— Você tem noção de quanto demorou pra dizer que me ama, tirando aquela pequena demonstração no tiroteio? Sabe qual é a sua sorte?

— Qual é a minha sorte?

— A sua sorte é que eu sempre soube.

PRÓXIMOS LANÇAMENTOS